ANDREA SCHACHT

Nehmt Herrin diesen Kranz

Andrea Schacht

Nehmt Herrin diesen Kranz

Roman

blanvalet

FSC
Mix
Produktgruppe aus vorbildlich bewirtschafteten Wäldern und anderen kontrollierten Herkünften
Zert.-Nr. SGS-COC-001940
www.fsc.org
© 1996 Forest Stewardship Council

Verlagsgruppe Random House FSC-DEU-0100
Das FSC-zertifizierte Papier *Holmen Book Cream*
für dieses Buch liefert Holmen Paper, Hallstavik, Schweden.

1. Auflage
Originalausgabe Juli 2010 bei Blanvalet Verlag, München,
einem Unternehmen der Verlagsgruppe Random House GmbH

Redaktion: Dr. Rainer Schöttle
Umschlaggestaltung: Hilden Design, München,
unter Verwendung von Motiven von akg-images
lf · Herstellung: sam
Satz: Uhl + Massopust, Aalen
Druck und Einband: GGP Media GmbH, Pößneck
Printed in Germany
ISBN: 978-3-442-37124-2

www.blanvalet.de

Nehmt, Herrin, diesen Kranz,
so sprach ich zu der wohlgetanen Magd,
so zieret Ihr den Tanz,
mit den schönen Blumen, die Ihr tragt.
Hätt' ich viel edle Steine,
die müsst' auf Euer Haupt.
Ob Ihr mir's glaubt,
bei meiner Treue, dass ich's meine.
Walther von der Vogelweide

Dramatis Personae

Alyss – Weinhändlerin und Siegelführerin, die sich mit einem ungebärdigen Hauswesen und einem ungnädigen Gatten herumschlagen muss.

Marian – Alyss' Zwillingsbruder, der sich der Heilkunst widmen möchte und dabei seltsame Wege beschreitet.

Das Hauswesen

Arndt van Doorne – Alyss' Ehemann, der ungefragt über sein und anderer Eigentum verfügt und sich der Verantwortung durch weite Reisen entzieht.

Merten van Doorne – Arndts Stiefsohn, der mehr Gefallen an der Jagd und den Frauen findet als an den Anstrengungen der Geschäftstätigkeit.

Hilda – die Haushälterin, die gerne Omen deutet.

Peer – Handelsgeselle, der auf das Vieh und auch auf die männliche Jugend ein Auge hält.

Leocadie – Alyss' liebliche Base aus Burgund, deren Herz romantisch erblüht.

Frieder und Lauryn – Geschwisterpaar, das den höflichen Umgang lernen soll, was nicht immer gelingt.

Hedwigis – Alyss' Base mit der langen Patriziernase und dem bösen Mundwerk.

Tilo – Alyss' ordentlicher Vetter, der sich nach der Ferne sehnt.

Magister Hermanus – der Hauspfaff, der für Recht und Ordnung sorgen möchte.

Magister Jakob – ein pergamenttrockener Notarius mit einem versteckten Herzen.

Malefiz – Kater, schwarz vom Fell, doch nicht vom Charakter.

Benefiz – junger Spitz, der sich zum Wachhund aufschwingt.

Jerkin – ein weißer Jagdfalke, der über den Dingen schwebt.

Herold – ein martialischer Hahn, der Patriarch auf dem Hof.

Freunde, Bekannte, Verwandte

John of Lynne – ein englischer Tuchhändler und Falkner, der unterschiedlichsten Arten von Vögelchen zugeneigt ist.

Catrin von Stave – eine Begine, Alyss' und Marians gute Freundin, die stillen Rat und Trost zu spenden weiß.

Mats Schlyffers – ein Messerschleifer mit allerlei bemerkenswerter Kundschaft.

Gislindis — des Messerschleifers Tochter, die gewagte Tändeleien eingeht.

Niclas Aldenhoven – Buntwörter (Kürschner), der sich einen guten Ruf verschafft hat.

Greta – seine Frau, die sich um die Familie kümmert.

Kilian – engelsgleicher Satansbraten.

Johann Houwschild – ein Pelzhändler, der auf Sicherheit bedacht ist.

Mechtild – Alyss' Tante, geschäftstüchtige Gattin des Tuchhändlers Reinaldus Pauli.

Pater Henricus – Franziskaner und langjähriger Beichtiger derer vom Spiegel, dessen empfindsames Gemüt man schont.

Fabio – Reliquienhändler, der über allerlei nützliche Kenntnisse verfügt und die maurische Sprache beherrscht.

Meister Hans – der Henker.

Arbo von Bachem – ehrenwerter Ritter mit einem romantischen Herzen, das zum Schmollen neigt.

Pitter – Bader und Mann vielseitiger Interessen und Informationen.

Susi – Pitters Schwester und Baderin.

Franziska – Wirtin des Gasthauses »Zum Adler«, die ein gutes Auge für Kappes hat.

Simon – Adlerwirt und Schmied.

Ebby und Heini – zwei Hausarme, ein bisschen tumb und leichtgläubig.

Trine und Jan van Lobecke – Apotheker-Ehepaar am Neuen Markt, die Augen und Ohren offen halten.

Lore – ein Lumpenkind mit feuerroten Haaren.

Janis Fuhrer – ein geschundener Mann.

Und natürlich dürfen nicht fehlen

Almut und Ivo vom Spiegel – Alyss' und Marians liebende Eltern.

Vorwort

Berufstätige Frauen waren im Mittelalter keine Seltenheit. Sie trieben Handel, wirkten im Handwerk, erbrachten Dienstleistungen in vielerlei Bereichen. Allerdings waren sie – außer wenn sie als Beginen derartigen Tätigkeiten nachgingen – zumeist verheiratet oder verwitwet.

Eine Frau brachte, wenn sie heiratete, eine Mitgift in die Ehe ein, die ihre finanzielle Absicherung im Falle der Verwitwung darstellte. Üblicherweise war die Ehefrau der Vormundschaft ihres Gatten unterstellt, sodass der auch über das eingebrachte Geld verfügen konnte. Doch mit dem Aufstieg der Handelsstädte und der stark wachsenden Kaufmannstätigkeiten, an denen immer mehr auch die Frauen teilhatten, gewannen diese an Selbstständigkeit. Sie handelten auf eigene Rechnung, führten ihre Siegel und konnten selbst Rechtsgeschäfte abwickeln.

In Köln taten sie das in großer Anzahl.

Und da nicht alle Ehegatten ehrbare und redliche Kaufleute waren, gab es dann und wann ausgewachsenen Streit darüber, womit die Schulden dieser Schlawiner bezahlt werden sollten.

Edith Ennen[1] schreibt dazu: »*Der Kölner Rat hat sich am 18. Dezember 1406 in einer Morgensprache mit der gegensei-*

---

[1] Frauen im Mittelalter, München 1984, S. 150 f.

tigen Haftbarkeit der Eheleute in Schuldsachen befasst. Das geschah interessanterweise infolge des Verhaltens und einer einschlägigen Initiative der Frauen…«

Offensichtlich kein Sonderfall, denn die Kauffrauen verlangten Brautschatzfreiung. Was es damit auf sich hatte, erklärt Edith Ennen im selben Kapitel*: »Die Brautschatzfreiung bedeutete, dass die Frau, wenn ihr Mann bei unbeerbter Ehe starb, ihr gesamtes Eingebrachtes aus dem Nachlass herauszog, bevor sie den Rest mit den übrigen Erben teilte… Die Herausgabe des Brautschatzes konnte die Frau nicht nur im Todesfall verlangen, sondern auch bei Schuldnerflucht des Mannes, ja auch bei einer Überschuldung des Mannes, ja sogar bei erwiesener Verschwendungssucht des Ehegatten, weil darin eine Gefährdung des Brautschatzes lag. Die Frau haftete also mit ihrem Brautschatz nicht für die Mannesschulden.«*

Meine Heldin, eine selbstständige Weinhändlerin, hat einen solch verschwenderischen Gatten. Und sie hat von ihren Eltern eine reiche Mitgift erhalten, zu der nicht nur Geld, sondern auch wertvoller Schmuck gehören. Darunter ist das Prunkstück die Brautkrone, gewöhnlich aus dünnem Golddraht und Flitter hergestellt. Doch Almut und Ivo vom Spiegel wollten ihre Tochter nicht mit solch einem Firlefanz auf dem Haupt in die Ehe geben, sondern hatten eine schwere Krone anfertigen lassen, ein Erbstück für zukünftige Generationen und im Wert von Haus und Hof.

Um diese Brautkrone und ihr abenteuerliches Schicksal geht es in diesem Roman.

1. Kapitel

Mit sorgsam gespitzter Feder trug der Händler seine Verkäufe in den Registerband ein. Seine Bücher waren von ausgesuchter Akkuratesse, seine Handschrift konnte sich mit denen der hochgelehrten Mönche im Skriptorium von Groß Sankt Martin messen, seine Berechnungen stimmten selbstredend bis auf die letzte, noch so kleine Münze, welcher Währung sie auch immer angehören mochte.

Und doch war er unzufrieden, denn es nagte beständig der grüne Wurm des Neides an seinen Gedärmen. Niemand wusste zu würdigen, wie sorgsam er seine Geschäfte führte, wie solide seine Einkäufe waren, wie ehrbar er zu handeln pflegte, wie getreulich er alle Vorgaben einhielt, die Gaffeln und Marktaufsicht aufgestellt hatten. Er war ein frommer Mann, der regelmäßig die Messe besuchte, morgens und abends seine Gebete mit klarer Stimme sprach und den Armen stets die ihnen zustehenden Almosen zukommen ließ.

Und doch hatte alle Welt sich gegen ihn verschworen.

Mit zusammengebissenen Zähnen legte er die Feder nieder und starrte aus dem kleinen Fenster in seinem Kontor, allerdings ohne das Treiben auf der Gasse zu sehen. Bitterkeit wallte in ihm auf.

An diesem Morgen hatten sie ihm erneut eine schmähliche Niederlage beschert, trotz all seines aufopfernden Fleißes, seines unermüdlichen Einsatzes für die Gemeinschaft, seiner Treue und Loyalität.

Er drückte eine Hand auf seinen schmerzenden Magen. Die Galle, hatte der Medicus gesagt, die schwarze Galle überwältigte ihn wieder einmal.

Und er begann zu zweifeln.

War es das alles wirklich wert – diese Rechtschaffenheit, diese Pflichterfüllung, diese Unbestechlichkeit? Nichts erreichte man damit. Nichts, gar nichts.

Und so keimte die Frage in dem verbitterten Mann auf, ob es wirklich eine so große Sünde sei, sich sein Recht auf andere Art zu ertrotzen.

2. Kapitel

Der Tag begann mit dem üblichen Getöse. Es erklang aus der Kehle eines riesigen schwarzen Hahns, der die Morgendämmerung mit seinem Schlachtruf begrüßte, und nicht nur seine Hennen flatterten darob empört auf ihren Stangen auf.

Alyss knurrte in ihren Federn unwillig: »Mistvieh!«, und strampelte sich aus den Betttüchern. Das blasse Morgenlicht kroch durch die Ritzen der Holzläden. Sie tappte auf bloßen Füßen zum Fenster und stieß es auf.

Der Himmel war klar, blassblau, und von einigen von der aufgehenden Sonne geröteten Wölkchen betupft. Sie sog die klare, kühle Luft ein. Ein Rotkehlchen landete auf dem mit leeren Weinfässern beladenen Wagen unter ihrem Fenster und schmetterte ebenfalls aus voller Kehle sein Morgenlied – weit schöner als der schwarze Kämpe, der mit stolz geschwellter Brust über den Hof marschierte und dem weißen Falken, seinem Erzfeind, in seinem Verschlag eine Beleidigung entgegenkrähte. Malefiz, ebenso teuflisch schwarz und ebenso ein erklärter Feind des Hahns, den Alyss' Hauswesen auf den passenden Namen Herold getauft hatte, schlich sich auf leisen Pfoten an den Patriarchen des Hühnervolks heran, mit der bösen Absicht, ihm mindestens eine Feder aus dem üppigen Schwanz zu rupfen.

Vereitelt wurde dieses Vorhaben durch Benefiz, den schwanzlosen Spitz, der zum Spielen aufgelegt war. Nachsichtig belächelte Alyss die kleine Szene. Benefiz war noch sehr jung, er wusste es nicht besser. Den Kratzer auf seiner Nase würde sie gleich verarzten und den jungen Hund mit einem Wurstzipfel trösten.

Entschlossen drehte sie sich zu ihrem Wasserkrug und der Schüssel um, um sich den Schlaf aus dem Gesicht zu waschen. Ein grober Kittel würde heute ihr Gewand sein, denn harte Arbeit stand an. Harte, aber äußerst befriedigende Arbeit.

Der Tag war wie gemacht für den Beginn der Weinlese.

Leise verließ sie ihr Gemach und blieb auf dem Treppenabsatz stehen. Aus dem Zimmer nebenan klang sonores Schnarchen. Ihren Gatten hatte der martialische Weckruf nicht aus dem Schlummer gerissen – er hatte sich wie üblich am Abend zuvor eine ordentliche Bettschwere angetrunken. Auch Alyss sah sich nicht bemüßigt, ihren Ehegemahl zu wecken, weshalb sie mit den Pantinen in der Hand die Treppe hinunterschlich.

Nicht Rücksichtnahme auf den Herrn des Hauses ließ sie so handeln, sondern der Wunsch, ihm nicht schon am frühen Morgen in die Quere zu kommen. Im Hause van Doorne hing der Haussegen seit zwei Monaten merklich schief.

Arndt van Doorne war Weinhändler und zog es vor, seine Ware direkt bei den Winzern in der Pfalz oder in Burgund einzukaufen. Als er Anfang August nach Köln zurückgekommen war, hatte er ohne Bewegung den Mord an seinem Bruder Robert hingenommen; zwischen den Brüdern hatte keine große Herzlichkeit bestanden. Anders war seine Reaktion auf die höchst unbequemen Tatsachen, mit denen ihn sein Weib konfrontiert hatte.

Im Zuge der Aufklärung des Mordes an Robert hatte Alyss seinen unlauteren Handel mit den Tuchwebern aufgedeckt und ihm ebenso die schlampige Führung seiner Geschäfte unter die Nase gerieben. Das alleine hatte schon zu einem cholerischen Anfall ohnegleichen geführt und hätte sicher damit geendet, dass er ihr eine herbe Tracht Prügel verabreicht hätte, wäre bei dem Gespräch nicht Marian, ihr Zwillingsbruder, zugegen gewesen, dessen grüne Augen ihn eisig durchbohrten.

Mehr aber noch hatte er seinen brüllenden Zorn über Alyss ergossen, als er bemerkte, dass sie das eheliche Gemach verlassen und sich in dem Zimmer des Verstorbenen eingerichtet hatte. Die Tür zu diesem Raum blieb ihm von nun an gründlich verschlossen. Das hatte Alyss ihm mit frostklirrenden Worten klargemacht.

Seither gingen sich die Eheleute so weit wie möglich aus dem Weg, und Alyss sehnte jeden Tag mehr den Zeitpunkt herbei, an dem Arndt sich wieder auf die Reise nach Burgund machen würde, wo er gerne Herbst und Winter verbrachte.

Unten in der Küche wirtschaftete bereits Hilda, die Haushälterin, am Herd. Ein Feuerchen brannte, im Kessel erwärmte es langsam den Brei, der ihnen allen als Morgenmahl diente, und wie erwartet schlich sich Benefiz winselnd an Alyss heran und wies seine zerschrammte Nase vor.

»Ich dreh ihm heute Mittag den Hals um, dieser Ausgeburt der Hölle!«, knurrte Hilda.

»Nein, das wirst du nicht. Er ist laut, er ist schrecklich, und er ist fruchtbar. Und weil wir alle Eierkuchen mögen, bleibt er am Leben!«

»Schwarze Hähne wecken die Dämonen auf!«

»Unsinn, der Herr schläft noch tief und fest.«

»Frau Alyss!«, begehrte Hilda auf und schlug ein Kreuzzeichen über ihrer voluminösen Brust.

Frau Alyss hingegen zeigte sich nicht beeindruckt, sondern kraulte Benefiz und schmierte ihm dann einen Klecks Gänseschmalz auf die blutige Nase, das der Spitz jedoch nicht als Heilmittel betrachtete, sondern begeistert ableckte.

Nach und nach versammelten sich die anderen Hausbewohner in der geräumigen Küche. Frieder und Tilo, die beiden halbwüchsigen Rabauken, kabbelten sich wie üblich, und Benefiz beteiligte sich mit einem erfreuten Kläffen an der Balgerei. Alyss ermahnte sie kurz, worauf die beiden sich setzten und hungrig nach dem Kessel äugten. Leocadie hatte bereits eine Rose gepflückt und drehte sie verträumt in den Fingern, Lauryn ergriff den langen Holzlöffel und rührte den Brei um, und Hedwigis zeigte wie üblich eine mürrische Miene, als Hilda sie anwies, Honig und Mandelmilch aus der Speisekammer zu holen. Peer, der Handelsgeselle, trat leise ein, einen Korb mit Brennholz am Arm.

Alyss wies Leocadie an, die Schüsseln mit Brei zu füllen, und schnitt für sich selbst einen Apfel in kleine Stücke, um ihr Mahl damit zu versüßen. Als alle am Tisch saßen, sprach sie ein kurzes Gebet, dann trat Stille ein. Man löffelte.

Draußen krähte Herold noch einmal, und über ihnen tat es einen dumpfen Plumps und einen derben Fluch.

Alyss ließ sich zwar nicht anmerken, was sie dachte, aber Lauryns mitfühlender Blick sagte ihr, dass das Hauswesen geschlossen auf ihrer Seite stand. Sie straffte die Schultern, überging ihren Unmut und verteilte die Aufgaben.

»Der Wein ist reif genug, um ihn zu lesen. Wie es aussieht, werden wir einige Tage trockenes Wetter haben, darum werden wir alle zusammen heute Vormittag in den Weingarten gehen und so viel wie möglich ernten. Frieder und Lauryn, ihr wisst, wie man die reifen Trauben erkennt und sie schneidet. Zeigt es Leocadie und Tilo. Ich werde Hedwigis anleiten. Kiepen und Körbe findet ihr im Schuppen, desgleichen scharfe Scheren.«

»Ich werde mir Blasen an den Fingern holen«, murrte Hedwigis.

»Das werden wir alle«, beschied Alyss sie kurz. »Das wird vergessen sein, wenn wir den ersten Most trinken.«

Einen ganzen Tag lang war es Alyss und ihren jungen Helfern vergönnt, im sorgsam gepflegten Weingarten, dem ganzen Stolz der Hausherrin, süße, saftstrotzende Trauben zu ernten.

Einen Tag nur.

Denn am nächsten Vormittag, als Alyss mit ihrem kleinen Trüppchen Helfer in die Reben gehen wollte, fand sie ihren Gatten an der Mauer vor, die den Garten umschloss. Mit energischen Hammerschlägen nagelte er das Tor zu und grinste sie dann hämisch an.

»Ich habe meinen Weingarten verkauft, Weib. In Eurem Kontor findet Ihr die Summe vor, die ich Euch angeblich schulde. Und nun verschwindet hier.«

3. Kapitel

Wie benommen suchte Alyss den nüchternen Raum auf, in dem sie ihre Abrechnungen zu machen pflegte. Hier, neben den Lagerräumen, in denen Robert van Doorne einst seine Tuchballen gestapelt hatte, stand ein Schreibpult, und auf dem Bord an der Wand reihten sich die Haushaltsbücher der vergangenen Jahre. Die Truhe in der Ecke barg die Lederbeutel mit den Münzen, die für den Unterhalt des Hauswesens nötig waren, und nun, wie angekündigt, auch den mit dem Betrag, der einst ihre Mitgift ausmachte.

Mechanisch zählte sie die Gold- und Silberstücke nach – ja, die Summe stimmte.

Doch um welchen Preis hatte sie sie zurückerhalten!

Langsam ließ sie sich auf den harten Schemel sinken und stützte die Wangen in ihre Hände.

Natürlich, der Weingarten, genau wie das Haus, waren Arndt van Doornes Eigentum. Er konnte darüber verfügen, wie es ihm gefiel. Worüber er nicht verfügen konnte, war ihre Mitgift. Dennoch hatte er es getan. Mit seinem unüberlegten

Handel und seinem mangelnden Empfinden für Preise und Werte hatte er sich seit Jahren aus der gut gefüllten Schatulle bedient. Dass ihm das nicht zustand, hatte Alyss ihm nach seiner Rückkehr überdeutlich klargemacht und die Rückzahlung ihrer Mitgift gefordert.

Das hatte er nun getan, und eigentlich sollte sie sich nicht grämen.

Sie tat es dennoch.

Vor fünf Jahren, als sie Arndt geheiratet hatte, herrschte zwischen ihnen noch eitel Sonnenschein, und er hatte mit nachsichtiger Gutmütigkeit ihre Anstrengungen unterstützt, die verwilderten Reben hinter seinem Haus wieder in einen ertragreichen Weingarten zu verwandeln. Dieses Vorhaben hatte Alyss mit Stolz erfüllt, hatte sie doch ihre Jugend auf dem Gut ihrer Eltern in Villip verbracht, wo ihr Vater ihr und Marian schon früh beigebracht hatte, die biegsamen Reben zu erziehen, die Blätter zu lichten, die Trauben zu lesen, den Most zu keltern. Einen Garten zu hegen erfüllte sie mit Genugtuung, mehr noch, nach dem Tod ihres kleinen Sohnes war die Arbeit darin monatelang ihr einziger Trost gewesen.

Dieses Jahr nun hatten die Reben erstmals so viel Frucht getragen, dass sie nicht nur als Rosinen für die Küche reichen würden, sondern wirklich der erste Wein daraus hätte entstehen können.

Sie hätte Arndt Zeit gelassen mit der Rückzahlung, hatte nicht erwartet, dass er vor der nächsten Lieferung nach England seine Schulden beglich. Und schon gar nicht hatte sie erwartet, dass er dafür seinen Grund verkaufen würde. Doch er hatte es getan, und es war seine Form der Strafe für ihr in seinen Augen unbotmäßiges Verhalten.

Er hatte ganz genau gewusst, wie weh er ihr mit diesem Verkauf tat, das hatte sie in seinen böse glitzernden Augen gesehen.

Heilige Jungfrau Maria, wie weit war es mit ihnen gekommen!

Einst hatte sie ihren Mann geachtet, geliebt und sogar begehrt. Doch all das war nun zu kalter Asche verbrannt, zu einem Häufchen grauem, schmierigem Rückstand, in dem kein Fünkchen Leidenschaft mehr glomm.

Oder wenn, dann nur noch der des Hasses.

Und es gab kein Entrinnen.

Müde schloss Alyss die brennenden Augen, aber sie konnte es nicht verhindern, dass die Tränen ihr über die Wangen liefen.

Leise knarrte die Tür. Sie schreckte auf, versuchte, ihr nasses Gesicht zu verbergen, aber schon legte sich eine scheue Hand auf ihre Schulter.

»Nicht weinen, Frau Alyss. Nicht!«

Frieder, manchmal tollpatschig, oft übermütig und ungebärdig, hockte sich neben sie.

Mit dem Schürzenzipfel wischte Alyss sich über die Augen.

»Ich finde für Euch heraus, wem er den Weingarten verkauft hat, und dann redet Ihr mit dem neuen Besitzer. Warum sollte er den schönen Wein an den Reben verderben lassen?«

»Weil er ein Haus darauf bauen will. Oder Kappes anbauen. Oder Ziegen halten will, Frieder. Wem nützt schon so ein kleiner Weingarten?«

Der vierzehnjährige Frieder, Sohn des Pächters in Villip, senkte den Kopf. Er wusste, wie groß die Weingärten ihres Vaters, Ivo vom Spiegel, waren. Dieser hier, der zu dem Haus gehörte, war ein Spielzeug dagegen und tatsächlich wenig von Nutzen. Einst hatte er die doppelte Größe besessen, aber Robert van Doorne hatte seine Hälfte bereits vor Jahren verkauft. Auf diesem Grund wuchsen nun Kohlköpfe.

»Trotzdem, Frau Alyss, wir werden es herausfinden. Vielleicht lässt er Euch die Ernte.«

Alyss schniefte leise und versuchte Haltung anzunehmen.

»Ist schon gut, Frieder. Erst einmal habe ich meine Mitgift wieder. Das ist auch schon etwas.«

In Frieders Augen blitzte es auf.

»Könnt Ihr sie nicht verwenden, um das Land zurückzukaufen? Dann gehörte der Weingarten Euch und nicht dem Herrn.«

»Frieder, ich bin sicher, er kostet weit mehr als der Betrag, den ich erhalten habe. Der Herr wird schon so gehandelt haben, dass für sein Geschäft ein erkleckliches Sümmchen herausgesprungen ist.«

Frieder erhob sich und ging zum Bord mit den Registerbänden. Nicht, dass er sich besonders damit auskannte, aber jetzt nickte er.

»Ja, Tilo hat gesagt, er braucht Geld, um neuen Wein einzukaufen, und dass Ihr ihm keines mehr vorstreckt.«

»Tilo sollte nicht über diese Dinge sprechen.«

»Macht er ja nicht. Nur mir hat er es gesagt.«

»Auch dir gegenüber hat er zu schweigen!«

»Aber Frau Alyss, er ist doch mein Freund!«

Das kam so treuherzig aus dem Jungen heraus, dass um Alyss' Augen ein winziges Lächeln spielte.

»Kaum zu glauben, wenn man euch beide zusammen erlebt.«

»Ach, das sind doch nur Katzbalgereien!«

»Ja, das sind es wohl. Und da ist schon der Nächste, mit dem *ich* katzbalgen werde. Ich grüße dich, lieb Brüderlein!«

»Schwesterlieb, was machst du im schönsten Sonnenschein im dumpfigen Kontor? Hat dieser junge Tunichtgut ein Strafgericht über sich ergehen lassen müssen?«

»Nein, der junge Herr Frieder hat mir Trost gespendet.«

»Herr Marian, der Herr van Doorne hat den Weingarten verkauft!«

Marian sah seine Schwester prüfend an.

»Daher der vernagelte Eingang. Ich dachte schon, du habest das angeordnet, um heimliche Naschmäuler fernzuhalten. Was trieb den ehrenwerten Gemahl dazu?«

»Meine Forderung nach Begleichung von Schulden.«

Alyss wies auf den prallen Geldbeutel.

»Verlass uns, Jung Frieder. Ich habe persönliche Dinge mit meiner Schwester zu klären.«

»Ja, bitte, Frieder. Und schließ die Tür hinter dir. Und die Ohren, verstanden?«

»Ja, Frau Alyss.«

Frieder polterte hinaus, und Marian setzte sich auf die Bank am Fenster.

»Arndt hat den Charakter eines räudigen Hammels«, stellte er kalt fest.

»Eines verwurmten, an Huffäule leidenden, räudigen, abdeckreifen Hammels, um es genauer zu sagen«, zischte Alyss. »Aber bedauerlicherweise bin ich an dieses Getier gefesselt.«

»Mich kommt soeben der Wunsch an, dem hochwerten Herrn eine Behandlung mit dem Instrumentarium meines neuen Lehrherrn zu verabreichen.«

Alyss' finstere Miene hellte sich ein klein wenig auf.

»Du bist bei einem Zahnbrecher in der Lehre?«

»Nein, lieb Schwesterlein, bei einem Mann mit weit profunderen Kenntnissen der peinlichen Qualen.«

»Oh.«

»Die Anatomia, insbesondere der Knochenbau des Menschen, hat meine Wissbegier geweckt, und wer weiß wohl besser, wo die Gelenke sitzen und welche Knochen gerne brechen, als Meister Hans?«

»Oh!«

Alyss starrte ihren Bruder an. Vergessen war der Weinberg, vergessen die Lese, vergessen die Mitgift. Marian grinste sie herausfordernd an.

»Oh!«, sagte sie noch einmal und räusperte sich dann. »Weiß der Allmächtige Vater davon?«

»Er hat mich noch nicht gefragt.«

Alyss' linke Augenbraue wanderte wie ein schwarzes Samträupchen nach oben und verharrte kurz unter ihrem Haaransatz.

Marian lachte.

»Wenn du das tust, siehst du ihm erschreckend ähnlich, Schwesterlieb. Ich beginne zu zittern und zu zagen.«

Das Samträupchen kehrte an seinen angestammten Platz zurück.

»Nun, er wird begeistert sein, wenn er herausfindet, dass du bei unserem Scharfrichter in die Lehre gehst.«

»Er wird es verstehen, denke ich. Einem solchen Mann verdankt er schließlich, dass meine Knochen wieder an ihren richtigen Stellen sitzen.«

»Es wird seinen Ruhm mehren und seinen Ruf festigen,

wenn es herauskommt, dass sein Sohn und Erbe sich mit dem unehrlichen Volk gemein macht.«

»Kann den Ruhm und die Ehre unseres Herrn Vaters auch nur irgendetwas unter Gottes Sonne schmälern?«

Alyss bedachte diese Frage und antwortete mit einem schlichten: »Nein.«

»Siehst du? Und nun verrate mir, an wen der verwurmte Hammel das Grundstück verkauft hat.«

»Ich weiß es nicht.«

»Dann werden wir es herausfinden.«

»Das schlug Frieder auch schon vor. Einschließlich dem Ansinnen, es mit meiner Mitgift zurückzukaufen.«

»Eine für den jungen Rabauken nicht unkluge Idee, doch fürchte ich …«

»Du fürchtest zu Recht, mein Bruderherz.«

»Ich habe Geld, Alyss.«

»Ich weiß. Dennoch, Marian, wenn wir jetzt ein derartiges Unterfangen beginnen, wird Arndt es bemerken.«

»Und verhindern. Ich verstehe. Wann macht er sich wieder auf seine Hammelbeine?«

»Nach Erntedank, wenn ich Peer richtig verstanden habe. Mich unterrichtet er ja nicht mehr über seine Geschäfte und Reisen.«

»Gut, nach Erntedank. Bis dahin führst du dein Hauswesen, spielst die geduldige Gattin und kümmerst dich um deine Geschäfte. Im Turm, am Eigelstein, halten durstige Kehlen Wache. Liefere ihnen ein Fässchen von deinem Pfälzer.«

»Wer soll bestochen werden?«

»Aber, aber! Sie zahlen den üblichen Preis.«

»Na gut.«

»Und an Erntedank, liebes Schwesterlein, werden wir alle nach Villip fahren. Soll ich der *mater ultrix* von den Transaktionen deines räudigen Gatten berichten? Es gibt dort einen hübschen Schweinestall, wie du weißt.«

Alyss fuhr entsetzt auf.

»Da seien die himmlischen Heerscharen vor… Marian, du foppst mich!«

Diesmal ahmte Marian ihre hochgezogene Braue nach, was aber seine Wirkung verfehlte, denn die seine war braun, nicht schwarz. Und außerdem grinste er dabei.

»Wir haben alle unsere kleinen Geheimnisse, nicht wahr?

»Ich möchte nicht, dass Mutter als die Rächerin über Arndt kommt. Das Vergnügen möchte ich lieber selber auskosten, wenn es an der Zeit ist.«

»Ja, Liebes, das wirst du – und dir selbst damit weiteren Tort antun. Aber nun gräme dich nicht wegen der Lese. Die Trauben können noch einige Tage hängen bleiben und werden an Süße gewinnen. Und wenn der wohledle Herr erst wieder auf Reisen ist, wird sich schon ein Weg finden, die Ernte einzubringen.«

»Wir werden sehen.«

»Ja, das werden wir. Und ich muss nun zu Bruder Markus und ihm ein gelehrtes Werk über die Krankheiten der Knochen abschwatzen.«

»Ich habe auch genug getrödelt. Es gibt noch mehr Arbeit neben dem Weingarten.«

Der Besuch ihres Bruders hatte Alyss ein wenig aufgemuntert, und so konnte sie einigermaßen gefasst ihrem Tagewerk nachgehen.

4. Kapitel

Am Sonntag herrschte noch immer ein liebliches Herbstwetter, mild wehte der Wind durch das Rheintal, süß dufteten die späten Rosen im Hof, und rotbackige Äpfel warteten darauf, vom Spalier gepflückt zu werden.

Marian hatte ein Bad genommen und stand, mit noch feuchter Haut und tropfenden Haaren, am Fenster seines geräumigen Gemachs im Hause derer vom Spiegel. Ein Hausknecht kümmerte sich um den Zuber und bemühte sich, dem nackten Rücken des jungen Herrn keine Aufmerksamkeit zu schenken. Marian beachtete ihn nicht, er war in Gedanken versunken.

Seit knapp einem Jahr lebte er wieder in seinem Elternhaus, und dann und wann beschlich ihn das Gefühl, dass es eigentlich ein jämmerliches Verstecken vor der Welt war.

Andererseits – er hatte das Leben als Fernhändler aufgegeben, nachdem er bei einem Überfall auf der Rückreise von Spanien verletzt worden und gebrochen an Leib, Seele und Herz nach Köln zurückgekehrt war.

Sein Körper war genesen, Narben hatte er behalten, doch sie schmerzten nicht mehr. Oder doch nur wenig noch. Er hatte Glück gehabt, dass einige äußerst kundige Heiler sich um ihn gekümmert hatten. Und diese Erfahrung hatte in ihm den Wunsch geweckt, selbst als Heiler tätig zu werden. Nicht als Mediziner, denn das Studium dieser Kunst schien ihm wenig hilfreich zu sein. Er zog die Praxis der Theorie vor: Mit gelehrten Vorträgen brachte man weder Kinder zur Welt noch renkte man gebrochene Knochen ein.

Überraschenderweise hatte sein Vater seinem Vorhaben zugestimmt, obwohl er sich von seinem Sohn und Erben erhofft hatte, er möge einst das florierende Handelshaus übernehmen, das die Familie derer vom Spiegel über Generationen aufgebaut hatte.

Die Beschäftigung mit den Krankheiten und Gebrechen anderer war für Marian anstrengend genug, das theoretische Wissen eignete er sich aus den voluminösen Folianten in der heimischen Bibliothek an oder griff auf die Schriften des Benediktinerklosters zurück, zu dem Ivo vom Spiegel noch immer gute Beziehungen unterhielt. Vor einigen Monaten war sogar Catrin, seine und Alyss' ältere Ziehschwester, jetzt Begine am Eigelstein, seine Lehrerin gewesen, denn sie verstand sich ausgezeichnet auf die Arbeit einer Hebamme. Lediglich die Gefahren, die damit verbunden waren, wenn ein Mann bei einer Geburt anwesend war, hatten ihn dazu gebracht, diese Kapitel nun in der praktischen Arbeit abzuschließen.

Ja, sein Körper und sein Geist waren gesund und munter, beweglich und kräftig. Auch seine Seele war dank der Fürsorge und Gebete seiner Mutter und Schwester genesen, die Schrammen, die das Grauen hinterlassen hatten, peinigten ihn zwar dann und wann noch, ließen sich aber ertragen. Das Herz aber … nun, daran mochte er nicht rühren. Er würde es wohl nie verwinden, dass er hilflos hatte zusehen müssen, wie die Frau, der er es geschenkt hatte, vor seinen Augen einen qualvollen Tod starb.

Marian schauderte und griff nach dem Handtuch aus weißem Leinen und rubbelte sich kräftiger als nötig ab.

Er hatte – neben dem Erlernen der medizinischen Künste – noch eine weitere Aufgabe zu der seinen gemacht, von der noch nicht einmal seine Schwester wusste, dass er sie verfolgte.

Sein Schwager Robert war ermordet worden – wie sie herausgefunden hatten, von einem zugereisten Nordmann, der seinen heidnischen Glauben geschmäht wähnte. Yskalt, ein junger nordischer Riese, war überführt und gestellt worden, und bei dem Kampf mit ihm hatte Marian ihm die Schwerthand abgeschlagen. Seither lag der Mann im Turm gefangen, nicht nur durch starke Mauern, sondern auch durch heftiges Wundfieber, das es den Obrigkeiten unmöglich machte, ihn zu befragen.

So weit hatte er die Nachricht von Hans Scherfgin, gemeinhin ehrfürchtig als »Meister Hans« tituliert, erhalten. Marian hätte die Sache auf sich beruhen lassen können, doch der Keim des Zweifels hatte sich in seinem Kopf eingenistet, und die Frage, warum ein fremder Nordmann wohl so einfach einen angesehenen Kölner Bürger mit dem Hammer erschlagen hatte, trieb ihn um. Richtig, man vermutete, dass Yskalt seinen Hammer fanatisch als das Symbol des nordischen Thor verehrte, und er war als gewalttätig bekannt. Aber wann hätte Robert ihn beleidigen sollen?

Alle anderen hatten sich mit der Erklärung zufrieden gegeben – Marian nicht.

Und aus diesem Grund forschte er weiter. Unauffällig, heimlich, beharrlich.

Heute war der Tag, an dem er einen weiteren Hinweis erhalten sollte. Und daher bürstete er seine schulterlangen, rotbraunen Locken sorgfältig, kleidete sich in blattgrünen Samt und füllte einen Korb mit süßen Kuchen und Wein. Darauf legte er einige der späten Rosen von dem großen Busch im Hof.

Sein Besuch galt nämlich einem Menschen von vielfältigem, zumeist ungewöhnlichem Wissen, und dieser Mensch war weiblich.

Marians Herz mochte gebrochen sein, doch sein Körper war jung und kräftig, und sein Interesse an der Anatomia beschränkte sich nicht ausschließlich auf das Studieren staubiger Schriften. Gislindis, die Tochter des Scheren- und Messerschleifers Mats Schlyffers, kam viel herum und hatte ein offenes Ohr für allerlei Gerüchte. Vielleicht verfügte sie sogar über einen zusätzlichen Sinn, der ihr Geheimnisse offenbarte, die andere bedeckt halten wollten. Oder sie war nur eine außergewöhnlich gute Beobachterin. Jedenfalls hatte sie ihm angeboten, die Ohren aufzuhalten, was den Gefangenen im Turm anbelangte. Und am gestrigen Tag hatte er ihre Nachricht erhalten, dass sie ihn sprechen wollte.

Je nun, sprechen …

Alles hatte seinen Preis, und Gislindis verlangte den ihren. Nicht in Gold oder Silber, sondern in der Form persönlicher Aufmerksamkeit. Kein unbotmäßig hoher Preis, fand Marian, denn Gislindis war ein hübsches Weib, und er hatte genügend Selbstvertrauen, ihr einen wonniglichen Nachmittag bereiten zu können. Feurige Küsse wollte sie und sanftes Kosen, mochte sein, dass sie auch weitere Aufmerksamkeiten zärtlicher Art zu würdigen wusste.

Gewiss aber Honigkuchen und gewürzten Wein.

Und Rosen.

Beschwingt machte er sich auf den Weg zur alten Burgmauer, wo Mats Schlyffers ein kleines Häuschen bewohnte. Marians Mutter zufolge hatte einst ihre Halbschwester Aziza darin gelebt, doch dann war es bei einem bösen Anschlag auf ihr Leben niedergebrannt worden, und sein Großvater, Conrad Bertolf, hatte es wieder aufgebaut. Indes – Aziza hatte Leon de Lambrays geheiratet und war mit ihm nach Burgund gezogen.

Das Häuschen schmiegte sich in eine ganze Zeile recht gepflegter Fachwerkbauten, in denen Handwerker, kleine Händler und Geldwechsler ihre Geschäfte betrieben. Als er an die hölzerne Tür pochte, stellte Marian tatsächlich so etwas wie ein leichtes Herzklopfen fest, das nicht nur etwas damit zu tun hatte, dass er neugierig auf die Nachrichten war, die Gislindis ihm angekündigt hatte.

Die junge Frau öffnete ihm selbst, und für einen Moment verschlug es ihm die Sprache.

Üblicherweise begleitete Gislindis ihren Vater auf die Märkte, durch die Straßen und Höfe, gekleidet in einen Kittel, dessen Saum oft staubig war, mit bloßen Beinen, die blonden Haare mit einem Kopftuch bedeckt. Heute hatte sie sich ein blaues Gewand angezogen, das sauber und adrett bis auf die lederbeschuhten Füße fiel, und zwei schimmernde Zöpfe wanden sich zu einer Krone um ihr Haupt. Sie lächelte ein wenig spöttisch.

Er nahm die Blumen aus dem Korb und reichte sie ihr.

»Die Rosen, schöne Gislindis, steckt in Euer Haar. Dort gehören sie hin, um ihren Zauber zu mehren.«

»Eine Dornenkrone für mich, Herr Marian?«

»Ich nahm ihnen den Stachel, nur Duft und Süße sind ihnen geblieben und samtzarte Blätter.«

»Samtzart wie Eure Zunge, Herr!«

»Glaubt Ihr?«

»Hören tue ich es schon, das Weitere wollen wir im Hause klären. Tretet ein, Herr Marian.«

Das untere Geschoss war, wie in den Handwerkerhäusern üblich, dem Werken gewidmet, und so fand sich denn auch ein Schleifstein nahe dem Fenster, und vielerlei Klingen und Scheren lagen aufgeräumt auf Wandborden. Doch vor dem Kamin stand ein breiter Tisch, bleich geschrubbt, schimmernd gewachst und mit einem bestickten Tuch belegt. Auf den Holzbänken lagen ein wenig abgenutzte Polster, und eine Schale mit Äpfeln und Trauben lud zum Zugreifen ein.

»Euer Vater …?«

»Besucht am Sonntag seinen Freund.«

Gislindis nahm Marian den Korb ab und blickte neugierig hinein.

»Noch mehr Süße, Herr Marian? Ihr kommt mit großzügigen Gaben. Oder wollt Ihr Euch damit loskaufen?«

»Aber nimmermehr, liebliche Gislindis. Unser Haus hat den Ruf, ehrlichen Handel zu treiben.«

Gislindis nickte unerwartet ernst und setzte sich. Marian nahm auf der anderen Seite des Tisches Platz.

»Ja, Herr Marian, das habt Ihr. Und auch Mats Schlyffers ist ein ehrlicher Mann, dem ich keine Schande machen werde. Und darum wird unser Handel kurz sein. Denn ich habe Euch nichts zu bieten.«

»So sagt Ihr.«

»So sage ich. Denn mein Angebot lautete, Euch zu berichten, wer den einhändigen Mörder gedungen hat. Und diese Frage kann ich Euch nun nicht mehr beantworten.«

»Verstarb der Nordmann im Kerker?«

»Nein, Herr Marian. Er entkam ihm.«

Mit Mühe unterdrückte Marian ein hässliches Wort. Dann dachte er schweigend nach, während die junge Frau ihn still beobachtete. Schließlich sagte er: »Der Turm ist gut bewacht, die Mauern dick, der Mann lag im Fieber – so war meine letzte Kenntnis.«

»Und so war es auch. Doch gestern Nacht verschwand der Heide.«

»Doch nicht durch die Macht seiner barbarischen Gottheit?«

Ein hauchdünnes Lächeln zeigte sich in Gislindis' Gesicht.

»Warum glaubt Ihr das nicht?«

»Ich glaube viel, Liebliche, doch weder an Geister noch Dämonen und schon gar nicht an heidnische Götter, die durch Mauern greifen und halbtote nordische Riesen entführen.«

»Die Wachen aber glauben genau dies.«

»Tröpfe.«

»Wohl kaum.«

»Goldgierige Tröpfe!«

»Schon eher.«

»Wer?«

Gislindis zuckte mit den Schultern.

»Ich höre viel, ich sehe viel, Mats Schlyffers spricht seine eigene Sprache.«

»Ein neuer Handel?«

»Wenn Ihr wollt.«

»Zum selben Preis?«

»Wenn Ihr könnt.«

Marian lachte laut auf.

»Wollt Ihr eine Probe, liebliche Gislindis?«

Gislindis schenkte ihm einen langen Blick aus ihren Augen. Grün waren sie nicht, grau waren sie nicht, blau auch nicht. Sie schillerten im Licht der Sonne, das durch die kleinen runden Glasscheiben des Fensters fiel.

Marian fühlte sich schwindelig. Gislindis war ein seltsames Weib. Spöttisch und herausfordernd auf den Gassen, geheimnisvoll in ihren dunklen Andeutungen, flink an Geist und Zunge, bereit zu jedweder Tändelei – und doch entzog sie sich einem jeden, der ihr näher kam. Er hatte es sich leichter vorgestellt, mit ihr zu verhandeln, dachte, bei einem heiteren Spiel in den Federn ihr Lust zu bereiten. Aber nun fühlte er sich befangen und wie gelähmt von ihrem verwirrenden Blick.

»Gebt mir von dem gewürzten Wein, Herr Marian. Und einen Honigkuchen.«

Ihre Stimme war leise, rau und lockend. Doch sie blieb sitzen, regungslos.

Marian löste sich aus dem Bann ihres Blickes, stand auf, nahm zwei tönerne Becher vom Kaminsims und füllte Wein aus dem Steinkrug, den er mitgebracht hatte. Die Kuchen legte er vor sie hin.

Sie nahm den Wein und nippte daran.

»Eure Mutter weiß Tränke zu mischen«, murmelte sie.

»Wein und Most, ja. Mit Kräutern aus ihrem Garten und Gewürzen aus unseren Truhen.«

»Ja, ja, doch die Zutat, die Liebe weckt, verrät sie nicht!«

Gislindis' schillernde Augen glitzerten.

»Was wollt Ihr damit sagen?«, fragte Marian sie streng.

»Nicht, dass sie eine Zaubersche ist. Da gibt es ganz andere. Trinkt mit mir, Herr Marian. Es ist nur der Wein Eurer Mutter.«

Natürlich – er hatte ihn selbst abgefüllt, hergetragen und in die Becher gegossen.

Er trank.

Dann erhob er sich. Sie tat es ihm gleich.

»Ich werde Euch Nachricht senden, wenn ich etwas höre.«

»Tut das, liebliche Gislindis.«

Er stand vor ihr. Sie waren gleich groß, denn Marian war ein zierlicher Mann. Einen Augenblick lang war er versucht, ihr einen Kuss auf die Lippen zu drücken, doch eine ungewöhnliche Scheu hielt ihn zurück.

»Sagt Eurer Schwester, die Scheren und Messer, mit denen die Trauben geschnitten werden, soll Mats Schlyffer bald schleifen.«

Verblüfft sog er den Atem ein.

»Was wisst Ihr?«

»Was ich der wohledlen Frau Alyss sage, wenn sie mir einen Silberling gibt und mich in ihre Hände schauen lässt.«

Dann lachte Gislindis, drehte sich mit schwingenden Röcken um, ging zur Haustür und öffnete sie.

5. Kapitel

Das Erntedankfest war vorüber. Man hatte eine ganze Woche auf dem Gut derer vom Spiegel in Villip verbracht, eine heitere Zeit, für Alyss auch deshalb, weil ihr Gatte es vorgezogen hatte, sie nicht zu begleiten. Nun aber hatte der Himmel sich bewölkt, und ein heftiger Herbststurm hatte just eingesetzt, als sie wieder in Köln eingetroffen waren. Die tägliche Arbeit wurde um das Schaffen von Vorräten für den Winter erweitert. Die Körbe voll Pilze, die sie mitgebracht hatten, mussten gesäubert und zum Darren aufgefädelt werden, ebenso Apfelringe und Birnenschnitze. Trauben vom Gut wurden auf Binsenmatten ausgebreitet, damit sie zu Rosinen trockneten, die Nüsse verlesen und in Jutesäcke abgefüllt. Die wollenen Winterkleider und Umhänge wurden aus den Truhen geholt und gelüftet; hier und da musste ein Mottenloch gestopft werden, eine zerschlissene Nestel ersetzt oder ein Saum neu umgenäht werden. Hedwigis und Leocadie füllten die Leinenbeutelchen mit getrocknetem Lavendel, damit die Sommergewänder vor Ungeziefer geschützt wären, Lauryn erntete die letzten Kräuter und hängte sie gebündelt im Lagerraum auf, und Alyss bereitete nach einem Rezept ihrer Freundin Catrin aus feinstem Schmalz, weichem Bienenwachs und allerlei Heilkräutern eine Salbe, die gegen Frostbeulen helfen würde. Tilo und Frieder mussten die Dächer von Hühner- und Pferdestall ausbessern, und Arndt kümmerte sich um seine Weinfässer, die über den Rhein zu den niederländischen Häfen transportiert werden sollten.

Man ging einander aus dem Weg, bis auf die abendliche Mahlzeit. Die allerdings verlief zumeist in tiefem Schweigen. Auch die üblichen Gäste blieben aus – Merten, Arndts Stiefsohn, ein fröhlicher Hallodri, hatte nur einmal in den vergangenen Wochen am Tisch gesessen, just am Abend jenes Tages, an dem der Weingarten verkauft worden war. Obwohl nie um eine leichtfertige Geschichte verlegen, hatte auch ihm die gedrückte, angespannte Stimmung die Zunge gelähmt, und er war nicht wieder aufgetaucht. Magister Hermanus, ebenfalls ein Verwandter des Hausherrn und Mesner von Lyskirchen, hielt sich fern, obwohl er zu den gefräßigsten ihrer Tischgenossen gehörte. Ihm trauerte Alyss jedoch nicht sonderlich nach: Der Hauspfaff hatte kein einnehmendes Wesen, er neigte zu moralisierenden Tischpredigten, die allen außer ihm den Appetit raubten.

Und Master John of Lynne war nach England zurückgereist.

Alyss gestand es sich nicht gerne ein, aber ihn vermisste sie wirklich – ein ganz kleines bisschen aber nur. Nicht besonders. Nein, nicht sonderlich. Eigentlich kaum.

Aber die jungen Leute hätten seine abenteuerlichen Geschichten von Piraten und stürmischen Seefahrten, Räubern in dunklen Wäldern und solch wunderlichen Dingen wie Dracheneier sicher aufgemuntert.

Weit mehr als das säuerliche Gesicht des Hausherrn, der sich Abend für Abend an den schweren Rotweinen aus Burgund erfreute.

Am Sonntag nach ihrer Rückkehr von Villip ruhten die Arbeiten, wie Gott es befohlen hatte, und nach der Messe beschloss Alyss, den drei Jungfern eine kleine Freude zu bereiten. Sie bat die Mädchen in ihre Kammer und sah mit ihnen die Winterkleider durch, um zu prüfen, was neu angeschafft werden sollte.

»Meine Mutter hat mir ein Gewand mit Pelzbesatz versprochen«, erklärte Hedwigis und zupfte an dem wollenen grünen Surkot, den man ausgebreitet und begutachtet hatte.

»Das Kleid ist noch wie neu, Hedwigis. Du hast es erst letzten Christtag erhalten. Aber ein kleiner Pelz am Ausschnitt möchte es aufputzen.«

»Dann will ich aber weißen Fuchsschwanz haben.«

»Was dich hässlich blass machen würde!«, warf Lauryn ein. »Roter Fuchs würde zu deinen braunen Haaren besser aussehen. Und billiger ist er ebenfalls.«

»Ich will aber nicht billig aussehen.«

»Du wirst mit einem solchen Pelzbesatz keineswegs billig aussehen«, sagte Alyss. »Und Lauryn hat recht. Weiße Fuchspelze kommen aus dem Norden und sind sehr wertvoll. Eine Jungfer sollte nicht damit protzen.«

»Aber meine Mutter hat gesagt, ich darf mir aussuchen, was mir gefällt.«

Um den Trotz des Mädchens nicht weiter zu schüren, nickte Alyss und meinte: »Wir gehen morgen auf den Markt und schauen, was uns die Pelzhändler anbieten können. Lauryn, ich habe die Befürchtung, dass du diesem Sommer gesprossen bist wie eine junge Bohnenranke. Dieser Surkot ist geradezu unzüchtig kurz.« Sie hielt ein braunes Gewand an die Schulter und schüttelte den Kopf. »Da ist etwas Neues vonnöten.«

»Ich helfe dir beim Nähen«, bot Leocadie sogleich an, denn alle im Raum wussten, dass Lauryn zwar einen grünen Daumen bei allem bewies, was aus dem Boden wuchs, aber mit Nadel und Faden das Geschick eines tollpatschigen Hundes an den Tag legte.

»Wir werden einen Gewandschneider aufsuchen und ein warmes Tuch aussuchen. Ich schneide dir das Kleid zu, Lauryn.«

»Danke, Frau Alyss.«

»Und dieses hier, Leocadie, sieht schon ein wenig zerschlissen aus. Wann hast du es bekommen?«

»Vor drei Jahren, Frau Alyss. Aber wenn ich eine Borte oder Bänder haben könnte, geht es noch sehr gut. Ich mag das Rot so sehr.«

»Mhm – ja, das steht dir auch gut. Nun, wir werden nach Borten Ausschau halten. Oder auch nach einem Pelz?«

Leocadies Augen leuchteten auf.

»Gut, auch nach einem Pelz für Lauryn und dich.«

Alyss sah, dass Hedwigis einen Schmollmund zog, aber solange die Mädchen unter ihrer Obhut standen, sollten sie in gleicher Weise gekleidet sein – die Patriziertochter genau wie die des Pächters und die des Weinbauern. Und das, was sie als Nächstes vorhatte, würde Hedwigis' Laune sogar noch weiter verschlechtern, fürchtete sie. Aber sei's drum – sie musste lernen, dass sie nicht der Mittelpunkt der Welt war. Diese Aufgabe hatte der Vater des Mädchens, Peter Bertolf, Baumeister und Stiefbruder ihrer Mutter Almut, ihr ans Herz gelegt. Unseligerweise hatte seine Frau, eine reichlich dünkelhafte Matrone, in ihrer Tochter die Saat gelegt, dass sie gegenüber anderen Mädchen ganz selbstverständlich Privilegien für sich beanspruchte.

Aber Ritter Arbo hatte nun mal ein Auge auf die sanfte Leocadie geworfen.

»Und nun, meine fleißigen Jungfern, räumt die Gewänder vom Bett, ich will euch etwas Hübsches zeigen.« Mit diesen Worten holte Alyss aus ihrer Truhe eine Schatulle heraus und stellte sie auf die Polster.

»Das hier haben mir meine Eltern zu meiner Hochzeit geschenkt, und wenn eine von euch heiratet, soll sie sie als Leihgabe bekommen.«

»Eure Brautkrone?«, fragte Lauryn andächtig.

»Meine Brautkrone.«

Alyss wählte den kleinen Schlüssel aus dem Bund, den sie immer am Gürtel trug, und schloss die Schatulle auf. Mit dunkelblauem Samt war sie ausgeschlagen, und in ihm schimmerte Gold. Alyss hob die Krone heraus und hielt sie so, dass das Licht aus dem Fenster auf sie fiel.

Nicht wie üblich aus dünnem Golddraht und Flitter, Glassteinchen oder Wachsperlen war das kostbare Stück gefertigt, sondern einen massiven goldenen Reif hielt sie in den Händen. Eine ganze Handbreit hoch ragten die sechs stilisierten Lilien auf, dazwischen, niedriger, sechs Blätter, die das Gebilde zu einer Krone würdig einer Fürstin machten. Rosige, beinahe vollendet runde Perlen zierten die Blattspitzen, kleinere umgaben den Stirnreif wie eine Kordel. In der Mitte der Lilien aber blitzten grüne, sorgfältig geschliffene Steine auf.

Es war ein Meisterwerk der Goldschmiedekunst.

»Heilige Jungfrau Maria!«, wisperte Leocadie.

»Die ist ja ein Vermögen wert!«, flüsterte Hedwigis.

»Oh, ist die schön!«, seufzte Lauryn.

»Ja, sie ist schön und wertvoll und der Krone einer Gottesmutter-Statue nachgeformt.«

»Ihr müsst Euch gefühlt haben wie eine Königin, Frau Alyss.«

Ja, das hatte sie damals. Sie hatte sich stolz und erhaben, vor allem aber geliebt gefühlt.

»Wie eine Braut, Leocadie.«

Lauryn streichelte ihren Arm. Natürlich war den Mädchen der dauerhafte Streit zwischen Arndt und ihr nicht entgangen, aber alle drei waren so rücksichtsvoll, das nie zu erwähnen. Alyss schüttelte die Traurigkeit ab und setzte die Krone wieder in ihr Behältnis zurück. Dann ließ sie die Erde erbeben.

»Mein Vater hat zugestimmt, Ritter Arbos Besuch wohlwollend aufzunehmen.«

Die Jungfern sahen sie mit großen Augen an, und Leocadie liefen die Tränen über die Wange.

Sie weinte mit ausgesuchter Anmut, das musste Alyss ihr zugestehen.

»Ein Besuch, Leocadie, ist noch kein Heiratsversprechen. Dein Großvater ist geneigt, ihn zu prüfen.«

»Ja, ja… Ja, ich weiß.«

»Schön, dann schlage ich vor, ihr zieht euch nun in euer Gemach zurück und widmet euch erbaulicher Lektüre, wie es dem Sonntag gebührt.«

»Ja, Frau Alyss.«

»Und morgen gehen wir gemeinsam auf den Markt.«

»Ja – o ja, Frau Alyss!«

Die Jungfern verließen in guter Haltung den Raum, aber schon auf der Treppe hörte Alyss das eilige Poltern und die leisen Ausrufe der Mädchen. Mit erbaulicher Lektüre würden sie sich in den nächsten Stunden kaum befassen, wohl aber mit Schwatzereien und Träumereien.

Sie gönnte es ihnen.

Für Erbauliches war später im Leben noch Zeit, wenn die Träume verschlissen und die Hoffnungen blass geworden waren.

So wie bei ihr.

Sie sperrte die Schatulle wieder fort und wählte stattdessen den schmalen Band des bescheidenen Dichters Freigedank, las langsam und mit Bedacht und verweilte bei manchen weisen Versen.

Für den kommenden Tag fand sie dort einen passenden Spruch, den sie Hedwigis mit auf den Weg geben würde. Sie murmelte ihn dreimal vor sich hin, damit sie ihn nicht vergaß: »Und schlüpft der Knecht in Zobelbalg, er bleibt darinnen doch ein Schalk.«

6. Kapitel

Am Dienstagnachmittag machte Alyss sich mit Peer und dem Karren, beladen mit drei Fässern Wein, auf den Weg, ihre Ware abzuliefern. Eigentlich musste sie derartige Gänge nicht selbst machen, aber um die drei Kunden, die sie an diesem Tag aufzusuchen hatte, wollte sie sich persönlich kümmern. Der erste war Abt Lodewig von Groß Sankt Martin. Er empfing sie freundlich, hatte aber wenig Zeit für sie, da hochrangige Besucher im Kloster eingetroffen waren. Die allerdings, so sagte er, äußerst dankbar für den fruchtigen Wein sein würden, den sein Cellerar mit Peer in den Keller brachte. Die nächste Station war der Turm am Eigelsteintor. Durch Marians Vermittlung und mit einem Fässchen als Kostprobe hatte sie den Turmvogt als neuen Kunden gewonnen, der nun regelmäßig jede Woche seine Ware haben wollte. Noch einmal versicherte sie sich, dass man zufrieden mit dem Wein war, und fragte dann, weil sie anschließend die Adlerwirtin aufsuchen wollte, nach dem Befinden des Gefangenen. Der Nordmann Yskalt, Mörder ihres Schwagers, war zuvor Knecht in der Schmiede gewesen, und Franziskas Tochter Stina hatte sich mit ihm verloben wollen. Etwas verblüfft hörte Alyss dem Turmmeister zu, der sich um eine Antwort zu drücken schien, machte sich aber keine besonderen Gedanken darum. Mit dem letzten Fass auf dem Karren rollten sie dann in den Hof des Gasthauses ein, in dem sich auch die Schmiede befand. Die Esse rauchte, zwei Pferde warteten geduldig darauf, neue Hufeisen zu erhalten, und die beiden starken Söhne

Simons und Franziskas halfen auch sogleich, das Fass in den Vorratsraum zu rollen.

Die Wirtin selbst begrüßte Alyss inzwischen wieder freundlich. Noch im Juli hatte sie außerordentlich erregt darauf reagiert, dass sie, ihr Bruder und John of Lynne ihren Knecht des Mordes angeklagt hatten, doch inzwischen hatte sie eingesehen, dass sie und ihre Familie sich in dem jungen Riesen getäuscht hatten.

»Kommt herein, Frau Alyss, und auch du, Peer. Ein Humpen Bier wird dir sicher zurechtkommen.«

Der Handelsknecht nickte, setzte sich aber an einen anderen Tisch zu zwei Fuhrmännern und überließ die Frauen ihrer Unterhaltung in der Küche. Hier fand Alyss auch die Pelzerin vor, die sie aus der Badestube kannte.

»Greta Aldenhoven hat sich ein paar Kittelchen angesehen, die neulich einige Gäste bei uns haben hängen lassen«, erklärte Franziska mit einem Grinsen und wies auf einen Stapel Felle.

»Die sind anschließend ganz nackig aus Eurer Küche gehoppelt, Frau Wirtin?«, fragte Alyss amüsiert.

»Aber ganz und gar nicht. Ich habe ihnen einen hübschen Speckmantel übergezogen.«

»Na, dem hier doch gewiss nicht. Meister Reinecke, dünkt mir, wird auch nach Euren Rezepten gesotten nicht eben schmackhaft werden.«

»Der nicht, der zahlte das Huhn damit, das er zuvor verspeist hatte.«

»Ein Fuchs mit drei Schwänzen?« Die Pelzerin lächelte sanft. »Frau Wirtin, da müsst Ihr aber ein seltsames Exemplar gefangen haben.«

»Ja, der Herr schafft wunderliche Tiere. Hier Euer gewürzter Wein, Frau Alyss. Greta sagt, er mundet ihr sehr fein.«

Franziska schenkte die Becher voll.

»Aber nur noch einen kleinen Schluck, Frau Wirtin, denn er steigt auch leicht in den Kopf. Und – sagt, eben war doch Kilian noch hier.«

»Euer kleiner Sohn?«, fragte Alyss, an Greta Aldenhoven gewandt.

»Ein süßer Racker!«, schwärmte Franziska und verdrehte verzückt die Augen. »Ein Engelchen mit seinen goldenen Locken und so flink von Witz. Lasst ihn nur, Frau Greta, er wird in den Hof gelaufen sein. Und dort passen die Männer schon auf, dass er nicht zwischen Hammer und Amboss gerät.«

»Wie alt ist er jetzt?«, fragte Alyss, die zwar wusste, dass die Pelzerin einen Sohn hatte, und sich vage daran erinnerte, dass er schon auf der Welt gewesen war, als sie mit Terricus schwanger ging. Ein kleiner Stich Trauer schwang in ihren Worten mit.

»Sieben Lenze jung und munter wie ein silbriges Fischchen im Bach. Nur leider hat sich bisher kein weiteres Geschwister eingefunden … Je nun. Aber Frau Wirtin, das bringt mich zu meinem Anliegen. Nicht nur die Kittelchen Eurer langohrigen Gäste haben mich heute zu Euch geführt, sondern tatsächlich auch meine Sorge um Kilian. Mein Niclas und ich müssen nächste Woche aufbrechen, um unsere Pelzwaren zu verkaufen. Wir werden ungefähr einen Monat unterwegs sein und bringen Kilian für die Zeit immer zu meiner Schwester nach Neuss. Aber die steht kurz vor der Niederkunft und kann sich nicht um ihn kümmern. Die Marte am Perlengraben, die ihn auch dann und wann zu sich nimmt, hat sich's Bein gebrochen. Und da dachte ich, Frau Franziska – ihr habt doch acht Kinder großgezogen…«

»Hab ich und könnte auch Euren Kilian zum wackeren Jungen päppeln, daran sollte es nicht liegen. Doch fehlen uns ein Knecht und eine Magd, und Ihr wisst, im Herbst kommen die Händler zur Messe, und dann wird es voll im Gasthaus.«

»Heiliger Sankt Hubert, daran habe ich gar nicht gedacht. Nein, das kann ich Euch nicht zumuten. Dann muss er wohl bei der Magd bleiben.«

Greta Aldenhoven sah überhaupt nicht glücklich aus.

Alyss hatte ihren eigenen Sohn vor drei Jahren durch einen schlimmen Unfall verloren, und seither sehnte sie sich nach einem Kind, das aber – aus verschiedenen Gründen – nicht mehr kommen wollte. Sie vermisste den heiteren Knaben noch immer, und die Wunde in ihrem Herzen schien nicht heilen zu wollen. Die Sehnsucht, wieder einen kleinen Jungen um sich zu haben, ließ sie nicht lange überlegen.

»Mein Gatte geht nächste Woche auch wieder auf Reisen. Peer fährt mit einem der Jungen in die Pfalz, um den Weingarten brauche ich mich nicht zu kümmern. Mein Haus ist leer, Frau Greta. Wenn Ihr Kilian mir anvertrauen wollt, gewähre ich ihm gerne Obdach.«

»Das würdet Ihr tun? Aber nicht für Gottes Lohn, Frau Alyss. Ein paar schöne Pelze wird der Niclas Euch vorbeibringen.«

»Aber keine aus der hiesigen Gaststube. Denn ich weiß ganz genau, wie der Simon die Langohren überredet, ihre Wämschen hierzulassen.«

Franziska kicherte. Es war ein offenes Geheimnis, dass ihr Ehemann seit Jahren sehr gute Verbindungen mit den Wilderern pflegte.

»Nicht diese«, nickte auch die Pelzerin verständnisvoll. »Ein paar Lämmer haben ihre Decken bei uns abgegeben, aus denen man schöne warme Winterjacken nähen kann.«

Niclas Aldenhoven war kein Pelzhändler, sondern ein Buntwörter, ein Kürschner, der die heimischen Häute den Sommer über verarbeitete, um sie dann in den Herbstmonaten zu verkaufen. Er bezog seine Ware von den Jägern, den Metzgern oder Abdeckern – manchmal wohl auch von den Wilderern. Gebrauchsware überwiegend, kein Luxus, obwohl Fuchs und Marder, Eichhörnchen oder Dachs auch begehrte Pelze lieferten.

Gegen ein paar warme Lammfelle hatte Alyss nichts einzuwenden, und so war das Geschäft bald abgewickelt. Auch jenes mit der Adlerwirtin erfolgte zur Zufriedenheit. Das Fass Wein tauschte Alyss gegen ein Fass von deren würzigem Bier, das Peer und der Knecht, aber auch die beiden Jungen recht gerne tranken. Es sollte eben auf den Karren geladen werden, als die Frauen Kilian entdeckten.

Er war nicht in die gefährliche Schmiede geraten. Er hatte die Braustube der Wirtin aufgesucht. Und das nicht alleine. Nein, er hatte das struppige Eselchen des Schmieds zur Gesellschaft mitgenommen und mit der Maische gefüttert. Dem Tier erging es gar wohl dabei, doch so recht wusste es nichts mehr mit seinen vier Beinen anzustellen. Es kam torkelnd und schwankend auf die Frauen zu und iahte sein trunkenes Glück lauthals über den Hof.

Jung Kilian jedoch lag selig berauscht schlummernd unter dem Braukessel, ein goldlockiger Knabe mit dem Gesicht eines Engels.

Alyss schwante Böses.

7. Kapitel

Eine Woche später war im Hause van Doorne wieder Frieden eingekehrt. Am Montag hatte sich Arndt auf die Reise begeben. Der Abschied fiel kühl aus, er teilte seiner Gattin weder mit, wohin er sich begeben wollte, noch, wann er zurückzukehren gedachte. Das war verständlich, denn Alyss hatte genauestens überwacht, welche Fässer er aus den Weinkellern entnommen hatte, und auch die Geldbeutel unter Verschluss gehalten, damit er nicht Waren und Münzen entnehmen konnte, die ihr gehörten. Früher war sie unbekümmerter damit umgegangen, aber seit sie getrennte Bücher führten, legte sie strikten Wert darauf, dass alles seine Ordnung hatte.

Arndt hatte sie einmal giftig als Erbsenzählerin angefaucht, ihr den Registerband entrissen, in dem seine Einnahmen und Zahlungsverpflichtungen niedergelegt waren. Er führte sein Buch nun selbst, was Alyss mit einem Schulterzucken abtat. Auch über das Ziel seiner Reise machte sie sich wenig Gedanken. Er würde nach Burgund reisen, auf welcher Route auch immer. Da er früher im Jahr aufgebrochen war als sonst, nahm sie an, dass er möglicherweise über Deventer fahren wollte, um die Verschiffung seiner Weine nach London zu beaufsichtigen. Oder was immer er sonst noch für Geschäfte mit den Nordleuten zu machen gedachte.

Sie selbst hatte einen wagemutigen Schritt unternommen, um ihre Einkünfte zu mehren. Der Besuch bei den Pelzkaufleuten hatte ihr die Idee eingegeben, den Pfälzer Wein nicht nur gegen Münzen zu erstehen, sondern Tauschware anzubieten. Die Riga-Händler verfügten über ausgesucht schöne, seltene weiße Pelze, und einen Teil ihrer zurückgewonnenen Mitgift hatte sie dazu genutzt, ein Fass edler Rauwaren zu erwerben. Mit dieser kostbaren Ladung machten sich kurz nach Arndts Aufbruch ihr Handelsgehilfe Peer und der stolzgeschwellte Frieder auf den Weg. Für den Jungen war es die erste Handelsreise, und entsprechend wichtig kam er sich vor, zumal Tilo im Frühjahr bereits diese Ehre genossen hatte.

Der Abschied von ihm fiel indes weit lebhafter aus. Die Jungfern gaben ihm Dutzende von kleinen Aufträgen mit, die er auf der Speyrer Messe zu erfüllen hatte, Tilo hatte einen Sack voll guter Ratschläge aus einer weltmännischen Erfahrung im Reisen für ihn bereit, die allesamt hochnäsig abgelehnt wurden. Hildas Korb mit Wegzehrung hingegen wurde dankbar begrüßt und Alyss' Segenswunsch mit seltsam bewegter Miene entgegengenommen.

Dann beugte sich der junge Mann zu dem heftig mit dem Hinterteil wackelnden Spitz hinunter und mahnte ihn, gut auf das Haus und auf Frau Alyss aufzupassen. Der Hund setzte sich nieder und gab ein leises: »Klöff!« von sich.

»Guter Hund!« Noch einmal kraulte er ihn zwischen den Ohren, dann warf er sich sein Bündel über den Rücken.

Alyss wandte sich wieder ihren Pflichten zu. Sie hatte großes Vertrauen in den alten Peer, der Mann war erfahren in Reisen und im Handeln, er wusste, was sie für ihre Ware zu erzielen beabsichtigte, kannte die besten Winzer der Pfalz und hatte ein gutes Händchen bei der Auswahl der Weine. Außerdem bewies er großes Geschick im Umgang mit den heranwachsenden Jungen, selbst wenn sie sich so ungebärdig aufführten wie Frieder gelegentlich. Doch selbst hier hatte sie wenig Bedenken, dass der junge Mann sich in völlig ausweglose Patschen begeben würde. Er hatte Ehrgeiz und wollte in der Welt vorankommen. Dass er dabei vor lauter Eifer manchmal stolperte, sah sie ihm nach. Er war im Grunde seines Wesens ehrlich, treu und verlässlich.

Weshalb sie ihm auch den kostbaren Gerfalken anvertraut hatte, den John of Lynne ihr im Sommer mitgebracht hatte.

Um diesen Vogel würde sie sich nun hauptsächlich selbst zu kümmern haben.

Es erstaunte sie, dass ihr der Gedanke daran eine gewisse Freude bereitete.

An diesem Abend verlief das gemeinsame Essen trotz der gelichteten Reihen weitaus heiterer als in den vergangenen Wochen. Die Jungfern schwatzten fröhlich über ihre Kleider und den Putz, Tilo berichtete über die zu erwartenden Gewinne, die er aus den Aufzeichnungen im Kontor errechnet hatte, Hilda schimpfte über die säumigen Wäscherinnen, hatte aber Schmalzgebackenes zubereitet, das mit großem Jubel verzehrt wurde. Alyss setzte ihr Hauswesen davon in Kenntnis, dass der kleine Kilian am nächsten Tag Einzug halten würde, und man beratschlagte, wo er denn untergebracht werden sollte.

»Bei uns ist es aber schon ziemlich eng, seit Lauryn an ihrem Surkot herumstichelt!«, gab Hedwigis zu bedenken.

»Und kleine Jungs können sehr lästig sein, wenn sie Fäden verknoten und Scheren verstecken und sich an Nadeln pieken«, wandte Lauryn ein, die jüngere Geschwister in Kilians Alter hatte.

»Das lohnt es zu bedenken. Tilo, Frieders Bett ist frei – traust du dir zu, einen Siebenjährigen die Nacht über zu beaufsichtigen?«

»Ich hab zu Hause auch mit meinen jüngeren Brüdern in einem Zimmer geschlafen, das wird so schlimm nicht sein.«

»Gut. Tagsüber aber werden wir alle auf den Buben aufpassen müssen. Er hat zwar ein Engelsgesicht, aber ich fürchte, dahinter steckt ein rechter Fürwitz.«

Das Eintreffen des jungen Fürwitz bekam Alyss allerdings nicht mit, denn nur wenige Schritte vor der Pelzerin Aldenhoven und ihrem Sohn trat ein bedeutend wirkender Mann durch das Tor und begehrte mit herrischer Stimme von Hilda, die Herrin des Hauses zu sprechen.

Die Haushälterin führte den Mann zum Kontor, in dem Alyss ihre Eintragungen in das Haushaltsbuch tätigte.

»Frau Alyss? Ehegattin des Arndt van Doorne? Tochter von Ivo vom Spiegel und seinem Weib Almut?«

Ein hochgewachsener, hagerer Herr in grauem Talar, mit grauen Haaren und der grauen Gesichtsfarbe eines Mannes, der es gewohnt war, die Tage über gekalkten Pergamenten zu verbringen. Er musste ein wenig den Kopf einziehen, als er durch die Tür trat.

»Die Nämliche, wohledler Herr. Was steht zu Diensten?«

»Eine Verfügung betreffs des Weingartens, den Arndt van Doorne veräußert hat.«

Alyss unterdrückte ein Seufzen. Was für eine Teufelei hatte Arndt sich nun schon wieder ausgedacht, um sie zu demütigen? Der gleichförmige, völlig emotionslose Tonfall des Notars zerrte an ihren Nerven.

»Nehmt Platz, wohledler Herr«, sagte sie gefasst und bot dem Mann den Sessel an. Sie selbst wählte die Bank am Fenster.

»Magister Jakob, Frau Alyss, und tätig im Namen meines Klienten, dem Ritter von Merheim, Käufer des Grundstücks hinter dem Hause des Arndt van Doorne, derzeit genutzt als Weingarten.«

»Richtig, Magister Jakob. Doch was wünscht der Herr Ritter von Arndt van Doorne? Er brach gestern auf eine lange Handelsreise auf, aber ich führe in seiner Abwesenheit das Haus.«

»Ist recht, ist recht!«

Der Notar wühlte umständlich in dem Beutel an seinem Gürtel und zog dann ein Gestell mit zwei runden Gläsern daraus hervor. Alyss starrte ihn an, als er das Ding auf die Nase setzte.

»Brille, Frau Alyss. Notwendig zum Lesen, dammich.«

Der kurze Fluch, den ihr Besucher an seine tonlose Erklärung gehängt hatte, kitzelte Alyss' Heiterkeit, doch mannhaft unterdrückte sie diese Regung. Inzwischen hatte nämlich der Notar auch noch zwei Pergamentrollen hervorgezogen und sie vor sich auf dem Schreibpult ausgebreitet.

»Mein Klient kann sich aus verschiedenen Gründen, die ich nicht zu erörtern befugt bin, nicht selbst um den Weingarten kümmern. Er wünscht aber, dass die Rebstöcke erhalten bleiben und die Ernte eingebracht wird.«

Staunend hörte Alyss ihm zu, und erstmals seit vielen Tagen hatte sie das Gefühl, dass ein zaghaftes Kerzenflämmchen in dem finstersten Winkel ihrer Seele entzündet würde.

»Das wünscht Euer Klient? Und wie stellt er sich das vor, Magister Jakob?«

»Es kam ihm zu Ohren, Frau Alyss, dass Ihr selbst in diesem Garten Hand angelegt habt. Und daher schlägt er vor, dass Ihr für ihn diese Arbeit weiterführt, denn es kam ihm ebenfalls zu Ohren, dass Ihr das bisher recht vernünftig erledigt habt.«

»Er scheint gute Ohren zu haben, der edle Ritter von Merheim. Ja, ich habe mich in den letzten fünf Jahren um den vernachlässigten Weingarten gekümmert, und in diesem Herbst ist zum ersten Mal eine gute Ernte zu erwarten.«

»Schön, schön. Ich bin befugt«, der Notar rückte die Brille auf seiner Nase zurecht, schnaubte unwillig dabei und linste durch die verschmierten Gläser auf das mit äußerst akkurater Schrift bedeckte Dokument. »Bin befugt … dammich!«

»Magister Jakob, wenn Ihr mir Eure Brille eben mal reichen würdet, wüsste ich eine Möglichkeit, wie ich Eure Sehschärfe wiederherstellen könnte.«

»Hä? Oh – dieses vermaledeite Ding. Erst war es ganz nützlich, aber nun …«

Alyss streckte die Hand aus, und er legte es ihr zögernd hinein. Mit dem Zipfel ihrer frisch gewaschenen Schürze putzte sie energisch die Gläser, bis sie blinkten und alle fettigen Fingerspuren beseitigt waren.

»Wenn Ihr den Rat einer reinlichen Hausfrau annehmen wollt, die oft genug Fensterscheiben putzen muss, dann würde ich Euch raten, dieses wertvolle Hilfsmittel für Eure Augen nur am Gestell anzufassen, Magister Jakob.«

»Ah, Weiberrat.«

Ob er den gut oder lästig fand, war seinem Tonfall nicht zu entnehmen, aber als er die Brille wieder auf seine Nase setzte, murmelte er noch einmal: »Dammich!« Und dann fuhr er in seinem gleichförmigen Tonfall fort: »Also befugt, Euch anzubieten, entweder gegen die Hälfte des Ertrags oder eine festgesetzte Summe für den Ritter von Merheim diese Arbeiten durchzuführen.« Dann nannte er ihr die Summe, und das Lichtchen in ihrer Seele wurde heller. Das war eine erfreuliche Zusatzeinnahme, und die für eine Arbeit, die ihr sowieso am Herzen lag und ihr fehlte. Kurz überschlug sie im Geiste die Alternative. Noch würde der Weinertrag lange nicht so viel bringen wie der Geldbetrag, da schien der Ritter einen falschen Eindruck gewonnen zu haben – oder Arndt hatte ihm einen solchen vermittelt. War es Betrug, wenn sie jetzt der Münzzahlung zustimmte?

Kurz ging sie mit sich ins Gericht. Nein, sicher nicht. Denn sie musste auch Werkzeuge kaufen, Messer schleifen und Körbe flechten lassen. Dazu würde der halbe Ernteertrag nicht ausreichen.

Nach außen versuchte sie, sich nichts von ihren sich überschlagenden Gedanken anmerken zu lassen, und der Notar, der sie nun durch seine frisch geputzten Brillengläser eindringlich musterte, fragte auch prompt nach, ob er ihr den Vorschlag noch einmal erläutern solle.

Sie bat darum, um Zeit zu gewinnen. Dann nickte sie schließlich und sagte: »Ja, Magister Jakob, nun habe ich es verstanden. Werden wir einen Vertrag darüber aufsetzen?«

»Ich habe hier eine Urkunde vorbereitet, die ich im Namen meines Klienten zu siegeln befugt bin. Zu welchem Vorgehen habt Ihr Euch entschieden?«

Alyss gab ihrer Stimme einen ebenso nüchternen Anstrich, als sie auf dem Geldbetrag bestand. Der Notar nickte dazu und kramte sein Petschaft aus dem Beutel. Alyss schob ihm Tintenfass und Feder an die Hand, und umständlich und in präzisen Buchstaben ergänzte er den Vertrag und drückte dann sein Siegel darauf. Alyss hatte das ihre schon bereit und senkte es ebenfalls in das weiche Wachs.

In diesem Moment wurde die ernste Handlung durch einen infernalischen Lärm unterbrochen.

Herold schmetterte Protest, Benefiz kläffte überschlagend, ein Kind schrie wie am Spieß, Hilda keifte, Lauryn und Tilo schimpften lauthals, und alle Hühner schienen auf einmal zu gackern.

»Verzeiht, Magister Jakob, es scheint, als ob mein Einschreiten in einem Mordfall notwendig wird.«

»Mord, Frau Alyss, ist ein todeswürdiges Delikt. Ich will Zeuge sein.«

»Dann folgt mir, aber mit Bedacht, Herr!«

Der ganze Hof befand sich in Aufruhr, doch als man ihrer ansichtig wurde, legten sich Staub und Federn allmählich.

»Was geht hier vor? Tilo?«

Der gab Benefiz den scharfen Befehl, dem der Spitz zögerlich folgte. Als das Gebell endete, hielt auch Herold mit seinem Krähen inne.

»Kilian ist eingetroffen, Frau Alyss.«

»Aha. Daher der Begrüßungschoral?«

»Nein, Frau Alyss. Das lag daran, dass der Junge sich mit dem Hahn angelegt hat.«

»Aha. Wo ist der Sünder?«

»Hier, hinter meinen Röcken, Frau Alyss«, ließ sich Lauryn vernehmen und zerrte dann den Jungen an einem Ohr nach vorne.

»Ist nicht wahr, der Hahn hat mich gepiekt. Hier ins Bein. Bis aufs Blut. Hat er!«

Goldschöpfig, blauäugig, ein Cherub von einem Knaben, empört ob des Torts, der ihm von der schwarzen Kreatur angetan worden war, stand er vor ihr, und Alyss bemerkte tatsächlich ein kleines Blutrinnsal an seiner Wade.

»Herold, mein Junge, ist laut und herrisch, aber bisher hat er noch nie einem Menschen weh getan. Was geschah also, bevor er dir in die Wade hackte?«

»Nichts, Frau Alyss.«

Sie ging vor Kilian in die Knie und sah ihm eindringlich in die Augen. »Nichts?«

Der Junge schüttelte den Kopf, und mit zusammengepressten Lippen gab er ein »Mhmh!« von sich.

»Du hast also ganz still und ruhig auf dem Hof gestanden, und plötzlich hat der Hahn dir in die Wade gehackt?«

»Ja, Frau Alyss.«

Alyss sah sich um. Weiße Federn wirbelten in einer kleinen Brise auf.

»Woher kommen die Federn, Kilian? Die lagen vorhin hier noch nicht herum.«

»Das weiß ich nicht, Frau Alyss.«

»Schön. Tilo, scheuch Herold in den Hühnerstall, wir sperren Jung Kilian so lange mit ihm zusammen ein, bis ihm einfällt, was hier eben vorgefallen ist.«

Blanke Panik stand in Kilians Augen.

»Nein«, quiekte er. »Nein, bitte nicht, Frau Alyss. Der ist aus der Hölle. Der ist vom Teufel besessen!«

»Schon möglich. Hilda vermutet das auch. Und du weißt, wie die Dämonen der Hölle die Sünder peinigen, nicht wahr?«

»Sie piken einen mit glühenden Spießen.«

»Richtig. Wegen welcher Sünde hat Herold dich gepikt?«

»W… weil ich mit der Henne gespielt habe.«

»Was hast du mit der Henne gespielt?«

»Nachlaufen.«

»Was hat es mit den weißen Federn auf sich?«

»D… die hat sie dabei verloren.«

»Einfach so?«

Kilian druckste noch ein wenig herum, aber als Tilo meldete, der Hahn sei nun im Verschlag, gestand er endlich, dass er es war, der dem armen Huhn die Schwanzfedern ausgerupft hatte. Was zu Herolds Vergeltungsschlag führte.

»Du bist eben erst zu uns gekommen, Kilian, und musst dich noch an uns gewöhnen. Darum erlasse ich dir die Strafe diesmal. Lauryn, Tilo, zeigt dem Jungen sein Lager, Leocadie soll sein Bein verbinden, und lasst ihm dann von Hilda einen süßen Krapfen geben.«

»Ja, Frau Alyss!«

Sie sah den Jungen noch einmal streng an, hatte aber etwas Mühe, ihre aufwallenden mütterlichen Gefühle zu verstecken. Er war ein bildschöner Knabe, und was schadete es, dass er ein Fürwitz war? Das war allemal besser als ein dumpfer Tropf oder ein Duckmäuser. Wie wäre Terricus wohl in seinem Alter gewesen…? Sicher auch so ein tollkühner kleiner Tunichtgut.

Sie hatte den Magister Jakob über diesen Zwischenfall ganz vergessen. Erst als er sich räusperte und sagte: »Das war eine vorbildliche Inquisition des Delinquenten!«, wurde ihr wieder bewusst, dass er ihr aus dem Kontor gefolgt war.

»Ich war zu rau zu ihm. Er ist erst sieben, und seine Mutter hat ihn eben hier abgeliefert, damit er einen Monat bei uns bliebe.«

»Nicht zu rau, Ihr hättet ihn auch schlagen können.«

»Manchmal geht es auch ohne das. Er wird in den nächsten Tagen bei der Ernte helfen können, dann kommt er nicht auf dumme Gedanken.«

Plötzlich zuckte es an den pergamentdünnen Lippen des grauen Magisters, und überrascht sah Alyss ihn an.

»Solche wie der, Frau Alyss, haben gar keine anderen als dumme Gedanken im Kopf. Denkt an meine Worte. Und nun gehabt Euch wohl. In den nächsten Tagen bringe ich Euch die vereinbarte Summe vorbei und erlaube mir dann, mir ein Bild vom Fortschritt der Ernte zu machen.«

Der Junge war versorgt, Hilda hatte Alyss ein Bündel schöner weißer Lammfelle übergeben, die Greta Aldenhoven ihr überlassen hatte, die Arbeiten im Kontor waren abgeschlossen, und so wandte sie sich dem zugenagelten Tor am Weingarten zu. Mit dem Hammer schlug sie einige Male kräftig auf das Brecheisen, und schon lösten sich die Nägel aus dem mürben Mörtel der Wand. Mit einem Tritt beförderte Alyss die Planken an die Seite und betrat das Feld. Malefiz hatte einen lautlosen Satz auf die Mauer getan und schaute neben ihr mit peitschendem Schwanz über die Rebstöcke. Benefiz drückte sich an ihre Beine und winselte leise.

»Ja, es steht uns wieder zur Verfügung. Ich will Jerkin holen. Wir wollen jagen!«

Die grünen Augen des schwarzen Katers verengten sich, und mit einem geschmeidigen Satz war er unten und strich durch das Laub.

Alyss wandte sich dem Verschlag zu. Hier lag griffbereit ihr Handschuh, extra an ihre Hände angepasst, mit einer hohen Stulpe, doch ohne Zierrat. Sie zog ihn über, öffnete die Tür, und sprach leise mit dem Gerfalken. Er wandte ihr sein schwarzes Auge zu, als ob er sie verstünde, dann stieg er auf ihre Faust und krallte sich in dem starken Leder fest.

»Das Häubchen erlasse ich dir, Jerkin. Wir besuchen vertrautes Gebiet.«

Ruhig blieb der Vogel auf ihrem Arm sitzen, als sie den Weingarten betrat, und mit einem Schrei purer Freude schwang er sich auf, als sie ihn abwarf. Lange sah sie ihm nach, wie er sich im Aufwind nach oben schraubte, unter dem blassblauen Himmel aufstieg und dann von dort nach seiner Beute Ausschau hielt. Sie selbst wanderte gemächlich durch die Rebreihen und prüfte die Trauben. Sie waren reif, fast überreif, hier und da schon verschrumpelt. Doch als sie einige davon kostete, war sie über die Süße erfreut. Morgen würden sie mit der Lese fortfahren.

Benefiz trottete sanftmütig neben ihr her, hielt sich dicht an ihre Röcke, und als sie ihn zwischen den Ohren kraulte, sah er sie mit einem erbärmlich traurigen Hundeblick an.

»Du vermisst Frieder, nicht wahr?«

Er gab ein jämmerliches Kläffen von sich, als hätte er sie verstanden.

»Komm, wir gehen in die Rosenlaube. Dort ist es friedlich.«

Am äußersten Ende des Weingartens rankten sich zwei Rosenstöcke um einen hölzernen Bogen über einer kleinen Bank. An der Wand dahinter hatte sie Apfelbäume am Spalier gezogen. Viele von den Früchten waren nun auf den Boden gefallen, hatten faulige Stellen oder waren von kleinem Getier angefressen. Doch einige rotbackige Exemplare hingen noch im Laub, und einen Apfel pflückte sie sich heraus und setzte sich damit auf die Bank. Benefiz legte sich zu ihren Füßen nieder und bettete die Schnauze auf seinen Pfoten.

Es war still hier, nur zwei zankende Elstern ließen ihr Krächzen ertönen. Hoch oben kreiste noch immer Jerkin. Mag er seine Freiheit genießen, dachte Alyss. So, wie sie ebenfalls für eine Weile die ihre genießen durfte.

Und um ihrer dürstenden Seele Nahrung zu geben, betete sie die Worte des heiligen Franziskus, die ihr immer wieder aus dem Herzen sprachen:

»›Höchster, allmächtiger, guter Herr,

dein sind der Lobpreis, die Herrlichkeit und Ehre und jeglicher Segen.

Dir allein, Höchster, gebühren sie, und kein Mensch ist würdig, dich zu nennen.

Gelobt seist du, mein Herr, durch unsere Schwester, Mutter Erde,

die uns ernährt und lenkt und vielfältige Früchte hervorbringt

und bunte Blumen und Kräuter.‹

Morgen werden wir ernten, wir werden keltern und süßen Wein herstellen. Wir werden Unkraut zwischen den Rebstöcken rupfen, wir werden die Pfähle herausziehen und die Triebe kappen, wir werden sie mit Stroh und Erde bedecken, damit sie im Winter nicht erfrieren. Ja, das alles steht in den nächsten Wochen an«, erzählte sie dem Hund, der ihr mit aufgerichteten Ohren zuhörte.

Der Falke hatte ein Opfer erspäht und ließ sich aus der Höhe zu Boden fallen. Alyss rief ihn nicht zurück – er sollte seine Beute für sich behalten.

Sie würde ihre Beute ebenfalls für sich behalten – den Betrag, den sie für die Arbeit im Weingarten erhielt, den Gewinn, den sie mit den Pelzen machen würde, die Erträge aus ihrem eigenen kleinen Weinhandel. Es würde reichen, um das Haus zu führen. Arndt hatte ihr nichts zu diesem Zweck zurückgelassen, aber anderes hatte sie auch nicht erwartet.

Sie würde sich einrichten damit, wie es nun zwischen ihnen war, doch es war keine glückliche Lösung. Nein, Eheleute mussten sich nicht lieben, das kam selten genug vor und war ein Geschenk Gottes. So wie ihre Eltern einander zugetan waren, gab es wenige Paare. Aber Greta und Niclas Aldenhoven gaben ein gutes Beispiel dafür ab, wie es auch ohne Liebe ging. Sie wusste von Greta, dass ihre Ehe zwischen den Eltern abgemacht worden war, eine geschäftliche Verbindung, wie so viele. Und doch lebten die Eheleute in Harmonie zusammen, arbeiteten gemeinsam, zogen ihren Sohn auf, fuhren zusammen übers Land, um ihre Ware zu verkaufen, und begegneten einander mit Achtung und meist auch mit Freundlichkeit. Streit konnte man nie vermeiden, aber man durfte ihn auch nicht übermäßig wichtig nehmen. Meinungen und Charaktere, manchmal auch nur Launen, passten nicht immer zusammen. Es wurde erst dann unerträglich, wenn man das Vertrauen verlor.

So wie sie es verloren hatte.

Einst hatte sie Arndt vertraut. Doch da sie nun nach und nach herausgefunden hatte, was für ein Großmaul er war, wie wenig Verstand und wie viel Tücke er besaß, wie wenig ihm Anstand und Rechtschaffenheit bedeuteten, wenn er sich selbst nur seinen eigenen Vorteil erwirken konnte, war ihr Vertrauen verflogen, waren Verachtung und Widerwille gegen ihn an dessen Stelle getreten.

Er war fort, und sie hoffte, er würde lange bleiben, tunlichst kurz wieder sein Heim aufsuchen und bald wieder verschwinden. Das würde die einzige Möglichkeit sein, diese Ehe zu führen.

Das aber bedeutete: keine Kinder.

Man würde munkeln und Vermutungen anstellen und – je nun, irgendwann auf die Wahrheit stoßen.

Der Falke hatte, was immer er am Boden geschlagen hatte, verschlungen und erhob sich wieder in die Lüfte. Malefiz schaute ihm nach. Wahrscheinlich wäre er ihm gerne an die Schwanzfedern gegangen.

Was ihre Gedanken zu Kilian brachte. Greta hatte nicht stören wollen, da sie mit dem Advocatus zusammensaß, hatte Hilda aber sein Bündel übergeben und ausrichten lassen, in längstens vier Wochen seien sie zurück. Noch mochte dem Kleinen die neue Umgebung wie ein Abenteuer erscheinen, doch vermutlich würde er in den nächsten Tagen seine Eltern vermissen. Sich um ihn zu kümmern musste sie ebenfalls einige Zeit einplanen.

»Kehren wir um, die Pflicht ruft, Benefiz!«

Der Hund sprang auf, und als sie mit dem Pfeifchen den Falken rief, kehrte auch er gehorsam auf ihre Faust zurück.

8. Kapitel

Tilo, Lauryn, wir werden Trauben ernten, Hedwigis, du wirst Kilian zeigen, wie man Hühner füttert und Eier sammelt, Leocadie, du begleitest Hilda auf den Markt. Nimm die Lammfelle mit und lass von einem Pelzer ein Wams für Tilo daraus zurichten.«

»Ja, Frau Alyss. Aber er muss ruhighalten, wenn ich das Bandmaß nehme.«

»Wenn sie mich nicht kitzelt, Frau Alyss, halte ich ruhig wie ein Lämmlein.«

»Mähä!«, warf Kilian ganz richtig ein.

»Schafskopf!«

»Lauryn!«

»Entschuldigung.«

»Hier ist der Geldbeutel, Leocadie. Handle sorgfältig.«

»Sicher, Frau Alyss. Frau Alyss …?«

»Nein, ich habe noch nichts gehört, ob Ritter Arbo bei meinem Vater vorgesprochen hat. Und nun an die Arbeit.«

Sie ging allen gut von der Hand, schien es, denn weder Protest- noch Schmerzensschreie irgendeiner Kreatur erklangen am Vormittag. Wohl aber um die Mittagszeit ein lustiger Gesang.

»Axt und Schwert die Männer schwingen,
brauchen dazu scharfe Klingen.
In Weiberhänden spitze Scherchen,
schneiden Fädchen, Stoffe, Härchen!
Lasst uns nach stumpfen Eisen greifen,

Mats Schlyffers wird sie prächtig schleifen!«

»Gislindis ist auf dem Hof«, stellte Tilo fest und hatte ein aufgeregtes Funkeln in den Augen.

»Als ob wir das nicht alle hören würden«, murmelte Lauryn. »Und gleich wird dein Messer stumpf und schartig sein, was?«

»Ist es tatsächlich.«

»Nur weil du Hammelaugen kriegst, sowie du ihre bloßen Beine siehst!«

»Benehmt euch«, mahnte Alyss milde. »Es trifft sich gut, dass Mats Schlyffers da ist, die Werkzeuge müssen geschärft werden. Kommt, es ist ohnehin beinahe Mittagszeit.«

Sie trugen ihre schweren, mit Trauben gefüllten Kiepen in das kleine Kelterhaus, und Alyss trat in den Hof. Mats, der Mann mit dem Wolfsrachen, grinste sie breit an und gab einige Grunzlaute von sich, die sie als freundliche Begrüßung deutete.

»Ihr kommt gerade zur rechten Zeit, Mats. Es gibt einiges für Euch zu tun. Und ein Mittagsmahl soll neben dem Lohn auch noch dabei sein.«

»Hei, wir bekommen gesottene Enten und gefüllte Lämmer und Krapfen mit Honig und Mandeln«, jubelte Gislindis und tanzte um den Schleifstein herum.

»Eher Erbsensuppe mit geräucherten Würsten. Ihr seid nicht bei Fürsten zu Gast, Gislindis!«

»Ei nicht? Wo doch der königliche Falke hier haust?«

»Er kann froh sein, dass er nicht in die Suppe kommt. Wir haben Werkzeug zu schleifen, Gislindis.«

»Ich weiß. Für die Lese scharfe Messer und Scheren. Bringt sie Mats, und in der Zwischenzeit zeigt mir Euer klebriges Händchen, wohledle Frau.«

Alyss zögerte kurz. Gislindis pflegte sich einen netten Nebenverdienst hereinzuholen, indem sie gutgläubigen Kunden die Zukunft aus der Hand las. Aber sie selbst hatte die Erfahrung gemacht, dass sich manch kluger Rat hinter ihren kessen Worten verbarg, und so ging sie, nachdem die Werkzeuge übergeben waren, auf das Spiel ein.

Allerdings wusch sie sich vorher den klebrigen Traubensaft von den Fingern.

»Reinlich seid Ihr, wohledle Frau. Blinken Eure Silbermünzen ebenso wie Eure Händchen?«

»Die eine, die Ihr Euch verdienen mögt, sicher.«

»Dann setzt Euch auf die Bank dort, ich will schauen, welch Schicksal Euch dräut.«

Das Kreischen des Schleifsteins umgab sie wie eine Hülle, aus der kein Wort nach außen dringen würde, und so reichte Alyss der jungen Frau in dem staubigen Gewand ihre Hand.

Mit einem Finger fuhr sie sanft die Linien nach, dann aber hob Gislindis den Kopf.

»Habt Ihr Fragen, wohledle Frau, die ich Euch beantworten soll?«

Alyss hatte Fragen, doch die, die ihr zuerst in den Kopf kamen, wollte sie nicht aussprechen. Sie waren viel zu heimlich, und manche davon wollte sie gar nicht beantwortet wissen. Gislindis wartete geduldig, ihre Hand in der ihren.

Schließlich zuckte eine Frage durch Alyss' Hirn, und sie drängte sich mit Gewalt auf ihre Lippen: »Wer ist der Ritter von Merheim?«

Gislindis ließ ihr perlendes Lachen erklingen und zuckte mit den Schultern.

»Wer glaubt Ihr, bin ich, dass ich Rittersleut kenne?«

»Ein spitzohriges Weib, Gislindis.«

Doch die schüttelte den Kopf.

»Nein, nein, den Ritter kenne ich nicht, aber ich kann mich umhören, wenn Ihr wollt. Was hat er Euch angetan?«

»Mir die Bearbeitung des Weingartens angeboten.«

»Den Euer Gatte auf Reisen vernagelt hat.«

»Den er verkauft hat«, knurrte Alyss zwischen den Zähnen hervor. Trotz der neuen Wendung erboste sie diese Tat noch immer.

»Die Trauben werden umso süßer, je länger sie hängen. Und die Sehnsucht tut es ihnen gleich. Bald kehrt der Herr des Falken zurück.«

Darauf erwiderte Alyss nichts.

»Der Junge mit dem Engelsgesicht hat einen ehrgeizigen Vater. Man munkelt, dass er im Dezember von seiner Gaffel in den Rat gewählt wird. Ehrgeiz schafft Feinde. Achtet gut auf das Kind, wohledle Frau.«

»Eure Ohren müssen Wände durchdringen, Gislindis – die Gaffeln beraten solche Fragen unter dem Siegel der Verschwiegenheit.«

»Was ist schon Schweigen…?« Und dann hob Gislindis noch einmal den Kopf und schaute Alyss mit ihren schillernden Augen an. Langsam veränderte sich das unstete Licht darin, und sie wurden tiefgrün, ihre Pupillen groß und schwarz.

»Ihr werdet die Krone noch einmal tragen. Sie gebührt Euch«, wisperte sie. Dann senkte sie die Lider, drehte Alyss' Hand um und hauchte einen zarten Kuss auf deren Rücken.

Als sie die Augen wieder öffnete, war das verwirrende Farbspiel zurückgekehrt, und sie lachte breit.

»Was ist nun mit Erbsensuppe und Würsten? Das Lesen des Schicksals macht hungrig, wohledle Frau!«

Alyss, der noch immer alle Härchen auf den Armen nach oben standen, schüttelte das seltsame Gefühl ab, das sie ergriffen hatte, und stand auf.

»Folgt mir, und ruft auch Euren Vater herbei.«

Das Mittagsmahl verlief heiter und wurde nur von einer kleinen Schandtat unterbrochen. Denn als Lauryn in ihre Schürzentasche griff, um ihr Tischmesser hervorzuholen, gab sie ein verblüfftes »Huch!« von sich. Dann wühlte sie noch einmal darin herum und förderte ein kleines, heftig quiekendes Mäuschen hervor, das dringend seine Freiheit verlangte.

»Das, junger Kilian, ist vorhin noch Malefiz' rechtmäßige Beute gewesen!«, sagte sie und stopfte dem Jungen das Tier in den Halsausschnitt seines Kittels.

Empört kreischte Kilian auf, aber Alyss bemerkte nüchtern: »›Schaden um Schaden, Auge um Auge, Zahn um Zahn; wie er einen Menschen verletzt hat, so soll man ihm auch tun.‹ So heißt es in der Heiligen Schrift, Kilian. Und nun befördere das Tier in den Stall. In der Küche und den Vorratsräumen haben Mäuse nichts zu suchen.«

Tilo schnappte sich den protestierenden Jungen und zog ihn am Ohr nach draußen.

»Er wird bald Eselsohren haben, wenn das so weitergeht«, knurrte Hilda. »Ein Teufelsbraten, das, wenn Ihr mich fragt.«

»Zweifelsohne. Und sichtlich von Reue fern.«

»Tollkühn und ohne Furcht. Sucht Euch ein Mittel, das ihm Angst einjagt, sonst werdet Ihr ihn nicht gebändigt bekommen. Schläge, Schelte und Drohung, heißt es, fruchten bei solchen Wildlingen nicht.« Gislindis lächelte. »Aber wenn sie es überleben, werden sie einst kühne Männer, die Tod und Teufel nicht schrecken.«

Warum, fragte sich Alyss, beschwor Gislindis damit das Bild von John of Lynne herauf?

Die folgenden Tage vergingen jedoch ohne größeren Aufruhr, sah man von ein paar zerbrochenen Eiern, einem langen Kratzer von Malefiz an Kilians Hand, einem verschütteten Krug Milch, einer angebissenen Pastete und einer Kröte in Tilos Bett ab. Dann aber versetzte ein Ereignis das gesamte Hauswesen in den Zustand vollkommener Ekstase.

Alyss kam am Samstagnachmittag mit dem Falken aus dem nun abgeernteten Weingarten, als ein Mann durch die Toreinfahrt in den Hof trat. Groß, breitschultrig, die blonden Haare ungebärdig um das braungebrannte Gesicht fallend, ein großes Bündel über der Schulter stand er da, und seine schwerlidrigen Augen schweiften über das Geviert.

»Master John!«, rief Tilo aus und stellte das überschwappende Schaff Wasser ab.

»Master John!«, lachten Hedwigis und Lauryn und scheuchten die Hühner zur Seite.

»Oh, Master John!«, hauchte Leocadie und ließ den Korb mit Rosenblättern fallen.

»Aha, Master John!«, knurrte Hilda und schob flugs die Brotlaibe in den Backes.

Etwas, das fast wie »Master John, Master John!« klang, kläffte Benefiz mit überschlagender Stimme und erreichte den Ankömmling als Erster, sprang an ihm hoch und versuchte, ihm das Gesicht abzuschlecken und dabei gleichzeitig mit dem nicht vorhandenen Schwanz zu wedeln.

John fing ihn ab, legte das Bündel nieder, schlug Tilo mächtig auf den Rücken, gab Lauryn einen lauten Schmatz auf die Wange, legte Hedwigis und Leocadie die Arme um die Taille und drückte sie an sich und neigte höflich den Kopf vor der Haushälterin, während Malefiz ihm samtpfotig und schnurrend um die Stiefel strich. Vom Dach des Falkenverschlags schmetterte Herold seinen Willkommensruf, und sein Hühnervolk fiel gackernd ein.

Über all dieses Gelärm hin sah John dann zu Alyss, die einige Schritt entfernt mit Jerkin auf der Faust den turbulenten Empfang beobachtete. Sie bemerkte das eisige Blau amüsiert unter seinen Lidern hervorblitzen und erwiderte stolz seinen Blick. Ja, ja, wie sehr hatte sie sich gegen den Falken gewehrt, hatte gesagt, sie wolle ihn auf den Grillspieß stecken, wollte ihn verkaufen und ihm zum Schluss einfach die Freiheit schenken – und nun hatte er sie erwischt, wie sie sich eigenhändig um den Vogel kümmerte.

Er kam auf sie zu, beugte das Knie vor ihr und murmelte: »Seid gegrüßt, my Honourable Lady. So verschmähte der Falke die Freiheit und ist zu Euch zurückgekehrt.«

»Er war nie wirklich frei, Master John.«

»Wohl wahr, Mistress Alyss.«

Er erhob sich. Sie brachte den Vogel zu seinem Verschlag. Dann drehte sie sich um.

»Ich kann Euch kein Gastrecht gewähren, Master John. Mein Gatte ist auf Reisen, man würde mir Übles nachreden.«

»Ich kam nicht, um Wohnung zu fordern. Master Pauli und Eure Tante, Mistress Mechtild, boten mir Obdach. Dort werde ich das Kontor nutzen und mein Bett finden. Doch wenn es genehm ist, würde ich gerne Roberts Lager mieten. Ich habe Ware für die Herbstmesse dabei.«

Alyss überlegte kurz. Ihr Vater würde es nicht gern sehen, aber welch Ungemach konnte ihr schon von ein paar Tuchballen drohen? Genau genommen gehörte John of Lynne die Hälfte des Hauses, die er von Robert geerbt hatte. Sie würde es ihrem Vater mitteilen und seine finstere Miene ertragen.

»Gut, bringt Eure Ware her. Und wenn Ihr möchtet, bleibt zum Abendessen. Das Jungvolk wird es freuen.«

»Euch nicht?«

»Auf einen Esser mehr oder weniger kommt es mir nicht an. Aber hütet Euch vor Kilian. Ihm sitzt der Schalk im Nacken, und solltet Ihr Angst vor lebenden Mäusen, Kröten Blindschleichen und ähnlichem Getier haben, wird Euch möglicherweise der Appetit vergehen.«

»Habt Ihr ein junges Raubtier in Euer Heim aufgenommen?«

»Einen siebenjährigen Jungen.«

»Eine Unterscheidung ohne Unterschied. Ich bin gewappnet.«

Mochte sich das Hauswesen auch über John als Gast an der Tafel freuen – die Tatsache, dass auch Magister Hermanus sich nun wieder einfand, wurde mit weniger Euphorie begrüßt. Der Hauspfaff, wie er von den Jugendlichen hinter seinem Rücken genannt wurde, war Mesner von Lyskirchen und hatte zudem die Pfarrschule zu leiten. Dafür stand ihm eine zugige Dachkammer im Pfarrhaus und ein Hungerlohn zu. Natürlich schätzte er die wohlgefüllten Schüsseln auf dem Tisch seines Vetters Arndt van Doorne, doch fühlte er sich bemüßigt, diese Labsal durch ausschweifende Tischgebete zu honorieren.

So auch an diesem Abend.

Johns Gegenwart hatte die Anwesenden in derart gute Stimmung versetzt, dass er seiner Neigung zunächst unbehelligt nachgeben konnte, auch wenn Hilda im Hintergrund immer lauter mit Töpfen und Pfannen zu klappern begann. Einzig Kilian, der gut beaufsichtigt zwischen Lauryn und Tilo saß, mangelte es an der gebührenden ehrfürchtigen Geduld, dem Sermon über die Dankbarkeit und Demut gegenüber den Gaben Gottes zu lauschen. Als Magister Hermanus einmal doch Luft holen musste, krähte er also in die Stille: »Danke auch, Herr Jesus Christ, das Essen schmeckt, wenn man's isst.«

»Amen«, schloss Alyss, und Hilda knallte dem Hauspfaff eine Schüssel mit heißen Würsten und sämiger Sauce vor die Nase, die dieser sofort gierig zu verschlingen begann.

Die anderen bedienten sich aus der großen Terrine mitten auf dem Tisch und warteten, bis Alyss den sehr kurzen Tischsegen gesprochen hatte.

Nur Kilian wollte sich vorher schon einen Happen in den Mund stecken, bekam aber von Tilo einen Klaps auf die Finger.

»Warum darf der essen und ich nicht?«, fragte er trotzig.

»Weil, Jung Kilian, es der guten Sitte entspricht, nicht vor der Gastgeberin zu beginnen. Ebenso wenig, wie man sich ins Tischtuch schnäuzt oder seinem Nachbarn in die Schüssel grapscht«, erklärte John, und Alyss bemerkte, dass er nur mit Mühe den Ernst bewahrte.

Magister Hermanus hatte den Anstand, mit dem Kauen innezuhalten und den Löffel niederzulegen, bis Alyss den ihren in die Schüssel tauchte.

Während und nach dem Essen musste John unzählige Fragen beantworten, und die drei Jungfern hatten rosige Wangen, als Alyss sie endlich in ihre Kammer schickte. Kilian war auf der Bank eingeschlafen, und Tilo schleppte ihn mit nach oben, nicht ohne sich noch dreimal für das Drachenei zu bedanken, das John ihm mitgebracht hatte.

Alyss hatte überwiegend schweigend zugehört, aber sie begleitete John zum Ausgang, und als sie in der dunklen Toreinfahrt standen, wandte er sich zu ihr.

»Ich bezahle Euch am Montag den Mietzins, Mistress Alyss.«

»Das braucht Ihr nicht, Master John. Es sind Roberts Räume und damit auch die Euren.«

»Dann nennt es Kostgeld, denn Eure Tafel ist gut, und ich hoffe, häufiger Gast sein zu dürfen.«

»Das …« Nein, es wäre grob unhöflich gewesen, ihm das zu verweigern.

»Mistress Alyss?« Die Nacht war mondlos und fast gänzlich finster. Nur das kleine Flämmchen ihrer Handlampe flackerte, und in diesem kärglichen Licht leuchteten Johns weiße Zähne auf, als er lächelte. »Mistress Alyss, habt Ihr mich vermisst?«

»Ich habe viele Pflichten und Arbeiten zu erledigen, Master John. Ich habe keine Muße, Reisende zu vermissen. Wie geht es Eurem Weib, Master John? Fandet Ihr sie bei guter Gesundheit?«

»Ich fand sie krank am Gemüt.«

Das Lächeln war verschwunden, und mit einer leichten Verbeugung glitt John hinaus in die Dunkelheit der Gasse.

Alyss blieb noch eine Weile in der Toreinfahrt stehen. Wenn

sie ganz ehrlich war – und sie bemühte sich beständig um Ehrlichkeit, vor allem sich selbst gegenüber –, dann musste sie sich vorwerfen, dass sie ungebührlich rüde gewesen war.

Denn sie hatte sich ebenso über sein Kommen gefreut wie das restliche Hauswesen.

Und sie hatte ihn vermisst.

Ein ganz kleines bisschen.

Alyss seufzte.

9. Kapitel

Marian seufzte ebenfalls. Er saß über zwei aufgeschlagenen Folianten und hatte eine Wachstafel neben sich liegen. Der Band enthielt eine in der Schrift der Mauren verfasste medizinische Abhandlung, der andere die lateinische Übersetzung dazu. Und er versuchte aus beiden ein sinnvolles Werk in seiner eigenen Sprache herauszuarbeiten.

Es war unsäglich mühsam, zumal der Übersetzer offensichtlich sehr wenig von der menschlichen Anatomie verstand und recht vage Angaben machte, der maurische Arzt hingegen Wörter verwendete, die Marian nicht zu entschlüsseln in der Lage war.

Die Kerze auf dem Tisch flackerte in der Zugluft, die durch die geschlossenen Läden drang. Herbstlicher Wind fegte um das Haus, und dann und wann schlug ein Regenschauer an die Fenster. Es war schon lange nach der Komplet, im Haus war alles bereits zur Ruhe gegangen, und auch in der Stadt draußen herrschte nächtliche Stille.

Marian legte den Griffel nieder und nahm den Totenschädel zur Hand, den Fabio, sein Lehrer der maurischen Sprache und von Beruf Reliquienhändler, ihm am vergangenen Tag gebracht hatte. Ein beinahe vollständiges Stück, dem lediglich ein paar Zähne fehlten. Braun von Alter und Erdsäften, starrte ihn der Knochenkopf blicklos an.

»Ich sollte über die Vergänglichkeit brüten, Freund. Oder über das, was du einst warst. Jungfrau, Held, Sklave, Verbrecher – oder Heilige? Mich sollten wohl auch Schauder anfliegen angesichts des Todes, der uns allen gewiss ist. Oder ein schlechtes Gewissen, weil ich deine Ruhe gestört habe. Zumindest aber sollte ich neugierig sein und prüfen, wie die Knochen zusammenspielen, die unser starrköpfiges Hirn behüten.«

Da ihn aber weder Erschauern noch Gewissenspein anflogen und seine Wissbegier zu dieser späten Stunde erlahmt war, legte er den Schädel wieder hin und reckte sich.

So ihren eigenen Spielen überlassen hüpften seine Gedanken von einem Kästchen ins nächste, ließen Bilder und Worte wie von Geisterhand geführt auftauchen und blieben an dem Gesicht einer kecken jungen Frau hängen, das Marian wieder einmal das lästige Gefühl vermittelte, eine hakelige Klette habe sich in sein Hemd verirrt, die just an der Stelle an seinem Rücken ein Jucken erzeugte, an der er sich auch mit großer Anstrengung nicht selber kratzen konnte.

Kurzum, das war lästig. Lästig vor allem, weil der Gedanke an Gislindis sich immer mal wieder einschlich, wenn er es so gar nicht erwartete.

Das musste aufhören. Und darum begann er nüchtern zu prüfen, warum das so war.

Er hatte sie seit jenem Treffen vor über einem Monat nur dann und wann auf den Märkten gesehen, wo sie die Dienste ihres Vaters mit frechen kleinen Versen und lebhaftem Röckeschwenken ankündigte. Ihn hatte sie nicht beachtet, aber sie hatte seine Schwester aufgesucht. Was Gislindis ihr erzählt hatte, wusste er nicht, doch da Alyss ihn nicht auf seinen Besuch bei ihr angesprochen hatte, würde sie wohl darüber geschwiegen haben.

Gut so, denn noch immer befiel ihn ein Unbehagen. Nicht, weil sie keine Nachrichten über Yskalt gehabt und auch bis jetzt nichts Neues herausgefunden hatte, sondern weil er – und das war nun wohl der eigentliche Punkt – von ihr abgewiesen worden war.

Es kränkte seine Eitelkeit, genau das war es. Er war, ein überheblicher kleiner Geck, zu ihr gegangen und hatte geglaubt, mit ihr ein leichtherziges Liebesspiel beginnen zu können. Sie aber hatte ihn auf vielerlei Ebenen verwirrt. Zum einen, weil sie so gar nicht wie die flatterhafte Gauklerin aufgetreten war, sondern ihn adrett gekleidet in einem reinlichen Häuschen empfangen hatte, zum anderen, weil sie ihm zwar lose Angebote gemacht, aber nichts davon gewährt hatte.

Was wollte Gislindis wirklich?

Als er zu dieser Frage kam, klappte er die Folianten energisch zu.

Wie dumm er war. Die Knochen des Menschen wollte er untersuchen, fragte beständig, wozu sie dienten, wie sie zusammenspielten, warum sie es so und nicht anders taten.

Alle anderen dagegen schienen es eben so hinzunehmen, dass sie dort saßen, wo Gott sie hinbeordert hatte.

Darum sollte er sich also auch einmal an seine eigene Nase fassen und fragen, wo Gislindis herkam und warum sie so war, wie sie sich gab. Vielleicht konnte seine Schwester ihm dabei behilflich sein. Mit dem Entschluss, sie am nächsten Tag aufzusuchen, wollte er zu Bett gehen. Doch da hörte er es an der Tür pochen, und als er die Stiege nach unten ging, wies der alte Majordomus den Boten schon zurecht.

»Lass ihn seine Nachricht überbringen, Hardwin. Ich bin ja noch nicht zu Bett gegangen.«

»Ihr seid der junge Herr, Herr?«

»Ja, das bin ich. Was gibt es?«

»Ihr sollt zur Schmiede am Waidmarkt kommen. Hat einen Unfall gegeben, Herr.«

»Führst du mich?«

»Ja, Herr.«

»Dann warte, ich will meinem Umhang holen.«

»Ihr sollt nicht in der Nacht ausgehen, Herr Marian!«, mahnte ihn Hardwin, doch Marian schüttelte nur den Kopf.

»Ich bin kein zehnjähriger Knabe mehr. Ich kann auf mich aufpassen.«

»Es wäre aber dem Herrn Vater nicht recht!«

»Der Herr Vater hat mich ohne mit der Wimper zu zucken in ferne Länder reisen lassen. Die paar Schritte zum Waidmarkt sind weit weniger gefährlich.«

Marian hatte sich eine graue Gugel über Kopf und Schultern gezogen und einen ebenso dunklen Umhang übergeworfen. Die Kapuze der Gugel zog er sich weit über die Stirn, dann folgte er dem Jungen mit seiner Fackel.

Er wusste, wer ihn geschickt hatte, und wenn der Majordomus das herausgefunden hätte, wäre das Gezeter groß gewesen.

Die Schmiede war bald erreicht, und der Junge verdrückte sich erleichtert, nachdem er die kleine Münze für seinen Gang erhalten hatte. Die Frau des Schmieds öffnete die Tür, sah ihn misstrauisch an, und als er fragte: »Ist Meister Hans schon da?«, nickte sie, wies die Stiege hoch, drückte sich aber ängstlich an die Wand, während er an ihr vorbeiging.

In der Kammer oben lag der Schmied, ein kräftiger Graubart, halb aufgerichtet im Alkoven, ein hagerer, dunkelhaariger Mann stand neben ihm und hörte der Schilderung zu, wie er von einem Wagen im Hof gestürzt und so ungeschickt auf das Pflaster geschlagen war, dass er sich die Hüfte ausgerenkt hatte. Eine alte Frau saß in der Ecke, die Hände im Schoß gefaltet, und hörte ebenfalls zu.

»Ich habe ihm einen Linderungstrunk gebraut, aber er will ihn nicht nehmen«, sagte sie mit krächzender, leiser Stimme.

»Gegen die Schmerzen eines ausgerenkten Knochens helfen Tränke nicht. Der Oberschenkel muss wieder zurück in das Gelenk springen. Gehilfe, seid Ihr bereit?«

»Ja, Meister!«

»Lasst zwei Böcke und eine Planke bringen, im Bett kann ich den Knochen nicht richten«, befahl der Henker. »Habt Ihr einen kräftigen Gesellen, Schmied?«

»Den Görres. Hol ihn, Weib.«

Zwei Schragen und ein breites Brett waren kurz darauf gerichtet, der Geselle und des Schmieds Weib hoben den Verletzten darauf.

»Das Gelenk ist wie eine Halbkugel«, erklärte Meister Hans

seinem Gehilfen Marian währenddessen leise und formte es mit der Hand nach. »Der Oberschenkel liegt wie meine Faust darin.« Er demonstrierte es mit der anderen Hand. »Hier hat der Knochen das Gelenk verlassen.« Er zeigte das Herausrutschen. »Tastet ihn ab, ob etwas gebrochen ist, Gehilfe.«

»Ja, Meister.«

Marian legte den Umhang, nicht aber die Gugel ab. In dem schwachen Binsenlicht konnte man so sein Gesicht nicht erkennen. Er schob Kittel und Bruche des Schmieds beiseite, wappnete sich und begann, das unnatürlich hervorstehende Gelenk abzutasten. Dem Mann rannen Schweißtropfen von der Stirn, und er stöhnte. Das gedehnte Fleisch, die Sehnen und die Bänder bereiteten ihm eine höllische Pein. Aber gebrochen war der Knochen nicht.

Marian teilte das seinem Meister mit, und der gab weitere Anweisungen. Der Geselle musste den Schmied am Oberkörper festhalten, während der Henker und Marian langsam das Bein langzogen. Es war harte Arbeit, denn immer wieder verkrampfte der Verletzte sich.

»Man hätte ihm Laudanum geben sollen«, sagte Marian.

»Oder einen Schlag auf den Kopf.«

»Mhm. Noch einmal«, keuchte der Verletzte.

Wieder zogen sie, langsam, gefühlvoll, und diesmal gelang es, der Oberschenkel rutschte wieder in das Gelenk.

Ein tiefes Stöhnen begleitete diese Operation.

Meister Hans zog sich an die Wand der Kammer zurück, und Marian betastete noch einmal die Hüfte.

»Habt Ihr weißes Schmalz da, Weib?«

»Ja, natürlich.«

»Holt mir etwas davon.«

Mit dem Fett bestrich er die Hüfte und massierte die überdehnten Sehnen. Erst keuchte der Schmied noch, dann brummte er.

»Ihr habt heilende Hände, junger Mann.«

»Bleibt ein paar Tage vom Amboss fern, damit das Fleisch sich beruhigt.«

»Wenige Tage, die Arbeit wartet.«

Der Schmied rappelte sich auf, und mit Hilfe seines Gesellen setzte er sich auf die Kante des Alkovens.

»Weib, bring uns eine Kanne von deinem Bier. Wir haben uns das verdient!«

Sie zögerte etwas, aber die Alte in der Ecke krähte: »Mach schon, Trutsche. Das wird keinem schaden.«

Marian zog sich einen Schemel herbei, der Geselle setzte sich neben den Schmied, Meister Hans blieb an die Wand gelehnt stehen. Das Weib setzte Becher und Krug auf die Planke und goss ein, dann aber sah sie verstört zu dem Henker.

»Ich habe meinen eigenen Becher, Weib«, sagte der und stellte das Blechgefäß neben die anderen. »Meinem Gehilfen könnt Ihr einen der Euren geben, er ist ein ehrlicher Mann.«

»Ich bin ein ehrliches Weib, und mir kannst du auch einen Becher geben, Trutsch. Aber ordentlich voll!«

Das Bier war recht gut, und Marian spürte, wie die Anspannung allmählich von ihm abfiel. Eine Weile lauschte er nur mit halbem Ohr dem Gespräch der drei Männer, aber er merkte auf, als der Schmied den Namen Mats Schlyffers erwähnte.

»Ich lasse ihn meine Klingen schleifen. Hab zwar auch einen Schleifstein, aber er hat einfach die bessere Hand dafür.«

»Unsinn, du willst nur der Schlampe von seiner Tochter an die Röcke«, giftete sein Weib ihn an.

»Ich glaube nicht, dass Gislindis eine Schlampe ist«, sagte Marian ruhig.

»Ach was, so gierig und so liederlich wie jede schmutzige Dirne.«

»Nein, sie ist keine Dirne«, sagte auch der Henker. »Sie mag keck auftreten, aber sie sorgt für ihren Vater. Mats könnte seinen Beruf ansonsten nicht ausführen. Ich schätze seine Dienste ebenfalls.«

Das Weib zuckte schaudernd zurück. Die Werkzeuge des Scharfrichters waren geeignet, Grauen auszulösen.

»Ronyas Tochter wird schon keine Schlampe sein«, ließ sich jetzt auch die Alte vernehmen. Marian witterte Aufschlüsse über Gislindis und nahm sich vor, diesen Born des Wissens anzuzapfen.

»Ronyas Tochter?«, fragte er harmlos.

»War ihre Mutter. Ich kannte sie. War eine Fahrende, ist aber sesshaft geworden.«

»Also doch Schlampe«, murrte ihre Schwiegertochter.

»Nicht mehr als du, Trutsch.«

»Hört auf zu zanken!«, sagte der Schmied müde. »Ronya war eine gute Frau und dem Mats aufrichtig zugetan. Ist wohl so vier Jahre her, dass sie starb. Da war ihre Tochter noch ein ganz junges Mädchen. Aber sie hat sie gut angelernt. All diese Lieder und Sprüchlein sind von ihr.«

»Muss schwer für die Frauen gewesen sein, mit einem Mann, der kaum sprechen kann«, warf Marian ein, in der Hoffnung, mehr zu erfahren.

»Ihr meint, kein Weib wird so einen Kerl mit einem Wolfsrachen heiraten, was, junger Mann?«, kicherte die Alte. »Aber er hat wohl – mhm – besondere Fähigkeiten.«

Ihre Schwiegertochter grummelte etwas sehr wenig Schmeichelhaftes über die Fähigkeiten der Männer, aber die Alte reichte ihr noch einmal ihren Becher, nahm dann einen tiefen Schluck und erzählte. Offensichtlich liebte sie Zuhörer. Und obwohl ihre Aussprache durch den Biergenuss und auch die fehlenden Zähne etwas nuschelig war, erfuhr Marian, dass Mats Schlyffers als Kind ausgesetzt worden war. Offensichtlich wollten die Eltern einen missgestalteten Sohn nicht großziehen. Fahrende hatten ihn gefunden und aufgenommen. Er wuchs mit deren Tochter zusammen auf, und das Mädchen schien schon von Anfang an so etwas wie seine Beschützerin gewesen zu sein. Er lernte bei der Sippe das Messerschleifen, und als er ein Mann wurde, verliebte er sich in seine Ziehschwester Ronya. Das wollten die Fahrenden jedoch nicht dulden, und so liefen die beiden fort. Sie kamen nach Köln, und mit Mats' Kenntnissen und Ronyas lustigem Wesen hatten sie sich bald auf den Märkten einen Namen gemacht.

»Aus der Hand lesen konnte sie auch, die Ronya, auch das hat sie ihre Tochter gelehrt.«

»Auch noch eine Zaubersche.«

»Nichts da. Eine kluge Frau, die mehr in den Gesichtern als in den Handlinien las. Und ich kenn einige, denen sie guten Rat erteilt hat.«

»So sagt meine Sch… Base auch«, meinte Marian, der sich gerade noch daran erinnerte, dass ihm daran gelegen war, seine Familie zu schützen. »Man lernt viele Leute kennen auf den Märkten. Und wo viele Leute zusammenkommen, wird viel geschwatzt.«

»Wohl wahr. Aber nun, Gehilfe, wird es Zeit zu gehen. Hier wurde auch genug geschwatzt.«

»Ja, Meister.«

Als sie durch die dunklen Gassen gingen, sprach Marian den schweigsamen Henker noch einmal an: »Verzeiht, dass ich Euch nochmals lästig falle, Meister Hans. Doch ich hörte jüngst, dass der Gefangene, der Robert van Doorne erschlagen hat, aus dem Turm entwichen ist.«

»Ach ja. Und woher wollt Ihr das wissen?«

»Meine Schwester erkundigte sich nach ihm beim Turmvogt.«

»Der Idiot hat so etwas nicht zu beantworten!«

»Hat er ja auch nicht. Er druckste herum. Woraus sie schloss, dass er etwas zu verbergen hatte. Aber Ihr habt es mir eben bestätigt.«

Der Henker schwieg.

Dann sagte er: »Ihr solltet Inquisitor werden. Das war geschickt.«

»Ihr wusstet es. Wisst Ihr auch, wie es dazu kam, dass der Sieche sein Kerkerlager verlassen konnte?«

»Weil die Wachen Tröpfe sind. Soweit ich es von ihnen herausbekam, haben sich zwei Herren im Auftrag der Nordmänner bei ihnen gemeldet, die den Mörder deren eigener Gerichtsbarkeit übergeben wollten. Da sich hier niemand für den Mann interessiert hat, haben sie ihnen erlaubt, ihn mitzunehmen. Mich hat es gewundert, dass sein Bruder nicht auf einen baldigen Prozess bestanden hat. Aber das ist nicht meine Angelegenheit.«

»Das stimmt wohl. Und das eine oder andere Goldstück wird diese Scharade wohl unterstützt haben.«

»Wohl, wohl. Aber, Herr Gehilfe, seht es gelassen. Der Mann war so oder so des Todes, ob von meiner Hand oder durch das Fieber. Ich sah einige Male nach ihm und hatte wenig Hoffnung auf Heilung. Der Wundbrand hatte bereits eingesetzt.«

»Ihr habt recht. Danke für die Lehrstunde und die Auskunft.«

»Wenn sich wieder etwas anbietet, lasse ich Euch rufen. Als Gehilfe seid Ihr recht brauchbar.«

Es war schon weit nach Mitternacht, als Marian ins Bett fiel. Aber der Schlaf wollte noch fast bis zur Morgendämmerung nicht kommen.

10. Kapitel

Um ihr barsches Verhalten am Samstag wiedergutzumachen, begrüßte Alyss John freundlicher, als er am Montagmorgen mit einem Bündel in der Hand ihr Kontor betrat.

»Das Kostgeld, Mistress Alyss. Nicht in Münzen, doch in Ware. Meine Falken haben die Arbeit dafür geleistet, die besten Weber haben den Stoff dazu gefertigt und ein Kürschner das Seine dazu getan. Aber wenn es Euch nicht gefällt, wird sich auf dem Markt ein guter Preis dafür erzielen lassen.«

»Nun, dann zeigt her, was daraus entstanden ist.«

Sie schnürte das weiche Lederpaket auf, und als sie es entfaltete, blieben ihr die Worte im Halse stecken. Sie hob eine elfenbeinfarbene Jacke aus feinstem Wolltuch mit schmalen Ärmeln hoch. Das wäre noch nicht bemerkenswert gewesen, denn derartige Jacken trugen auch die reichen Kaufmannsfrauen inzwischen oft über ihren Gewändern. Doch diese Jacke hatte nicht nur einen Pelzbesatz, sondern war innen zur Gänze mit einem samtigen Fell gefüttert, lichtbraun, mit cremefarbenen Streifen.

Alyss wusste, was Pelze kosteten.

»Marder, Mistress Alyss, sind böse Mörder in den Hühnerställen. Aber ihr Fell ist weich und wird Euch an kalten Tagen wärmen.« Und wieder lächelte er. »Und Euch an mich erinnern.«

»Das kann …«

»Geschenke schätzt Ihr nicht, Mistress Alyss, ich erinnere mich. Doch das Kostgeld könnt Ihr annehmen. Ich verspreche Euch, große Mengen zu vertilgen.«

»Das ist …«

»Oder soll ich es gegen einen weiteren Hahn tauschen?«

Mit einem leisen Zähneknirschen erwiderte Alyss: »Eine Gans, die goldene Eier legt, wäre mir derzeit recht lieb.«

»Richtig, Ihr schätzt das Federvieh sehr. Weckt der Hahn Euch pünktlich? Man versicherte mir, er künde laut und vernehmlich den Morgen.«

»Weshalb wir diesen schwarzen Dämon Herold getauft haben. Er ist unerbittlich.«

»Nun, dann nehmt für diesmal die Jacke, sie gibt keinen Laut von sich und wärmt Euch in einsamen Stunden. Für die Jungfern habe ich einen Ballen Leinen mitgebracht, wie es Robert auch immer gehalten hat. Und jetzt berichtet, wie

Eure Geschäfte gehen, und ich will Euch von den meinen erzählen.«

Noch einmal streichelte Alyss über das feine Pelzfutter. Ihre Vernunft riet ihr, die Gabe abzulehnen, um lästige Fragen und Schwierigkeiten zu vermeiden. Doch das Weib in ihr seufzte.

Und siegte.

Wer konnte einem solch köstlichen Kleidungsstück widerstehen?

Wie nebenbei faltete sie es zusammen und schob es zur Seite, erzählte aber dabei von ihrem eigenen kleinen Pelzhandel, der Johns Billigung fand.

»Ich glaube, Ihr geht wenig Gefahr ein, dass Ihr einen Verlust damit macht. Ich hörte, die Kaufleute im Süden sind reich und lieben es, ihre Kleider mit Pelzen zu schmücken. Vor allem mit solchen, denen man ansieht, dass sie von weither kommen und viel gekostet haben.«

»In drei, vier Wochen werde ich wissen, ob es sich gelohnt hat. Und ob Frieder sich auf der Reise bewährt hat.«

Dann berichtete John ihr, dass er bis über die Herbstmesse zu Martini bleiben würde und erst nach der Zahlwoche Ende November wieder abzureisen gedachte.

»Wird mich Jung Tilo begleiten?«

»Von meiner Seite aus ja, doch das müsst Ihr mit seinen Eltern ausmachen. Ich habe schon versucht, meiner Tante Vertrauen in Euch einzuflößen.«

»Tatsächlich, Mistress Alyss? Und Ihr habt Euch nicht die Zunge dabei verknotet?«

»Doch, Master John.«

»Wie selbstlos von Euch.«

»›Was man lobt an einem Mann,
da setzt er seine Kräfte dran.‹

So riet mir der bescheidene Dichter Freigedank, Master John.«

Der konnte auf diese profunde Weisheit nicht antworten, denn es klopfte an der Tür, und Marian trat ins Kontor.

»Mir zwitscherten die Vögelein, dass Ihr wieder zurückgekehrt seid, John!«

»Die Schwälbchen vermutlich, und nicht die, die in den Giebeln nisten«, knurrte Alyss.

»Diese reizenden Schwälbchen habe ich aber noch gar nicht mit meinem Besuch beehrt. Euer Bruder muss anderem Gesang gelauscht haben. Dem der Turteltauben, Marian?«

»Von Turteln war aus dem Mund meiner Tante nichts zu vernehmen.«

»Aber turteln könnt Ihr, denn als Schwester Marianne gabt Ihr ein liebreizendes Täubchen ab. Lasst Euch küssen, mein Freund!«

Als John Marian vor einigen Monaten kennengelernt hatte, trug dieser Frauenkleider, um die Kunst der Hebammen zu erlernen, die Männern verboten war. Ein hübsches Mädchen spielte er auf diese Weise und täuschte manchen Mann. Nicht jedoch John.

Der wollte ihn nun an sich ziehen, um ihn zu herzen, doch vipernschnell schoss Marians Faust vor. Gewappnet zuckte John zurück, sodass sie seine Brust nur streifte.

»Aua, aua!«, wimmerte Marian theatralisch und schüttelte seine Hand aus. »Habt Ihr Eisennägel gefressen, John?«

»Lasst mich überlegen – doch ja, eine Handvoll zum Frühmahl.«

»So will ich Frieden mit Euch halten. Reicht mir die Hand!«

»Tut's nicht«, warnte Alyss, aber schon hatte Marian Johns Hand ergriffen, und der wurde blass.

»God gracious, bei welchem Peiniger geht Ihr jetzt in die Lehre?«

»Beim Meister selbst, Master John«, erklärte Alyss. »Ich warnte Euch. Und nun, Bruderlieb, renke ihm den Daumen wieder ein.«

Marian tat, wie gebeten, John stöhnte noch einmal auf und wackelte dann mit einem schiefen Grinsen mit seinem Daumen.

»So haltet Ihr Verbindung zum – wie nennt Ihr den *hangman*?«

»Zum Henker, ja.«

Alyss bemerkte, wie die beiden Männer Blicke tauschten, und begehrte zu wissen: »Marian, was hast du mir verschwiegen?«

»Sagte ich Euch schon, John, dass meine Schwester zuzeiten hellsichtig ist?«

»Scharfsichtig, Marian. Sprecht, was sind die Nachrichten? Sie wird sie für sich behalten.«

Marian nickte und wandte sich an Alyss.

»Yskalt ist entkommen.«

»Aha. Daher!«

Für John erklärte sie: »Als ich letzthin, noch vor Erntedankfest, Wein an den Turmvogt lieferte, fragte ich ihn nach dem Gefangenen. Er druckste herum.«

»Aus gutem Grund.«

»Wer hat ihm geholfen, Marian?«, wollte John, jetzt sehr ernst, wissen.

»Entweder der, der ihn gedungen hat, oder jemand, der wissen will, wer ihn beauftragt hat, Robert zu töten. Aus welchen Gründen auch immer.«

»Das gefällt mir nicht.«

»Nein, das gefällt mir auch nicht.«

»Ihr forscht nach ihm?«

»Natürlich. Doch noch habe ich keine Spur.«

»Ich werde mich auf seine Fährte setzen.«

»Darauf hoffte ich.«

Alyss hatte schweigend zugehört und sich ihre eigenen Gedanken gemacht.

»Es kann nicht ganz einfach gewesen sein, einen solchen Riesen, fiebernd und kaum bei Sinnen, zu befreien. Er war dem Tode nahe.«

»Und ihm nun wohl geweiht … Aber es ist Gold geflossen, und diesen Weg werden wir verfolgen. Solltet Ihr etwas dazu hören, Mistress Alyss, berichtet mir oder Eurem Bruder davon.« Nach diesen ernsten Worten aber kehrte Johns Schalk zurück, und er knuffte Marian.

»Singen die Schwälbchen noch immer Lobeshymnen auf meine überwältigende Männlichkeit?«

»Das kann ich Euch nicht sagen, John, da ich nicht mehr zu Gast in ihren Nestchen bin. Überzeugt Euch selbst! Und rettet Euren Ruf, sollten sie Euch vergessen haben.«

»Ja, ja, geht nur zu den Vögelchen und vergnügt Euch, Master John. Mich hingegen rufen die Geschäfte.«

»Ah, mich auch!«

»Mädchesjeck!«

Der folgende Tag war für die Kölner ein hoher Feiertag – man gedachte der Stadtpatronin, der heiligen Ursula, mit Messen und Prozessionen. Am Morgen musterte Alyss ihre kleine Gemeinschaft aufmerksam. Alle Näharbeiten waren rechtzeitig fertig geworden, und die Mädchen erstrahlten in ihren aufgeputzten Kleidern. Es überraschte sie wenig, dass nun doch Lauryn die weißen Felle an ihrem neuen Kleid trug, denn Hedwigis hatte offensichtlich ihrer Mutter zwei rotbraune Fuchsschwänze abgeschwatzt, die sich jetzt um ihren Ausschnitt schmiegten. Sie gaben ihrem blassen Gesicht etwas Farbe, und sie wirkte beinahe hübsch, zumal sie auch ihre missmutige Miene an diesem Tag abgelegt hatte. Tilo prunkte mit seinem neuen Lammfellwams, und sie selbst hatte die pelzgefütterte Jacke angelegt. Möglicherweise würde es ihr darin zu warm werden, aber eine schändliche Eitelkeit – eine Sünde, die sie zu beichten bereit war – zwang sie dazu, dieses köstliche Gewand der Öffentlichkeit vorzuführen.

Beschwingt führte sie die Mädchen, Tilo, der Kilian fest an der Hand hielt, und das Gesinde zur Prozession, wobei sich auch Merten, Arndts Stiefsohn, anschloss.

Alyss begrüßte den jungen Mann, kaum zwei Jahre älter als sie, herzlich. Er war zwar ein Geck und lebte vom Geld seiner Großmutter und früher auch von Arndts, aber er hatte gute Beziehungen zu den Söhnen der Patrizier und der Landadligen und war daher auch immer eine Quelle des unterhaltsamsten Klatsches. Er tändelte auf harmlose Weise mit den Jungfern, was deren Laune zu heben pflegte, und sagte auch ihr immer wieder nette Schmeicheleien. Heute allerdings bemerkte sie, dass er Hedwigis mehr Aufmerksamkeit schenkte als gewöhnlich und das Mädchen immer rosigere Wangen bekam. Noch mochte sie nicht einschreiten, aber später würde sie Hedwigis mahnen müssen, sich nicht zu sehr mit losen Männern wie Merten einzulassen.

Die Gruppe der Priester zog mit dem Schrein der Ursula vorbei, singend und betend, ihnen schlossen sich die Gaffeln und Zünfte an, die Ursula-Bruderschaften mit dem Schiff der Heiligen. Alles in allem ein farbenprächtiger Aufzug, bei dem die lebhaften Farben der edlen Gewänder, Gold und bunte Steine im Sonnenlicht leuchteten.

Alyss und ihr Grüppchen folgte der Menschenmenge, die sich nicht ganz so fromm und andächtig verhielt, wie es vielleicht wünschenswert war. Man begutachtete die neuen Kleider, tauschte Grüße, tuschelte sich Neuigkeiten und Klatsch zu, versuchte, die allgegenwärtigen Taschendiebe und Beutelschneider an ihrem unlauteren Tun zu hindern oder gab den Bettlern am Wegesrand Almosen. In der Nähe der Dombaustelle trottete die Tavernenwirtin Fygen ein paar Schritte neben ihr her und wurde dabei gleich eine Bestellung für ein Fass Wein los, Pitter, der Bader, mit seinem lustigen Gefolge winkte ihr vergnügt zu, und zahlreiche andere Bekannte warfen mehr oder weniger bewundernde Blicke auf ihre pelzverbrämte Jacke.

Als sie die Kirche von Sankt Ursula erreichten, betete Alyss daher mit besonderer Inbrunst zu der Heiligen, der Patronin der Jungfrauen, und legte ihr das Wohlergehen der ihr anvertrauten Jungfern ans Herz. Da sie auch Hilfe bei Kinderkrankheiten gewährte, bat sie um Gesundheit für Kilian. Schließlich, sehr leise und mit leicht geröteten Wangen, flüsterte sie der großherzigen Ursula als Beschützerin der Tuchhändler sogar zu, sie möge die Vertreter dieses Standes vor Schaden bewahren.

Auch wenn sich einer von ihnen bei den Schwälbchen am Berlich herumtrieb.

11. Kapitel

Die Heilige, der so ausgiebig gehuldigt worden war, zeigte sich in den beiden nächsten Tagen wohlgesinnt. Die Jungfern gingen willig und ohne die üblichen Zänkereien ihren Aufgaben nach, Kilian erfreute sich bester Gesundheit, und Master John schien von den ansässigen Tuchhändlern wohlwollend aufgenommen worden zu sein. Der Wein gärte in seinem Bottich, die Rosinen trockneten auf der Darre, Tilo half energisch, die Pfähle aus dem Erdreich zu ziehen, und musste nur einmal von einem bösen Splitter befreit werden. Alyss hatte diese kleine Operation gerade erledigt, als eine völlig aufgelöste Frau mit verrutschtem Gebende und zerknüllter Schürze durch die Toreinfahrt gelaufen kam.

»Frau Alyss? Seid Ihr Frau Alyss?«, keuchte sie.

»Ja, die bin ich. Was liegt an?«

»Ich bin Lis, die Magd von Greta Aldenhoven. Es ist furchtbar, wohledle Frau, ganz furchtbar!«

»Nun setz dich erst einmal hin, Lis. Tilo, bring ihr einen Becher Most.«

Alyss begleitete die Magd zu der Bank an der Hauswand und nötigte sie, sich zu setzen. Sie tat es, knäuelte aber weiter das Leinen ihrer Schürze mit den Händen.

»Ich hab gestern meine Muhm besucht, wohledle Frau. Das hat die Herrin erlaubt. Und da bin ich über Nacht geblieben, weil's doch so spät wurde. Und als ich vorhin zurückkam, da war das Fenster hinten an der Werkstatt offen. Dabei hab ich gestern ganz genau darauf aufgepasst, dass alles zu war, bevor ich gegangen bin.«

Tilo reichte Lis den Becher, und sie nahm ein paar hektische Schlucke. Dann fuhr sie mit ihrem Bericht fort, aus dem Alyss entnahm, dass einer oder mehrere Fremde im Haus gewesen waren, reichlich Unordnung verursacht und einen – nicht sehr großen – Geldbetrag entwendet hatten, nämlich das Beutelchen mit Münzen, das Aldenhoven der Magd für die täglichen Beschaffungen dagelassen hatte.

»Ich begleite dich, Lis, und sehe mir das an. Und dann gehen wir gemeinsam zum Turm. Ein Einbruch muss den Wachen gemeldet werden.«

Die Begleitung zum Haus nahm Lis dankbar an, die Meldung bei den Offiziellen schien ihr jedoch nicht zu schmecken, aber Alyss bestand darauf.

Groß war der Schaden nicht, den die Einbrecher hinterlassen hatten. Ein paar Schemel waren umgestoßen, eine Truhe durchwühlt und seltsamerweise alle Betten auseinandergerissen worden. Im Turm hörte man den beiden Frauen ernsthaft zu und versprach, nach Verdächtigen Ausschau zu halten, was Alyss mit einem missmutigen Knurren quittierte. Man würde gar nichts tun. Aber was auch? – die Übeltäter hatten keine Spuren von sich hinterlassen. Ob Bettler, Fahrende, übelgesinnte Nachbarn oder übermütiges Jungvolk – mögliche Täter gab es zahlreiche. Sie kehrten zum Haus zurück, und damit die arme Frau nicht Not leiden musste, drückte Alyss ihr ein paar Münzen in die Hand, mit denen sie die notwendigen Einkäufe erledigen konnte.

»Frau Greta wird sie mir schon zurückzahlen«, beruhigte sie die zögernde Magd und eilte dann nach Hause zurück. Die Mittagszeit war schon lange verstrichen, und alle waren eifrig mit ihren Aufgaben beschäftigt. Hilda hatte eine Pastete für sie aufgehoben, die Alyss am Küchentisch sitzend verspeiste.

»Wir müssen Honig kaufen, Frau Alyss. Ich habe den letzten für die süßen Wecken gestern verbraucht.«

Da Alyss, genau wie ihre Mutter, eine große Vorliebe für süße Wecken hatte, stimmte sie diesem Einkauf umgehend zu. Und da sie auch ihren neuen Hausgast am Vormittag verstohlen mit einem solchen Wecken aus der Küche hatte kommen sehen, fragte sie denn auch gleich misstrauisch: »Hat Kilian heute die Vorräte geplündert, Hilda?«

Die Haushälterin schüttelte den Kopf.

»Nein, Frau Alyss, den Wecken hat er sich rechtmäßig erbettelt. Der Junge hat den Schalk im Nacken, aber er ist ein süßer kleiner Kerl, nicht wahr?«

»Ein Fratz.«

»Wär besser, Ihr hättet auch so einen«, grummelte Hilda und hackte wild auf ein Stück Fleisch ein.

»Besser wär viel.«

»Dabei sorge ich ständig dafür, dass Ihr eine Erbse in Eurem Essen habt.«

»Erbse? Wieso Erbse?«

»Sie fördert die Fruchtbarkeit.«

Alyss war kurz davor, sich zu verschlucken. Dann aber fasste sie sich.

»Hilda, mein Ehemann ist nicht im Haus. Es wäre nicht

recht, wenn ich in seiner Abwesenheit sehr stark zur Fruchtbarkeit neigen würde.«

Hilda brummte etwas Unverständliches vor sich hin, und Alyss spuckte heimlich die kleine harte Kugel aus, auf die sie eben gebissen hatte. Ihre Haushälterin war äußerst abergläubisch, vertraute auf sehr viele seltsame Rezepte und fand auch immer wieder Quellen, die ihr neue offenbarten. Aber sie meinte es gut mit ihr, und darum ritt sie nicht weiter auf dem Thema herum.

Mehr dachte sie über den Jungen nach. Sie hatte ihn gänzlich Lauryns und Tilos Obhut anvertraut, weil, wie sie sich sagte, er sich bei den jungen Leuten wohler fühlen würde als unter ihrer strengen Aufsicht. Beide hatten kleine Geschwister und kamen augenscheinlich ganz gut mit dem Knaben zurecht. Seine Pflichten erfüllte er, und den einen oder anderen Schabernack durfte man einem Kind schon mal durchgehen lassen. Ihre Eltern hatten es auch nicht anders gehalten. Kilian zeigte erstaunlich wenig Heimweh oder jammerte auch nicht der mütterlichen Zuwendung nach, sondern schien sich mit dem Aufenthalt in ihrem Haus klaglos abgefunden zu haben. Sie hatte bisher nicht oft mit ihm zu schelten gehabt, aber sie hatte ihm auch keine liebevolle Aufmerksamkeit geschenkt.

Obwohl sein engelhaftes Aussehen sie manchmal fast dazu verleitete, ihn an sich zu ziehen und zu herzen.

Sie versagte sich dies. Es wäre … zu nahe an einem Schmerz gewesen, der nicht wieder aufleben sollte.

Ein Fassbender hatte sie aufgehalten, und als sie nach dem Vesperläuten in die Küche eilte, saß man schon bei Tisch; Magister

Hermanus hielt seinen üblichen Sermon. John hatte sich ebenfalls eingefunden und lächelte sie an, als sie sich auf ihren Platz in der Mitte des Tisches setzte. Fromm faltete sie die Hände, sah sich aber prüfend um. Die Jungfern wirkten schon leicht ermattet, Tilo war in heilige Verzückung oder einen gut versteckten Halbschlaf versunken, Kilian betrachtete seine Hände, die von Alyss' Platz aus recht schwärzlich wirkten. Der Junge schätzte die Behandlung mit Wasser nicht sonderlich.

Als Magister Hermanus eine winzige Pause machte, setzte Alyss seinem Salbadern ein kurzes Ende und wünschte allen eine gesegnete Mahlzeit.

Kilian überraschte sie mit der Bitte, noch einmal aufstehen und sich die Hände waschen zu dürfen. Sie fragte sich einigermaßen ungläubig, ob er ihren strengen Blick richtig gedeutet hatte, und gab ihre Einwilligung. Der Junge lief hinaus, kam, gerade als Hilda die Schüsseln mit Brei füllte, wieder in die Küche und rief: »Gleich kommt Malefiz mit einer sooo großen Ratte rein!«

Alle schauten zur Tür, doch nichts geschah. Nur Alyss fühlte Johns Fuß auf dem ihren.

Fragend sah sie zu ihm. Unter seinen halb gesenkten Lidern glitt sein Blick zu Magister Hermanus' Schüssel. Dann zu dem artig dasitzenden Kilian.

Da war doch irgendeine Teufelei im Gange!

Was hatte der kleine Nichtsnutz nun schon wieder ausgeheckt?

Sie brauchte nicht lange zu warten. Gierig wie immer fiel der Hauspfaff über sein Essen her, und als er die beiden ersten Löffel voller Brei verschlungen hatte, schrie Hedwigis laut: »Ihh! Igitt! Da bewegt sich ja was drin!«

Hermanus, der gerade ein weiteres Mal den Löffel zum Mund führen wollte, hielt in der Bewegung inne und starrte in seine Schüssel. Alle andern folgten seinem Blick.

»Erdwürmer, vermute ich«, flüsterte John.

»Regenwürmer!«, sagte Tilo und schluckte. »Köstlich, Hilda. Habe ich auch welche bekommen?«

Der Hauspfaff entwickelt erst eine grünliche, dann eine immer rötlichere Gesichtsfarbe, stand dann auf, zerrte Kilian am Ohr hoch und verpasste ihm eine derart bösartige Ohrfeige, dass der Junge rückwärts taumelte und fast in den Herd gefallen wäre, hätte Hilda ihn nicht rechtzeitig aufgefangen.

»Du Teufelsbraten! Du hinterhältiger, gottverlassener Balg! Du gehörst gezüchtigt und in den finstersten Keller gesperrt, bis du die Furcht Gottes gelernt hast.«

Er wollte noch einmal zuschlagen, aber Tilo stellte sich schützend vor den Jungen.

»Ich denke, Magister Hermanus, Frau Alyss ist die Einzige, die in diesem Haus über unser Benehmen zu richten und zu strafen hat.«

»Sie ist nur das Weib des Arndt van Doorne. Sie hat gar nichts zu richten. Solange mein Vetter auf Reisen ist, bin ich der Herr im Haus!«

Schweigen.

Und ganz überraschend erhob die sanftmütige Leocadie plötzlich die Stimme.

»Magister Hermanus, Euch ist ganz recht geschehen. Frau Alyss, er hat heute Vormittag dem Jungen einen süßen Wecken fortgenommen und sich selbst in den Mund gestopft. Ich hab's selbst gesehen.«

Alyss lächelte. Das tat sie selten, und alle sahen sie überrascht an.

»›Wer unter euch ohne Sünde ist, der werfe den ersten Stein.‹ Und, Magister Hermanus, wer einem siebenjährigen Jungen aus niedriger Gier einen Wecken stiehlt, wie Ihr es heute Mittag tatet, ist nicht ohne Sünde und hat damit nichts zu richten. Auch wenn Ihr Euch in meinem Haus Herrenrecht anmaßt. Das aber hat Arndt van Doorne Euch nicht erteilt. Setzt Euch und haltet Ruhe. Hilda, gebt dem Magister eine neue Schüssel Brei und Kilian einen süßen Wecken.«

Der Junge sah einen Moment lang tatsächlich unsicher aus und rutschte kleinlaut auf seinen Platz. Seine linke Wange war feuerrot, und aus seiner Nase tropfte ein wenig Blut, aber er klagte mit keinem Ton.

Hermanus hingegen begann protestierend zu blubbern, der Junge solle nicht auch noch belohnt werden für seine Schandtat.

»Wenn es danach ginge, Magister Hermanus, würdet Ihr heute hungrig zu Bett gehen oder Würmer fressen«, beschied Alyss ihn kalt.

Der Rest der Mahlzeit verging in Schweigen, und erst als der Hauspfaff beleidigt und ohne Abschied gegangen war, erhoben sich wieder die Stimmen.

Alyss beteiligte sich nicht an der Debatte, die während des Abräumens des Tisches entstand, und John tat es auch nicht. Sie wunderte sich, dass er während der ganzen Auseinandersetzung vollkommen still und unbeteiligt, ja fast unsichtbar geblieben war.

»Ihr habt bemerkt, wie Kilian die Regenwürmer in die Schüssel tat?«, fragte sie ihn leise.

»Ja, Mistress Alyss. Ein trickreiches Stückchen war das, was der kleine *rascallion* da vollbracht hat. Er hat Euch gefoppt mit seinen Schmutzfingern und alle anderen abgelenkt mit des Katers Ratte. Er muss die Würmer in seinem Kittel gehabt haben.«

»Ich werde mit ihm über die Schändlichkeit der Rachsucht sprechen müssen.«

»Warum? Rache ist süß, Mistress Alyss. Er hat sie genossen und dafür die Schläge hingenommen.«

»Ihr scheint ihn gut zu verstehen, Master John.«

»Er hat tollkühn, aber erklärbar gehandelt und steht für die Folgen ein. Er nötigt mir Achtung ab. Und Euch auch, Mistress Alyss.«

Das stimmte allerdings.

»Dennoch muss der Junge seine Grenzen gesetzt bekommen. Und ich weiß nicht wie. Ich habe den Verdacht, dass seine Eltern ihm vieles durchgehen lassen.«

»Sicher. Solche wie er sind schwer zu zähmen.«

»Wie, Master John, zähmt man sie? Euch gelingt es bei den Raubvögeln, gibt es da auch einen Rat für wilde Knaben?«

»Die Falken zähmt man mit Belohnung und Zucht, Mistress Alyss. Mit dem Gewähren von Futter und Jagd und mit Binden in Fesseln. Doch Vögel haben wenige Leidenschaften. Die Leidenschaftlichen aber zähmt man durch Liebe und Schmerz.«

Er sagte es mit immer leiser werdender Stimme, die letzten Worte nur ein heiseres Flüstern. Und Alyss spürte das Prickeln auf ihrer Haut.

Über wessen Zähmung sprach er?

»Frau Alyss, dürfen wir aus einem Eurer Bücher vorlesen?«, fragte Hedwigis in ihr Schweigen.

»Das dürft Ihr, aber Kilian bringe ich jetzt zu Bett. Komm, Junge.«

Sie gab Hedwigis den Schlüsselring und wies auf den kleinen Schlüssel für die Truhe.

»Neben der Schatulle, Hedwigis, liegen die Bücher. Nimm das mit dem braunen Einband, in das die Blattranken geprägt sind. Es enthält hübsche Minnedichtung, die Leocadie gefallen wird.«

Begeistert eilte Hedwigis nach oben, und Alyss forderte Kilian auf, ihr zu folgen. Er tat es willig, aber ihren mahnenden Worten über sein wenig tugendhaftes Verhalten lauschte er mit einem Schweigen, das sie ahnen ließ, dass ein jedes einzelne an ihm abperlte wie Regen an einer Glasscheibe.

Liebe und Schmerz. Weder durfte sie ihm Liebe schenken, noch mochte sie ihm Schmerzen bereiten. Und so sprach sie mit ihm das Nachtgebet, deckte ihn zu und verließ unverrichteter Dinge die Kammer.

John war fort.

Die Jungfern lasen Liebeslieder.

Alyss seufzte.

12. Kapitel

Die ersten Herbststürme fauchten über das Land, düstere Regenwolken entledigten sich ihrer Last mit Macht, das Dach war undicht geworden, in die Kammer der Mädchen tropfte es an einer Stelle hinein. Der Leyendecker hatte sie auf übermorgen vertröstet; daher wollte Tilo selbst eine notdürftige Reparatur übernehmen. Und dann sorgte Magister Hermanus für weiteres Aufsehen. Er war nämlich nicht zum Abendessen erschienen, und obwohl Alyss sich darüber nicht sonderlich grämte, wurde sie doch stutzig, als sie Jung Kilian beobachtete. Der Knabe glühte förmlich vor Genugtuung, und ein Instinkt sagte ihr, dass er etwas mit diesem Umstand zu tun hatte. Eine Befragung der Anwesenden und des Gesindes ergab, dass der Hauspfaff um die Mittagszeit wie üblich von der Pfarrschule die Gasse hinuntergekommen war. Seither jedoch blieb er unauffindbar. Nicht einmal Hilda hatte ihn gesehen.

Alyss nahm Kilian ins Gebet. Der Junge hatte etwas zu verbergen, wollte es aber nicht herausrücken. Und so sah sie sich gezwungen, das Schlimmste wahr zu machen. Sie schleppte ihn eigenhändig zum Hühnerstall, in dem das ganze Federvieh sich vor dem Regen zusammendrückte, und sperrte ihn zu dem schwarzen Hahn. Mit Gewalt verschloss sie ihre Ohren vor den Schreien des Gefolterten.

Tilo aber hatte ebenfalls einen sechsten Sinn entwickelt, vielleicht, weil er sich in die Denkweise des kleinen Ganoven versetzen konnte, und hatte die Tür zum Weinkeller geöffnet. Hier fand sich Magister Hermanus, durchgefroren, in nassen Kleidern und dampfend vor Zorn. Kilian, so erfuhren sie, hatte, als er mittags durch die Toreinfahrt trat, den bissigen Köter auf ihn gehetzt. Um sein Leben zu retten, war Hermanus in den Keller geflüchtet, doch da hatte dieser Drecksbalg den Riegel vor die Tür geschoben.

Das ging tatsächlich einen ganzen Schritt zu weit, und nachdem der Hauspfaff mit trockenen Kleidern und heißem

Würzwein versorgt worden war, erhielt Kilian eine herzhafte Tracht Prügel von ihr.

Er ertrug sie ohne Mucks. Aber seine Augen leuchteten kalt.

Ja, das war all das Ungemach, das ihr heute widerfahren war.

Und John war auch nicht erschienen.

Hoffentlich regnete es bei den Schwälbchen ordentlich rein!

Missmutig ging Alyss in ihre Kammer und kniete, wie jeden Abend, vor dem kleinen Altar nieder, um ihre Gebete zu sprechen. Dass sie den Jungen so hart bestraft hatte, lastete auf ihrer Seele. Darum trat sie dann doch noch einmal mit dem Handlämpchen auf den Flur. Unten war es still geworden, die Jungfern hatten sich in ihre Kammer zurückgezogen. Sie schaute bei ihnen hinein und fand alle drei einträchtig dabei, sich gegenseitig die Haare zu bürsten. In einen Eimer in der Ecke tropfte mit schöner Regelmäßigkeit das Wasser durch das Dach. Sie wünschte ihnen eine gute Nacht und durchquerte den Lagerraum, der das Quartier der Mädchen von dem des Jungen trennte. Tilo war wohl noch unten, doch Kilian lag in seinem Bett. Friedlich schien sein Schlaf nicht zu sein, es sah aus, als habe er sich einen wütenden Ringkampf mit der Decke geliefert. Sacht zog sie sie über ihm zurecht und strich ihm dann über die blonden, zerzausten Locken. Er gab ein leises Maunzen von sich, wachte aber nicht auf.

Mit den Pantinen in der Hand schlich sie in ihre Kammer zurück, und als sie sich zu Bett begeben wollte, fand sie Malefiz bereits in ihren Kissen zusammengerollt liegen. Auch er maunzte leise, als sie ihn anhob und ein Stückchen zur Seite rückte. Als sie unter die Decken schlüpfte, schnurrte er jedoch zufrieden.

Darüber schlief sie ein.

Den ganzen Sonntag regnete es ebenfalls, und erst am Montagmorgen klarte es wieder auf. Alyss verteilte eben im Hof die Aufgaben, der Leyendecker werkelte auf dem Dach, Kilian verstreute Körner für die Hühner, vorsichtig darauf bedacht, dem Hahn nicht in die Quere zu kommen, Tilo hämmerte am Verschlag des Falken herum, und die Mädchen suchten die Eier im Hühnerstall.

»Das Messerchen ganz scharf und blank,
dafür gebührt dem Mats der Dank.
Nun braucht sein Herrchen es zurück,
der macht damit wohl bald sein Glück!
Hei, wie fein der Stahl uns blinkt,
Wenn Mats Schlyffers Schleifstein singt!«

Durch die Toreinfahrt tänzelte Gislindis. Sie hielt ein kurzes Schwert in den Händen und begleitete ihren Tanz mit recht gekonnten martialischen Gesten. Tilo ließ den Hammer sinken und starrte sie an, Benefiz umkläffte sie, Kilian juchzte und tanzte ebenfalls, und die Hühner stoben gackernd davon.

Alyss drehte sich zu ihr um und schüttelte den Kopf über diese dreiste Vorführung. Doch dann fragte sie sich, was Gislindis wohl damit beabsichtigte. Sie hielt die junge Frau für zu gewitzt, als dass sie einfach nur um Aufmerksamkeit zu erregen eine solche Vorführung in Szene setzte.

»Gislindis, lasst das Schwert sinken!«, rief sie ihr zu, und diese tat wie befohlen, salutierte aber noch einmal spöttisch damit.

»Folgt mir!«, sagte Alyss kurz angebunden.

Gislindis trat hinter ihr in das Kontor ein und sah sich mit unerwartet unsicherer Miene um. Alyss musterte sie. Seit es herbstlich geworden war, steckten ihre im Sommer bloßen Füße in derben Stiefeln, die jetzt ebenso schlammverkrustet waren wie die Säume ihrer Unterkleider und des groben Obergewands. Ihre Schultern und Haare bedeckte eine verwaschene rote Gugel, deren langen Zipfel sie wie ein Turban um den Kopf geschlungen und mit einem weiteren bunten Tuch umwickelt hatte. Vorsichtig legte sie das Schwert auf einen Tuchballen und faltete dann die Hände vor dem Schoß.

»Was bedeutet das, Gislindis?«

»Ich wollte dem englischen Tuchhändler das Messer zurückbringen, wohledle Frau.«

»Dann bist du hier am falschen Ort. Und ich glaube, das weißt du ganz genau.«

»Er hat seine Ware hier gelagert. So dachte ich, er käme hier vorbei, wohledle Frau.«

Alyss setzte sich auf den Hocker hinter ihrem Schreibpult und betrachtete die Tochter des Messerschleifers nachdenklich. Es war eine Ausrede, ohne Zweifel. Irgendetwas anderes hatte Gislindis veranlasst, zu ihr zu kommen. Ob es mit Marian in Zusammenhang stand? Ihr Bruder hatte ihr am Vortag berichtet, was er über sie und Mats und die Fahrende Ronya herausgefunden hatte, und auf ihre vertraute Zwillingsart hatte sie gespürt, dass da eine mehr als oberflächliche Neugier in Marian wirkte. Hatte Gislindis das ebenfalls bemerkt?

Die Messerschleiferstochter verblüffte sie schon lange nicht mehr mit ihren feinsinnigen Beobachtungen. Aber sie war möglicherweise noch in der Lage, Gislindis zu verblüffen, überlegte Alyss und sagte: »Lasst das Schwert hier. Master John wird es abholen, wenn er seine Tuche verkauft hat.

Und nun, Gislindis, setzt Euch zu mir und reicht mir Eure Hand.« Der verwirrte Gesichtsausdruck ihrer Besucherin entlockte Alyss ein feines Lächeln. »Nur zu, Ihr seid nicht die Einzige, die das Schicksal zu deuten weiß«, ermunterte sie sie und zog einen zweiten Schemel heran. Zögernd setzte sich Gislindis und reichte ihr, nachdem sie sie ein paar Mal an ihrem Rock abgewischt hatte, die Linke. Alyss nahm sie in ihre Hände und begutachtete die schwielige Haut, die von harter Arbeit zeugte. Die Linien darin sagten ihr nichts, doch als sie mit den Fingerspitzen darüberfuhr, durchzog sie ein ganz seltsames Gefühl. Ein Wissen, von fern her, uralt und doch vertraut, breitete sich in ihr aus. Sie nahm den Blick von Gislindis' Hand und betrachtete den gesenkten Kopf der jungen Frau. Es lag Gold über ihrem Haupt wie eine Luftspiegelung an heißen Tagen, ein verschwimmendes Bild, doch deutlich genug. Überraschend, unvermutet – oder vielleicht doch nicht so sehr? Einen Augenblick rang Alyss mit sich, ob sie aussprechen sollte, was sie sah, aber da übernahm ihre Zunge bereits die Führung.

»Ich werde sie Euch leihen, wenn es an der Zeit ist«, hörte sie sich selber flüstern.

Gislindis zuckte zusammen und zog ihre Hand weg.

»Das dürft Ihr nicht sagen, wohledle Frau. Das dürft Ihr nicht.«

Alyss schüttelte das eigenartige Gefühl ab, nickte und wurde wieder nüchtern.

»Nun, dann wollen wir über das plaudern, was Euch wirklich hergeführt hat.«

»Zufälle nur. Ein Beutelchen Münzen, das bei den Aldenhovens gestohlen wurde, ein wenig Silberzeug, das am Freitag bei dem Buntwörter am Perlepfuhl geraubt wurde. Und das, obwohl sein Weib im Haus war. Die arme Marte hat sich das Bein gebrochen und konnte nichts tun als schreien.«

»Wie entsetzlich. Waren es dieselben Diebe?«

»Weiß man das?«

»Eine Warnung?«

»Möglich schon. Auch Ihr habt den kleinen Schatz eines Buntwörters in Eurem Heim.«

»Schatz nicht, Satansbraten eher.«

Gislindis lachte fröhlich auf.

»Ich werde ihn mahnen, wenn Ihr gestattet.«

»Mit Euren Hexenaugen?«

»Pssst!«

Alyss sah aus dem Fenster. Ein Sonnenstrahl verirrte sich in das Kontor und ließ Stäubchen in der Luft tanzen. Gislindis war keine Zaubersche, aber sie verfügte über eine eigene Weisheit. Jetzt und hier fühlte sie sich plötzlich sehr verbunden mit ihr. Schweigend genoss sie dieses Gefühl von Vertrauen und Freundschaft.

Die Stille durchbrach schließlich Gislindis, die mit einem Finger über den mit kunstvollen Blattranken geprägten Ledereinband eines Buches strich.

»Was steht in diesem Buch drin, wohledle Frau? Könnt Ihr das lesen?«

»Ja, ich kann es lesen. Und es ist nicht recht, dass dieses Buch hier im Kontor liegt, denn es ist eines mit Gedichten, nicht mit Zahlen von Käufen und Verkäufen. Vermutlich hat Tilo es hierher mitgenommen, um sich die Zeit zu vertreiben.«

»Was er nicht sollte?«

»Er ist fleißig genug.«

»Was für Gedichte?«

»Nicht solche Liedchen wie die Euren, Gislindis.«

»Nein, sicher nicht. Meine sind es nicht wert, aufgeschrieben zu werden. Aber ich würde gerne eines hören, dem diese Ehre gebührt. Habt Ihr die Güte, wohledle Frau, mir eines, ein ganz kleines, vorzutragen?«

Wieder war da diese ungewohnte Schüchternheit in ihrer Stimme; davon gerührt schlug Alyss den Band auf, blätterte ein paar Seiten um und fand ein paar passende Verse.

»Mir haben meine Augen gewählt einen jungen Mann.
Den neiden mir andere Frauen. Ich hab ihnen nichts andres getan
Als dass ich mir verdient hab, dass ich seine Liebste bin.
Daran will ich nun kehren mein Herz und meinen Sinn.
Die, welche ihm zu Willen zuvor gewesen ist,
verließ durch eigne Schuld ihn.
Ich will sie nun nicht tadeln, seh ich sie glücklos stehn.«[2]

»Das steht da?« Ganz vorsichtig ließ Gislindis ihre Fingerspitze über die Buchstaben gleiten. Und mit plötzlicher Hellsichtigkeit erkannte Alyss, warum Gislindis wirklich gekommen war und was sie sich nun nicht traute auszusprechen.

»Ihr möchtet lesen lernen, nicht wahr?«

»Ja, wohledle Frau«, kam es ganz leise.

»Nun, Ihr seid hell von Witz, es wird Euch bald gelingen. Ich hole Euch mein Abecedarium. Wartet hier.«

Ihr Lehrer aus Kindheitstagen, Pater Henricus, hatte Alyss und Marian anhand eines kleinen Bandes mit dem ABC und

---

2 Meister Meinloh von Söslingen

dazugehörigen Bildchen das Buchstabieren beigebracht, und diese Hilfe übergab Alyss nun Gislindis, zeigte ihr, wie es zu benutzen war, und ließ sie das Alphabet auswendig lernen. Wie es Gislindis' Art war, formte sie sofort einfache Reime daraus und erklärte, so merke sie sich alle wichtigen Dinge. Dann bedankte sie sich herzlich, und Alyss nahm sie mit in die Küche, wo Hilda Brotscheiben für das Mittagsmahl schnitt. Ein mit Speck belegtes Brot und einen roten Apfel nahm Gislindis mit einem jetzt wieder fröhlichen Lachen entgegen und schlug ihre Zähne sogleich in die saftige Frucht.

»Wo ist Euer teuflisches Kleinod, wohledle Frau?«

»Kilian? Hilda?«

»Mit Lauryn und Leocadie zum Schuhmacher gegangen.«

So entging Kilian der gestrengen Mahnung durch die Hexenaugen.

13. Kapitel

Am nächsten Vormittag machte sich Alyss mit Hilda zusammen auf den Weg zum Alter Markt. Leocadie und Hedwigis waren unter Tilos männlicher Aufsicht zu den Taschenmachern unterwegs, um Gürtel und Beutel zu erstehen, der Knecht lieferte Weinfässer aus, und die Magd war zum Fischmarkt beordert worden. Lauryn jedoch sollte Kilian beaufsichtigen und hatte den Jungen zu seiner Freude mit in den matschigen Kräutergarten genommen, um die letzten noch brauchbaren Zweige und Blätter zu sammeln und ansonsten die Sträucher und Stauden für den Winter zurückzuschneiden.

Auf dem Markt trennten sich die Wege von Alyss und ihrer Haushälterin; Hilda verhandelte mit den Wachsziehern und den Bürstenbindern, Alyss suchte das Haus ihrer Tante Mechtild auf.

Der Majordomus grüßte sie freundlich – er kannte sie seit ihrer Kindheit.

»Geht zum Kontor durch, Frau Alyss. Die Herrin sitzt mit Master John über den Büchern und klappert mit dem Abakus.«

»Das freut mich zu hören, denn für Master John habe ich eine Botschaft.«

Es war, wie der Majordomus gesagt hatte. Als Alyss durch die halboffene Tür spähte, stieß Frau Mechtilds Gebende an Johns blonde Locken, während beide eine Zahlenreihe auf der Wachstafel prüften.

»Kann nicht stimmen«, murrte Mechtild, und mit flinken Fingern bediente sie die Kugeln des Rechenbretts.

»Ahhh!«

»Ja, so wird es richtig. Erstaunlich gute Geschäfte macht Ihr mit den Seidweberinnen. Meine Anerkennung, Mistress Mechtild. Ich könnte fast auf den Gedanken kommen, ebenfalls einen Handel mit ihnen zu beginnen.«

»Die Seidweberinnen, Master John, sind höchst ehrbare Handwerkerinnen, möchte ich Euch ins Gedächtnis rufen«, sagte Alyss.

Er sah hoch.

»Aber gewiss doch, Mistress Alyss. Geschäfte mache ich ausschließlich mit ehrbaren Frauen.«

»Mit den anderen frönt ihr dem Laster, ich weiß. Guten

Tag, Frau Mechtild. Wie geht es Euch, und wie geht es Eurer Jüngsten?«

»Sie ist ein Gierschlund und saugt mir förmlich das Mark aus den Knochen. Aber es geht uns ausgezeichnet. Und wie es aussieht, laufen auch meine Geschäfte recht ordentlich. Master John hilft mir eben, auch Paulis Register auf das Laufende zu bringen.«

Frau Mechtilds Gatte war ein gutmütiger Mensch und ein geachteter Kaufmann – doch das Rechnen fiel ihm unsäglich schwer, weshalb einst Robert ihm bei der Buchführung geholfen hatte. Auch dieses Erbe hatte nun John of Lynne übernommen.

»Dennoch, Frau Mechtild, möchte ich Euch bitten, Master John für eine Weile freizugeben.«

»Aber natürlich, Liebes. Wir sind so gut wie fertig, und die restlichen Zahlen kann ich selbst addieren.«

»Sind es Geschäfte, Mistress Alyss, die wir zu führen haben, oder …?«

Er ließ die Frage offen, und Mechtild klopfte ihm mit der Feder auf die Hand und sagte: »Schelm!«

»Frau Mechtild, er errötet!«

John grinste sie an.

»Tut er nicht. Aber ich habe Euch drei Tage vernachlässigt, Mistress Alyss. Habt Ihr mich so vermisst, dass Ihr mich jetzt höchstselbst aufsucht?«

»Ich konnte es ertragen, doch der Umstand, dass Euer frisch geschliffenes Schwert in meinem Kontor liegt und ein kleiner Unhold in meinem Hause lebt, veranlasste mich, diesen schweren Weg zu gehen.«

»Oh, mein Schwert! Und Kilian! Ich eile, Mistress Alyss.«

Er erhob sich, verneigte sich kurz vor der Hausherrin und verschwand, um seinen Umhang zu holen.

»Tilo hat mir von dem kleinen Nichtsnutz berichtet. Kommst du zurecht mit ihm?«

»Er ist unberechenbar. Einzig der schwarze Hahn hat ihn das Fürchten gelehrt. Ich nutze diesen Umstand.«

»Klug. Und sei ebenso klug im Umgang mit diesem John. Er ist ein Weiberheld.«

»Ja, ich weiß.«

»Gut so.«

Mechtild brachte sie plaudernd zur Tür, und hier fand sich gleich darauf auch John ein.

Sie machten sich auf den Weg, und während sie die noch immer feuchten Straßen entlanggingen, merkte Alyss, wie erstmals seit seinem Eintreffen die Spannung von ihr wich. Es überraschte sie selbst, wie leicht und selbstverständlich sie ihm ihre Probleme mit Kilian, dem Hauswesen und Magister Hermanus anvertraute, denn er stellte die richtigen Fragen, lachte oder gab ihr Rat wie ein guter Freund. In dieser freundlichen Stimmung traten sie in die Hofeinfahrt. Das jämmerliche Jaulen des Hundes und das lautstarke Krakeelen des schwarzen Hahns machten Alyss als Erstes stutzig.

Dann sah sie das Gemetzel. Jerkin hackte auf eine Junghenne ein, Federn und Blut bedeckten den Boden, das Hühnervolk stob gackernd umher.

Der Verschlag des Falken war offen.

»Euer Falke!«, knurrte Alyss John an.

»Ein Raubvogel. Doch sonst gut verwahrt. Ich ahne, wer ihn freiließ.«

»Ich auch!« Und wütend rief sie: »Lauryn? Kilian?«

Doch sie bekam keine Antwort.

»Was hat der kleine *ne'er-do-well* sonst noch ausgefressen?«, fragte auch John und sah sich wachsam um. Alyss lief zur Küchentür und riss sie auf. Benefiz sprang sie an und kläffte aufgeregt, doch als sie ihm begütigend über den Kopf strich, hatte sie Blut an den Fingern. Sie sah genauer hin. Der Spitz hatte eine Wunde zwischen den Ohren und winselte, als sie ihn berührte.

»Wo hat sich der Tunichtgut versteckt? Was hat er mit dir angestellt?«, murmelte sie, als sie Johns schwere Schritte hörte. Sie drehte sich um und sah den Tuchhändler mit der besinnungslosen Lauryn auf den Armen auf sie zukommen. Kalte Angst packte sie.

»Sie lag neben dem Hühnerstall, Mistress Alyss. Niedergeschlagen, doch sie atmet noch!«

Das Wichtigste zuerst. Dankbar nickte sie.

»Bringt sie nach oben, ich kümmere mich um sie. Sucht dann Kilian. Euer Schwert liegt im Kontor.«

Sie wies John den Weg, und er bettete das Mädchen auf ihr Lager. Dann eilte er die Stiege hinunter.

Alyss setzte sich auf die Bettkante und untersuchte Lauryns Kopf. Unter den Flechten hatte sich eine Beule gebildet, ein Streifen Blut war von der Schläfe zu ihren Kittel gesickert. Vorsichtig wischte sie es mit einem feuchten Tuch fort und wollte eben prüfen, ob noch weitere Verletzungen vorlagen, als Lauryn die Lider hob. Verstört blickte sie um sich.

»Wir haben dich ins Bett gebracht, Liebelein. Was ist passiert?«

»Ich... ich weiß nicht. War im Garten. Mit Kilian. Benefiz

hat angeschlagen. Und dann … ich weiß nicht mehr …« Sie schluchzte leise auf.

»Schon gut, Lauryn, schon gut. Es fällt dir wieder ein. Was tut dir weh?«

»Kopf. Ganz grässlich.«

»Man hat dir einen Schlag verpasst. Kannst du dich bewegen?«

Es schien nichts gebrochen zu sein, und darum legte Alyss die Decke über sie.

»Ich muss mich um Kilian kümmern, Lauryn. Bleib ganz ruhig liegen, ich lasse gleich meinen Bruder rufen.«

»Ja, Frau Alyss. Es tut mir so leid …«

»Mach dir keine Vorwürfe.«

Alyss lief die Stiege nach unten und prallte fast auf John, der gerade noch rechtzeitig das Schwert zur Seite nahm.

»Keine Spur von dem Jungen. Aber das hier.«

Er wies einen grauen Stofffetzen vor, der offensichtlich von Hundezähnen aus einem Beinling gerissen worden war.

»Guter Wachhund, aber sie haben ihn ebenso geschlagen wie Lauryn.«

»Und eingesperrt. Ich fürchte, Mistress Alyss, man hat den Jungen entführt.«

»Heilige Mutter Gottes! – Aber warum, John? Warum? Er ist doch nur ein Kind!«

»Ein kostbares Kind?«

»Eines ehrbaren Buntwörters, keines reichen Patriziers oder Handelsherrn.«

»Fehlt sonst noch etwas im Haus?«

»Ich weiß es nicht, ich werde es prüfen. Könnt Ihr Marian holen? Er sollte sich um Lauryn kümmern.«

»Das muss warten. Ihr bleibt jetzt nicht alleine, Alyss.«

Grimmig sah er aus, das Schwert noch immer in der Hand, und sie nickte. Dann suchte sie das Kontor auf. Der kleine Geldvorrat, den sie in der Truhe aufbewahrte, war noch vorhanden. Ein Blick in die Küche zeigte ihr, dass noch alle Kupferwaren an ihren Haken hingen, allerdings fehlte das Weinfässchen aus der Speisekammer. Auch im Saal, dem großen Raum, in dem in den kunstreich geschnitzten Schränken das Silber und die Glaswaren aufbewahrt wurden, herrschte weder Unordnung noch schien etwas zu fehlen. Als Nächstes eilte sie, gefolgt von John, in ihre Kammer, um dort ihre Münzvorräte zu prüfen. Sie waren unversehrt. Doch als sie die Schatulle mit ihrem Schmuck öffnete, stockte ihr der Atem.

»Die Brautkrone!«, keuchte sie.

»Eure Brautkrone? Wertvoll?«

»Aus schwerem Gold, mit Perlen und Juwelen. O nein.«

Zitternd sank sie vor der Truhe in die Knie.

Johns Hand lag warm auf ihrer Schulter, während sie versuchte, ihr Schluchzen zu bezähmen. Die Brautkrone machte den zweiten Teil ihrer Mitgift aus, doch ihr Verlust überstieg bei Weitem ihren materiellen Wert.

»Wer wusste davon?«

Die Frage drang durch ihr unsägliches Leid.

»Alle hier im Haus.«

»Auch das Gesinde?«

»Vermutlich. Es war kein Geheimnis. Alle, die mich bei der Hochzeit gesehen haben, wissen, dass meine Eltern sie mir geschenkt haben.«

»Die Krone und das Kind – kann es einen Zusammenhang geben?«

Alyss stöhnte auf.

»Keiner, der mir einfallen will.« Und dann sah sie entsetzt zu ihm hoch. »Yskalt? Yskalt ist doch entkommen!«

»Ja, doch auf den Tod krank und nicht sehr helle. Aber er mag Spießgesellen haben. Wir werden dem nachgehen.«

Unten bellte Benefiz wieder, und Alyss erhob sich.

»Jemand ist gekommen.«

»Dann werden wir nun Marian rufen lassen, und wir beide werden den Wachen melden, was hier geschah.«

14. Kapitel

Marian kam reichlich ergrimmt vom Turm zurück. Tags zuvor hatte seine Schwester die Entführung des Jungen und den Raub ihrer Brautkrone gemeldet, aber die Wachtröpfe hatten kaum mehr getan, als ziellos um das Haus zu streifen und zwei Bettler aufzustören. Es war besser, man kümmerte sich selbst um die Aufklärung dieses Verbrechens. John hatte schon geholfen, und er würde es weiterhin tun.

Während Marian die Hohe Straße entlangging, den Handwerkern keine Aufmerksamkeit schenkte, überlegte er, wie man am sinnvollsten vorgehen sollte. Die Brautkrone war ein böser Verlust, ohne Zweifel, aber das Leben eines Kindes wog schwerer. Und wahrscheinlich würde man die Krone auch finden, wurde man erst Kilians habhaft. Damit war zunächst geklärt, was Vorrang hatte. Und Kilian war ein äußerst lebendiger Knabe. Vermutlich hatte man ihn nicht getötet, denn wer eine Entführung vornahm, wollte für die Freilassung des Opfers Lösegeld haben. Zumindest hoffte Marian das. Er schob die Zweifel beiseite. Man musste eine These aufstellen und sie zielstrebig verfolgen. Sonst verzettelte man sich.

Die Einbrecher hatten Kilian mitgenommen. Zweifellos hatten sie ihn ebenfalls niedergeschlagen, denn der Bengel hätte sich ansonsten doch wohl gewehrt. Es sei denn, er kannte die Entführer und war freiwillig mitgegangen.

Eine Verzweigung der Argumentation, der er im Augenblick nicht folgen wollte. Kilian war wider Willen entführt worden. Er musste gewaltsam irgendwohingebracht worden sein, wo man ihn einsperren und bewachen konnte, denn der kleine Bursche war gewitzt und mutig, sodass er sicher die Flucht versuchen würde.

Ja, daran konnte man Hoffnung knüpfen.

Wo brachte man einen renitenten Bengel unter? Weit konnten die Entführer nicht gekommen sein, denn wenn es um Erpressung ging, würden sie irgendwann ihre Forderung zustellen müssen. Wem auch immer. Unter Umständen hielten sie sich sogar noch innerhalb der Stadtmauern auf.

Es gab eine ganze Menge abgelegener Flecken, Kohlfelder, Weingärten, Weideflächen entlang der Innenseite der Stadtmauer. Scheunen, Ställe, Kelterhäuser – Letztere derzeit noch immer belebt, also wohl zweite Wahl. Und es gab natürlich auch die alten Aduchten, die uralten Kanäle unter der Stadt, in denen das lichtscheue Gesindel lebte. Und die zu den alten Katakomben führten, aus denen Fabio unter anderem seine heiligen Gebeine holte.

»Fabio!«, sagte Marian laut zu sich und bog stracks in die

Gasse an der alten Stadtmauer ab, die einst das frühe Köln umgeben hatte. Der Reliquienhändler hatte ein Häuschen am Alten Graben, da, wo er an den Entenpfuhl grenzte. Das war nicht die beste Gegend Kölns; das Gebiet davor war sumpfig, die Wiesen sauer.

Aber für Fabio war es von Vorteil, denn auch das große Gräberfeld, auf dem man die Gebeine der elftausend Jungfrauen der heiligen Ursula gefunden hatte – oder anderer ehrenwerter Herrschaften vergangener Zeiten –, grenzte an sein Heim.

Marian klopfte an Fabios Tür, und ihm wurde sogleich geöffnet.

»Das trifft sich, ich wollte eben meinen Vorrat ergänzen. Ich habe zwei Anfragen nach vollständigen Gebeinen der Jungfrauen. Du kannst mir helfen, sie zusammenzusetzen.«

»Das kann ich tun, Fabio, aber gleichzeitig wirst du mir helfen müssen.«

Er berichtete von dem Verbrechen und von seinen Überlegungen dazu.

»In den Katakomben gab es zumindest gestern keine besonderen Bewegungen. Wenn jemand einen lebhaften Knaben dort hingeschleppt hätte, hätte ich es bemerkt. Außerdem ist es derzeit herzlich ungemütlich dort unten. Die Regenfälle führen immer dazu, dass sich das Wasser ansammelt. Komm, wir gehen auf das Feld, und während wir die Knochen einsammeln, können wir überlegen.«

Sie überquerten die Gasse, und Fabio öffnete das schiefe Törchen in dem Zaun, der das ungenutzte Grundstück umgab.

»Wem gehört das eigentlich, Fabio? Darfst du hier überhaupt graben?«

»Natürlich. Das Stück Land gehört den Brouwers.«

»Den Pelzhändlern? Meine Schwester hat mit den Gebrüdern Bouwers recht gute Geschäfte gemacht.«

»Ja, die Söhne des Alten sind eifrig dabei, den Handel auszuweiten. Aber der alte Brouwer war ein komischer Kauz. Der hat hier Ziegen gehalten. Saß abends immer auf der Bank am Stall dort und hat ihnen zugesehen, wie sie grasten. Aber als er vor zwei Jahren gestorben ist, haben die Söhne die Ziegen verkauft und das Land brachliegen lassen. Darum habe ich mit ihnen die Vereinbarung getroffen, dass ich es nutzen darf. Sie bekommen eine kleine Pacht von mir, und so sind alle Seiten zufrieden.«

Fabio hatte bereits angefangen, die Grassoden zu lockern.

»Woher weißt du, wo du graben musst?«

»Ist nicht schwer; auf irgendwas stößt du immer. Ist ganz gut, dass das hier zu sauer für einen Acker war, drüben, wo die Mönche graben, ist viel umgepflügt worden, da findet man nur einzelne Knöchelchen. Aber hier gibt es oft ganze Skelette.«

Und so war es denn auch. Sorgsam sammelten sie die Gebeine in einen Leinenbeutel, um sie später in der richtigen Form wieder zusammenzufügen. Doch bei allem wissenschaftlichen Interesse, das Marian den Knochen widmete, überlegten sie auch weiterhin, wohin die Entführer Kilian gebracht haben konnten.

»Wenn sie klug waren, über den Fluss auf die andere Seite«, meinte Fabio.

»Das wäre fatal. Aber waren sie klug?«

»Eine gute Frage. Sie erkannten den Wert der Brautkrone. Aber, Marian, sie waren auch gierig. Denn sie haben ein Fässchen Wein mitgenommen. Das ist beschwerlich zu tragen.«

»Es müssen mehrere gewesen sein«, sinnierte Marian.

»Mindestens zwei. Sie haben Lauryn niedergeschlagen und Benefiz. Und sie mussten Kilian bezwingen, was bestimmt nicht leicht war.«

»Sie brauchten eine Unterkunft, denn es wird kalt in der Nacht. Wenn sie ein Haus haben …«

»Werden sich die Nachbarn über das Kind wundern.«

Sie wanderten über das matschige Weideland und kamen zu dem halb zerfallenen Ziegenstall.

»So etwas wie das hier wäre meine erste Wahl.«

»Meine nicht, Fabio. Denn hier kann man Jung Kilian nicht gefangen halten.«

»Auch wieder richtig. Komm, die nächste Heilige ist für dich!«

»Nein, Fabio. Ich denke, ich mache mich lieber auf die Suche nach möglichen Verstecken der Entführer. Du hast mir sehr geholfen. Und wenn du etwas findest …«

»Lasse ich dir Botschaft bringen.«

Marian stapfte zurück über das schlammige Feld, in Gedanken schon dabei, mit John eine Route auszutüfteln, nach welcher sie die Felder absuchen konnten, als Fabios Ruf ihn zum Einhalten seiner Schritte brachte.

Sein Freund winkte ihm mit großen Gesten vom Ziegenstall her, und geschwind nahm Marian seine Beine in die Hand.

»Ein Weinfässchen, hast du gesagt?«, empfing er ihn. »Ein solches?«

Auf dem strohbedeckten Boden des Stalls lag ein Holzfass, eines der Art, wie Alyss sie in der Vorratskammer lagerte. Ob es tatsächlich eines von ihr war, konnte Marian nicht sagen. Aber Wein hatte es enthalten.

»Das wäre ein erstaunlicher Zufall, Fabio.«

»Nicht, wenn du die Dummheit der Entführer berücksichtigst. Wer Wein klaut und sich besäuft, der kann auf einen kleinen Schabernack nicht aufpassen. Ich könnte wetten, Marian, dass der Junge ihnen entkommen ist. Fragt sich, ob er zu deiner Schwester zurückgekehrt ist.«

Marian bückte sich noch einmal, denn ein graues Fetzchen hatte seinen Blick angezogen. Er hob es auf. Ein Pelzstreifen. Von einem Kleidungsstück abgerissen.

»Ich muss zu Alyss. Das Fässchen nehme ich mit.«

Alyss und John betrachteten den Inhalt des Bündels, das Marian nach dem Mittagsmahl aufknüpfte.

»Ja, das ist das Fässchen aus der Küche.« Sie betrachtete auch das Fellfetzchen. »Ein Stückchen von Kilians Gugel. Die ist ziemlich aufwändig gearbeitet, aus feinem Hasenfell mit gefranstem Saum. Gute Arbeit, Bruderlieb.«

»Bedank dich bei Fabio. Ich wollt's nicht glauben.«

»Es müssen ein paar Trottel sein, die ihn entführt haben, Mistress Alyss.«

»Was nur bedeuten kann, dass sie es nicht selbst ausgeheckt haben.«

»Sondern ein anderer dahintersteckt, der sie beauftragt hat.«

»Wer kann ein Interesse an Yskalts Leben haben?«, knurrte Alyss.

»Ihr glaubt, jemand will den Jungen gegen ihn tauschen?«

»Oder Straffreiheit fordern.«

»Mhm.«

Alle drei sahen sich an.

»Aber warum dann ausgerechnet Kilian? Ein Patrizierkind wäre dazu doch besser geeignet.«

Marian fuhr sich mit der Hand durch die Locken und zupfte dann nachdenklich daran. »Ich will mich diesem Verdacht noch nicht ganz anschließen. An mir nagt noch etwas anderes, auf das ich nicht den Finger legen kann.«

»Dann lass es ruhen, bis es sich von selbst meldet, und schau noch mal nach Lauryn. Möglicherweise bekommst du sie dazu, dass sie sich erinnert, was genau passiert ist.«

»Ja, das tue ich. Ist sie oben?«

»Im Saal. Dort ist es gemütlicher.«

Marian ging nach oben und fand die Jungfer in Decken gewickelt vor dem Kamin auf zwei Sesseln liegend. Sie döste, doch als er eintrat, hob sie die Hand zum Gruß.

»Wie geht es dir, Lauryn? Noch Kopfschmerzen?«

»Nicht mehr so schlimm. Aber ich weiß noch immer nicht, was mir passiert ist, obgleich ich grübele und grübele.«

»Das macht dir nur noch mehr Kopfschmerz.« Er betastete sanft die Beule und streichelte ihr dann über die Wange. »Zwei, drei Tage wird er noch brummen, dann ist es wieder gut.«

»Ich schäme mich, dass ich so faul bin, Herr Marian.«

»Das brauchst du nicht. Wir nehmen an, dass es mindestens zwei Burschen waren, die hier eingedrungen sind, und wir wissen, dass Kilian ihnen entkommen ist. Leider ist er nicht hierher zurückgekommen, sondern scheint sich in Luft aufgelöst zu haben.«

»Er könnte sich verlaufen haben. Oder er ist zu seinem Elternhaus gegangen. Hierher – Herr Marian, er hatte große Angst vor dem schwarzen Hahn. Vielleicht will er nicht hierher zurück.«

»Kluges Kind!«

»Ich dachte nur …«

»Dein Kopf ist trotz der Beule in einer ausgezeichneten Verfassung. Ich werde bei Aldenhovens vorbeischauen.«

Alyss schlug sich mit der Hand an die Stirn, als Marian ihr Lauryns Vermutung nannte, und John lachte.

»Die Maid ist helle, Mistress Alyss. Der junge *raggamoffyn*[3] wird sich seinen Weg suchen. Es sollte uns ein Leichtes sein, ihn aufzustöbern.«

»Und dann kriegen wir auch die Entführer an den Hammelbeinen!«, fügte Marian hinzu.

Beide täuschten sich allerdings.

15. Kapitel

Alyss wälzte sich ruhelos auf ihrem Lager. Sie machte sich immer neue Vorwürfe, dass der ihr anvertraute Junge entführt worden war, da nützten auch alle Versicherungen ihres Bruders, Johns, der Haushälterin und der Jungfern samt Tilo nichts. Sie gab sich selbst die Schuld. Sie hätte ihn auf den Markt mitnehmen müssen, ihn nicht alleine mit Lauryn lassen, ihn am Abend zuvor nicht so hart bestrafen dürfen …

»Schluss jetzt!«, sagte sie sich energisch und schob die De-

3 Raggamoffyn (heutzutage *ragamuffin*) ist ein Lumpenkind, einer der vielen englischen Begriffe für Nichtsnutze und Fürwitze, die John so kennt und damit Jung Kilian trefflich bezeichnet.

cken zur Seite. Im Halbdunkel der Kammer warf sie sich ihren wollenen Kittel und den Umhang über, nahm die Pantinen und das Handlämpchen auf und schlich sich hinunter in den Hof.

Die Nacht war mondlos und finster, doch hier und da zwinkerten zwischen den Wolken die Sterne. Der Wind hatte nachgelassen, der Boden war trocken, doch die Nachtluft klamm und kühl. Dennoch setzte sie sich auf eines der leeren Fässer und starrte in den Himmel, als ob ihr von dort eine Antwort kommen könnte.

Kilian war nicht zu seinem Elternhaus gelaufen.

Wo trieb sich der Junge herum? Hatte er die Orientierung verloren? Er war schließlich erst sieben Jahre alt, und die Stadt war ein verwinkelter Irrgarten von Gassen und Gässchen, Höfen und Gärten. Andererseits – es gab genug Menschen auf den Straßen, und dumm war Kilian nicht. Er wusste seinen Namen und wahrscheinlich auch den der Gasse, in der seine Eltern wohnten. Er würde fragen. Allerdings wusste er auch, dass sein Vater und seine Mutter nicht zu Hause waren.

Was ging im Kopf dieses kleinen Schelms vor?

Er könnte sich Gleichaltrigen angeschlossen haben. Viele Familien waren kinderreich, ein Esser am Tisch mehr oder weniger würde kaum auffallen, ein Strohlager fand sich immer in einer Ecke. Ja, das würde ihm sicher gefallen.

War er von seinen Entführern wieder aufgegriffen worden?

Auch eine Möglichkeit. Sie wäre übel. Andererseits, Kilian kannte sie jetzt und würde sich vor ihnen zu verstecken wissen.

Irgendwo musste er sich aufhalten. Essen, einen Schlafplatz suchen.

Er war ein wunderhübsches Kind – eine Gefahr für ihn. Es gab Männer, die sich, trotz aller Drohungen von Höllenfeuern, an solchen Knaben erfreuten.

Ganz übel, dieser Gedanke.

Über Alyss rauschten Flügel, und als sie nach oben sah, glitt ein großer Schatten über den Hof und senkte sich auf den First des Stalles. Dort flatterte er noch einmal und stieß dann seinen warnenden Ruf aus.

»Buhuhuuu!«, hallte es durch die Stille der Nacht. »Buhuhuuu!«

Langsam stand Alyss auf und trat näher zum Stall.

»Uhu, mein Freund, Gefährte der Nacht. Bringst du mir Rat? Kündest du Schicksal? Drohst du mit Tod und Verdammnis?«

»Buhuhuuu!«

Der Uhu breitete die Flügel aus und beugte sich vor. Sie sah im matten Sternenlicht seine Augen funkeln.

»Nicht Tod, nicht Verdammnis. Schicksal schon.«

Langsam streckte sie den Arm aus. Vor Monaten einst war der schöne Vogel für einen kurzen Moment auf ihren Arm gekommen, doch heute schien er nicht geneigt, sich einem Menschen freundlich zu nähern.

»Nun, dann bleib auf deinem hohen Thron, mein Schöner. Ich danke dir dennoch für dein Kommen.«

Der Uhu schlug mit den Flügeln, erhob sich und glitt noch einmal fast lautlos, nur mit einem leisen Rauschen seines Gefieders, über sie und verschwand dann über dem Weingarten.

Sein Besuch hatte Alyss von den sich im Kreis drehenden Gedanken abgelenkt, und als sie sich nun wieder ihrem Problem zuwandte, erkannte sie einige gangbare Wege. Sie hatten Namen – Gislindis war der eine, die Adlerwirtin Franziska der nächste, Catrin und die Beginen, der Bader Pitter – alles Menschen, die viel hörten und sahen, die gut beobachteten. Sie würden ihr helfen. Morgen wollte sie damit beginnen, sie um ihre Mithilfe zu bitten, auch wenn sie damit ihr Ungeschick im Umgang mit dem Jungen eingestehen musste.

Im Adler ging es hoch her: Die ersten Händlergruppen waren eingetroffen, Fuhrwerke standen im Hof, nordische Laute schwirrten durch die Luft, Mägde liefen mit Kannen voll Bier, Körben voll Brot und fetten Würsten hin und her. Die Wirtin scheuchte Gesinde, eigene Kinder, fremde Kinder, Gäste, Schmiedegesellen und ihren Gemahl mit immer neuen Aufträgen umher, während sie in dem großen Kessel über dem Feuer im Schankraum rührte.

Aber sie bemerkte die Besucherin sofort und rief gut gelaunt: »Frau Alyss! Ein Happen von diesem Fleischtopf genehm? Ist alles drin, was man von einem Tier kochen kann, und ein paar Erbsen dazu.«

»Danke, nein. Frau Franziska, ich habe ein dringendes Anliegen!«

»Ja, so seht Ihr auch aus. Grimm wölben sich Eure schwarzen Brauen. Wer aus meinem Häuflein hat etwas ausgefressen?«

»Von den Euren nicht. Doch Ihr erinnert Euch an Kilian, den Sohn der Greta Aldenhoven?«

»Heilige Sankt Martha, natürlich! Der Esel war den ganzen Tag im Rausch und sang uns fröhliche Lieder. Was tat der junge Fürwitz?«

»Er ließ sich entführen!«

Und nachdem die Adlerwirtin ihre Ausrufe des staunenden Entsetzens eingestellt hatte, schilderte Alyss ihr den Hergang und bat um Hilfe. Dieser Bitte wurde umgehend stattgegeben, die ganze Wirtschaft von Kilians Aussehen in Kenntnis gesetzt und aufgefordert, die Augen offen zu halten.

Alyss' nächster Besuch galt den Beginen, die in einem Geviert eben eine Straße weiter lebten und arbeiteten. Hier wohnte Catrin, die Ziehtochter ihrer Mutter Almut, acht Jahre älter als Alyss selbst und einer Schwester so gleich, wie man es sich nur vorstellen konnte. Die Pförtnerin ließ Alyss ein und wies auf das Haupthaus. Hier fanden sich Catrin und die Meisterin der Beginen, Frau Clara, die feinste bestickte Seidenschleier vorsichtig falteten und in schneeweißes Leinen einschlugen.

Alyss wurde auf das Freundlichste begrüßt, denn Clara war eine enge Freundin ihrer Mutter noch aus der Zeit, die sie selbst als Begine in diesem Konvent verbracht hatte. So musste denn Alyss auch zunächst einmal Bericht über das Wohlergehen ihrer Eltern erstatten, sich dann die lange Liste aller Leiden der Meisterin anhören, die – wenngleich kerngesund – es liebte zu klagen. »Du weißt schon, meine Füße!«, jammerte sie jetzt, und Catrin fügte hinzu: »Ja, die Zeit der Frostbeulen naht, und wir haben schon Tiegel voll Salben und Tinkturen vorbereitet.«

Der Frost ließ zwar noch auf sich warten, aber Alyss stimmte herzlich zu. Doch gleich darauf schaffte sie es, ihr eigenes Begehr vorzubringen.

»In der Nähe von Fabios Haus ist er seinen Häschern entkommen? Habt ihr dort schon gesucht?«

»Marian und John taten es, fanden aber bislang keine Spur.«

»Der Junge brauchte Essen. Alyss, ich muss jetzt sowieso gleich zu den Stiftsfrauen von Sankt Ursula. Die Damen geben sich wohltätig, wer weiß, wen sie in ihrer Küche alles verköstigen.«

»Ja, warum nicht? Du hast recht, wir haben Kilian zur Prozession mitgenommen, und Ursula mag ihm als Wohltäterin im Gedächtnis geblieben sein.«

»Gut, dann erkundige ich mich dort. Clara, würdest du die anderen ebenfalls bitten, nach dem kleinen Engelsgesicht Ausschau zu halten?«

»Aber natürlich, Catrin. Grüß mir Mutter Mabilia. Aber laut und deutlich, sie ist halbtaub. Und wenn sie nicht versteht, von wem der Gruß kommt, beklagt sie sich das nächste Mal wieder, ich würde ihr nicht genügend Achtung entgegenbringen.«

Alyss lehnte es ab, Catrin zu begleiten. Ihr nächstes Ziel war das Badehaus an der Marspforte. Der Besitzer, einst Päckelchesträger und ewig hungrig, war ein Freund ihrer Eltern, und sie wusste, dass er noch immer beste Beziehungen zu dem Jungenvolk hatte, das seine Münzen mit allerlei Dienstleistungen in den Gassen verdiente. Päckchen der Reisenden zu tragen war dabei noch die geringste Tätigkeit. Nachts liefen sie den späten Fußgängern mit Fackeln voran, warnten sie vor Beutelschneidern und Dirnen – oder rieten ihnen, wo eben Letztere zu finden waren, tagsüber wiesen sie Fremden den Weg, hielten Reittiere, wussten, wo es Essen und Unterkunft gab und welche Lustbarkeiten die Stadt so zu bieten hatte. Sie waren ganz Augen und Ohren und oft genug auch überaus vertraut mit den schattigen Seiten der bevölkerten Stadt.

Pitter war denn auch sofort bereit, sowohl die eigenen Ohren offen zu halten als auch die Gassenjungen auf Kilian aufmerksam zu machen.

»Es entgeht ihnen wenig, Frau Alyss, und wenn die Belohnung groß genug ist, werdet Ihr rasch Nachricht bekommen.«

Sie drückte ihm einige Münzen in die Hand und versprach dem erfolgreichen Boten ein fürstliches Mahl in ihrer Küche – etwas, das für die ewig hungrigen Jungen ein noch größerer Ansporn sein würde als Geld, das ihnen ihre Eltern wieder fortnahmen.

Zu guter Letzt hielt sie dann noch Ausschau nach Gislindis, aber weder auf dem Neuen Markt noch auf dem Alter Markt erklang ihr Gesang oder das schrille Geräusch von Mats' Schleifstein. Hungrig, aber einigermaßen zufrieden mit ihrem Tagwerk kehrte Alyss zur Terz in ihr Heim zurück, wo sie Magister Hermanus vorfand, der ihre Sorgen mehrte. Der arme Mann hockte eingewickelt in eine Decke neben dem Herdfeuer, wo morgens noch Lauryns Krankenlager gewesen war.

Die jedoch war bereits wieder auf und munter, saß bei Hilda am Tisch und schnitt Speckwürfelchen.

»Er hat sich erkältet und kann nicht sprechen, Frau Alyss. Wir haben ihm schon einen heißen Würzwein gegeben.«

»Verdammter Teufelsbalg«, krächzte der Hauspfaff, und Alyss schenkte ihm einen kalten Blick.

»Ihr habt es Euch selbst zuzuschreiben, dass er Euch diesen Streich spielte. Das wisst Ihr ganz genau.«

Er wollte sich empören, aber die Stimme versagte ihren Dienst. Hilda sprang ein: »Er kann nicht in der zugigen Dachkammer im Pfarrhaus bleiben, Frau Alyss. Da holt er sich den Tod.«

»Das stimmt, Hilda.«

»Er will in die Kammer des Herrn einziehen«, ergänzte Lauryn mit einem schiefen Lächeln.

»Ach ja? Nun, das wird er nicht. Hilda, Peer kommt erst in ungefähr einer Woche zurück. Richte unserem Patienten in der Kammer über der Remise das Bett und stell eine Kohlepfanne in den Raum.«

Hermanus fuchtelte mit den Händen, doch Alyss schüttelte den Kopf.

»Entweder das oder das Pfarrhaus, Magister Hermanus. Es wäre gar nicht schicklich, wenn ein Mann hier im Haus übernachtet, nicht wahr? Und dann auch noch im Gemach des Herrn.«

Er gab sich geschlagen, und Alyss konnte sich endlich eine der warmen Pasteten nehmen, um ihren Hunger zu stillen.

Am Abend kehrten auch John und Marian zurück, begleitet von Merten, der sich offensichtlich ebenfalls an der Suche nach Kilian beteiligt hatte. Doch keiner von ihnen hatte auch nur ein Zipfelchen von dem Knaben gesehen. Er war wie vom Erdboden verschwunden. Dafür aber wurden während des Essens wilde Vermutungen angestellt, wer ihn wohl entführt haben konnte und warum und ob die Entführer ihn wohl ebenso verzweifelt suchten wie sie selbst. Marian beteiligte sich nicht an den Spekulationen, er aß schweigend und zeichnete mit dem Finger Kreise auf den Tisch.

»Bruderlieb, welche dunklen Pfade beschreiten deine Gedanken?«, fragte Alyss schließlich.

»Ich sehe ein Lichtlein am Ende des Weges, aber ich weiß nicht, wie ich dort hinkommen soll.«

»Du sagtest gestern schon Ähnliches. Lass uns von anderem sprechen, damit das Lichtlein Zeit hat, heller zu werden. Widmen wir uns zum Beispiel Gislindis.«

Marians Kopf ruckte hoch.

»Was soll ich von ihr sagen, was ich dir nicht schon erzählte?«

»Wo ich sie finde, wenn sie nicht auf den Märkten ist.«

War da ein Anflug von Rot in Marians Wangen zu sehen? Alyss blinzelte.

»Wohl in Mats' Heim, denke ich«, antwortete er aber mit fester Stimme.

»Welches du kennst, lieb Brüderlein? Das ist fein, denn dann bitte ich dich, auch sie aufzusuchen und sie zu fragen, ob sie etwas von Kilian gehört hat. Sie war es nämlich, die ihn unlängst als Kleinod bezeichnete.«

»Warum das?«

»Weil sie gehört haben wollte, dass der Aldenhoven für ein hohes Amt vorgesehen ist. Und bei ihm ist bereits eingebrochen worden, erinnerst du dich?«

Marian machte den Mund auf, dann wieder zu. Dann sagte er: »Oh!«

»Du hast eine Erleuchtung, Marian?«

»Ja, John. Soeben ist das Licht zu einem Leuchtfeuer geworden. Bei Aldenhoven ist eingebrochen worden und bei einem Buntwörter am Perlengraben ebenfalls. Das ist zumindest im Turm gemeldet worden, hat Meister Hans erzählt, als ich ihn dorthin begleitete, um dem Weib des Kürschners die Schienen vom Bein zu entfernen.«

»Stimmt, ich hörte von Gislindis von diesem Einbruch. Sie machte eine sehr dunkle Andeutung dazu. Aber wenn ich es recht bedenke …« Alyss krauste die Stirn. »Wenn das Weib des Buntwörters Marte heißt, dann ist sie eine Freundin der Greta Aldenhoven. Die hat nämlich der Franziska erzählt, jene Marte hätte wohl den Jungen aufgenommen, wenn sie sich nicht das Bein gebrochen hätte.«

»Womit, Mistress Alyss, Ihr wohl Eure Angst besänftigen

könnt, dass hinter diesem Streich der Mörder Yskalt steckt. Es geht um Aldenhoven, muss man annehmen.«

»Hattet Ihr diesen Strolch im Verdacht, Jung Kilian entführt zu haben?«, fragte auch Merten verblüfft nach.

»Nicht mehr. Aber das ist eine andere Geschichte, Merten«, schob Marian diesen Einwand beiseite, und Alyss hatte den Eindruck, dass John gerade einen heftigen Tritt ans Schienbein erhalten hatte. Hier ging noch mehr vor sich, von dem sie nichts wusste, aber das konnte sie jetzt nicht weiterverfolgen. Die neue Spur war zu heiß, um sie nicht sofort aufzunehmen.

»Dann muss jemand zunächst den Jungen gesucht haben, so will es scheinen – in seinem Elternhaus, dann bei der Freundin –, und dann erfuhren sie, dass er sich hier aufhielt. Durch wen?«

»Eure Schwester meinte, es wüssten zahllose Leute davon. Es war kein Geheimnis.«

»Es wird nützlicher sein, sich den Master Aldenhoven genauer anzusehen, Mistress Alyss. Denn er ist das Opfer, das gemolken werden soll.«

»Dann sollten wir ihn auftreiben. Er wollte über Land ziehen, um seine Ware zu verkaufen.«

»Ich werde in der Gaffel nachfragen, wo er gewöhnlich seine Geschäfte macht, und ihn suchen!«, bot sich Merten an.

»Er und sein Weib werden entsetzt sein …«, flüsterte Alyss.

»Werden sie. Aber besser, sie wissen es. Nur sie können uns helfen herauszufinden, wer ihr Feind ist, Mistress Alyss.«

»Dem Entsetzen stellen wir uns, wenn es über uns hereinbricht. Doch nun, Alyss, lass mich von freudigeren Ereignissen künden.«

»Gibt es die auch noch?«

»O ja. Unsere Eltern kehrten heute heim.«

»Wohlbehalten?«

»Und voller Tatkraft. Sie wünschen die Familie am Sonntag nach der Messe zu einem gemeinsamen Mahl um sich zu versammeln.«

»Ein besonderer Anlass?«

»Wie man es nimmt.« Marian stand auf und legte Leocadie beide Hände auf die Schultern. »Besuch hat sich angekündigt. Bleib sitzen, Leocadie, und brich *bitte* nicht in Tränenfluten aus. Ritter Arbo von Bachem wird erwartet.«

Die Ohs und Ahs des Hauswesens füllten die Küche, und Leocadie hielt sich tapfer, zitterte aber leicht unter Marians stetem Händedruck.

»Auch Ihr, John, seid herzlich eingeladen.«

»Ich bin geehrt, Marian, doch es ist ein Familientreffen, da bleibe ich besser fern.«

»Das werdet Ihr nicht, denn der Allmächtige Vater selbst hatte Euer Kommen befohlen.«

»Es wäre aber …«

»Fürchtet Ihr Euch, Master John, vor das Antlitz unseres Vaters zu treten?«

»Ja, Mistress Alyss. Als ich ihn zuletzt sah, fuhr er auf dem Cherub und flog daher, er schwebte auf den Fittichen des Windes. Und der Herr donnerte im Himmel.«

»Das tut er gelegentlich, Master John, aber er kann auch sehr verbindlich sein.«

»Wenn er jemanden nicht mag oder er ihm gleichgültig ist«, fügte Marian hinzu.

»So habe ich also die Wahl, seinem Donnerwetter und seiner Billigung ausgesetzt zu sein oder seiner Höflichkeit und Missbilligung. Wirklich erfreuliche Aussichten.«

»Mut, John«, sagte Marian. »Auch unsere Mutter wird anwesend sein, und sie mag Euch.«

»Außerdem«, fügte Tilo hinzu, »ist der Herr vom Spiegel ein gütiger Mann, Master John. Wenn man … mhm … in der Patsche sitzt, hilft er einem immer raus.«

»Woher weißt du das, Tilo?«, fragte Lauryn. »Hat er dich schon mal …?«

»Wir wollen das jetzt hier besser nicht weiter erörtern«, sprang Alyss ein, die merkte, dass Tilo dieses Thema lieber nicht breitgetreten wissen wollte. »Ich hoffe, Master John, wir können Euch überreden, an dem Sonntagsmahl teilzunehmen.«

»Ich käme ja sonst in den Ruf eines Feiglings, nicht wahr, Mistress Alyss?«

»Genau!«

»Ich wünsche Euch ein vergnügliches Treffen. Schade, dass ich nicht dabei sein kann«, sagte Merten.

»Die Einladung galt der Familie«, erwiderte Marian recht kühl, aber gleichzeitig sagte Alyss: »Natürlich seid Ihr ebenfalls willkommen.«

»Ja, Herr Merten, kommt auch dazu, sonst wird es ein schrecklich steifes Mahl«, bat Hedwigis, und schon bereute Alyss ihre Einladung. Hier ging tatsächlich mehr vor sich, als sie überschauen konnte. Warum verhielt sich Marian so kühl ihrem Stiefsohn gegenüber? Und hatte Hedwigis sich über ihre Mahnung hinweggesetzt, nicht zu sehr mit Merten zu tändeln?

Sie würde das alles weiter beobachten müssen und in einer ruhigen Stunde ihren Bruder nach seinem Misstrauen befragen. Und auch auf Leocadie weiter aufpassen müssen, denn diese empfindsame Jungfer befand sich schon wieder im Zustand glückseliger Träumereien.

Alyss seufzte.

Und wo war dieser vermaledeite Kilian?

Zumindest wo er gewesen war, erhellte sich am nächsten Vormittag, als Catrin mit leichtem Schnaufen und hochroten Wangen ins Kontor stürmte.

»Alyss, ich komme gerade von den Stiftsfrauen.«

Alyss ließ die Feder fallen, die einen feinen Regen Tinte über das Registerblatt verteilte.

»Der Junge ist bei ihnen?«

»Er war. Hör zu. Das ist eine unglaubliche Geschichte.«

»Setz dich erst einmal hin, du bist völlig außer Atem.«

»Das auch, aber ich weiß auch nicht, ob ich schreien oder lachen soll. Pass auf!«

Catrin hatte tags zuvor die Schleier abgeliefert und Mutter Mabilia nach dem Knaben befragt. Die alte Oberin hatte strikt geleugnet, dass ihre Damen sich um einen derartigen Lümmel kümmern würden, aber die gute Frau war nicht eben für ihre Weitsicht bekannt. Und so hatte Catrin es zwar zunächst auf sich beruhen lassen, war aber morgens zur Andacht in die Ursulakirche gegangen und hatte dort die Ohren aufgesperrt. Und tatsächlich klagte eine der Stiftsfrauen einer anderen, dass der süße Junge nicht mehr da sei, was sie sehr bedauerte. Näheres Nachfragen erbrachte die Auskunft, vor zwei Tagen sei ein engelsgleicher Bub in der Kirche aufgetaucht und habe mit dicken Tränen in den Augen erzählt, er habe sich verlaufen und suche seine Eltern. Die seien weggegangen, ohne ihn mitzunehmen. Man sei gerührt gewesen, habe versucht herauszufinden, wer die Eltern waren und wo sie wohnten, aber das arme Kerlchen sei so durcheinander gewesen, dass man gar nichts Rechtes aus ihm herausbekommen konnte. Da es schon Abend war, gab man ihn in die Obhut einer Magd, die ihn verköstigen und ihm ein Schlaflager richten sollte.

»Was an Mutter Mabilia offensichtlich völlig vorbeigegangen ist.«

»Ich glaube, die Damen halten alles Ungewöhnliche peinlich genau von ihr fern.«

»Meine Mutter hörte ich sie einst eine dumme Henne nennen«, murmelte Alyss.

»Das hat sich nicht geändert; sie gleicht einem hirnlosen Federvieh mehr denn je. Aber die Magd ist gewitzt, sie hat den kleinen Engel recht schnell durchschaut, anders als die hochedlen Damen. Denen hat er sich angenehm gemacht, sie haben ihn mit in die Stube genommen, ihm Leckerbissen zugesteckt und ihm kleine Reime vorgetragen, während sie die Roben für die Priester bestickten.«

»Und er hat in der ganzen Zeit keinerlei Unfug angestellt? Ich bin verwundert.«

»Nein, er hat sich wie ein Ausbund aller Tugenden verhalten, sodass sie ihn auch mit zu den Andachten genommen und ihm die Geschichte der heiligen Ursula erzählt haben. Das allerdings, liebe Alyss, scheint dem jungen Tunichtgut eine Vision verschafft zu haben.«

»Ich hoffe, er hat sich nicht darangemacht, als Hunnenfürst die Stiftsjungfrauen zu Märtyrerinnen zu machen?«

Catrin kicherte.

»Nein, so weit ging er nicht. Aber das Amt des Priesters

reizte ihn, vor allem wegen der schönen Kleider. Es schlich sich des Nachts zu den Handarbeitskörben, legte eines der kostbar bestickten Gewänder an und suchte dann die Kirche auf, um dort die Messe zu zelebrieren. Leider war er im Umgang mit dem ewigen Licht ein wenig nachlässig, und so fing das Gewand Feuer.«

»Die heilige Ursula, Beschützerin der Kinder, hielt ihre Hand über ihn?«

»Sie und die Magd, die sich passenderweise Ursel nennt. Die gute Frau hat sein Entschwinden bemerkt und folgte dem Lichtflackern hinter den Fenstern der Kirche. Sie löschte den schwelenden Kittel mit Weihwasser, verpasste Kilian ein paar saftige Ohrfeigen und sperrte ihn in eine leerstehende Kammer ein.«

»Lass mich raten – er entkam durch das Schlüsselloch?«

»Durch das Fenster. Unter Mitnahme einer kleinen geschnitzten Figur der Heiligen, der er sichtlich sein Vertrauen schenkte.«

»Bewundernswert. Immerhin, er lebt und er ist unverletzt. Wir werden weiter nach ihm suchen.«

16. Kapitel

Alyss hatte Schwierigkeiten mit den Jungfern, die wie ein Wespenschwarm umeinanderschwirrten und nicht mit giftigen Stichen geizten. Alle drei waren in dem für die Liebe empfänglichen Alter, aber jede von ihnen reagierte anders auf die Gemütsbewegungen, die sie auslöste. Lauryn war sicher noch das harmloseste Opfer Amors; sie hegte seit geraumer Zeit eine stille Neigung zu Tilo, die sie ihm aber nicht zu zeigen wagte, weil der wiederum einen ausgesprochen schafsgesichtigen Ausdruck annahm, wenn er Leocadie betrachtete. Dazu litt sie noch immer unter Kilians Entführung und den Folgen des Schlags auf ihren Kopf. Leocadie hingegen war zu nichts mehr zu gebrauchen. Sie murmelte beständig minnigliche Verslein vor sich hin, war zerstreut, vergaß ihre Pflichten und strapazierte damit weidlich die Geduld der anderen. Hedwigis hingegen suhlte sich seit dem Ursulatag in Mertens Aufmerksamkeit, und kein mahnendes Wort konnte sie davon abhalten, den anderen unter die Nase zu reiben, welche Schmeicheleien er ihr zugeflüstert hatte.

Alyss kam in die Küche, als gerade ein gezischelter Zank ausgefochten wurde.

»Wozu brauchst du das?«

»Was geht dich das an?«

»Lass sie doch, Lauryn. Ich hab auch einen.«

»Pah, seit wann bist du eine heimliche Naschkatze, Leocadie?«

»Bin ich gar nicht!«

Alyss hörte eine Weile zu, dann machte sie sich bemerkbar.

»Hört auf, euch um den Kuchen zu zanken. Ihr seid doch keine kleinen Kinder mehr.«

Betretenes Schweigen.

»Was ist los?«, wollte Alyss wissen, denn das schien mehr als ein einfacher Streit um eine Süßigkeit zu sein.

»Hedwigis steckt sich Kuchen unter die Arme.«

»Wie bitte?«

»Petze!«

»Ruhe!«

»Leocadie auch!«, trumpfte Lauryn dennoch auf.

»Seid ihr von Witz und Sinnen?«

»Nein, Frau Alyss. Hilda hat gesagt, das soll man machen«, flüsterte Leocadie mit gesenktem Kopf.

Alyss schwante Übles. Die Rezepte der abergläubischen Hilda zeitigten gelegentlich seltsame Folgen.

»Und was glaubt Hilda, das Kuchen unter den Armen bewirken? Eine glatte Haut? Lockige Haare? Süßen Duft?«

»Sie sagt, wenn man einen Kuchen, der mit dem eigenen Schweiß getränkt ist, einem Mann zu essen gibt, dann verfällt er in lebenslange Liebe zu einem.« Trotzig kam es von Hedwigis.

»Igitt!«, entfuhr es Alyss daraufhin. »Sofort legt ihr die Kuchen auf den Tisch. Ich dulde in diesem Haus solchen zauberischen Blödsinn nicht.«

Gehorsam legte Leocadie die matschigen Wecken vor sich, Hedwigis zögerte.

»Wen, Hedwigis, beabsichtigst du mit dieser widerlichen Leckerei an dich zu binden?«

Die Jungfer zog eine Schnute und rückte den Kuchen heraus. Alyss schnappte sich beide Gebäckstücke und warf sie in das Herdfeuer.

»Wenn ich noch mal eine von euch erwische, wie sie angebliche Liebeszauber praktiziert, dann heißt es einen Monat fasten bei Haferbrei und Wasser. Haben wir uns verstanden?«

»Ja, Frau Alyss.«

Aber Hedwigis traute sie nicht. Sie hatte sich ganz offensichtlich von Merten den Kopf verdrehen lassen. Alyss, die bislang dem jungen Mann freundlich gesinnt war, fragte sich, was er mit diesem Verhalten bezwecken wollte. Sie bezweifelte, dass er Hedwigis gegenüber ehrliche Absichten hatte. Merten war ein Leichtfuß, eine Ehe würde er so schnell nicht eingehen. Allerdings hatte Hedwigis eine anständige Mitgift zu erwarten.

Alyss hatte ihren Bruder auf sein kühles Benehmen Merten gegenüber angesprochen, aber Marian hatte nur den Kopf geschüttelt.

»Nein, Schwesterlieb, ich habe nichts gegen ihn, außer dass es mir nie gefiel, wie freizügig er in deine Truhen zu greifen pflegte. Aber davor hast du ja jetzt einen Riegel geschoben.«

»Er glaubte, es sei Arndts Geld, das ihm zustand, Marian. Seit ich ihm erklärt habe, wie wir unser Geschäft geteilt haben, hat er mich auch nie wieder um einen Zuschuss gebeten. Aber warum wolltet du und John nicht, dass er von meinem Verdacht gegenüber Yskalt erfährt?«

»Weil, Schwester mein, wir noch immer nicht wissen, ob er nicht doch gedungen war. Und weil John es sich zur Aufgabe gemacht hat, in dieser Angelegenheit weitere Nachforschungen zu betreiben, aber um niemanden zu warnen, möchte ich nicht, dass es sich herumspricht.«

»Er ist verbissen und verrannt. Er sollte Ruhe geben, Marian. Es bringt uns Robert nicht zurück.«

»Ich kann ihn nicht davon abhalten, Alyss. Versuch du es.«

Sie nahm es sich vor, doch die häuslichen Pflichten gingen vor. Als John in den frühen Stunden des Nachmittags eintraf und sich im Tuchlager zu schaffen machte, musste sie sich um Magister Hermanus kümmern, dessen Erkältung sich zu einer ausgewachsenen Krankheit entwickelt hatte. Er fieberte, jammerte, stöhnte, brauchte einen Linderungstrunk, weitere warme Decken und kühle Wadenwickel.

Sie kam eben von der Remise, wo der Kranke untergebracht war, als Merten mit einem Mann in den Hof trat. Der schob Merten, sobald er ihrer ansichtig wurde, grob zur Seite und stürzte mit hochrotem Gesicht auf sie zu.

»Weib, wo ist mein Sohn? Was habt Ihr mit ihm angestellt? Wie konntet Ihr zulassen, dass man ihm einen Tort antat?«

Er unterstützte sein Gebrüll damit, dass er sie an den Schultern packte und schüttelte, dass ihr die Zähne klapperten.

Tilo, der aus dem Weinkeller kam, eilte ihr zu Hilfe, aber als er dem Aufgebrachten in den Arm fiel, ließ der kurz sein Opfer los und schlug den Jungen so gewaltig ins Gesicht, dass der zurücktaumelte. Dann schüttelte er Alyss weiter und brüllte Vorwürfe auf sie ein. Benefiz kläffte wie besessen und sprang an dem Mann hoch. Sie fühlte sich vollkommen hilflos, ihre Arme schmerzten, ihr Schleier fiel herunter, ihr Zopf löste sich. Es flimmerte ihr vor Augen, und sie hatte nicht die Luft, um Hilfe zu schreien.

Plötzlich hörte das Schütteln auf, sie stolperte und setzte sich auf ihr Hinterteil.

Als sie wieder klar sehen konnte, hatte John den Mann in einem eisernen Griff gepackt und schob ihn zum Wassertrog. Dort tunkte er dessen Kopf in das kalte Wasser und hielt ihn einen Moment lang fest. Als er ihn freigab, spuckte und hustete der Mann.

»Und jetzt ganz langsam, Kerl, und in den höflichsten Worten, die Euch zu Gebot stehen: Was wünscht Ihr von Mistress Alyss?«

Lauryn kam und half ihr hoch, Leocadie hob den Schleier

auf und Alyss selbst schüttelte den Staub aus ihrem Gewand. Dann sagte sie mit schwankender Stimme: »Niclas Aldenhoven, ich verstehe Eure Sorge. Aber Eure Grobheit ist nicht angemessen. Master John, lasst ihn los. Er ist Kilians Vater.«

»Er bleibt in meinem Griff, bis er sich entschuldigt hat, Mistress Alyss.«

Sie flocht ihren Zopf neu, nahm von Lauryn ein Bändchen entgegen und sah den tropfenden Buntwörter an.

»Verzeiht, Frau Alyss.«

»Schon gut. Merten hat Euch berichtet, was geschehen ist?«

»Dass mein Sohn entführt wurde. Aus Eurer Obhut!«

Er wollte schon wieder zu brüllen beginnen, ein mahnendes Knurren Johns brachte ihn aber dazu, sich zu mäßigen.

»Führt ihn in den Saal oben, Master John. Lauryn, ein Tuch, damit er sich die Haare trocknen kann, Leocadie, einen heißen Wein. Tilo, hast du dir weh getan?«

»*Er* hat mir weh getan. Aber ist schon gut.«

»Beruhige Benefiz.«

»Ja, Frau Alyss.«

»Wo ist Merten?«

»Hat Hedwigis in den Kräutergarten gezogen.«

Alyss sagte ein sehr hässliches Wort, bei dem Aldenhoven zusammenzucken musste. So etwas hatte er wohl aus dem Mund eines frommen Weibes nicht erwartet.

Als die Glocken zur Vesper läuteten, beendeten sie ihr ausführliches Gespräch schließlich, und Niclas Aldenhoven hatte sich etwas beruhigt. Er wollte sich auf die Suche nach dem Jungen machen, doch seine Frau, die inzwischen zu ihrer Schwester gereist war, nicht von seinem Verschwinden in Kenntnis setzen.

Auf die Frage, wer ihm wohl so feindlich gesinnt sein konnte, dass er den Jungen entführte – und vermutlich gegen Lösegeld freilassen würde –, wusste er keine Antwort. Ja, es gab Konkurrenten, aber wer hatte die nicht? Es gab auch Neider in der Gaffel, sicher. Zumal er tatsächlich als Kandidat für den Rat vorgeschlagen worden war. Eine hohe Ehre, denn die angesehene Gaffel der Buntwörter stellte zwei der Ratsherren, wie auch die Gaffeln Eisenmark, Windeck oder Himmelreich.

»Ich gehe meinen Geschäften nach, Frau Alyss, und die sind ehrlich. Ich beziehe meine Felle von den Jägern und den Schlachtern zu gerechten Preisen.«

»Und von dem Adlerwirt.«

»Der Mann ist auf seine Art auch ehrlich.«

»Der Simon wohl, aber die Wilderer? Will Euch wegen dieser Geschäfte möglicherweise jemand erpressen?«

Aldenhoven schwieg, zuckte dann aber mit den Schultern.

»Macht Ihr Geschäfte mit den Nordmännern, Aldenhoven?«, fragte John.

»Nein. Ich verarbeite nur hiesige Ware. Die Rauwaren aus dem Norden beziehen die Pelzhändler, ich bin nur Kürschner, nicht Kaufmann.«

»Und als Kunden?«

»Selten, Master John. Ich habe meinen festen Stamm draußen vor den Toren, drüben in Deutz und in Siegburg.«

»Nun gut, Aldenhoven. Wir werden weiter nach Eurem Sohn suchen und Euch helfen, wo es möglich ist. Aber gebt uns Bescheid, wenn Euch irgendjemand einfällt, der einen Hass auf Euch haben könnte.«

Als der Buntwörter endlich gegangen war, goss John den restlichen Wein aus der Kanne in ihre Becher.

»Ihr vermutet, dass er sich mit Yskalt angelegt hat?«

»Nein. Ich wollte nur sichergehen, dass es keine Verbindung gibt. Mistress Alyss, es ist nicht gut, dass Ihr hier ohne Schutz seid.«

»Ich bin nicht ohne Schutz.«

»Doch. Bedenkt, was bereits alles geschehen ist.«

»Ihr seid doch immer zu unserer Rettung geeilt.«

»Mistress Alyss, ich kann nicht hellsehen. Das nächste Mal könntet Ihr ohne meine Rettung erschlagen, gewürgt, gebrannt oder ertränkt und unter dem Komposthaufen verscharrt werden.«

Es musste an dem heftigen Schütteln von vorhin gelegen haben, das Alyss' Hirn so durcheinandergerührt hatte, dass ihre Zunge unbeaufsichtigt fragen durfte: »Würdet Ihr mich dann vermissen?«

John of Lynne zeigte seine weißen Zähne in einem breiten Lächeln.

»Ebenso sehr, wie Ihr mich im selben Fall, Mistress Alyss.«

»Gut gegeben. Nun kommt mit nach unten, das Hauswesen will gefüttert werden. Aber achtet darauf, wer Euch süße Kuchen zu essen gibt.«

»Süße Kuchen?«

Alyss schwieg dazu, aber um ihre Augen tanzte ein Lächeln.

Dann ging sie ihm voran und ließ ihren langen Zopf dabei neckisch über ihren Rücken schwingen.

Pfui, schalt sie sich. Sie war ja schon fast so schlimm wie die Jungfern.

17. Kapitel

Ritter Arbo von Bachem war ein ausgesprochen ansehnlicher Mann, auch wenn er an diesem Samstagnachmittag schlicht und nicht in seinen ritterlichen Wappenrock gewandet war. Dunkle Locken umspielten sein ernstes, edel geschnittenes Antlitz. Hochgewachsen, geschmeidig trat er in den Saal, wo Alyss ihn erwartete. Er hatte einen Boten zu ihr geschickt und anfragen lassen, ob sie gewillt sei, ihm Gehör zu schenken. Sie hatte zugestimmt und zur fraglichen Stunde die Jungfern wohlweislich außer Haus geschickt. Sie ahnte, dass der Ritter, so tapfer er auch im Kampf sein mochte, vor dem Gang zu ihrem Vater Angst hatte. Seine erste und einzige Begegnung mit Ivo vom Spiegel war dramatisch verlaufen und musste bei ihm den Eindruck hinterlassen haben, dass der Großvater seiner Angebeteten ein ungeselliger Mann von überwältigender Macht und Autorität war, gnadenlos und hart, brutal und herzlos. Seine Werbung um Leocadie wollte er vermutlich nicht unvorbereitet vorbringen.

»Herr Arbo, ich grüße Euch!«, sagte Alyss und schenkte ihm daher eines ihrer seltenen Lächeln. Er erwiderte es und verbeugte sich auf besonders elegante Weise. Sie hieß ihn am Kamin Platz nehmen und winkte Hilda, ihre Pokale zu füllen.

»Nun, edler Herr Ritter, wie kann ich Euch behilflich sein?«, fragte sie, als die Haushälterin die Tür hinter sich geschlossen hatte.

»Ihr … Ich brauche Euren Rat, Frau Alyss. Ich … mein …«

»Ihr seid morgen in mein Elternhaus eingeladen und wünscht mit meinem Vater zu sprechen. Ist es das?«, half sie ihm ein wenig weiter.

»Ja, Frau Alyss. Ihr wisst, ich empfinde eine tiefe Neigung zu Eurer Base Leocadie. Ich habe mit meinem Vater gesprochen, und er glaubt, dass der Herr vom Spiegel meine Werbung vielleicht wohlwollend aufnehmen könnte.«

»Euer Vater, Gero von Bachem, ist ein Freund des meinen, Herr Arbo. Was könnte ich Euch mehr sagen als er?«

»Ihr seid ein Weib, Frau Alyss, die Tochter des wohledlen Herrn. Ich möchte keinen Fehler machen, durch den ich mir seine Gunst verwirke.«

»Ihr seid von vornehmem Auftreten, Herr Arbo, der Sohn seines geschätzten Freundes und doch sicher auch ohne Fehl und Tadel. Oder habt Ihr heimlich schon drei Frauen in fernen Ländern und ein Dutzend Bastarde längs des Rheines?«

Entsetzt starrte der Ritter Alyss an, und sie beeilte sich ihm zu versichern, sie habe gescherzt.

»Nein, Frau Alyss, ich habe bisher ein keusches Leben geführt. Kein Weib hat mich je betört, es war, als hätte ich mein Lebtag lang auf die reine Unschuld gewartet, wie sie in Leocadies Augen schimmert.«

Alyss konnte sich gerade noch daran hindern, die ihren zu verdrehen. Dreißig Jahre war der Ritter alt und noch eine Jungfrau? Sie mochte es nicht glauben. Aber gut, sein Edelmut war seine Tugend, sei's drum, dass er jetzt die eine oder andere Magd unterschlug, mit der er sich im Heu vergnügt hatte.

»Das mag für Euch sprechen, doch bedenkt eines, Herr Ritter. Mein Vater schätzt vor allem Aufrichtigkeit und Mut. Er hat wenig Geduld mit den Dummen, den Großmäulern und den Duckmäusern. Habt Ihr Heldentaten vorzuweisen, Herr Arbo, die ihn für Euch einnehmen könnten?«

Nichts stärkte das Selbstbewusstsein eines Mannes mehr als der Bericht über seine Tapferkeit, das hatte Alyss schon vor langer Zeit gelernt. Und siehe da, auch der Ritter war anfällig für diese Taktik.

»Nun, Heldentaten nicht, Frau Alyss, aber ich habe meinen Anteil an Kämpfen bestanden, seit ich vor neun Jahren zum Ritter geschlagen wurde. Zuletzt zog ich mit unserem König Ruprecht nach Italien. Im Sommer vergangenen Jahres war es. Doch das Kriegsglück war uns nicht hold, und ich geriet mit einer großen Anzahl seiner Gefolgsleute in Gefangenschaft.«

»Unversehrt, wie es scheint?«

»Nicht völlig, auch ich trage meine Narben mit mir. Ich hatte Glück, man pflegte mich, und im April wurden wir freigelassen.«

»Das Kriegshandwerk gefällt Euch, Herr Arbo?«

»Es ist meine Pflicht, meinem König und meinem Lehnsherrn zu dienen, und ich tue es mit der Hingabe, wie es jeder Ritter bereit ist zu tun.«

»Das Töten ist kein leichtes Spiel …«

»Nein, das Töten ist eine grausame Sache.«

»Aber Ihr tut es, wenn es von Euch verlangt wird.«

Alyss sah, wie sehr sie den Ritter an die Wand gedrängt hatte. Er war kein gewalttätiger Mensch, das beruhigte sie auf der einen Seite. Andererseits war seine Treue und Loyalität so groß, dass er allen Befehlen folgen würde, auch wenn er dabei gegen seine eigene Überzeugung handeln musste. Ihrem Vater würde dieser Wesenszug nicht gefallen. Aber sie nahm zunächst den Druck von Ritter Arbo und fragte: »Was tut Ihr, wenn Ihr nicht zu Feldzügen verpflichtet seid, Herr Arbo? Zieht Ihr zu Turnieren? Habt Ihr Hofdienst zu leisten?«

»Dann und wann wünscht man meine Anwesenheit bei Hofe, aber ich habe ein Lehnsgut zu verwalten, eine kleine Burg mit einem hübschen Dörfchen. Ertragreiches Land gehört dazu und auch ein Weinberg. Leocadie wird es gefallen, denke ich. Außerdem – nun, das mögt Ihr sicher für unmännlich halten, aber ich befasse mich gerne mit der Dichtkunst.«

»Ich auch, Herr Arbo, und die minniglichen Lieder unserer großen Sänger erquicken die Herzen nicht nur der Jungfern und Frauen. Doch wenn Ihr das Herz meines Vaters berühren wollt, dann wählt eher die griechischen und römischen Philosophen.«

Die aber schienen sich nicht Arbos Vorliebe zu erfreuen, stattdessen sprach er von den Turnieren, die er besucht hatte und an denen er auch weiterhin teilnehmen würde. In blanker Rüstung mit wehendem Helmbusch, auf stattlichem Ross, das rot-silberne Wappenschild blinkend in der Sonne – ja, bei diesen harten Spielen würde er beeindruckend wirken.

Alyss ließ ihn reden und erwog, wie ihr Vater sich ihm gegenüber verhalten würde. Sie waren einander unähnlich, doch das würde für ihn kein Grund sein, ihn als Gatten für Leocadie abzulehnen. Arbo hatte eine ansehnliche Stellung, ein auskömmliches Lehen, war gesund, ehrlich und loyal. Dass er vollkommen humorlos war, würde Leocadie nicht stören. Sie hatte ebenfalls wenig Sinn für Doppeldeutigkeiten und feinen Spott. Und – heilige Jungfrau Maria – was würden die beiden für ein schönes Paar darstellen!

Mit aufmunternden Worten machte sie dem Ritter also noch einmal Mut, sich dem Allmächtigen zu stellen, und verabschiedete ihn dann bis zum nächsten Tag.

Dem hohen Anlass angemessen putzte sich das Hauswesen schon zur Messe heraus. Die Jungfern trugen ihre neuen Gewänder und hatten sich Kränze aus Bändern und Glasperlenketten geflochten, mit denen sie ihre offenen, vom Flechten gewellten Haare hielten. Alyss, als verheiratete Frau, wählte statt dem üblichen Schleier oder Gebende eine der Hauben, die ihr ihre Tante Aziza aus Burgund geschenkt hatte. Zu dem weinroten Surkot trug sie die Marderpelz-Jacke, doch als sie den goldenen Fürspan aus der Schatulle holen wollte, bebten ihre Finger. Den Verlust der Brautkrone, den würde sie heute ihren Eltern beichten müssen.

Die goldene Nadel blieb in ihrem Behältnis.

Marian und John, beide ebenfalls sonntäglich gekleidet, holten sie zum Messgang ab, und erstmals sah Alyss John in der Gewandung eines reichen Tuchhändlers. Eine pelzverbrämte Schaube aus edelstem Wollstoff trug er statt des üblichen Lederwamses, doch auf die Stiefel hatte er nicht verzichten wollen, auch wenn die, die er an diesem Tag trug, aus feinstem Leder gefertigt waren.

»Der Ritter hat deinen Rat eingeholt, Schwester mein?«

»Welch Zünglein flüsterte dir von diesem heimlichen Treffen?«

»Keines, ich sah ihn aus dem Haus treten, als ich auf dem Weg zu einem Kranken war. Bebt und zagt er in gebührender Form vor unserem Vater?«

»Ein wenig. Und das ist auch recht so.«

»Ich zage und bebe ebenfalls, Mistress Alyss. Könnt Ihr meine Hand halten und mich beruhigen?«

»Wie kommt es, dass gestandene Kämpen, von denen der eine gegen die Ritterheere der Visconti gekämpft hat, der andere gegen die Koggen der Vitalienbrüder, vor einem alten Mann zittern, der ein Großteil seines Lebens betend im Kloster verbracht hat?«

»Euer Vater ist kein alter Mann, Mistress Alyss. Und Beten nimmt dem Löwen nicht die Zähne.«

»Vor denen mag sich der Ritter fürchten, denn wenn er gebissen wird, bekommt er Leocadie nicht zur Frau. Für Euch, Master John, hängt nichts vom Wohlwollen unseres Vaters ab. Selbst wenn er die Zähne in Euren zähen Leib schlüge, bräuchte es Euch nicht zu schmerzen.«

»Doch sein Wohlwollen, Schwesterlieb, könnte Wunden heilen, die andere Löwen geschlagen haben. Bedenke dies.«

Sie betraten die Kirche Sankt Brigiden, und Alyss bedachte es.

John war ausgesprochen wortkarg, was seine Familie anbelangte. Mit seinem Vater war er zerstritten, so viel hatte sie aus ihm herausbekommen, doch nicht den Grund. Er war verheiratet, allerdings hatte er offensichtlich wenig Neigung, sein Leben an der Seite seines Weibes zu verbringen, von der er bei seiner Rückkehr nach Köln gesagt hatte, sie sei krank am Gemüt. Kinder hatte er nie erwähnt; Alyss fragte sich, ob er noch eine Mutter hatte, die er vermisste. Auch von Geschwistern oder anderen Verwandten, die ihm liebevoll zugetan waren, wusste sie nicht. Doch Robert war sein Freund gewesen, sie hatten einander vertraut, so weit, dass sie sich gegenseitig als Erben eingesetzt hatten. Das ließ auf schwierige Familienverhältnisse schließen. Sehr schwierige.

Sie und Marian hatten Glück mit ihren Eltern, sehr großes Glück. Viel mehr als andere Menschen, denn sie hatten ihnen bei aller Strenge auch immer gezeigt, dass sie sich auf sie verlassen konnten, selbst wenn sie in ihrer jugendlichen Torheit Fehler und Dummheiten gemacht hatten. Und dennoch – oder vielleicht gerade deshalb – hatten sie beide auch eine gebührende Angst vor ihnen. Nein, nicht vor ihnen, sondern davor, sie zu enttäuschen. Das war der Grund, warum Marian ihren Vater fürchtete. Er glaubte, nicht Manns genug zu sein, um sein Erbe anzutreten. Und sie? Alyss fürchtete ihre Mutter weit mehr als Ivo vom Spiegel. Frau Almut konnte in ihre Seele sehen. Sie wollte, dass ihre Tochter eine ebenso glückliche Ehe führte wie sie selbst. Und da dies nun mal nicht so war, musste Alyss die Türen zu ihrem Inneren verschlossen halten.

Aber sie hatte die dumpfe Ahnung, dass ihr das nicht immer gelang.

Die Messe nahm ihren Lauf, und die Jungfern neben ihr zappelten ungeduldig, zupften an ihren Gewändern, Haaren und Chapels. John hielt wie üblich seinen Blick verhangen, schien mit seinen Gedanken aber weit fort zu sein. Marian und Tilo waren die einzigen, die aufmerksam der heiligen Handlung folgten, obwohl Alyss sich bei ihrem Bruder nicht ganz sicher war. Er wirkte zwar fromm und andächtig, aber sie spürte ein leises Vibrieren von ihm ausgehen.

Hatte er etwas Neues herausgefunden? Erwartete er ein Ungemach? Oder amüsierte er sich über einen ihr nicht bekannten Umstand?

Endlich waren die letzen Gebete gesprochen, und Alyss trieb ihre kleine Herde aus der Kirche. Das Haus derer vom Spiegel stand nur wenige Schritte entfernt und war schnell erreicht.

Ihre Eltern empfingen sie im großen Saal im ersten Stock des Patrizierhauses. Noch war das Mahl nicht aufgetragen, und man fand sich zu schwatzenden Gruppen zusammen. Merten war zu Alyss' Erleichterung ferngeblieben. Die Kühle zwischen ihm und Marian hatte sie befremdet. Sie und ihr Bruder nahmen John zwischen sich und traten mit ihm zu ihrem Vater, der, in einen langen, silbergrauen Talar gewandet, dem Tuchhändler entgegensah.

»Herr Vater, Ihr wünschtet Master John of Lynne, Tuchhändler aus London und Falkner, kennenzulernen.«

»Das wünschte ich. Ich grüße Euch, Falkner.«

Alyss sog den Atem ein. Ihr Vater hatte die Angewohnheit, Menschen nicht mit Namen oder Titel anzureden, sondern mit ihrer Profession oder Stellung. Dass er den Falkner, nicht den Händler wählte, mochte eine Herausforderung sein.

»Ich entbiete Euch ebenfalls meinen Gruß, my Lord. Und ich bin mir der Ehre bewusst, heute Euer Gast zu sein.«

»Haltet Ihr es für eine Ehre oder für eine Prüfung?«

John grinste.

»Eine ehrenvolle Prüfung, my Lord.«

»Ihr habt Euch in der Stadt Freunde gemacht, und Ihr habt einen Mörder gestellt. Das mag für Euch sprechen. Doch mehr wissen wir nicht über Euch, Falkner.«

»Ich halte es mit Hanna, my Lord, die da sagt: ›Lasst euer großes Rühmen und Trotzen, freches Reden gehe nicht aus eurem Munde; denn der Herr ist ein Gott, der es merkt, und von ihm werden Taten gewogen.‹«

Des Herrn vom Spiegels linke Braue zog sich in die Höhe, verharrte dort eine Weile, dann sank sie wieder.

»Man lehrte Euch die Bibel in eigener Zunge?«

»Unser hochverehrter John Wycliffe, my Lord, übersetzte die Heilige Schrift.«

»Ich hörte von ihm. Und seinen Lehren.«

John verneigte sich wortlos.

»Wer machte Euch vertraut mit ihnen?«

»Mein Vater, my Lord.«

»Nicht allen sind diese Lehren angenehm.«

»Richtig, my Lord. Weshalb mein Vater nun keinen Sohn mehr hat.«

Kühle graue Augen hielten die eisblauen unter dem verhangenen Blick gefangen. Selbst Alyss spürte Kälte und Entsetzen. Ihr Vater konnte einen Menschen vernichten, zum Wurm machen, Staub fressen lassen.

Doch was auch immer sich zwischen den beiden Männern in diesem Augenblick des Schweigens abspielte, es führte nicht zur Vernichtung, sondern zu einem selbst für sie schwer zu deutenden Bibelspruch.

»›Denn der Reiche kommt um durch ein böses Geschick, und wenn er einen Sohn gezeugt hat, dem bleibt nichts in der Hand.‹ So sagt der Prediger«, knurrte Ivo vom Spiegel leise. Und ebenso leise antwortete John: »›Du aber, Herr, bist barmherzig und gnädig, geduldig und von großer Güte und Treue.‹ So heißt es im sechsundachtzigsten Psalm.«

Die grauen Augen gaben die blauen frei, und kleine Fältchen bildeten sich unter den schwarzen Brauen des Herrn.

»Aber mitnichten, Falkner. Nun, meine Tochter, was hörte ich? Dir ist ein junger Taugenichts entwendet worden?«

»Ein kleiner Nichtsnutz, ja, doch er scheint von großer Findigkeit zu sein, sich auch seinen Häschern zu entziehen. Wir suchen nach ihm, und letzten Gerüchten zufolge könnte er inzwischen Unterschlupf bei der Bettlergilde gefunden haben. Morgen werden wir weitere Nachforschungen anstellen. Ich hoffe, der kleine Schalk wird bei ihnen nicht zu Schaden kommen.«

»Wenn er klug ist. Sein Vater weiß davon?«

»Niclas Aldenhoven? Ja, er weiß es. Aber …«

»Ja, meine Tochter?«

Alyss atmete tief ein. Und dann war da plötzlich Marians Hand in der ihren.

»Herr Vater, mir ist ebenfalls etwas gestohlen worden.«

»Das war wohl zu erwarten. Etwas von Wert, Kind?«

»M… meine Brautkrone, Herr Vater.«

Die schwarzen Brauen des Herrn vom Spiegel zogen sich in namenlosem Grimm zusammen, und er grollte: »Ich werde die Diebe finden und zur Rechenschaft ziehen.«

»My Lord, *ich* werde sie finden. Und wenn Mistress Alyss die Krone in ihren Händen hält, werde ich die Diebe zur Rechenschaft ziehen.«

»Werdet Ihr das?«

»Ich gelobe es. Die Krone ist ihr Eigen. Sie erhält sie zurück.«

»Große Worte.«

»Nein.«

»Dann fasst die Diebe. Aber lasst keine Gnade walten.«

»*Ich* stehe nicht im Ruf, ein gütiger Mann zu sein, my Lord.«

Aber Marian flüsterte in Alyss' Ohr: »Nein, keiner würde das glauben, beobachtet man, in welchen Zustand Benefiz gerät, wenn er ihn sieht.«

Inzwischen hatte auch ihre Mutter sich aus dem Kreis der Jungfern lösen können, überließ sie Catrin und kam auf ihren Gatten zu. Sie lächelte John herzlich zu und grüßte ihn.

»Habt Ihr wieder Falken mitgebracht, Master John?«

»Nicht im Herbst, my Honourable Lady. Die Überfahrt ist zu stürmisch für sie. Diesmal brachte ich nur warmen Wollstoff. Wenn Ihr mögt, schaut Euch ein paar Längen an. Meine Landsleute stellen hochwertiges Tuch her.«

»Wie dieses, das Ihr tragt?« Anerkennend musterte sie die Schaube. »Ich werde darauf zurückkommen. Aber nun wollen wir zu Tisch gehen. Ritter Arbo ist ebenfalls eingetroffen.«

Das Mahl verlief zunächst in freundlicher, wenngleich leicht angespannter Stimmung. Der Herr vom Spiegel war in leutseliger Laune und plauderte mit Tilo und den Jungfern über deren Familien. Sein Weib Almut und die Begine Catrin sorgten dafür, dass der Ritter, heute wieder in seinem prachtvollen Wappenrock, seine strenge Haltung ein wenig lockerte, und Alyss und Marian genossen es, den Gesprächen zuzuhören, ohne sich zu beteiligen. Auch John schwieg.

Schließlich aber wandte sich der Herr des Hauses auch dem Ritter zu und fragte zunächst nach dem Wohlbefinden seines Vaters, Gero von Bachem.

Arbo gab höflich Auskunft, und auch über seine Mutter und seine Schwester konnte er berichten, dass sie sich bei guter Gesundheit befanden.

»Doch meine Mutter hat das Reisen beschwerlich gefunden und einige Tage das Bett gehütet.«

»Verständlich, Herr Arbo«, meinte Almut. »Die Wege um diese Jahreszeit sind schlammig, die Feuchtigkeit zehrt an den Knochen. War es eine weite Reise, die sie unternahm?«

»Zu ihrem Bruder, Frau Almut, nach Dellbrück. Vier Tage braucht man, und sie waren regnerisch und windig.«

»Ihr habt Verwandte in Dellbrück? Die vamme Thurme?«, fragte Ivo vom Spiegel nach.

»Johann vamme Thurme, Herr der Burg Dellbrück, ist mein Onkel. Ich selbst begleitete meine Mutter zu ihm. Er hat zwei Töchter, die bereits verheiratet sind, sein Sohn, mein Vetter Constantin, aber lebt noch bei ihm.«

»Gutes Jagdgebiet dort, habe ich mir sagen lassen«, warf John ein, und der Ritter nickte.

»Ein Jagdfalke wäre dort wohl willkommen, Master John. Wenn Ihr wollt, werde ich meinen Onkel darauf ansprechen.«

Die Unterhaltung wandte sich der Jagd zu, dann den Fragen der Verwaltung ländlicher Güter, der Pacht und den Aufgaben des Lehnsherrn. Arbo von Bachem entspannte sich bei diesen Themen sichtlich; es war sicherer Grund, auf dem er sich bewegte. Alyss aber wusste, dass sich hinter dieser Unterhaltung eine strenge Prüfung verbarg. Ihr Vater wollte sich ein Bild von der Haltung des Ritters machen. Heldentaten interessierten ihn wenig, mehr der Verstand des Mannes und ob er in der Lage war, Menschen zu führen und anzuleiten, Gerechtigkeit walten zu lassen und sein Vermögen zu mehren.

Schließlich sprach der Herr vom Spiegel sein abschließendes Urteil.

»Ihr scheint ein fähiger Mann zu sein, Ritter, und kommt nach Eurem Vater. Er trug seine Verantwortung, und sein Blick war schon damals nach vorne gerichtet. Wofür er verfemt wurde. Heute jedoch sind seine Vorstellungen Wirklichkeit geworden. Der Verbundbrief wurde unterschrieben, die beklemmende Macht des Erzbischofs eingeschränkt. Ich hoffe, Euch ist ein gleicher Weitblick gegeben.«

Ritter Arbo wirkte erleichtert, wollte etwas vermutlich sehr Passendes erwidern, als Hedwigis, gegen alle guten Sitten, einen Einwurf brachte.

»Ja, Herr vom Spiegel, Herr Ritter Arbo ist sogar ein sehr wohltätiger Mann und schweigt darüber edelmütig.«

Alyss merkte auf. Hedwigis sah viel zu siegesbewusst aus. Sie hätte ihr gerne den Mund verboten und sandte einen hilfesuchenden Blick an ihre Mutter, die neben ihr saß, aber schon war es zu spät.

»Dann berichte du darüber, Kind«, bat Ivo vom Spiegel.

»Nun, wie ich hörte, hat er vor wenigen Wochen einem auf den Tod kranken Mann das Leben gerettet. Einém Nordmann, dem eine Hand fehlte und dessen Wunde bereits schwärte.«

In dem Schweigen, das sich im Raum ausbreitete, hätte man eine Sperlingsfeder fallen hören können.

Es dauerte und dauerte, und ein jeder schien die Fäden zu verknüpfen, die sich aus dieser Nachricht ergaben.

John war der Erste, der sprach. Seine Stimme war rau, seine Augen hart.

»Ihr habt einem entflohenen Mörder Obdach gegeben, Sir Arbo? Oder habt Ihr gar selbst jenem Yskalt zur Flucht aus dem Turm verholfen?«

Leocadie schrie auf.

»Ritter, habt Ihr kein Hirn im Kopf?«, fragte auch Ivo vom Spiegel nach.

Arbo von Bachen stand auf und straffte die Schultern.

»Ich habe zu diesen Anschuldigungen nichts zu sagen!«

»Nicht? Nun, dann verlasst augenblicklich mein Haus. Ich will Euch hier nicht wiedersehen, und meine Enkelin werdet Ihr ebenfalls nicht wiedertreffen.«

Alyss starrte ihren Vater an. Er hatte ganz leise gesprochen, doch seine Worte schnitten wie Schwertklingen ins Fleisch.

Ritter Arbo verließ wortlos den Raum, und Leocadie brach ebenso wortlos zusammen.

Marian sprang auf und kümmerte sich mit seiner Mutter um sie, Alyss aber wandte sich an ihren Vater.

»Musstet Ihr so hart sein, Herr Vater?«

»Ja, Tochter.«

»Aber warum? Es könnte eine Erklärung geben.«

»Dann hätte er sie uns nennen sollen.«

»Das hätte er, Mistress Alyss. Denn ein Mann, dem eine Hand fehlt, sollte das Misstrauen eines jeden wecken. Zumindest in meinem Land ist es üblich, einem Dieb die Hand abzuschlagen.«

Sie nickte. Es war nicht so sehr der Verdacht, dass Arbo von Bachem mit Roberts Mörder gemeinsame Sache gemacht hätte, es war die Gedankenlosigkeit seines Handelns und der störrische Stolz, der ihn daran hinderte, einen Fehler zuzugeben, der ihren Vater ergrimmt hatte.

Dann wandte sie sich dem aufgeregt flatternden Hauswesen zu. Hedwigis war eine Kröte. Alyss fragte sich, woher sie ihr Wissen hatte. Und da sie einen Verdacht hegte, fragte sie sich wiederum, wie Merten zu diesem Wissen gekommen war.

Aber zunächst galt es, das gesträubte Gefieder zu glätten und die kleine Schar sicher nach Hause zu geleiten.

Das Fest war zu Ende, eine Hoffnung in Scherben zerbrochen.

18. Kapitel

Am Montag hatte Alyss drei Kranke in ihrer Obhut: Magister Hermanus' Zustand hatte sich derart verschlimmert, dass sie auf Marians Rat die Mittel eines Apothekers einsetzen wollte. Lauryn hatte nach den Aufregungen wieder heftige Kopfschmerzen bekommen und tapste halb von Sinnen durch das Haus, Leocadie hingegen rührte sich überhaupt nicht aus ihrem Bett. Sie hatte das Gesicht zur Wand gedreht und schien der Welt entsagen zu wollen. Hedwigis, der Alyss eindringlich und in deutlichen Worten die Leviten gelesen hatte, war zur Krankenpflege beordert worden und trabte missmutig mit Wasserschaff, Breischüsseln und heißen Getränken die Stiegen auf und ab.

»Lauryn, ich glaube, deinem Kopf wird es besser gehen, wenn du dir etwas frischen Wind um die Nase wehen lässt«, schlug Alyss vor, als sie die verquollenen Augen des Mädchens musterte. »Begleite mich zu Frau Trine am Neuen Markt. Und wenn es bis dorthin nicht besser geworden ist, wird sie bestimmt ein Mittelchen dagegen finden.«

»Ja, Frau Alyss.«

Alyss nahm Rücksicht auf das angeschlagene Befinden der Jungfer, und langsam gingen sie durch die Straßen. Manchmal musste sie Lauryn beim Arm fassen, damit sie nicht einem beladenen Eselskarren vor die Räder lief oder einen Wasserträger anrempelte. Der Novembermorgen war kalt, Nebel hing im Rheintal, und die Menschen hatten sich in allerlei Tücher und Umhänge gehüllt, Gugeln und Mützen über die Köpfe gezogen und die Hände mit Lumpen umwickelt. Rauch stieg aus den Schornsteinen auf, die Bettler hatten sich in windgeschützte Winkel verzogen und wärmten sich an Kohlebecken. Auch in den Klöstern hatte man warme Kleidung ausgegeben, und Kukullen aus rauem Stoff bedeckten die schwarzen Habite der Benediktiner, die braunen der Franziskaner und die weißen der Dominikaner. Reiche und Vornehme aber trugen ihre Pelze zur Schau.

Die Apotheke am Neuen Markt war ein schmalbrüstiges Steinhaus, zu dessen Eingang ein paar Stufen hinaufführten. Dahinter befand sich das höhlenartige Offizin, in dem einst ein enger Freund ihrer Eltern seine Arzneimittel verkauft hatte. Meister Krudener war jedoch verstorben, und nun leiteten seine Witwe Trine und ihr jetziger Gatte das Geschäft.

Ein fröhliches Glockengeklingel ertönte, als sie eintraten, und sofort wurde der schwere Vorhang beiseitegeschoben, der die hinteren Räume von dem Verkaufsbereich trennte.

Meister Jan van Lobeke hatte ein verbindliches Lächeln auf den Lippen, das sich vertiefte, als er Alyss und Lauryn erkannte.

»Seid gegrüßt, meine Lieben. Wollt ihr Arzneien, Süßigkeiten oder Trines Rat?«

»Alles zusammen am besten. Ist Trine da?«

»Sicher. Sie rührt in Tiegeln, destilliert aus meinem Lieblingswein den Alkohol und hat irgendeine stinkende Masse zusammengemischt, von der sie behauptet, sie würde die Krätze heilen. *Ich* habe hier gar nichts mehr zu kamellen.«

Er führte sie nach hinten in den hellen, luftigen Laborraum, wo tatsächlich die Apothekerin ihr anrüchiges Werk tat. Sie grüßte die Besucher mit einem schnellen Zwinkern über die

Schulter und hantierte dann flink weiter mit Kolben, Flaschen und Töpfen.

»Lasst sie fertig machen, was immer das wird. Ich verdiene schweres Gold damit, also hüte ich ihre Ruhe.«

»Weiß ich doch, Jan. Und stell dein Licht nicht so sehr unter den Scheffel. Du kennst dich mit all dem Arzneikram genauso gut aus wie sie.«

»Na, dein Vertrauen ehrt dich, Alyss. Wen kann ich für euch vergiften?«

»Lauryn, was macht dein Kopf?«

»Ist schon besser, Frau Alyss.«

»Sie hat einen Schlag auf den Schädel bekommen und sich gestern auch noch aufregen müssen. Hast du etwas zur Linderung der Schmerzen für sie?«

»Selbstverständlich. Es schmeckt aber bitter, Lauryn!«

Jan van Lobeke war schon aufgestanden und ließ einige Tropfen einer Tinktur in einen Becher fallen, goss dann etwas Honigwasser darüber und schwenkte es gut.

»Trink, Mädchen. Die Weidenrinde wird den Schmerz dämpfen. So, Alyss, und was noch?«

»Unser Magister Hermanus hat sich erkältet, nun hat er Fieber und sein Hals ist zugeschwollen. Er kann weder sprechen noch essen noch trinken.«

»Schadet nichts.«

»Stimmt. Aber ich kann ihn trotzdem nicht leiden lassen.«

»Nein, das wäre unchristlich. Es hört sich nach entzündeten Mandeln an. Wenn es sehr schlimm ist, sollte er zu einem Bader gehen und sie sich herausschneiden lassen. Eine üble Prozedur, bei der man ordentlich sein eigenes Blut und Eiter schluckt, aber auf die Dauer hilfreich.«

Er beschrieb die Operation vergnüglich, während er eine weitere Tinktur zusammenmischte. Lauryn hörte mit vor Grauen geweiteten Augen zu. Auch Alyss fand lange nicht so viel Vergnügen an der Schilderung wie Jan.

»Aber bevor das Messer zum Einsatz kommt, könnt ihr es hiermit versuchen – überwiegend Eichenrindenextrakt. Er soll damit mehrmals am Tag gurgeln.«

»Wenn er sich weigert, werden wir ihm mit der Extraktion der Mandeln drohen.«

»Deshalb erzählte ich es euch. Ihr werdet ihn zahm wie ein Lämmlein finden.«

Inzwischen hatte Trine beendet, was sie zubereiten wollte, und kam auf Alyss zu. Mit raschen Fingerbewegungen grüßte sie sie und küsste sie auf die Wangen. Auch Lauryn bekam eine herzliche Umarmung, und Alyss, nicht ganz so schnell mit den Fingern, erwiderte ihren Gruß und ihre Fragen.

Trine war von Kindheit an taubstumm.

Sie war einst der Schützling ihrer Mutter gewesen, und sie hatte gelernt, mit den Fingern zu sprechen, eine Sprache, die den Mönchen abgeschaut war, die sich während der Schweigestunden mit Handzeichen verständigten. Doch sie hatte diese Kunst weiter verfeinert, und auch Jan beherrschte diese Form der Unterhaltung inzwischen ausgezeichnet. Alyss und Marian hatten sie schon als Kinder von ihrer Mutter gelernt und zu manch unnützen Zwecken eingesetzt.

Jetzt half Jan bei der Übersetzung, und schon bald war eine eifrige Unterhaltung im Gange. Natürlich erwähnte Alyss auch Kilians Entführung und seine darauf folgenden Umtriebe. Sie hatte sogar große Hoffnung, bei dem Apothekerpaar eine Auskunft zu erhalten, denn Jan und Trine versorgten die

Armen von Sankt Aposteln oft mit kostenlosen Arzneien und beteiligten sich auch an den Brettspenden, den Armenspeisungen, die unter der Aufsicht des Pfarrers stattfanden. Wenn der Junge sich mit den Bettlern zusammengetan hatte, würden sie möglicherweise hier etwas von ihm hören.

»Nein, einen engelsgesichtigen Jungen habe ich hier, außer unserem Sohn, in der Gegend nicht gesehen, Alyss. Aber wir werden darauf achten, ob jemand ihn getroffen hat.«

»Danke, Jan.«

Trine hingegen hatte die Nase ein wenig krausgezogen, so als ob sie einem vergessenen Duft nachsann. Alyss beobachtete sie. Trine hatte ausgezeichnete Sinne – Sehen, Riechen und Tasten waren bei ihr weit feiner ausgebildet als das Hören. Doch mit Namen konnte sie wenig anfangen. Jan hingegen hatte, wie um ihr diese Fähigkeit zu ersetzen, ein ausgezeichnetes Namensgedächtnis, und so tippte er nach einiger Zeit mit dem Finger auf den Tisch.

»Aldenhoven, sagtest du?«

»Niclas und Greta Aldenhoven. Buntwörter.«

»Der Name fiel letzthin. Ich kenne sie nicht, sie scheinen nicht zu unserem Sprengel zu gehören. Wahrscheinlich fiel es mir deshalb auf. Da waren zwei von denen, die an der Speisung teilnehmen, die nach ihnen fragten. Trine?« Gleichzeitig mit der Frage bewegte er seine Finger. »Es war der Mann, der so einen zähen Husten hatte. Du hast ihm deinen Saft gegeben. Erinnerst du dich an ihn?«

Trine zog den langen Zopf aus ihrem nachlässig gebundenen Gebende hervor und zwirbelte an dessen Ende. Ihre Haare waren noch immer honigblond, und der Zopf schimmerte wie ein seidenes Tau. Alyss bewunderte ihn.

Mehr noch bewunderte sie die Gaben der Taubstummen. Sie erzählte: »Der Mann hat in einer der Tretmühlen am Rhein gearbeitet, musste aber aufhören, weil sein Husten nicht enden wollte. Das Weib, mit dem er zusammenlebt, ist Holzträgerin und verdient sich damit ein paar Münzen. Doch es ist zu viel zum Sterben und zu wenig zum Leben. Darum kommen die beiden oft zum Essen zu Aposteln. Sie mögen ungefähr so alt sein wie wir, und sie wohnen hier in der Nähe, ich weiß aber nicht, wo.«

»Wisst ihr noch, wann sie sich nach Aldenhoven erkundigt haben?«

»Ja, zufällig weiß ich das«, sagte Jan. »Zwei Tage nach Mauritius, vorletzten Freitag. Da habe ich nämlich dem Pfarrer deine Wundsalbe gegeben, Trine, die er eine Woche lang auf sein schlimmes Bein schmieren sollte.«

»Das letzten Freitag gut geheilt war.«

Alyss rechnete nach.

»Lauryn, wann kam Lis, die Magd, zu uns? Weißt du das noch?«

»Am Donnerstag nach Sankt Ursula.«

»O ja, richtig. Also, am Donnerstag, oder in der Nacht von Mittwoch auf Donnerstag, ist bei Aldenhovens eingebrochen worden. Ein Beutelchen Münzen wurde gestohlen, mehr nicht. Am selben Freitag hat man einen mit Aldenhoven befreundeten Buntwörter heimgesucht und einiges an Silbergerät mitgehen lassen. Und am Dienstag wurde Kilian entführt.«

»Du meinst, diese drei Taten hängen zusammen?«

»So vermuten wir. Jemand suchte nach Kilian, wusste aber nicht, dass seine Eltern unterwegs waren, ihre Pelze zu verkaufen. Dazu würde es passen, dass dieser Mann sich nach ihnen erkundigt hat.«

»Er und sein Weib sind bettelarm, was die Einbrüche erklären könnte, Alyss, aber ein Kind entführen? Ich weiß nicht. Warum sollten sie es tun?«

»Lösegeld, Jan.«

Jan erklärte Trine diese Überlegungen, und die setzte sich an den Tisch und stützte das Kinn in die Hände. Sie dachte nach, und während sie das tat, störten die anderen sie nicht. Doch dann drückte sich Lauryn plötzlich die Handballen in die Augen und stöhnte.

»Lauryn, was ist? Ein Anfall von Pein? Jan?«

»Nein, nein – es ist nur … Frau Alyss, das waren zwei. Das waren zwei Leute, eine Frau und ein Mann. Der Mann hat versucht, seinen Husten zu unterdrücken. Und die Frau hat … ja, die Frau hat mich geschlagen. Sie hatte einen Knüppel in der Hand.«

»Halleluja. Ich glaube, wir haben unsere Entführer.«

»Nein, ihr habt sie noch nicht. Aber ihr scheint tatsächlich auf der richtigen Spur zu sein«, meinte Jan.

»Die beiden sind zu dumm, um auf die Idee mit dem Lösegeld zu kommen«, war gleich darauf Trines Einwurf.

»Dass sie dumm sind, dieser Gedanke beschlich uns auch schon. Sonst wäre ihnen der kleine Teufelsbraten nicht so leicht entkommen. Jetzt müssen wir noch ihre Namen herausfinden, wo sie wohnen und – tja, wer sie beauftragt hat, den Jungen zu entführen.«

»Fragt den Pfarrer von Aposteln nach ihnen, der wird es wissen. Oder besser, wir machen es und schicken euch Nachricht. Wir können sie beschreiben, nicht wahr, Trine?«

Sie nickte, und in diesem Augenblick stürmte ein Junge, gleich Kilian, in den Raum. Ebenso blond, ebenso engelsgleich und ebenso alt.

»Papa, Mama, wir haben einen Stern gefunden!«

»Einen Stern?«

»Der vom Himmel gefallen ist. Und jetzt ist er nur noch ein Stückchen Stein. Aber wir sind ganz sicher, weil der alte Meister doch hier auch mal einen gefunden hat, und der sieht genauso aus!«

Die Finger des Jungen bewegten sich beinahe schneller als sein Plappermäulchen, und Jan begutachtete den metallisch glänzenden Brocken in seiner schmuddeligen Hand.

Trine indessen war aufgestanden; lächelnd holte sie ein Kistchen vom Bord und trat zu Lauryn hin. Alyss übersetzte für die Jungfer, die etwas verdutzt dreinsah.

»Augen zu, Mund auf!«

Trine machte es vor und grinste dann nochmals auffordernd.

Lauryn gehorchte zögernd.

»Ganz zu, Lauryn!«, mahnte Alyss.

Endlich kniff die Jungfer die Augen ganz zusammen, und Trine legte ihr eine kandierte Kirsche auf die Zunge. Lauryn schloss den Mund, öffnete die Augen. Dann schloss sie sie wieder in vollkommener Verzückung.

»Ich auch, ich auch!«

Der Junge kniff ebenfalls die Augen zu und sperrte sein Mäulchen so weit auf, wie es nur ging.

Eine weitere Kirsche fand ihren Weg.

Alyss schloss die Lider und öffnete die Lippen.

Frucht und Süße füllten ihren Gaumen. Meister Krudener hatte seiner Frau das Mysterium vermacht, wie man Kirschen kandierte, doch diese kostbaren Leckerbissen waren ganz seltenen Gelegenheiten vorbehalten.

Etwa Sternen, die vom Himmel fielen.

Als Alyss und Lauryn nach Hause kamen, grummelte Hilda, der Notarius sei wieder aufgetaucht und habe unbedingt auf sie warten wollen.

»Ich habe ihn in den Saal gesetzt, Frau Alyss. Ich hoffe, er richtet keinen Schaden an.«

»Dazu wird er nicht befugt sein«, murmelte Alyss. Dann wandte sie sich an Lauryn. »Fühlst du dich in der Lage, Magister Hermanus die Medizin zu verabreichen?«

Lauryn grinste.

»Bestimmt. Ich habe mir die Beschreibung, wie man die Mandeln herausschneidet, gut gemerkt, Frau Alyss.«

»Dann lauf und lehre ihn das Fürchten.«

»Und ich werde den armen Notarius ins Warme holen, Hilda. Wir werden uns hier in der Küche unterhalten.«

»Das ist aber nicht sehr vornehm.«

»Nein, aber gemütlich. Und ich habe kalte Füße.«

»Gut, dann gehe ich eben Wäsche sortieren. Morgen kommen die Waschfrauen.«

Ein kleines Unbehagen machte sich bei Alyss jedoch breit, als sie die Stiege nach oben ging. Was mochte der Notarius zu vermelden haben? Er hatte angekündigt, sich nach dem Fortgang der Ernte zu erkundigen. Hoffentlich hatte er nichts auszusetzen.

In seinen langen, dunkelgrauen Talar gehüllt, ein schwarzes Barett sehr gerade auf seinen struppigen grauen Haaren, saß der Rechtsgelehrte am Fenster und schaute hinaus.

»Verzeiht, Magister Jakob, dass Ihr warten musstet. Aber wir haben Kranke im Haus, und der Gang zur Apotheke war unausweichlich.«

»Kein Grund, sich zu entschuldigen, Frau Alyss«, sagte er in seiner gewohnt tonlosen Art und erhob sich.

»Wenn Ihr so gut sein wolltet, mir zu folgen, Magister Jakob. Mir ist vom Gang kalt, und ich möchte mich in der Küche am Herd wärmen.«

Er nickte und folgte ihr.

Ein kurzer Blick auf seine hageren Wangen brachte Alyss auf die Idee, dem Mann einen Imbiss anzubieten. Sie wies ihm einen Platz an dem langen Tisch nahe dem Herd an und machte sich daran, von dem frischen, noch warmen Brotlaib zwei Scheiben abzuschneiden, bestrich sie dick mit Schmalz, würfelte ein Stück Schinken und streute ihn darüber. Für sich und den Gast füllte sie dann je einen Becher mit Gewürzwein.

»Lasst es Euch schmecken, Magister Jakob.«

Umständlich zog der Notar seine Augengläser aus dem Beutel und starrte die Brotscheiben auf dem Holzbrett vor sich an.

»Dammich!«

Etwas gluckste in Alyss, und sie konnte diesen Laut in ihrer Kehle gerade noch abfangen.

»Und gebt mir Eure Brille, sie sieht schon wieder verschmiert aus.«

Wortlos reichte er ihr die Gläser, und während sie sie mit einem sauberen Leinentuch polierte, verspeiste ihr Gast mit sichtlichem Wohlbehagen die Brote.

Dann nippte er an dem Wein, und ein pergamentdünnes Lächeln erschien auf seinen Lippen.

»Ist dies der Wein, den Ihr aus Eurem Garten geerntet habt, Frau Alyss?«

»Aber nein, nein, Magister Jakob. Wir haben die Beeren geerntet, den Saft in Fässer gefüllt und die Gärung vorbereitet. Das dauert seine Zeit, zumal es inzwischen sehr kühl geworden ist.«

»Und was ist das, was Ihr mir eingeschenkt habt?«

»Ein leichter Pfälzer Wein, wie ich ihn von den dortigen Winzern beziehe. Doch mit etwas Honig, Pimentkörnern, Zimtrinde und einem Zweiglein Minze gewürzt. Schmeckt er Euch?«

Der Notar nahm noch einen Schluck und nickte.

»Ihr führt einen Weinhandel, habe ich erfahren.«

»Ja, Magister Jakob, das tue ich.«

»Auf eigene Rechnung.«

»Ganz genau.«

»Und handelt mit dem Wein aus dem Weingarten.«

»Nein, Magister Jakob, ich kaufe Weine aus der Pfalz und verkaufe sie hier weiter. In der Pfalz scheint die Sonne kräftiger, und die Trauben werden süßer als in unseren Breiten.«

»Warum baut Ihr dann Wein hinter dem Haus an?«

Alyss nahm einen Schluck aus ihrem Becher. Wenn sie ihm eine ehrliche Antwort gab, würde er dann die Vereinbarung mit dem Ritter von Merheim rückgängig machen? Einen Gewinn würde er nämlich nie aus dem Grundstück ziehen.

»Ihr seid nicht verpflichtet, meine Frage zu beantworten, Frau Alyss. Ich stellte sie aus unverzeihlicher Neugier.«

Noch immer diese tonlose Sprache, die sie so sehr irritierte.

Sie sagte nichts, aber er kramte wieder in seiner Tasche und legte dann einen Beutel Münzen auf den Tisch.

»Der Betrag, der vereinbart wurde. Ich bin befugt, ihn nach Prüfung der Umstände auszuzahlen. Zählt nach, Frau Alyss.«

»Aber Ihr habt die Umstände doch noch gar nicht geprüft.«

»Ich habe mir erlaubt, vom oberen Fenster einen Blick auf den Weingarten zu werfen. Die Trauben sind offensichtlich geerntet.«

»Ich zöge es dennoch vor, Magister Jakob, mit Euch durch den Garten zu gehen und auch das Kelterhaus zu besichtigen.«

Er steckte den Geldbeutel wieder ein und erhob sich.

»Nun denn.«

Sie gingen über den Hof, und ein Teufelchen zwickte Alyss.

»Ihr gestattet, dass ich den Falken mitnehme. Er braucht seine Atzung und seine Freiheit!«

»Ihr besitzt einen Falken?«

War da das erste Mal eine Regung in der Stimme des Notars zu hören? Vielleicht wirklich. Überhaupt hatten seine grauen Wangen etwas Farbe bekommen, und so holte sie Jerkin auf die behandschuhte Faust, hängte sich die Futtertasche um und wies dann zu dem offenen Törchen, das zum Weingarten führte.

In regelmäßigen Abständen hatten Tilo und sie die Pfähle zu Pyramiden zusammengestellt. Im Frühjahr würden sie wieder eingeschlagen und die Reben daran hochgebunden werden. Die Pflanzen selbst waren mit Erde lose bedeckt, um so vor dem Frost geschützt zu sein.

Vom Ende des Gartens wehte ihnen eine weiße Rauchfahne entgegen und verbreitete den süßwürzigen Geruch von Laub und Rebholz, das in einem bedeckten Feuerchen verbrannte.

Alyss ließ den Falken los, der mit seinem rauen Ruf in den

nebligen Novemberhimmel stieg. Sie atmete zufrieden den Herbstduft ein. Sie hatte gute Arbeit geleistet.

Als sie zur Seite sah, erkannte sie, dass auch ihr Begleiter anerkennend den Weingarten musterte.

»Sieht ordentlich aus!«

»Ja, Ordnung muss man halten. Jetzt ist jedoch eine Zeit der Ruhe angesagt. Die Reben erholen sich im Winter und im Frühjahr von ihrer harten Arbeit.«

»Und Ihr ebenfalls.«

»Für uns endet sie später, denn der Wein will gekeltert werden, und sie fängt früher an als für die Pflanzen. Sowie die Tage länger werden und der Frost gebrochen ist, sprießt das Unkraut. Der Boden muss gelockert werden, die Wurzeln gedüngt, die Pfähle wieder aufgerichtet.«

»Aha.«

Jerkin hatte ein Opfer am Boden erspäht und stieß nieder. Alyss überließ es ihm, es würde spärlich genug sein.

Sie kamen an die niedere Begrenzungsmauer, und Magister Jakob warf einen Blick darüber.

»Kohlköpfe.«

»Richtig. Einst gehörte auch dieses Feld den Eltern meines Gatten und war ebenfalls ein Weingarten. Sie bestritten damals ihren Unterhalt mit dem Verkauf des eigenen Weines.«

»Ich bin nicht befugt, nach den Gründen zu fragen, warum er diesen Handel aufgegeben hat, Frau Alyss, aber – dammich – warum hat van Doorne den Weingarten verkauft?«

Dieses Glucksen meldete sich wieder in Alyss' Kehle, und sie beschloss, dem Notarius buchstäblich reinen Wein einzuschenken.

»Ich nehme an, Magister Jakob, Ihr seid zu vertraulicher Behandlung gewisser Erklärungen bereit.«

»Meine Profession bringt es mit sich, dass ich zu schweigen gewohnt bin.«

»Nun, dann will ich Euch anvertrauen, wie sich die Lage entwickelt hat.« Sie berichtete ihm, dass Arndt van Doorne den elterlichen Weinhandel ausweiten wollte, dabei aber Schulden gemacht hatte, die sein Bruder Robert nur dadurch begleichen konnte, dass er seine Hälfte des Weingartens verkaufte. Arndt behielt sein Stück, ließ es aber herunterkommen. Sie selbst hatte vor fünf Jahren, als sie in das Haus ihres Gatten eingezogen war, begonnen, die Reben wieder zu kultivieren, weil es ihr von Kindheit an als eine erfreuliche Arbeit erschien.

»Mein Vater liebt die Arbeit mit den Reben und hat sie meinem Bruder Marian und mir schon früh beigebracht. Magister Jakob, als ich vor drei Jahren meinen kleinen Sohn durch einen Unfall verlor, war mir diese Arbeit lange Zeit Trost und Stütze.«

Magister Jakob wanderte in sich versunken die Rebreihen entlang. Sie folgte ihm und rief den Falken mit sanfter Stimme zurück. Gehorsam kam er auf ihre Faust und schlang das Stück Fleisch hinunter, das sie ihm bot. Sie strich ihm über den Rücken und murmelte leise einige Worte. Inzwischen ließ der Vogel sich das gefallen, doch ob er es mochte, war ihr noch immer nicht klar.

»Noch einen Flug, Jerkin?«

Sie hob den Arm, und er stieg wieder auf.

»Warum, Frau Alyss, hat Euer Gatte dann den Weingarten an den Ritter verkauft?«

»Weil er Schulden zu begleichen hatte. Bei mir, Magister Jakob. Er hatte für seine Geschäfte meine Mitgift aufgebraucht, und ich forderte sie von ihm zurück.«

»Dammich!«

Alyss zuckte fast zusammen, als sie diesen äußerst empörten Ausruf hörte.

»Ja, ich war nicht glücklich darüber. Und für das großzügige Angebot des Herrn von Merheim bin ich sehr dankbar.«

Der Notar schwieg wieder eine Weile, drehte sich um und stapfte zurück. Alyss rief den Falken und folgte ihm.

Am Tor zum Hof endlich blieb Magister Jakob stehen und sagte wie üblich tonlos: »Brautschatz geht vor allen Schulden.«

»Vermutlich. Doch fürchte ich …«

»Fürchtet nicht, Frau Alyss. Es gibt einen Weg. Wir werden ihn beschreiten. Habt Ihr gute Beziehungen zum Rat?«

Alyss dachte an ihren Vater und erlaubte sich ein winziges Lächeln.

»Ich setze sie nicht gerne ein.«

»Gut, dann wird es ohne das auch gehen. Besser, man behält sich den Einfluss für echte Notfälle vor.«

»Das versteht Ihr?«

»Das ist eine gute Strategie in Rechtsdingen.«

»Was habt Ihr vor?«

»Wir werden Brautschatzfreiung für Euch beantragen. Gebt mir ein paar Wochen Zeit.«

»Oh … Ja, gerne. Nur, Magister Jakob, ich habe derzeit mein Geld in Waren investiert und weiß nicht, wann ich Euch bezahlen kann.«

»Bezahlen? Habe ich Bezahlung verlangt, Frau Alyss?«

»Ja, aber?«

»Habt Ihr Bezahlung für Brot und Wein und Polieren meiner Augengläser verlangt?«

»Ähm … nein.«

»Gut. Ihr hört von mir.«

Der Notarius drückte ihr den Münzbeutel in die Hand, und ohne weiteren Gruß strebte er zur Hofeinfahrt, doch seine Schritte wirkten beschwingt, ja geradezu energisch. Alyss sah ihm erstaunt nach. Es wirkte fast, als zöge der hagere, verstaubte Rechtsgelehrte in den Krieg.

19. Kapitel

Am Abend desselben Tages zog Marian wieder einmal die Kapuze seiner Gugel tief in die Stirn und machte sich auf, Meister Hans zu dienen. Diesmal führte ihn sein Einsatz nicht zu den kleinen Handwerkerhäuschen, sondern zu einem recht ansehnlichen Gebäude in der Nähe des Alter Marktes. Hier wartete ein magerer Mann mit sichtlich schmerzgepeinigten Zügen auf das Eintreffen des Meisters der Knochenbrüche. Marian kannte ihn flüchtig, er gehörte zu den Händlern, die im Osten ihre Geschäfte abwickelten. Sein Weib saß bei ihm in der Stube und hielt ihm die Hand. Marian rührte die kleine Geste an, denn was immer kommen mochte, die Behandlung würde schmerzhaft sein, und es war gut, wenn einem dann jemand zur Seite stand.

»Was ist Euch geschehen, dass Ihr Meister Hans rufen musstet?«, fragte er, um sich auf das Kommende vorzubereiten.

»Ich hatte einen Unfall auf der Rückreise, Sturm auf See, brach mir den Arm. Es gab keinen Arzt. Er ist falsch zusammengewachsen, und ich kann ihn kaum noch bewegen.«

Das hieß, dass der Henker ihn noch einmal brechen musste. Marian spürte, wie die Beklemmung auch ihn ergriff. In diesem Moment trat aber auch Meister Hans schon ein, geführt von einer verängstigten Magd. Er nickte Marian zu und stellte seinen Beutel auf den Tisch.

»Legt Wams und Hemd ab, ich muss mir den Arm ansehen! Setzt Euch auf den Schemel, die Lehne stört mich.«

Kurz angebunden, keine höflichen Floskeln, aber das erwartete man von ihm auch nicht.

Marian half dem Patienten aus den Kleidern und sah den verkrümmten Arm kritisch an. Knochen wuchsen von selbst zusammen, und die Bruchstelle mochte fester sein als die restliche Substanz. Das hatte er an den Gebeinen bei Fabio schon herausgefunden.

»Zeigt mir, wo die Bruchstelle war, Gehilfe.«

Marian tastete mit sorgsamen Fingern den Arm ab und wappnete sich. Der Schmerz saß tief, fühlte sich anders an als der der ausgerenkten Hüfte. Älter, verhärteter. Es würde dem Mann Höllenqualen bereiten, den Knochen noch einmal zu brechen. Und es würde schwierig sein und Kraft kosten.

»Hier, Meister.«

Der Henker tastete ebenfalls nach und bestätigte es durch ein Nicken.

»Bringen wir es hinter uns, Meister Hans«, bat der Mann heiser. Die Frau trat neben ihn und fasste wieder seine Hand.

»Tut es.«

»Gut. Gehilfe, hierher. Fangt ihn auf.«

Irritiert stellte sich Marian hinter den Sitzenden, und mit einer schnellen Bewegung griff der Henker nicht nach dessen Arm, sondern nach seinem Hals.

Der Mann erschlaffte, fiel zurück. Marian hielt ihn, brauchte seine ganze Kraft. Und in dem Augenblick hatte Meister Hans auch schon den Oberarm mit beiden Händen gepackt. Ein hässliches Knacken erfolgte, und wie ein Feuerstrahl durchfuhr es Marian. Seine Sicht verschwamm, ihm wurde übel. Er wankte.

»Haltet den Arm gestreckt, Gehilfe!«

Es drang wie durch Wolle an seine Ohren. Die Frau übernahm seine Stelle und hielt ihren Gatten, während Marian versuchte, durch seine eigene Qual hindurch zu gehorchen. Es gelang ihm mit letzter Willensanstrengung, den Arm in der Position zu halten, die der Meister gefordert hatte. Der klatschte etwas ranzig riechende Salbe darauf und wickelte breite, feuchte Lederbänder um den eben gebrochenen Oberarm.

»Nehmt die nicht ab, bis ich es erlaube!«, war seine kurze Anweisung.

Der Mann erwachte aus seiner kurzen Bewusstlosigkeit und stöhnte.

»Bringt ihn zu Bett. Gehilfe?«

Marian schwankte und musste sich am Tisch festhalten.

»Bringt meinem Gehilfen einen Becher Wein. Er ist solche Eingriffe nicht gewöhnt. Und nun gehabt Euch wohl!« Zu Marian gewandt sagte er dann: »Kommt, wenn es geht, nach. Ich habe Nachrichten für Euch.«

Damit verschwand der Henker, und zitternd setzte sich Marian nieder. Ein Knecht und eine Magd kamen herbei und brachten den Händler vorsichtig aus dem Raum. Sein Weib sah ihm nach, aber sie schien den beiden zu trauen. Ihre Stimme klang mitleidig, als sie sich neben Marian setzte: »Es ist furchtbar, was er tun musste.«

»Ja, Frau. Das ist es.«

»Wie haltet Ihr das nur aus, wenn er die Gefangenen …«

»Ich lerne nur die Heilkunst bei ihm.«

»Oh, ja … Gut, wenn auch ein anderer das beherrscht.«

»Er ist kein schlechter Mann.«

»Kann man ein guter sein, wenn man töten muss?«

»Ich weiß es nicht.«

»Trinkt.«

Dankbar nahm Marian den Wein. Sein Kopf dröhnte, und schwindelig war ihm noch immer. Um zu vergessen, was geschehen war, fragte er: »Mit wem treibt Euer Gatte Handel?«

»Mit den Kaufleuten von Reval und Riga. Es ist ein weiter Weg und beschwerlich. Aber bisher war das sein einziger Unfall.«

»Aber es lohnt sich, denn sonst würde er die Beschwernis nicht auf sich nehmen?«

»Wir machen gute Geschäfte. Pelze, wunderschöne Pelze gibt es dort im Norden. Und ausgezeichnetes Wachs. Aber auch Bernstein. Ja, es ist lohnenswert, wenn man geschickt ist.«

»Wie kann man bei solchen Gütern ungeschickt sein?«

»Ach, ein Kaufmann, der sich zweitklassige Ware andrehen lässt, wird auch da übers Ohr gehauen.«

Sie lachte dabei leise, und Marian hatte den Eindruck, dass

sie jüngst von einem solchen Beispiel gehört hatte. Er aber hatte nicht die Kraft, sie weiter auszuhorchen, sondern trank noch einen großen Schluck von dem sauren Wein.

»Danke, Frau. Aber nun muss ich gehen und Ihr Euch um Euren Mann kümmern.«

»Seid Ihr wieder erholt, junger Mann?«

»So gut es geht.«

Er hatte noch etwas weiche Knie, aber es war ihm möglich, ohne über seine Füße zu stolpern zur Huhnsgass zu gelangen, wo der Henker seine von der Stadt gestellte Wohnung hatte.

Die Frau des Henkers war eine schüchterne Person, die ihn einließ und in ein hinteres Gemach führte, wo ihr Mann bei seiner Mahlzeit saß.

»Nehmt, Ihr wart etwas grün im Gesicht.«

»Danke, nein. Besser noch nicht.«

»Wie Ihr wollt. Seht Ihr das da?«, fragte Meister Hans und deutete mit dem Ellenbogen auf ein kleines Figürchen.

Marian nahm es auf und betrachtete die geschnitzte Heilige.

»Ursula. Ihr erwähntet den entführten Jungen. Einer der Bettler, der heute seine Marke bei mir abholte, hatte es bei sich. Ich nahm es an mich und fragte nach dem Bengel. Er ist bei ihnen. Die Weiber scheinen einen Narren an ihm gefressen zu haben. Versucht es an der Klingelmanns Pütze. Dort haben die Bettler ihr Quartier.«

»Danke, Meister Hans. Das scheint mir eine nützliche Fährte zu sein.«

»Hoffentlich. Aber nehmt Euch vor der Gilde in Acht. Sie lieben keine Einmischung und sind rasch mit dem Knüttel bei der Hand.«

»Ich werde aufpassen.«

»Was war mit Euch bei dem Händler?«

»Eine kleine Schwäche, Meister Hans.« Marian verschwieg wie üblich seine mehr als lästige Gabe, die Schmerzen anderer erfühlen zu können, wenn er sich nicht dagegen wappnete. Nur seine Schwester wusste von dieser ungeliebten Eigenschaft. Und sicherlich John. Beide würden es jedoch niemandem verraten.

Aber gerade das brachte ihn dazu, dem Henker noch eine weitere Frage zu stellen, obwohl er merkte, dass der nun gerne alleine gelassen werden wollte.

»Meister Hans, was tatet Ihr mit dem Mann, dass er das Bewusstsein verlor?«

Ein kleines Lächeln umspielte die Lippen des Henkers.

»Einen Akt der Gnade, Herr Gehilfe. Die Schmerzen beim Brechen eines Knochens sind kaum zu ertragen, er hätte sich verkrampft, und der Bruch wäre vermutlich an der falschen Stelle geschehen.«

»Ein Würgegriff?«

»Nein, das Zudrücken einer Ader. Ich zeige es Euch, aber übt es nicht an guten Freunden.«

Ein kurzer Druck an Marians Hals, und es wurde ihm schwarz vor Augen.

»Oh«, sagte er.

»Wirkungsvoll. Doch ein wenig zu lange, und es ist das Ende.«

Einen kleinen Moment musste Marian nachdenken, doch dann nickte er.

»Ihr praktiziert es gelegentlich.«

»Wenn gewünscht.«

»Und bezahlt.«

»Auch Gnade hat ihren Preis. Und nun gehabt Euch wohl, Herr Gehilfe.«

20. Kapitel

Wo war dieser vermaledeite John of Lynne?

Alyss knurrte. Seit dem Mahl bei ihren Eltern war er spurlos verschwunden. Tilo hatte seine Eltern besucht, und auch bei Frau Mechtild war John nicht aufgetaucht. Wahrscheinlich trieb er sich wieder in den weichen Nestern der Schwälbchen am Berlich herum.

Und das, obwohl sie ihn jetzt beim Wort nehmen sollte.

Er wollte ihre Brautkrone wiederbeschaffen. Und sie wusste, wer sie gestohlen hatte.

Heini und Ebby, ein Mühlenstößer und eine Holzträgerin, beide gelegentliche Nutznießer der Armenspeisung von Sankt Aposteln, doch seit Tagen nicht mehr zum Essen erschienen.

Wo sie wohnten, wusste der Pfarrer nicht, hatte Jan ausrichten lassen. Sie waren keine häufigen Gäste dort.

Dass die beiden jetzt fernblieben, mochte verschiedene Gründe haben. Möglicherweise suchten sie Kilian, obwohl Alyss das nicht recht glauben konnte. Viel eher hatten sie sich mit der kostbaren Krone aus dem Staub gemacht. Selbst bei einem knickrigen Hehler würden sie dafür mehr Geld bekommen, als sie in ihrem ganzen Leben bisher besessen hatten.

Wo war dieser vermaledeite John?

Alyss versuchte ihren Zorn zu besänftigen, aber das Bild von John, wie er sich in den Laken einer der drallen Dirnen suhlte, stach wie ein Rosendorn in ihrem Herzen.

Eifersucht, wie widerlich. Und wie unangemessen.

Zum Glück wurde sie von ihren ungebührlichen Gedanken abgelenkt, denn ein lautes »Holla!« erklang im Hof, Karrenrumpeln, Herolds Krähen, Benefiz' überschlagendes Freudengekläff.

John?

Nein, dennoch freute sich Alyss über die Ankömmlinge. Frieder war bereits vom hoch beladenen Karren gesprungen und kabbelte sich lachend mit dem Spitz, der versuchte, ihm das Gesicht abzulecken und gleichzeitig mit dem fehlenden Schwanz zu wedeln. Peer schirrte schon den schweren Gaul ab und strahlte ebenfalls über sein verwittertes Gesicht. Hilda kam mit einer Kanne Bier aus der Küche und kredenzte den Willkommenstrunk. Lauryn schubste Benefiz weg und fiel ihrem Bruder um den Hals, Tilo drängte sich dazu und bekam einen Schmatz von Lauryn mit ab. Nicht zufällig, nahm Alyss an.

Auch sie eilte hinzu und schloss sich den Fragen der anderen an.

»Oh, Frau Alyss, wir haben solche Geschäfte gemacht! Glaubt mir, die Pelze hat man uns förmlich aus der Hand gerissen. Und wir haben Weine gekauft, erstklassige Weine. Und das ist erst die erste Fuhre, auf dem Schiff ist noch einmal so viel. Doppelt so viel, wie Ihr geordert habt, Frau Alyss, weil wir die Pelze so gut verkaufen konnten.«

Etwas behäbiger bestätigte ihr Handelsknecht Peer diesen

glücklichen Umstand und wischte sich zufrieden den Bierschaum von der Lippe.

Alle packten mit an, die Fässer in den geräumigen Keller zu bringen, und Peer bat Tilo, die zweite Fuhre mit ihm vom Weintor abzuholen.

Alyss überließ es den Jungfern, Frieder über die neuesten Entwicklungen in Kenntnis zu setzen, und als Tilo vom Hafen zurückkehrte, traf auch Marian ein, um das Mittagsmahl mit ihnen einzunehmen.

»Mein Bruderlieb, du siehst erschöpft aus.«

»Eine kleine Unpässlichkeit, das geht schon vorüber.«

»Ein Kranker?«

»Mhm.«

»Was? Nun sprich, Marian.« Alyss zog ihn ins Kontor.

»Er hat ihm noch einmal den Arm brechen müssen. Ich war abgelenkt und habe nicht aufgepasst.«

Alyss zog die Luft zwischen den Zähnen ein.

»Au wei!«

»Ja. Aber es geht schon wieder. Und ich habe Neuigkeiten. Mehrere.«

»Ich auch. Dürfen die anderen sie wissen?«

»Ja, natürlich.«

»Dann wollen wir sie bei Tisch erzählen. Weißt du eigentlich, wo John sich herumtreibt?«

»Ich habe auch schon nach ihm Ausschau gehalten. Ich weiß es nicht. Aber er wollte nach der Krone suchen, erinnerst du dich?«

»Hoffentlich nicht in den Schwalbennestern.«

»Die Dirnen würden aber mächtig dafür zahlen. Dort nachzuforschen wäre nicht verkehrt.«

»Na, dann verbindet er ja das Angenehme wieder mit dem Nützlichen!«

»Schwesterlieb, bist du eifersüchtig?«

»Nein!«, zischte Alyss, und Marian lachte.

Und da dadurch seine gequälten Züge wieder fröhlich wurden, war sie zufrieden.

»Komm, erzählen wir dem Hauswesen, was es Neues gibt.«

Marian zeigte die Ursulafigur vor und berichtete von Kilians neuer Unterkunft. Alyss sprach von Heini und Ebby, und höchst unterschiedliche Maßnahmen wurden während des Essens laut und vielfach konträr diskutiert.

Man einigte sich schließlich darauf, dass Frieder nun auch seinen Anteil an der Suche haben und gemeinsam mit Marian das Bettlerquartier aufsuchen sollte.

Lauryn und Tilo sollten nochmals nach Sankt Aposteln gehen und dort versuchen, mehr über Ebby und Heini herauszufinden.

»Sie müssen zwei Dummköpfe sein, und darum werden sie Spuren hinterlassen haben«, meinte Alyss. »Malt euch aus, was zwei solche Tröpfe mit einer schweren goldenen Brautkrone anstellen würden.«

»Zu den Juden bringen«, war Hildas grimmiger Einwurf.

»Solche wie die gehen nicht zu den Juden«, entgegnete Tilo.

Leocadie schaute mit wehen Augen von ihrer Schüssel auf.

»Ich würde sie in einen Schrein stellen«, hauchte sie.

»Blödsinn. Zum Goldmacher bringen würde ich sie!«, versetzte Frieder rau.

Leocadie schluchzte auf.

Hedwigis rührte unbeteiligt in ihrer Suppe.

Alyss betrachtete sie unter halb gesenkten Lidern. Dieses

Mädchen verbarg etwas. War sie es, die den Einbrechern verraten hatte, wo sie suchen mussten? Denn je mehr sie nachdachte, desto seltsamer kam es ihr vor, dass die beiden schlichten Seelen zielstrebig in ihre Kammer gegangen waren, dort ihre Truhe, und nur die, geöffnet hatten, dann nur die Schatulle aufgemacht und ausschließlich die Krone entwendet hatten. Beutel mit Münzen hatten neben der Schatulle gelegen, auch im Kontor gab es eine Truhe, die Beute versprach. Sie hatten keine Unordnung verursacht und nicht herumgesucht.

Sie wussten, wo das kostbarste Stück im Haus zu finden war.

Von wem?

Und lautete ihr Auftrag, neben Kilian eben auch die Brautkrone mitzunehmen?

Dann war nicht nur Aldenhoven ihr Ziel gewesen.

Dieser Gedanke war beunruhigend, und sie wollte ihn zunächst noch ein wenig überdenken, bevor sie ihn äußerte. Aber später, wenn Marian zurückkam, würde sie mit ihm darüber sprechen.

»Hast du eigentlich Niclas Aldenhoven von Kilians Aufenthalt bei der Bettlergilde berichtet?«, fiel ihr ein zu fragen, als Frieder und ihr Bruder aufbrechen wollten.

»O ja, Schwester mein. Aber der Mann ist seltsam verbohrt. Er will nicht glauben, dass sein kostbarer Sohn an dem niederen Volk Gefallen findet. Er sucht zusammen mit den Wachen das Rheinufer nach seiner Leiche ab. Und bedauerlicherweise ist er noch immer in dem Wahn befangen, dass du seinen Sohn und Erben nachlässig beaufsichtigt hast und er deshalb willig mit Fremden mitgegangen ist. Er äußerte sogar den Verdacht, du könntest ihn selbst versteckt halten.«

»Oder gar im Rhein ersäuft haben?«

Marian grinste noch mal.

»Er kam von dem Gedanken ab.«

»Durch deine milde Überzeugungskraft?«

»Ich wurde recht derb, Schwesterlieb. Unser allmächtiger Vater ist ein guter Lehrmeister in solchen Dingen.

»Nun, dann bist du auch gegen die Bettler gewappnet.«

»Ich hoffe es.«

Aber das waren sie nur knapp. Als die Glocken zur Terz läuteten, kamen Marian und Frieder recht zerzaust, aber ohne Kilian zurück. Doch obwohl Schmutz und blaue Flecken hier und da an ihnen zu beobachten waren, zeigten beide beste Laune, ja, sie fingen sogar immer wieder völlig sinnlos an zu gackern, als sie in den Hof traten, in dem Alyss eben die Hühner fütterte.

Frieder musste sich sogar auf die Bank an der Hauswand setzen, so sehr schüttelte ihn das Lachen.

»Oh, Frau Alyss!«, keuchte er. »Was für ein Satansbraten!«

»Ihr habt eine Spur von Kilian gefunden?«

»Breit wie die Schneise, die eine Windhose schlägt«, kicherte Marian. Dann lehnte auch er sich an die Wand, bebend vor Lachen.

»Kurzum, seine Leiche wurde nicht am Rheinufer gefunden?«

»Er entkam jedoch diesem Schicksal nur knapp.«

Und dann erfuhr das versammelte Hauswesen staunend, was Marian und Frieder zunächst von den Wachen, dann aber auch von einigen der Bettler über Kilian erfahren hatten. Der Junge war zunächst freundlich von der Gilde aufgenommen und von den Weibern verköstigt worden, hatte aber eine bemerkenswerte Wissbegier entwickelt, was die vielfältigen Gebrechen betraf, mit denen die Ärmsten der Armen das Mitleid der Almosengeber zu wecken geübt waren. Leicht verwesende Kalbsfüße, hübsch in schmierige Lumpen gewickelt, ersetzten schwärende Gliedmaßen, farbenprächtige Tinkturen gaben den ausgezehrten Gesichtern den appetitlich grindigen Anblick, geschickt unter Leib und Rock gebeugte Knie stellten arme, beinlose Veteranen dar.

Marian und Tilo machten sich also auf die Suche nach dem krummen Aleff, dem sich Kilian angeblich auf seinen Heischegängen angeschlossen hatte. Dieser bedauernswerte Mensch hockte auf einem Holzbrett, das auf vier Rädern lief, und stelzte sich mit zwei kurzen Krücken mühselig über das Pflaster voran. Wie es hieß, erwirtschaftete er damit recht ordentliche Einnahmen.

Sie fanden tatsächlich den Bettler und entdeckten auch Kilian.

»Wir wollten ihn nicht auf offener Gasse einfach packen und mitnehmen, Schwester mein, denn das hätte doch zu sehr Aufsehen erregt.«

»Außerdem, Frau Alyss, war dieser Satansbraten gerade dabei, einen gar teuflischen Plan auszuführen.«

Er hatte nämlich mit ein paar Wurstzipfeln in seiner Tasche die streunenden Hunde angelockt. Ein Stückchen davon war an dem hinteren Rockzipfel des krummen Aleff mit einem Bändchen angebunden. Just als sie an der Dombaustelle angekommen waren, hatte Kilian die restlichen Wurstzipfel hervorgeholt und von hinten unter das Rollbrett geworfen. Die Hunde stürzten sich darauf, und eine schrille Warnung vor der angreifenden Meute schreckte den krummen Aleff dermaßen auf, dass er flugs seine vorgeblich nicht vorhandenen Beine unter den Arm nahm und floh, die Hunde auf seinen Fersen. Kilian aber bemächtigte sich des begehrten Holzbretts. Mit einem Juchzen war er darauf gesprungen und mit lautem Rattern und Klappern die Gasse zum Rhein hinuntergerodelt. Man hatte ihm begeistert applaudiert.

Weniger begeistert war der geprellte Aleff. Denn nicht nur war sein Gefährt schließlich in die Fluten des Stroms gesegelt, seine angebliche Beinlosigkeit war aufgeflogen, und die Meute drohte ihm deftige Prügel wegen seiner Täuschung an.

»Frau Alyss, wir haben es versucht. Wir sind hinter Kilian her wie der Teufel hinter der armen Seele. Aber kurz vor dem Rheinufer sprang er ab und verschwand spurlos in der Menge. Das Brett aber versank wortlos in den Fluten des Stroms.«

Da Marian und Frieder anschließend bei den Bettlern nach ihm gefragt hatten, wollte man sie für dieses Ungemach zur Verantwortung ziehen, und beide entkamen nur durch zielstrebige Flucht einer prächtigen Abreibung.

»Aber, Frau Alyss, das war's wert. Das war vielleicht ein Anblick, wie der Bengel die Gasse runtergerattert ist.«

»Du hast das nicht nur gerne gesehen, Frieder, du würdest es ihm am liebsten gleichtun«, stellte Alyss fest und musste dann auch grinsen.

Marian nickte. »Stimmt, Schwesterlieb. Ich könnte wohl auch kaum widerstehen.«

So erheiternd diese Geschichte auch war, sie warf sie wieder weit zurück. Kilian war abermals verschwunden, und wo die findige kleine Rotznase seinen nächsten Unterschlupf gefunden hatte, mussten sie erst wieder herausfinden. Dass er im Hafengebiet zuletzt gesichtet worden war, gab zu Recht Anlass zu Spekulationen. Was, wenn der junge Abenteurer sich auf einem der Schiffe versteckt hatte…?

»Wir werden Pitter und seine Rasselbande bitten, auf die Gegend ein besonderes Augenmerk zu halten«, schlug Alyss vor, und Tilo bot sich an, mit dem Bader zu sprechen. Er und Lauryn hatten bei Aposteln weitere Erkundigungen eingezogen, und jemand hatte gewusst, in welcher der Tretmühlen Heini noch im Sommer gearbeitet hatte. Frieder wollte sofort zum Hafen aufbrechen, aber angesichts der Dämmerung, die nun schon sehr früh über die Stadt hereinbrach, untersagte Alyss es ihm. Dann bat sie Marian, sie in ihre Kammer zu begleiten.

»Etwas, das nicht für Jungfernohren bestimmt ist, meine Schwester?«

»Für bestimmte Jungfernohren.«

Sie erzählte ihm von ihren Überlegungen, und er nickte.

»Ja, die Sache mit der Brautkrone will mir auch nicht aus dem Sinn. Zumal wir jetzt wissen, welch geistige Gaben die Entführer haben. Es steckt mehr dahinter. Sie müssen von der Krone und ihrem Wert gewusst haben, und das wäre bei Strolchen höchst ungewöhnlich. Ihr Auftraggeber jedoch wusste es und hat ihnen auch sagen können, wonach sie suchen mussten.«

»Es hat ihnen ja auch jemand verraten, dass Kilian sich in meiner Obhut befand. Ich wünschte, wir würden sie zu fassen bekommen.«

»Wen, Schwesterlieb, hast du in der letzten Zeit verärgert?«

»Meinen Gatten.«

»Der allerdings weit fort war zu dem Zeitpunkt, als die Einbrüche und die Entführung stattfanden.«

Marian fuhr sich durch seine Locken und bekam einen immer bedenklicheren Gesichtsausdruck. Alyss nahm sich den Schleier vom Kopf und wühlte ebenfalls in ihren Haaren, eine geschwisterliche Geste, die ihnen gemein war.

»Er hätte es beauftragen können. Wütend genug war er auf mich«, murmelte sie.

»Aber was hätte er davon? So dumm kann nicht einmal Arndt sein, dass er zwei Tagelöhnern die kostbare Krone auch nur für kurze Zeit anvertraut hätte. Geschweige denn bis zu seiner Rückkehr.«

»Auch richtig.«

»Was ist mit Merten, Alyss? Du hast ihm deine Truhe versperrt. Könnte ihm in den Sinn gekommen sein, sich die Krone anzueignen?«

»Ich weiß nicht, Marian. Er ist ein Bruder Leichtfuß, aber nicht hinterhältig. Es würde bedeuten, dass er die ganze Zeit gewusst hat, wer Kilian entführt hat.«

»Wenn John zurückkommt, sollte er sich mal mit ihm unterhalten. John ist gut in solchen Dingen.«

»*Falls* er zurückkommt!«

»Schwester, hab doch mal Vertrauen.«

»Ja, du hast ja recht. Ich bin verstört ob dieser ganzen Angelegenheit.«

»Es gibt noch eine andere Möglichkeit. Du hast die Krone den Jungfern gezeigt. Hast du Begehrlichkeiten geweckt?«

»Natürlich. Du meinst, eine von ihnen hat sie an sich genommen und gar nicht die Entführer?«

»Wäre das so ausgeschlossen?«

Alyss überlegte.

»Ja.«

»Begründe es.«

»Lauryn hat keine Neigung zum Putz und ist ein offenes Gemüt. Ich merke ihr schon die kleinste Unaufrichtigkeit an. Ich halte sie nicht für fähig, einen solchen Diebstahl zu begehen.«

»Nein, das denke ich auch.«

»Leocadie hat, abgesehen davon, dass sie diese Krone für ein Symbol für die Heiligkeit der Ehe hält, gar keinen Grund, sie zu entwenden. Ihre Eltern sind vermögend genug, ihr eine stattliche Mitgift und auch ein solches Kleinod mitzugeben. Zudem besitzt sie eine so empfindsame Seele, dass unrechte Handlungen ihr überhaupt nicht in den Sinn kämen.«

»Wohl nicht. Aber sie könnte die Krone hüten und in Tränen baden.«

»Sie weiß, wie sehr ich daran hänge, das würde sie mir nicht antun.«

»Stimmt natürlich auch. Aber Hedwigis …«

»Ja, Hedwigis.«

»Verhöre sie.«

»Ich werde es versuchen. Zumindest weiß sie mehr, als sie preisgibt.«

21. Kapitel

Hedwigis beschwor unter Tränen ihre Unschuld. Nein, sie hatte die Krone nicht einmal angerührt, geschweige denn gemeinsames Werk mit den Dieben gemacht. Hedwigis war noch nicht einmal verstockt, sondern nur unglücklich, dass Alyss ihr eine solche Tat unterstellen konnte.

Alyss aber hatte sich erinnert, dass sie sie an dem Abend, als Kilian die Regenwürmer in des Hauspfaffs Schüssel gelegt hatte, nach oben geschickt hatte, um ein Buch mit Minneliedern aus ihrer Truhe zu holen. Daraufhin angesprochen, geriet die Jungfer in geradezu hektische Aufregung.

»Nein, ich hab sie nicht angefasst. Nein, Frau Alyss, ganz gewiss nicht.«

Diese hastig hervorgestoßenen Worte machten Alyss stutzig. Hedwigis mochte der Versuchung wohl doch nicht widerstanden haben, den Brautschmuck zumindest noch einmal zu begutachten. Aber ob sie ihn tatsächlich herausgenommen und versteckt hatte?

»Du hast die Schatulle geöffnet«, sagte sie trocken.

Hedwigis verknotete ihre Finger miteinander.

»Ich hab sie nicht genommen, Frau Alyss. Ich nicht. Ich schwöre es.«

Alyss seufzte.

»Also gut. Belassen wir es dabei.«

So recht mochte sie dem Mädchen, auch wenn ihr Benehmen oft hoffärtig und verstohlen war, doch nicht unterstellen, dass sie die Krone an sich genommen hatte. Immerhin war sie die Tochter ihres Onkels, und einen Teil ihres Brautschatzes, ein Wert, der der Familie gehörte, würde sie denn doch nicht an sich bringen. Dass sie sich das Kleinod noch einmal angesehen hatte – menschlich, verständlich. Die Heimlichkeit darum, nun, so war Hedwigis eben.

Und dann hatte die Jungfer um Erlaubnis gebeten, mit Leocadie in die Kirche gehen zu dürfen, um lange Bitt- und Bußgebete zu sprechen.

Alyss nickte und ließ sie gewähren.

Leocadie war in den vergangenen Tagen immer stiller geworden, versunken in ihr Leid, oft auch in stumme Gebete. Alyss fürchtete inzwischen ernsthaft um ihre Gesundheit.

Der Himmel hatte ebenfalls beschlossen zu weinen, und aus tief hängenden Wolken fiel ununterbrochen ein leichter Regen. Malefiz kam mit von Feuchtigkeit stacheligem Fell in die Küche geschlichen und suchte sich einen Platz am Herdfeuer, die Hühner pickten mit nassem Federkleid missmutig ihre Körner auf, und sogar Herold schien an Lautstärke eingebüßt zu haben. Benefiz hingegen hatte sich über alle Verbote hinweggesetzt und sich in Frieders Bett verkrochen.

Zwei Tage vergingen auf diese trübsinnige Weise, und selbst Jerkin schien keine rechte Lust zu haben, sich in den nassen Himmel aufzuschwingen. Nach einem kurzen Ausflug kehrte Alyss mit ihm zu seinem Verschlag zurück, er kletterte auf seinen Sprenkel und schüttelte das weiße Gefieder aus. Als sie über den Hof zur Küchentür ging, entdeckte sie eine in einen grauen Umhang gehüllte Gestalt, die auf der Bank saß. Regen tropfte von der tief in die Stirn gezogenen Kapuze, die Stiefel waren schlammverkrustet.

»Master John?«

Der Kopf hob sich, und sie sah in ein von namenloser Erschöpfung gezeichnetes Gesicht.

»My Lady.«

»Kommt ins Warme, John. Ihr könnt hier nicht sitzen bleiben.«

Er erhob sich müde und folgte ihr. In der Küche nahm sie ihm den Umhang ab und legte ihn über einen Hocker am Feuer. Er ließ sich alles wortlos gefallen, setzte sich neben das Feuer und streckte die Beine aus. Hilda grummelte zwar missmutig vor sich hin, widmete sich dann aber wieder ihren Arbeiten in der Vorratskammer.

»Seid Ihr verletzt?«

»Nein, nur müde, my Lady.«

»Und hungrig und durchgefroren.«

Alyss schenkte ihm von dem warmen Apfelwein ein, der im Krug neben dem Herd stand, und holte eine Pastete vom Vortag aus der Speisekammer.

»Waren es die Schwälbchen, die Euch derart ausgelaugt haben, Master John?«, versuchte sie ihn zu locken, doch er ging auf ihren Spott nicht ein. Langsam leerte er den Becher und sagte dann: »Yskalt ist tot.«

Es kam beinahe lautlos, und Alyss rückte ein Stück näher zu ihm. Es musste etwas geschehen sein, das ihn zutiefst berührt hatte.

»Könnt Ihr mir mehr erzählen, John?«

Er warf einen Blick zur Speisekammer.

Alyss stand auf und bat Hilda, sie alleine zu lassen. Dann setzte sie sich wieder zu ihm.

»Ich bin noch am Sonntag nach Dellbrück aufgebrochen,

my Lady. Ich hatte die Hoffnung, dort selbst mehr herauszufinden, denn Sir Arbos Stolz war ja nicht zu brechen.«

»Nein, er war bitter und verletzt. Was fandet Ihr am anderen Ufer des Rheines vor?«

»Eine Burg und einen ungastlichen Burgherrn. Ich gab mich als Johann von Norwich aus, denn wer auch immer den Nordmann dorthin gebracht hatte, sollte nicht gewarnt werden.«

»Umsichtig.«

»Man wies mir einen kärglichen Schlafplatz in den Ställen zu. Gleichgültig. Es gab mir die Möglichkeit, unauffällig Fragen zu stellen. Ein Teil von Sir Arbos Geschichte stimmt, my Lady.«

»Ich hatte ihn nie ernsthaft im Verdacht, Yskalt aus dem Turm befreit zu haben.«

»Ich schon.«

Alyss sah John an, der seinen Blick auf den leeren Becher gesenkt hielt. Sie schenkte ihm nach, doch er rührte sich nicht.

»Warum, das kann ich Euch auch nicht sagen. Nur dass die Menschen selten so sind, wie sie scheinen.«

»Wie wahr.«

John aber schien der Hauch von Zynismus in Alyss' Stimme zu entgehen. Er fuhr fort: »Sir Arbo und seine Mutter waren zu Gast auf der Burg, und etwa eine Woche vor Erntedank fand der Ritter den Mann im Burggraben.«

»Wusste jemand, wie er dort hineingelangt war?«

»Nein. Man nimmt an, dass er es entweder geschafft hat, alleine bis dorthin zu kommen, und ihn dann die Kräfte verließen. Oder dass seine Begleiter ihn für tot liegen ließen. Offensichtlich nahm es niemand wunder, dass weder er noch seine Freunde in der Burg um Hilfe angesucht hatten.«

»Ein Umstand, der nicht für die Herrschaften dort spricht.«

»Oder dafür, dass sie wussten, wer er war, oder in diese Angelegenheit verstrickt waren. Was wiederum meinen Verdacht gegen Sir Arbo erhärtete. Versteht Ihr das, my Lady?«

»Es könnte auch sein, dass Arbo von Bachem wirklich ein sehr naiver Mann ist, während die anderen dort sehr wohl die fehlende Hand des Fremden zu deuten wussten und in ihm einen entflohenen Verbrecher vermuteten.«

»Auch das ist möglich. Unchristlich, ihn nicht aufzunehmen, aber verständlich.«

»Wohingegen der edle Arbo christlich handelte und ihn aufklaubte. Es war also noch Leben in Yskalt?«

»Ein Hauch, wenngleich die Wunde am Arm tatsächlich zu schwären begonnen hatte. Sir Arbo brachte ihn in die Burg, aber niemand dort hatte das ärztliche Wissen, dem Kranken zu helfen.«

»Kannten sie seinen Namen?«

»Er schien ein Fremder für sie zu sein.«

»Mhm.«

»So weit hörte ich es. Der edle Sir Arbo fand eine Lösung, und der Nordmann wurde auf einen Karren gelegt und zu dem unweit gelegenen Hospital der Johanniter gebracht. In Herrenstrunden versteht man sich offensichtlich auf derartige Verletzungen und nahm den Kranken auf.«

»Und doch starb er dort.«

»Ja, aber es war ein langsames Sterben, my Lady, denn Yskalt war ein starker junger Mann, und seine Natur wehrte sich lange gegen den Tod. Ich ritt am Montag zu den Hospitalitern und fragte nach dem Verletzten. Man führte mich in ein stilles Gemach, weiß gekälkt, reinlich, mit einem Kreuz an der

Wand. Yskalt lag unter warmen, sauberen Decken, Essen und Trank neben sich, die Wunde ordentlich verbunden.«

»Ein gnädiges Schicksal für einen Mörder«, knurrte Alyss.

»Nein, eines, das ich keinem noch so großen Sünder wünsche. Denn wann immer er wache Momente hatte, saß einer der Mönche bei ihm und betete für ihn und versuchte ihn von der Gnade Jesu zu überzeugen.«

»Ein ungetaufter Heide wird nie ins Himmelreich gelangen.«

»Ein Heide, der an seine nordischen Götter glaubt, erwartet, von ihnen in Walhall aufgenommen zu werden.«

»Thor – ja, ihn hat er verehrt.«

»Ich habe … mhm … einen kleinen Disput mit den Mönchen begonnen, fürchte ich.«

»Das kann ich mir denken.«

»Sie ließen mich endlich mit ihm alleine.«

»Und – habt Ihr noch mit ihm sprechen können?«

Johns verhangener Blick ruhte weiterhin auf dem Becher.

»Wenige Sätze nur. Doch ich sprach mit ihm über das, was ihn nach dem Tod erwartet.«

»Die Hölle?«

»Nein. Bilder aus seinem Glauben.« John seufzte, rieb sich dann die Augen. »Er starb in Frieden.«

»Was seid Ihr für ein seltsamer Mann, John. Yskalt war ein brutaler Mörder, er hat Euren Freund umgebracht, hat geraubt, geschändet, totgeschlagen. Und Ihr sorgt dafür, dass er in Frieden stirbt.«

»Ja, ich bin ein Idiot, my Lady.«

Alyss stand auf und wanderte in der Küche auf und ab. John war kein Idiot. Er hatte seine Gründe. Und vermutlich war es leicht, sie zu verstehen.

»Warum, John?«

»Weil er genug gelitten hatte. Yskalt war ein Kind in seinem Geist, und hätte man ihn als Kind behandelt, wäre er unschuldig geblieben. Er war ein Kind mit gewaltigen Kräften, von denen er nie wusste, was sie bewirken konnten. Es sind die anderen Menschen gewesen, die ihn zum Mörder gemacht haben. Sie haben ihn ausgenutzt. Er wusste nicht, was falsch und richtig war.«

»Ein Kind, das einen Hammer verehrte.«

»Ein Spielzeug, das man ihm fortnehmen wollte. So fing einst alles an.«

»Wer hat ihn aus dem Turm befreit?«

»Er kannte die Männer nicht.«

»Warum hat er Robert erschlagen?«

»Weil man ihn beauftragt hat.«

»Wer, John?«

Der verhangene Blick löste sich von dem Becher, und eisblaue Augen sahen in die ihren.

»Ich weiß es nicht, my Lady.«

Alyss versuchte in seinen Augen zu lesen, und was sie erkannte, ließ ihre Seele erstarren.

John wusste. Und was er wusste, war zu furchtbar, als dass er es zugeben konnte.

John trug schwer an seinen Geheimnissen, und dieses hatte er nun auch noch auf sich genommen. Sie würde es ihm lassen.

Langsam hob sie ihre Hand und strich ihm über die stoppelige Wange. Seine Lider senkten sich, und er hielt den Atem an.

Für einen Moment zauderte sie, dann gab sie dem Mitgefühl in ihrem Herzen nach und zog seinen Kopf an ihre Brust.

Ganz still hielt er, während sie sanft seine zerzausten Haare streichelte. Ihren Bruder hatte sie oft so getröstet, doch dies hier war anders. Marians Gefühle waren ein offenes Buch für sie, John hielt die seinen immer fein verschlossen. Und doch vermeinte sie einen kleinen, warmen Strom zu fühlen, eine Kleinigkeit, die die verhärtete Kruste zu durchdringen in der Lage war.

Langsam gab sie ihn wieder frei, er nahm ihre Hand und legte sie an seine Stirn.

»Danke, my Lady.«

»John, warum bin ich nicht mehr Mistress Alyss oder Alyss für Euch?«, wagte sie zu fragen.

»Weil Ihr mehr als das seid. Gestattet mir, Euch diese Ehre zu erweisen.«

»Nein, John. Das würde nur zu Fragen führen. Meine Mutter nennt Ihr Lady, und ich denke, das ist ein hoher Titel. Ihr steht er zu. Ich bin Hausherrin, Sieglerin und Händlerin.«

»Wie Ihr wünscht, Mistress Alyss.«

»Ich wünsche es. Und nun wünsche ich, dass Ihr Bader Pitter aufsucht, ein langes heißes Bad nehmt, Euch barbieren lasst und eine hübsche Bademagd bittet, Euch die Muskeln zu walken.«

»Mehr nicht?«

Ein Stückchen des alten John war wieder da, und erleichtert atmete Alyss auf.

»Möglicherweise dürft Ihr noch etwas gesottenes Huhn und Würzwein zu Euch nehmen. Aber zum Abendessen kommt bitte wieder her, wir haben Neuigkeiten für Euch.«

John gehorchte, und als die Glocken zur Vesper läuteten, trat er in die Küche, erholt, rasiert, in sauberen Kleidern und duftend wie ein ganzer Rosenstrauch. Man begrüßte ihn gebührend herzlich, und da auch Marian und Merten zum Essen erschienen waren, wurde die Unterhaltung lebhaft und bei den Schilderungen von Kilians Streichen geradezu übermütig. Lediglich Leocadie trug noch immer Trauermiene, und als sie mit dem Essen fertig waren, flehte sie John inständig an, Ritter Arbos Unschuld zu beweisen.

»Das könnte ich, wenn ich wüsste, wer Yskalt zur Flucht verholfen hat«, erwiderte John und schüttelte den Kopf. »Abgesehen davon könnte Sir Arbo selbst für sich reden, wenn er unschuldig ist, Maid Leocadie.«

»Er ist ein Ehrenmann. Vergilt ihm denn niemand seine christliche Tat? Er hat es nicht nötig…«

»Ein jeder, der seinen Stolz höher hält als seine Ehre, macht sich des Hochmuts schuldig, Leocadie. Darum hat mein Vater ihn des Hauses verwiesen. Nicht, weil er ihn für verantwortlich für Yskalts Flucht hielt. Und nun sperr das Tränenkrüglein endlich weg. Wenn Herr Arbo dich wirklich liebt, wird er schon zur Besinnung kommen.« Und dann zitierte sie zu Leocadies Verdruss auch noch den bescheidenen Freigedank: »›Die Hoffart steiget manchen Tag, bis sie nicht höher kommen mag. So muss sie wieder fallen; die Lehre sag ich allen.‹«

Alyss hatte in den letzten Tagen viel Geduld mit dem Herzeleid ihrer jungen Base aufgebracht, aber neben all den anderen Sorgen zerrte sie inzwischen reichlich an den Fasern ihres Langmuts.

22. Kapitel

Ein Lumpenbündel erschien am nächsten Tag im Hof und klopfte an die rückwärtige Tür. Alyss, die gerade damit beschäftigt war, Lauryn das Einlegen von Kohl zu zeigen, öffnete und starrte verdutzt das kleine Geschöpf an. Es hatte feuerrote, kurze, struppige Haare, soweit man das unter den grauen, verwaschenen Lagen verschiedener Tücher und Umhänge erkennen konnte.

»Seid Ihr die wohledle Frau Alyss?«, fragte es mit einer ungewöhnlich tiefen Stimme.

»Die bin ich. Was willst du, Kind?«

»Das versprochene Essen.«

»Habe ich dir Essen versprochen?«

»Der Pitter hat's gesagt. Ich krieg satt zu essen, wenn ich Nachricht bringe.«

»Nachricht von wem?«

»Erst das Essen.«

»Erst die Nachricht.«

»Nee.«

Das Wesen wollte wieder kehrtmachen, aber Alyss schnappte sich den Zipfel des obersten Tuches. Es enthüllte einen mageren Jungen. Entsetzlich mager und recht schmuddelig.

»Gut, einen Happen.«

»Satt!«

»Nachricht von wem?«

»Was gibt's zu essen?«

Heimlich amüsiert antwortete Alyss: »Kohlsuppe.«

»Bäh.«

»Mit Räucherwurst.«

»Ah. Na ja, Nachricht von dem Bengel.«

»Wie heißt du?«

»Sach ich nich.«

Alyss zuckte resigniert mit den Schultern. Der Junge war misstrauisch, aber wahrscheinlich hatte er genügend böse Erfahrungen gesammelt.

»Komm rein, Junge.«

Er trottete in die Küche, wo der Spitz ihn leise anknurrte.

»Ruhig, Benefiz. Ein Freund.«

»Wenn du mich beißt, Köter, dann reiß ich dir den Schwanz ab!«, schrillte das Lumpenbündel. Lauryn ließ das Messer sinken und lachte.

»Versuch's, Lore!«

»Lore?«, fragte Alyss erstaunt und betrachtete ihren Tischgast mit größerer Aufmerksamkeit. Ja, das Kind konnte als Mädchen durchgehen, auch wenn es Jungenkleider trug. »Kennst du sie, Lauryn?«

»Ist eine kleine Päckelchesträgerin und hat flinke Finger. Gebt acht, Frau Alyss.«

»Aha. Nun, dann setz dich hier hin, Lore. Hände auf den Tisch, damit ich sie sehen kann.«

»Petze«, zischte Lore Lauryn an.

»Ruhe. Sonst gibt es nichts zu essen.«

Das half. Gierig schlang das Mädchen Kohl und Wurst runter, während Alyss wieder einmal Schmalzbrote schmierte. Die aber behielt sie erst einmal in der Hand.

»Deine Nachricht, Mädchen.«

»Bin noch nicht satt.«

»Die Brote erst dann, wenn ich wenigstens die Hälfte gehört habe. Für die andere Hälfte gibt es süße Wecken mit Honig.«

Große braune Augen sahen sie aus dem blassen Gesichtchen an.

»Na gut. Der Junge, nach dem wir Ausschau halten sollten, war am Dienstag am Neugassentor.«

»Ja, das könnte stimmen. Und dann?«

»Isser auf einen Niederländer.«

»Mist!«, sagte Lauryn und hieb das Messer in den nächsten Kohlkopf. Alyss hätte fast das Gleiche gesagt, hielt sich aber gerade noch zurück.

»Der Schiffer hat ihn runtergejagt.«

»Dem Himmel sei Dank!«

»Weiß nich, wohledle Frau. Da war ein Mann, ziemlich reich, sagt der Drees. Schöne Schaube, dicken Geldbeutel am Gürtel. Der hat ihn packen wollen.«

»Den Geldbeutel hat er vermutlich später vermisst«, murmelte Lauryn und gab dem Kohlkopf den Rest. Dünne Streifen bildeten einen ansehnlichen Haufen auf ihrem Brett.

»Darüber haben wir nicht zu befinden, Lauryn. Hat der Mann Kilian erwischt?«

»De klaa Flaaskopp is flöck wie eene Herringsstetz. Is weg. Und nun die Brote, wohledle Frau!«

Alyss schob sie ihr zu und zeigte Lauryn, während Lore die Brote mit unvermindertem Appetit verzehrte, wie man den Kohl in dem Steinguttopf füllte, schichtweise mit Salz bedeckte und stampfte. Dann holte sie die süßen Wecken, reichlich voller Rosinen, aus der Vorratskammer und bestrich drei davon mit Butter und Honig.

»Die Brote waren gut«, sagte Lore und wischte sich die fettigen Lippen mit einem Gewandfetzen ab. »Dä Daurenix is wie wech jewesen, hätt dä Clais jessach. Aber ich hab ihn gestern aufgespürt. Weil ich hab einen Freier zu den Dirnen am Berlich gebracht.«

Lore machte eine dramatische Pause, als ob sie erwartete, dass nun Äußerungen des Entsetzens folgten.

»Bei den Schwälbchen also«, meinte Alyss jedoch nur nüchtern. »Eine kluge Wahl von dem Jungen. Er wird sie mit seinem Engelsgesicht ebenso bezaubern wie die Stiftsdamen.«

Lore kicherte.

»Bei welcher der Dirnen ist er untergeschlüpft?«

»Weiß ich nicht. Krieg ich den Wecken jetzt?«

»Bekommst du.«

Alyss schob ihr einen zu, reichte Lauryn den zweiten und nahm sich selbst den dritten.

»Ihh, da sind ja tote Käfer drin«, quietschte Lore und beäugte den Wecken.

Mit einem Griff hatte Lauryn ihn ihr fortgenommen.

»Wir essen gerne tote Käfer!«

»Gib her, der is mir! Ich hab schon Schlimmeres gegessen. Aber ich hab nicht geglaubt, dass bei der wohledlen Frau Käfer im Mehl sind.«

»Tja, Lore, wir *mögen* die tatsächlich«, bestätigte Alyss und schlug die Zähne in den weichen, süßen Teig mit den Rosinen.

Lore grapschte nach dem Wecken in Lauryns Hand und biss ebenfalls mit Todesverachtung hinein.

Dann sagte sie erst einmal gar nichts mehr.

»Der Mann«, meinte Alyss nachdenklich und leckte sich

den Honig vom Finger, »der Kilian ergreifen wollte, würde der Clais den wiedererkennen?«

»Vielleicht. Vielleicht auch nicht.«

»Wenn er ein Mahl zum Sattessen bekäme?«

»Schon.«

»Bist du satt geworden?«

»Halb.«

»Die platzt gleich, Frau Alyss. Und dann haben wir die Schweinerei in der Küche.«

»Stimmt. Aber wenn du mehr Neuigkeiten hast, gibt es wieder einen Teller Suppe.«

»Auch wenn ich den Clais finde?«

»Der findet sicher von alleine hierher, wenn ich Pitter frage.«

Lore zog eine Flunsch, aber Alyss reichte ihr einen dicken Apfel, und das entlockte dem Mädchen ein kleines Lächeln. Sie biss krachend hinein und erhob sich.

»Hab noch zu tun, wohledle Frau. Gehabt Euch wohl!«

Weg war sie.

Als Alyss etwas später ihrer Naschsucht unterlag und sich ein paar Rosinen aus der Schale am Herd nehmen wollte, war diese leer. Die Käfer schienen gemundet zu haben.

»Einen Auftrag habt Ihr für mich, Mistress Alyss? Lasst hören!«

»Einen für Euch gewiss überaus erfreulichen Auftrag sogar, Master John.«

John war zum gemeinsamen abendlichen Essen wieder erschienen, und auch Magister Hermanus, zwar noch heiser, aber weiterhin im Besitz seiner Mandeln, hatte sich eingefunden und sich ausgehungert über das Mahl hergemacht, ohne vorher einen langen Sermon zu beten.

»Ein seltenes Ereignis, Mistress Alyss, dass Ihr einmal einen angenehmen Auftrag für mich habt. Sollte ich Euch beim Verkosten des neuen Weins helfen?«

»Weit angenehmer noch. Denn Jung Kilian ist gesehen worden, und es ist an Euch, ihn herbeizuschaffen.«

»Und wie ich Euch kenne, haust er in einer Höhle mit jungen Löwen zusammen, und ich darf Euch beweisen, dass ich auch diese Katzen zu zähmen weiß?«

Malefiz war auf seinen Schoß gesprungen und beäugte begehrlich das Stück Schweinefleisch auf seinem Brot.

»Weit zartere Tierchen erwarten Euch, Master John. Der Lausebengel hat Obdach bei den Schwälbchen gefunden.«

Malefiz reckte seinen Hals und rieb seinen Kopf an Johns goldstoppeligem Kinn.

»Frau Alyss!«, krächzte Magister Hermanus. »Ihr könnt den ehrenwerten Master John doch nicht in diese Lasterhöhlen schicken?«

»Nicht? Oh, Magister Hermanus, da habt Ihr natürlich recht. Ich denke, er wird Euren moralischen Beistand benötigen. Geht doch gemeinsam zum Berlich.«

»Ja, Magister, das ist ein trefflicher Vorschlag. Wir werden gleich nach dem Essen aufbrechen, dann haben wir die ganze Nacht Zeit, dort nach dem kleinen *good-for-naught* zu suchen.«

Der Hauspfaff bekreuzigte sich, bekam aber nur ein unverständliches Gurgeln aus seinem Hals.

Malefiz drehte sich auf Johns Schoß um, zeigte Hermanus sein Hinterteil und hob den Schwanz.

»Ihr könntet mit den *harlots* beten«, schlug John süffisant vor.

»Während Ihr ihnen wieder Eure überwältigende Männlichkeit beweist.«

Frieder und Tilo unterdrückten ihr Kichern, Lauryn biss sich auf die Lippe, Hedwigis starrte John neugierig an, und Leocadie zerkrümelte ihr Brot. Von Hilda aber bekam Alyss einen strafenden Blick über den Kesselrand zugesandt. Sie tat ihn mit einem Schulterzucken ab und sagte: »Aber gleichgültig, wer von euch dort hingeht, bringt mir Kilian unversehrt zurück!«

»Wie Ihr befehlt, Mistress Alyss.«

Abgang Malefiz.

23. Kapitel

John, so vermutete Alyss, hatte sicher sein Bestes gegeben, um den Jungen aufzustöbern, doch als er am nächsten Morgen, erneut nach Rosen duftend, in ihre Küche trat, hielt er nicht den reumütigen Ausreißer an der Hand. Und selbst wirkte er auch nicht besonders reuig.

»Er ist entwischt?«

»Die Liebe zur Musik, Mistress Alyss, scheint in seinem Alter noch größer zu sein als die Liebe zu den zärtlichen Buhlen. Er schloss sich einem Flötenspieler an, der die Schwälbchen und ihre Gäste zu unterhalten angeheuert worden war.«

»Sagt nur, ohne Schaden anzurichten?«

»Geringen nur. Ein pralles Kissen hat er aufgeschlitzt, wodurch ein Freier gefedert wurde.«

»Ach ja!«, meinte Alyss und zupfte eine flaumige Daunenfeder von Johns Schulter. »Der Ärmste!«

John grinste.

»Weiß man, wo der Spielmann zu finden ist?«

»Dort, wo die Fahrenden ihre Unterkunft haben, könnte ich mir denken.«

»Ihr wart noch nicht dort?«

»Aber Mistress Alyss, ich habe eine lange, anstrengende Nacht hinter mir.«

»Natürlich, ich vergaß. Und nun ist Eure überwältigende Männlichkeit derart geschwächt, dass ein weiterer Gang zu den Quartieren an der Burgmauer zu beschwerlich wäre.«

»Genau wie Ihr sagt, Mistress Alyss. Darum habe ich Euren Bruder gebeten, diese Aufgabe zu übernehmen. Ich hingegen werde nun die restlichen mir verbliebenen Kräfte darauf richten, Eure Krone wiederzubeschaffen. Und ein, zwei Geschäfte zu tätigen, derentwegen ich eigentlich nach Köln gekommen bin. Wenn es genehm ist, suche ich Euch heute Abend wieder auf.«

Er drehte sich um und schritt, von Schwächlichkeit weit entfernt, aus dem Haus.

Alyss sah ihm nach und ärgerte sich.

Dieser Stachel saß tief.

Dammich!

Am frühen Nachmittag aber hatte sie ihren Ärger längst überwunden und stand mit Hilda, Frieder und Tilo am Rheinufer.

Der Himmel hatte zu weinen aufgehört, und ein stetiger Wind, der durch das Flusstal zog, ließ hier und da die Sonne zwischen den Wolken aufblitzen. Am befestigten Ufer schaukelten die Frachtkähne, und vernehmlich quietschten die Laufräder des großen Krans, mit dem die Steine für den Dombau von den tiefliegenden Nachen entladen wurden.

Es war harte und gefährliche Arbeit, die die Kranenknechte zu leisten hatten. Zum einen mussten die Männer geschickt die Lasten sichern, die von Bord auf das Ufer oder dort direkt auf die Karren gehievt werden sollten, zum anderen mussten die Windenknechte, oder, wie sie hier genannt wurden, die Mühlenstößer, nicht nur mit großem Kraftaufwand in den Treträdern die schwere Ladung anheben, sondern sie auch oben halten, während der Kran gedreht wurde. Und dann langsam wieder absenken.

Arbeit in der Tretmühle war hart, kräftezehrend und gefahrvoll. Sie wurde gut bezahlt, aber nur die stärksten Männer und Frauen konnten sie leisten.

Ein Mann mit Husten war ungeeignet und stellte eine Bedrohung der gesamten Gruppe dar. Heini, der Entführer, hatte sicher ganz gut verdient, doch als kranker Mann erhielt er keinen Lohn mehr. Ein Grund, wie sich Alyss sagte, dass er auf einfachere Weise seinen Unterhalt zu verdienen geneigt war. Welcherart Mensch er war, wollte sie herausfinden, mehr noch, wo er sich aufgehalten hatte, nachdem er seine Arbeit im Hafen verloren hatte und wo sein jetziger Verbleib sein konnte. Die Kranenknechte kannten sich, waren bei der Arbeit aufeinender angewiesen und mussten sich gegenseitig vertrauen.

Tilo und Frieder, die neben ihr standen, zerrten wie die jungen Fohlen an den Stricken, um endlich mit ihren Nachforschungen beginnen zu können.

»Gut, ihr beiden. Das sind raue Gesellen, passt auf, dass ihr sie nicht verärgert. Eine Abreibung von einem Tretmühlenarbeiter dürfte ziemlich schmerzhaft werden.«

»Ja, Frau Alyss.«

»Dann los.«

Die beiden trabten zu den Schiffen, und Hilda murrte neben ihr.

»Ihr solltet hier nicht rumstehen und Euch angaffen lassen, Frau Alyss.«

»Man wird mir schon nichts abgaffen. Und außerdem gaffe ich auch!«

»Das gehört sich ebenfalls nicht!«

»Hilda, wenn Ihr Euch schämt, mit mir gesehen zu werden, dann geht schon mal zum Fischmarkt und kauft einen schönen großen Lachs.«

»Nein, Frau Alyss, nein. Beides nicht. Ihr könnt hier nicht zwischen all den Schiffern und Lastenträgern und Fuhrknechten alleine herumlaufen. Und, nein, so ein Arme-Leute-Fisch kommt mir nicht auf den Tisch.«

Nachsichtig sah Alyss ihre Haushälterin an. Einst war sie Küchenmädchen im Haus ihrer Eltern gewesen, und sie kannten einander schon vom Tag ihrer Geburt an.

»In Brotkruste, mit Kräutern und Senf. Du weißt, dass wir den Lachs gerne so mögen. Außerdem ist Freitag.«

»Aber Ihr könnt Euch besseren Fisch leisten.«

»Und wem soll ich damit etwas beweisen? Warum nicht essen, was uns schmeckt? Und nun lasst mich weitergaffen.«

Hilda grummelte noch einmal leise, aber Alyss hielt weiter

Ausschau, wenngleich sie wenig Hoffnung hatte, dem Mann hier noch einmal zu begegnen, den Clais ihr zur Mittagszeit bei einem üppigen Teller Brei geschildert hatte.

Groß sei er gewesen, alt, wobei das aus Sicht eines Gassenjungen kein verlässliches Urteil war, ein dunkelrotes Barett habe er getragen, aber besonders auffällig sei seine Schaube gewesen. Ebenfalls aus dunkelrotem, dickem Wollstoff und gänzlich gefüttert mit feinem Pelz. Das bedeutete, viel mehr als der Geldbeutel am Gürtel, dass es sich um einen wohlhabenden Mann handelte. Sein Aufenthalt am Hafen ließ darauf schließen, dass er nicht zu den Patriziern, sondern eher zu den reichen Kaufleuten gehörte, die hier ihre Ware in Empfang nahmen oder verschifften. Obwohl die üblicherweise dafür auch ihre Handlanger hatten.

Sie hatte sich kurzfristig gefragt, ob es sich bei dem Mann um Aldenhoven gehandelt haben konnte, der ja ebenfalls nach Kilian in der Hafengegend suchte. Aber – wäre der Junge seinem Vater entwischt? Vermutlich nicht. Es musste also ein anderer Mann gewesen sein. Und der Lausebengel mochte gewitzt sein und sich wacker durchschlagen, ein gewisses Misstrauen diesem Herrn gegenüber mochte ihn zur Flucht verleitet haben. Ob er ihn kannte?

In den Treträdern des Krans setzten sich jetzt wieder vier Männer in Bewegung, und langsam, sehr langsam senkte sich ein grob behauener Steinklotz auf den bereitstehenden Wagen. Gebrüllte Befehle, Ächzen, ein schnaubendes Pferd, das Rumpeln der Ladung erfüllten die Luft. Der Wind brachte den Geruch von Holzrauch und Teer mit sich, von fauligem Kohl und brackigen Abwässern aus den Gossen, die den Unrat der Stadt in den Rhein spülten. Zwei stämmige Frauen mühten sich mit einem Schürreskarren mit Fässern ab, ein Träger balancierte sein Kummet auf den Schultern, und aus den Eimern schwappte eine übel riechende Brühe, mehrere Reepschläger verhandelten lautstark mit einem Schiffer, und etliche Kinder halfen dabei, von einem flachen Kahn, der vom gegenüberliegenden Ufer gekommen war, Bündel und Päckchen zu entladen. Vornehme Herren trieben sich zur Stunde nicht in dieser Gegend herum, und Alyss gab ihr eifriges Umherschauen auf. Sie hatte eigentlich auch nicht erwartet, den Mann oder gar Kilian hier anzutreffen, sondern wollte sich einfach nur ein Bild von dem Geschehen machen.

Es war eine Kleinigkeit, die ihr im Kopf herumging und irgendwie in dieses Bild hier am quirligen Hafen nicht passen wollte.

»Gehen wir zu den Fischmengerschen, Hilda«, sagte sie schließlich.

Auf dem Fischmarkt fanden sie bald einen prächtigen Lachs, und während sie an Groß Sankt Martin vorbei zum Alter Markt gingen, dort an den Ständen vorbeischlenderten und noch allerlei notwendige Kleinigkeiten erstanden, fiel ihr plötzlich ein, welches Mosaiksteinchen die falsche Farbe hatte.

»Hilda, lass uns noch einmal bei den Pelzhändlern vorbeischauen.«

»Ihr braucht keinen neuen Pelz, Frau Alyss. Schlimm genug, dass Ihr die Jacke von Master John angenommen habt.«

»Ich will keinen Pelz für mich kaufen, Hilda. Aber vielleicht für den nächsten Tauschhandel mit Speyer neue Ware begutachten.«

Die Gebrüder Brouwer, von denen sie im Oktober ihre hervorragende Ware bezogen hatte, waren beide in ihrem Lager anwesend. Sie begrüßten sie überschwänglich, zeigten sich geschmeichelt, als sie von ihren guten Geschäften berichtete, und legten ihr unaufgefordert eine Probe sehr schöner Eichhörnchenfelle vor.

»Sowie ich meinen Wein verkauft habe, Meister Brouwer, werde ich darauf zurückkommen. Aber dieses Jahr, denke ich, ist es zu spät, um noch einmal auf Handelsfahrt zu gehen. Zur Frühjahrsmesse aber werde ich ganz gewiss eine Anzahl dieser Pelze mitnehmen.«

»Wann immer Ihr wünscht, Frau Alyss. Sollen wir Euch etwas zurücklegen?«

Es war verführerisch, die Pelze waren von ausgesuchter Qualität, zart und weich und die langen Schwänze flauschig.

»Macht Euch keine Gedanken um die Bezahlung, Frau Alyss. Ihr habt einen guten Ruf. Wann immer Ihr den Betrag zusammenhabt, könnt Ihr zahlen.«

»Danke, Meister Brouwer. Ich überleg es mir und komme die Tage noch mal vorbei.« Sie sah sich um und strich über einen gefleckten Luchspelz. Dann sah sie die beiden Männer an. Auch sie trugen weite, reich gefaltete Schauben, an Ärmeln und Hals mit Pelz besetzt.

»Verzeiht meine neugierige Frage, aber gibt es Herren, die ihre Schauben ganz und gar mit Pelz gefüttert tragen?«

Die Brüder Brouwer sahen sich an, und dann schnaubte der eine.

»Ja, einige sehr alte, sehr reiche Herren, die der Wärme bedürfen. Und unser … Handelsgenosse Houwschild.«

Das kleine Zögern bei der Nennung des Namens ließ Alyss aufhorchen.

»Eine dunkelrote Schaube?«

»Richtig.«

»Ein wenig protzig, nicht wahr? Denn er scheint mir weder sehr alt noch sehr vermögend zu sein.«

»Er bemüht sich, Frau Alyss.«

Die beiden wirkten plötzlich sehr verschlossen. Alyss betrachtete angelegentlich noch mal die Fehpelze und verabschiedete sich dann.

Houwschild.

Was hatte der mit Kilian zu tun? Sie verschob die Frage auf einen späteren Zeitpunkt und widmete sich zunächst einmal dem Naheliegenden. Sie strich noch einmal verlangend über die Fehpelze, die die Brouwers ihr angeboten hatten. Und ihr erbsenzählendes Gemüt begann schon wieder zu kalkulieren.

»Sie sind erlesen schön, Meister Brouwer. Doch, legt mir fünf Decher[4] zurück.«

»Nur fünf?«

»Nun, es kommt auf den Preis an.«

»Nehmt zehn, ich gebe sie Euch für neun.«

»Zwanzig, für fünfzehn.«

Es endete bei dreißig für zwanzig, und alle waren zufrieden, denn Alyss hatte den Pelzhändlern ein kleines Fass Pfälzer Wein versprochen.

Auf dem Heimweg aber schon wanderten ihre Gedanken wieder zu dem anderen Pelzhändler, jenen zögerlichen Houwschild, der eine so protzige Schaube zur Schau stellte. Was mochte der mit Kilian zu tun haben?

Houwschild war der zweite Riga-Händler, den sie im Okto-

---

4 Altes Maß: 1 Decher – 10 Felle

ber aufgesucht hatte, als sie sich mit Pelzen eindecken wollte. Sie erinnerte sich, wie sie mit den drei Jungfern, denen sie tags zuvor Pelzbesätze an den Kleidern versprochen hatte, seine Lagerräume betreten hatte. Leocadie und Hedwigis hatten die Nasen gerümpft, denn dort roch es streng nach Leder, doch nicht so widerlich wie die Gerbereien am Blaubach. Lauryn sah sich davon unbeeindruckt um. Das Angebot fand Alyss auf den ersten Blick reichhaltig. Von Haken hingen allerlei Pelze, andere häuften sich in dicken Stapeln. Es gab große langhaarige, kleine seidige, seltsam lockige, dunkelbraune, hellbraune, getigert braune, rötlich braune, gelblich braune Felle. Hedwigis betastete sie aufmerksam, Lauryn breitete sie aus und begutachtete die Größe, Leocadie streichelte mit traurigen Augen die weichen Haare.

In Houwschild hingegen fand Alyss einen recht bedächtigen Mann mittleren Alters, der ihr umständlich Herkunft und Preise nannte. Sie hatte aber ihr Händlergesicht aufgesetzt, dem ihr Gegenüber nicht entnehmen konnte, wie ernsthaft sie wirklich zu einem Erwerb neigte. Seine Preise schienen ihr angesichts der Qualität der Pelze recht hoch, aber bevor sie einen Vergleich hatte, wollte sie dazu nichts anmerken.

»Habt Ihr keine weißen Fuchsfelle, Meister Houwschild?«, hatte sich Hedwigis plötzlich eingemischt und dafür von Alyss wie von dem Händler einen ärgerlichen Blick geerntet. Dennoch nahm Alyss diesen Einwurf zum Anlass, das in ihren Augen unergiebige Gespräch zu beenden, und hakte ebenfalls nach: »Verzeiht der vorlauten Jungfer, Meister Houwschild, sie hat sich da etwas in den Kopf gesetzt… Aber heißt es nicht, dass man über Riga auch weißes Pelzwerk erhalten kann? Möglicherweise wäre ich auch daran interessiert.«

Der Pelzhändler rümpfte die Nase.

»Ein Risiko, kaum Absatzmöglichkeiten, zu auffällig. Ich bleibe bei den bewährten Waren. Fuchsfelle habe ich sehr wohl, schöne Rotfüchse, von besonders dichtem Haar, wie sie es nur im Norden tragen.«

Ein leises Schniefen ließ Alyss herumfahren. Leocadie versuchte, ihre Tränen zu verbergen, die ihr über die Wangen strömten. Dieses Mädchen hatte ganz gewiss viel zu nahe am Wasser gebaut.

»Lauryn, Hedwigis, begleitet Leocadie vor die Tür und wartet auf mich!«, befahl sie und wandte sich dann wieder Meister Houwschild zu.

»Sie ist verliebt«, erklärte sie mit einem Schulterzucken.

»Ach ja, die jungen Maiden. Steht eine Brautausstattung ins Haus?«

»Noch nicht, aber vermutlich bald. Nun, heute scheint nicht der Tag für solche Einkäufe zu sein, Meister Houwschild. Entschuldigt mich, ich muss die Fluten eindämmen.«

»Natürlich, wohledle Dame. Doch wenn Ihr den Wunsch nach weichem Pelzwerk habt, stehe ich Euch jederzeit zur Verfügung. Wie gesagt, die Ware aus dem Norden …«

»Ja, ja, ich melde mich wieder«, würgte Alyss den schwatzhaften Mann ab und verließ den Raum, um sich den drei Mädchen zu widmen.

»Es ist wegen der Füchse«, hatte Lauryn trocken erklärt.

»Und ihren rührseligen Erinnerungen an die süßen Tierchen in den Weinbergen ihres Vaters«, ergänzte Hedwigis.

»Sie spielten dort immer so hübsch. Ich sah ihnen so gerne zu. Sie waren so possierlich – und nun hängen sie hier als Pelze. Ich kann so etwas nicht an meinen Surkot nähen. Nein, niemals werde ich meine Kleider mit einem Pelzbesatz versehen«, schnupfte Leocadie.

Alyss hatte ihr bunte Borten versprochen und sich das Angebot der Gebrüder Brouwer angesehen, das weit mehr ihren Vorstellungen von Preis und Qualität entsprach.

Was mochte den behäbigen Houwschild mit Aldenhoven und dessen Sohn verbinden? Nun, er war Pelzhändler, und möglicherweise kannte er den Buntwörter. Wenn Niclas Aldenhoven auch ihm vom Verschwinden seines Sohnes berichtet hatte, dann würde er ganz gewiss versucht haben, des kleinen Ausreißers habhaft zu werden. Das war also zunächst einmal verständlich und nicht weiter bedrohlich. Aber Kilian mochte an seinem Abenteuer so viel Gefallen gefunden haben, dass er eine Rückkehr in die elterliche Sicherheit oder gar ihre Obhut derzeit nicht wünschte.

Leider erfuhr dieser beruhigende Gedankengang am Abend eine völlig andere Wendung.

Man hatte sich wieder um den Tisch in der Küche versammelt, und der große Lachs in seiner knusprigen Teighülle entlockten dem Hauswesen begeisterte Ausrufe. Magister Hermanus pries Gott den Herrn für seine Gaben und setzte, wenngleich noch immer heiser, zu einer Predigt über den Sinn des Fastens an, wurde jedoch von Hilda unterbrochen, die ihm vorschlug, seine Fastenexerzitien alleine und in seiner Dachkammer im Pfarrhaus durchzuführen oder seinen Mund zum Essen zu benutzen.

»Wo ist Jung Frieder?«, fragte John in die Runde.

»Er wollte in der Taverne noch nach Heini und Ebby fragen. Wahrscheinlich hat er die Zeit darüber vergessen.«

John nickte verständnisvoll.

»Ja, das kann man gelegentlich in den Tavernen. Was habt ihr herausgefunden?«

»Man konnte sich an Heini gut erinnern. Ein schmächtiger Kerl, trotzdem zäh. Hat sich aber gerne vor der Arbeit gedrückt. Einige bezeichneten ihn als faulen Lump, aber nicht alle. Er war wohl recht freundlich und auch hilfsbereit. Im September hat er sich den Pips geholt, weil er beim Abladen einer ungesicherten Fracht aus dem Tretrad geflogen und ins Wasser gefallen ist. Die Kranenknechte haben ihm aber, nass wie er war, befohlen, weiter in der Tretmühle zu arbeiten. Und dann hat der Husten nicht mehr aufgehört, und der Kranmeister hat ihn fortgeschickt.«

»Armer Kerl.«

»Na ja, er hätte ja auch eine andere Arbeit annehmen können. Aber dafür war er wohl nicht helle genug. Oder doch zu faul. Jedenfalls konnten er und Ebby die Miete für das Zimmer am Fischmarkt nicht mehr aufbringen, in dem sie gehaust hatten, und seitdem hat man sie am Hafen nicht mehr gesehen.«

»Schon wieder eine Fährte verloren«, meinte Alyss resigniert.

»Aber nein, Frau Alyss. Danach haben Frieder und ich uns die Arbeit geteilt. Er blieb am Hafen, ich bin noch mal zu Aposteln, denn eine der Lastträgerinnen wusste, dass Ebby dort in der Nähe eine Bekannte hat.«

»Die du ausfindig gemacht hast?«

Tilo nickte stolz.

»Jau, und die hat mir eine tolle Sache erzählt. Die Ebby nämlich, die hat sich geärgert, dass der Heini keine Arbeit mehr machen wollte, und hat ihm gesagt, er soll sich eine Bettelmarke beim Henker besorgen, wenn er zu faul ist, mit ihr Holz auszutragen. Dafür aber war sich der Heini zu fein. Aber er hat eine billige Unterkunft gesucht. In der Hahnenstraße wohnt ein wohltätiger Mann, der Hausarme aufnimmt, und dort hat er dann für sie beide eine Schlafstelle gefunden.«

»Hausarme?« John sah ihn fragend an. »Manchmal verstehe ich Eure Wörter noch nicht richtig.«

»Hausarme sind Leute, die zu wenig verdienen, um sich selbst erhalten zu können, aber zu verschämt sind, betteln zu gehen. Es gibt viele wohlhabende Leute, die ihnen im Keller, auf dem Speicher, in Nebengebäuden eine Schlafstelle richten und ihnen eine tägliche Mahlzeit stellen. Dafür übernehmen sie oft kleine Dienste.«

»Ah ja, wie bei Euch, Mistress Alyss, die Maiden und die *younglings.*« John grinste in die Runde.

»Wir haben es nicht nötig, Frau Alyss' Almosen anzunehmen, Master John«, belehrte Hedwigis ihn hochnäsig.

»Er hat einen Scherz gemacht, Hedwigis. Jeder weiß, aus welch begüterter Familie du stammst. Und ich glaube nicht, dass man eure Schlafkammer und die drei Mahlzeiten, die ihr bei mir erhaltet, als Almosen bezeichnen sollte. Auch wenn es heute Arme-Leute-Fisch gab«, sagte Alyss.

»Gibt ja noch Mandelkuchen mit Eiersoße hinterher«, betonte Hilda und stellte den süß duftenden Kuchen auf den Tisch.

»Bevor ihr darüber herfallt, wird uns aber Tilo noch berichten, bei wem Ebby und Heini als Hausarme untergekommen sind und ob er sie dort angetroffen hat.«

»Habe ich nicht, Frau Alyss. Bei Houwschild hat man sie seit zehn Tagen nicht mehr gesehen.«

»Bei Houwschild?«

»Ja, er ist ein Pelzhändler.«

»Ich weiß. Houwschild hat vorgestern versucht, unten am Hafen den Jungen zu fassen.«

»Oh!«, sagte das Hauswesen einstimmig.

Und dann brach das Geplapper los.

24. Kapitel

Ge-i-es…«, buchstabierte Gislindis mit dem Finger auf dem Wachstäfelchen, das Marian für sie beschriftet hatte. »Geieseli…? Was soll das heißen? Das Wort kenne ich nicht, Herr Marian.«

»Versucht es noch einmal, kommt!«

»Geieseliendeies. Nein, das ist gemein von Euch, mir ein unbekanntes Wort zu lesen zu geben.«

»Nein, liebliche Gislindis, das dient der Erkenntnis. Ich habt das Abece ganz hübsch auswendig gelernt, aber lesen könnt Ihr damit immer noch nicht.«

Gislindis schob die Unterlippe vor.

Marian lachte.

»Ich sitze derzeit genauso unglücklich vor den Buchstaben und versuche, die Wörter zu entziffern, die mein Lehrer mir vorgibt. Also tröstet Euch, das geht einem anfangs immer so.«

»Ihr lernt auch lesen und schreiben? Aber Ihr könnt das doch…«

»Unsere abendländische Schrift ja, aber ich versuche, die maurische zu lernen.«

»Aus welchem Grund? Wollt Ihr ins Maurenland reisen?«

»Nein, nur die Schriften der Mediziner lesen. Aber nun, Gislindis, will ich mit Euch einen kleinen Handel machen. Ich verrate Euch das Geheimnis des Lesens, und Ihr verratet mir, was ich wissen will.«

»Herr Marian, Ihr seid ein Schelm. Woher soll ich ahnen, was Ihr wissen wollt?«

»Ich gebe Euch meine Hand. Darin zu lesen seid Ihr ja geübt, meine Liebliche!«

Gislindis überlegte einen Moment. Sie saßen wieder in dem Häuschen von Mats Schlyffers zusammen, doch diesmal war Marian unangekündigt gekommen, und Gislindis hatte sich nicht herausgeputzt. In einem grauen Kittel über zwei Cotten trug sie einen warmen Umhang, die langen Zöpfe hatte sie unter einem braunen Tuch versteckt. Sie hatte gerade Teig geknetet, aber ihre Arbeit unterbrochen, um Marian gastfreundlich einen Becher Most anzubieten. Das Abecedarium lag auf der Sitzbank, und als Marian es erkannte, hatte er ihr ein Wort auf das Wachstäfelchen geschrieben, das er immer in seiner Tasche mit sich trug, und sie aufgefordert, ihm vorzulesen.

»Gut, Herr Marian. Ihr zeigt mir, wie ich Wörter lese, und ich lese aus Eurer Hand. Ihr zuerst!«

»Händlerin!«

»Ein junges Weib muss vorsichtig sein.«

»Stimmt. Nun, hier ist das Geheimnis der Buchstaben. Ihr habt sie der Reihe nach auswendig gelernt, aber so, wie Ihr sie aussprecht, werden sie nicht gelesen.«

»Das ist aber dumm. Dann habe ich ganz umsonst gelernt.«

»Nein, das habt Ihr nicht. Zunächst – nur a und e und i und u und o werden so gelesen wie gesprochen.«

»Mhm.«

»Richtig, das ›Em‹ wird wie ›Mm‹ gelesen.« Er malte ein M auf das Wachs. »Das A wie A.« Er ließ das A folgen und fügte dann ein T an. »Das ›Te‹ spricht sich wie Ttt.« Und zuletzt hing er das S an das Wort. »Und nun lest, kluge Gislindis.«

»Ematees?«

»Was habe ich Euch geraten?«

»Mmmatttes. Neiiin! Mats. Das heißt Mats, richtig?«

»Richtig. Und nun das erste Wort.«

Sie brauchte eine kleine Weile, um sich an die neue Sprechweise der Buchstaben zu gewöhnen, aber dann jubelte sie plötzlich auf: »Ihr habt Gislindis geschrieben. Meinen Namen!«

Röckewirbelnd tanzte sie durch den Raum und lachte.

»Schreibt mir mehr Wörter auf, Herr Marian«, bat sie dann.

»Später, schlaue Gislindis, jetzt Euren Teil der Vereinbarung.«

»Reicht mir Eure Hand, Herr Marian.«

Er tat es, und sie fuhr mit der Fingerspitze die Linien nach.

»Mhmm!«, summte sie.

»Stimmt, wir Menschen tragen das M in unseren Händen.«

»Gottes Wunder sind allgegenwärtig«, sagte Gislindis ungewohnt ernst und vertiefte sich dann erneut in die Handlinien. Marian hielt still, musterte sie, wie sie versonnen, die Lider gesenkt, immer langsamer atmete.

»Der Falkner hat seinen Gehilfen nach Norden geschickt.«

»Was?«, fuhr Marian auf. Gislindis hob den Kopf, und in ihren grauen Augen schillerte es.

»Das wusstet Ihr nicht, nicht wahr? Er hat einen Mann mitgebracht, einen struppigen Kerl, der in einem Gasthaus oben Richtung Aachen wohnte.«

»John of Lynne hat nie von einem Diener oder Handelsknecht gesprochen – aber gut, es ist nicht ungewöhnlich, dass Kaufleute Gehilfen haben.«

»Wollte Ihr mehr darüber wissen?«

Marian schüttelte den Kopf. John hatte seine eigene Art, und es erschien ihm ein Vertrauensbruch, seine Taten näher auszuforschen.

»Nein, Gislindis. Viel eher möchte ich wissen, wo Kilian sich herumtreibt. Man spricht von einem Spielmann, der sein Wohlwollen errang.«

»Ja, er schloss sich den Fahrenden an, Herr Marian. Doch sein Vater hat die Büttel auf seine Fährte gesetzt.«

Ein kleines, bitteres Lächeln umspielte Gislindis' Lippen. Marian dachte an das, was er von ihrer Familie wusste. Wahrscheinlich war sie selbst bei den Gauklern und Spielleuten gewesen und hatte vielleicht sogar Kilian dort gesehen. Doch er konnte ihr keinen Vorwurf machen, dass sie geschwiegen hatte.

»Die Fahrenden fürchten die Wachen und die Obrigkeit, ist das richtig?«

»Aus gutem Grund, Herr Marian.«

»Wohin haben sie den Jungen gebracht?«

»Zum Hafen. Er wollte auf ein Schiff.«

»Ich hoffe, das ist ihm nicht gelungen.«

»Mehr, Herr Marian, weiß ich nicht. Aber ich werde hören, was sich tut.«

Er entzog ihr seine Hand und betrachtete sie selbst nachdenklich.

»Wie macht Ihr es, dass Ihr diese Nachrichten in den Linien lesen könnt?«

»Das Geheimnis zu offenbaren, wohledler Herr, gehört nicht mehr zu unserer Vereinbarung!«

»Nein? Gut, wollen wir eine neue machen?«

»Gern. Ihr schenkt mir, was ich begehre, und ich verrate Euch auch dieses Geheimnis.«

»Und was begehrt Ihr?«

Sie zwinkerte ihm zu.

»Müsst Ihr schon selbst herausfinden, mein hübscher Herr!«

»Einen süßen Kuss, meine Liebliche?«

»Ach pah, Küsse sind billige Münze. Strengt Euch ein bisschen mehr an. Und nun geht, Herr Marian, Mats Schlyffers kommt bald nach Hause und will sein Essen haben.«

»Gut, wie Ihr wollt. Doch darf ich wiederkommen, wenn ich ein Geschenk gefunden habe?«

»Wenn Ihr das rechte findet!«

Sie führte ihn zur Tür, und als diese hinter ihm zugefallen war, blieb er noch einen Moment versonnen vor dem Haus stehen. Von drinnen erklang fröhlicher Gesang.

In diesem Augenblick bemerkte Marian, dass er sein Wachstäfelchen und den Griffel bei ihr hatte liegen lassen.

Er lächelte ob dieses Verlusts.

John hatte ihn am Vormittag gebeten, bei den Spielleuten nach Kilian Ausschau zu halten, doch als er in deren Quartieren vorbeigeschaut hatte, war das Trüppchen ausgeflogen. Der Wirt, in dessen schäbiger Kaschemme sie Unterkunft genommen hatten, gab ihm nur abfällig zu verstehen, dass die Wachen schon nach diesem Diebsgesindel gefragt hatten.

Gislindis hatte seine Vermutung nur bestätigt. Aldenhoven hatte die Büttel nach Kilian suchen lassen, und die Spielleute, die sehr wohl erkannt haben mussten, dass der Knabe nicht zu dem Bettlervolk oder den Straßenjungen gehörte, wollten nicht Gefahr laufen, dass er in ihrer Mitte gefunden würde. Neu war die Botschaft, dass sie ihn wieder zum Hafen gebracht hatten.

Dort also würde die Suche erneut beginnen.

Und sie würde schwieriger werden, denn nun war die Geleitwoche angebrochen, und zahllose Kaufleute und Händler strömten in die Stadt, um an der Martinsmesse teilzunehmen.

Er hatte Gislindis auch nach dem möglichen Verbleib der Brautkrone fragen wollen, doch das war vornehmlich Johns Aufgabe. Und der hatte augenscheinlich etwas unternommen.

Während Marian zu Alyss' Haus schlenderte, bedachte er diesen Umstand. Auch er war nicht gänzlich überzeugt davon, dass die Entführer die Krone besaßen. Sie mochten sie gestohlen haben – nicht für sich, sondern für einen, dem daran lag. Und hinter dem hatte John seinen bis dato unsichtbaren Handelsgehilfen hergeschickt. So in etwa lautete seine Theorie, als er das Haus in der Witschgasse betrat.

Hier fand er das Hauswesen in wildeste Spekulationen verstrickt, und auch ihn verblüffte die Neuigkeit über die Rolle, die Houwschild in Kilians Entführung zu spielen schien.

25. Kapitel

Später, als Marian gegangen war, Hilda sich zurückgezogen und die Jungfern ebenfalls ihre Kammer aufgesucht hatten, vergnügten sich nur Tilo und John noch mit einer Schachpartie.

Alyss hatte am Feuer gesessen und Benefiz ein wenig geneckt, doch ihre Unruhe konnte sie damit nicht mildern. Frieder war noch immer nicht zurückgekommen.

Gut, junge Männer mussten mal über die Stränge schlagen, und sie wollte keine Glucke sein. Aber sie hatte die Verantwortung für ihn übernommen, und es war schlimm genug, dass sie bei Kilian versagt hatte.

Nur was konnte sie tun? Jetzt in der Dunkelheit zum Hafen zu gehen kam für sie nicht in Frage. Tilo zu schicken, wäre den Teufel mit dem Beelzebub auszutreiben, und John hatte sie bereits genug aufgebürdet.

Blieb Peer. Der Handelsgehilfe war gut mit Frieder ausgekommen und erfahren genug, ihn auch aus einer Taverne voller trunkener Fuhrknechte und Schiffer zu retten.

Leise stand sie auf und ging über den Hof zu den Stallungen, wo Peer seine Kammer hatte. Doch kaum war sie am Fuß der Stiege angekommen, blieb sie stehen. Leises Lachen, eindeutig das von Hilda, klang ihr entgegen. Und dann die raue Stimme von Peer. Alyss machte auf dem Absatz kehrt.

Heilige Mutter Maria, das hatte sie nun wirklich nicht geahnt!

John sah vom Schachbrett auf, als sie wieder in die Küche

trat, wandte sich dann an Tilo und bat ihn, die Fortsetzung der Partie auf den nächsten Tag zu verschieben.

»Ja, es ist spät geworden«, gähnte Tilo und reckte sich. Mit einem Gutenachtgruß empfahl er sich, und Alyss war alleine mit John.

»In dieser Nacht, Mistress Alyss, soll ich mich dann wohl mit den Schiffern herumschlagen und Jung Frieder aus den Armen der Hafenschwälbchen retten?«

»Nein, Master John. Geht nach Hause. Frieder wird schon heimfinden.«

»Und Ihr werdet eine schlaflose Nacht haben. Ich gehe zum Rhein hinunter und suche nach dem *youngling*. Macht Euch nicht zu viele Sorgen. Er ist ein vernünftiger Junge, und das liederliche Volk wird ihn nicht verderben.«

»Er wird in Raufereien geraten.«

»Das gehört dazu.«

»Oder von einer Dirne ausgenutzt werden.«

»Das gehört ebenfalls dazu und ist meist erfreulicher.«

»Ihr müsst es ja wissen.«

Alyss hob resigniert die Schultern. John lächelte sie an.

»Ich gehe freiwillig, Mistress Alyss.«

»Danke.«

»Und morgen besuchen wir Master Houwschild und werden ihn – ähm – auf den Herd setzen?«

»Ihm Feuer unter dem Hintern machen. Ja, eine sehr gute Idee.«

Irgendwann mitten in der Nacht hörte Alyss ein leises Poltern auf der Stiege, und erst danach versank sie in einen tieferen Schlaf.

Frieder hatte jedoch seinen Ausflug in die sumpfige Welt des Hafenlebens recht gut überstanden, weder blaue Flecken noch ausgeschlagene Zähne hatte er zu beklagen, im Gegenteil, er strahlte eine ganz neue männliche Selbstzufriedenheit aus, die seine Schwester Lauryn zu einem misstrauischen Schnüffeln veranlasste.

»Kilian hast du natürlich nicht entdeckt«, stellte Alyss trocken fest.

»Nein, aber ein süßes Harfeliesje.«

»Harfeliesje, pah!«

Lauryn sandte ihm einen giftigen Blick.

»Doch, sie kann ihrem Instrument wundervolle Töne entlocken, wenn sie über die Saiten streicht oder dran zupft.«

Frieders Blick gab dieser harmlosen Beschreibung einer Harfenspielerin eine höchst anzügliche Bedeutung, und die Jungfern wandten sich geschlossen von ihm ab.

»Ich glaube, mein Auftrag lautete anders, Frieder. Angeblich ist Kilian wieder zum Hafen gebracht worden, und du hättest alle Möglichkeiten gehabt, dich nach ihm umzuschauen«, rügte Alyss ihn streng, und er hatte den Anstand, endlich etwas schuldbewusster dreinzublicken.

»Ja, Frau Alyss. Aber …«

»Aber die Sünde lockte. Hat dich Master John gefunden?«

»Mhm.«

Sie ließ es auf sich beruhen. Ihre eigenen Unternehmungen nahmen ihre Gedanken in Anspruch. Ungeduldig wartete sie, dass John erschien, denn es drängte sie, Johann Houwschild aufzusuchen. Als er eintraf, legte sie die pelzgefütterte Jacke an. Sie tat es mit einer gewissen Absicht.

Der Pelzhändler empfing Alyss und John an diesem nebligen Samstagvormittag mit säuerlicher Miene.

»Meister Houwschild, Ihr erinnert Euch sicher noch an mich. Ich war mit drei Jungfern im September bei Euch.«

»Sehr wohl, aber gekauft habt Ihr nichts, Frau Alyss.«

»Nein, es stand nicht dafür.«

»Und heute?«

Er beäugte ihre Jacke.

»Nein, auch heute nicht, Meister Houwschild. Heute komme ich, um Auskunft von Euch zu erbitten. Ihr seid, wie man hört, ein wohltätiger Mann und habt zwei Armen Obdach gegeben.«

»So wie es die christliche Nächstenliebe verlangt.«

»Sehr löblich. Diese beiden Leute, die Ihr in Eure Hut genommen habt, würde ich gerne sprechen.«

»Das könnt Ihr nicht. Sie sind verschwunden.«

»Wohin, Meister Houwschild?«

»Das kann ich Euch nicht sagen. Und wenn Ihr mich fragt, bin ich auch ganz froh, dass sie fort sind. Sie waren ein faules Lumpenpack.«

»Haben sie Euch Schaden zugefügt?«

»Das ist ja nichts Neues. Man hilft ihnen, und was ist der Dank? – Einen Beutel Münzen haben sie mitgehen lassen. Es gibt keine gottesfürchtigen Menschen mehr in dieser Stadt. Auch mein Fuhrmann hat mich betrogen. Hat einen Teil meiner Ladung unterwegs verhökert. Und die wohledle Frau Ratsgattin von Stave weigert sich, ihre Pelze zu zahlen. Nichts als Undank und Prellerei.«

John war zwar mit in das Lager des Pelzhändlers gekommen, hatte sich aber in bewährter Form unsichtbar gemacht und überließ Alyss die Verhandlungen. Sie äußerte ein paar mitfühlende Worte, die Houwschild dazu brachten, mit seinen Klagen fortzufahren. Von unzuverlässigen Gehilfen, zu saumseligen Kunden, von Gaffelmitgliedern, die auf seinen Rat nicht hören wollten, und allerlei Beschwernissen mehr wusste er zu berichten.

»Und Ihr, Frau Alyss, habt es ja auch vorgezogen, Euch anderweitig mit Pelzen zu versorgen. Meine Ware ist Euch ja auch nicht gut genug gewesen. Und was tragt Ihr jetzt? Einen billigen Hasenpelz! Dabei hätte ich Euch nordischen Fuchs oder russisches Wiesel anbieten können. Aber wahrscheinlich könnt Ihr Euch meine Felle nicht leisten.«

»Ihr scheint ein wenig kurzsichtig zu sein, Meister Houwschild. Ich trage kein Hasenfell. Und im Übrigen bin ich durchaus in der Lage, mir jeden Pelz zu leisten, den ich mir wünsche.«

Das Gejammere war Alyss zu viel geworden, und ihr Tonfall gewann an Kühle.

»Ach ja, könnt Ihr das? Und warum geht Ihr dann zu den Buntwörtern und lasst Euch deren lumpige Ware andrehen? Hab ich Euch doch am Ursulatag gesehen. Lammfell und hiesige Füchse trugen Eure Verwandten.«

»Meister Houwschild, wir haben bei Euch nach besonderen Rauwaren Ausschau gehalten, nicht nur, um unsere Kleider aufzuputzen, sondern weil ich sie als Handelsware verwenden wollte. Ich fand, was ich dazu brauchte, bei den Gebrüdern Brouwer – weiße Füchse, Hermelin und Feh. Ich habe sie mit ausgezeichneten Gewinnen in Speyer veräußert. Mich nimmt es wunder, dass Ihr, obwohl Ihr doch auch die lange Reise nach Riga in Kauf nehmt, nur durchschnittliche Ware vorweisen könnt und die auch noch zu völlig überhöhten Preisen anbietet. Euer Blick für Qualität scheint wirklich nicht besonders gut zu sein.«

Alyss war ärgerlich geworden, noch ärgerlicher aber wurde der Händler.

»Ich? Keinen Blick für Qualität? Das sagt Ihr mir, die Ihr Felle von diesen Rattenpelzgerbern kauft, die sich von Hundschlägern und Wilderern beliefern lassen?«

»Meister Houwschild, es steht Euch nicht zu, über das zu urteilen, was ich kaufe. Schon deshalb nicht, Meister Houwschild, weil Ihr selbst Euch ganz offensichtlich von Euren Lieferanten im fernen Riga habt nach allen Regeln der Kunst über den Tisch ziehen lassen. Eure räudigen Fuchspelze sind weit minderwertiger als alles, was jeder Buntwörter aus den hiesigen Wäldern anzubieten hat. Und Euer verbogener Blick ist ebenso wenig in der Lage, einen Marderpelz von dem eines Hasen zu unterscheiden.«

Sie öffnete ihre Jacke für einen kleinen Moment, sodass der Händler das samtige Innenfutter sehen konnte.

Houwschild war dabei, sich aufzuplustern, doch John bemerkte trocken: »Englische Marder, oder besser – Nerze, Master Houwschild.« Er verneigte sich höflich in Houwschilds Richtung. »Ich kann es beurteilen, welchem Tierchen der Mantel abgezogen wurde, denn ich war bei der Jagd danach zugegen. Und nun verratet mir, womit Ihr die prachtvolle rote Schaube gefüttert habt, in der wir Euch letzthin bewundern durften.«

Alyss erlaubte sich, in gleicher Art unsichtbar zu werden wie John zuvor. Er hatte die Gesprächsführung übernommen, und seine dick aufgetragene Schmeichelei zeigte Wirkung.

Houwschild beruhigte sich wieder und verriet, dass es sich um ganz seltene Katzenfelle handelte, äußerst wärmend und natürlich einmalig und erlesen kostbar.

Alyss dachte an Malefiz und schauderte.

»Ihr habt am Dienstag neue Ware erhalten, Master Houwschild? Möglicherweise findet Mistress Alyss darunter einige Felle, die ihren Zwecken dienen könnten.«

Houwschild sah John irritiert an.

»Nein, ich habe am Dienstag keine neue Ware erhalten. Wie kommt Ihr darauf?«

»Weil Ihr am Hafen unten wart.«

»Ähm …«

»Verzeiht, wenn ich irrte. Es ist nur so, dass ich glaubte, ein Händler Eures Ansehens würde sich wohl nicht ohne Grund bei den Kränen und Karren aufhalten. Ich schicke gewöhnlich meine Gehilfen, und nur wenn sehr wertvolle Fracht eintrifft, übe ich selbst die Aufsicht aus. Aber je nun. Andererseits, Master, wir sind auf der Suche nach einem kleinen *urchin*, einem – wie sagt Ihr – Lausejungen, der ausgerissen ist, und wie wir hörten, seid Ihr mit ihm dort zusammengetroffen.«

Houwschild starrte John an, schob sein Rechenbrett auf dem Tisch vor sich nach rechts, dann nach links und schüttelte den Kopf.

»Ich war zufällig dort. Von einem Jungen weiß ich nichts.«

»Ihr habt sogar versucht, ihn festzuhalten, Master Pelzmonger. Ein hübscher Bengel mit goldenen Haaren.«

»Beutelschneider, Lumpenpack, das sich da herumtreibt. Jetzt, wo Ihr es sagt, ja, da war so ein Gassenkind, das versuchte, mir an den Geldbeutel zu gehen. Ich habe es nicht festgehalten, sondern versucht, daran zu hindern, mich zu bestehlen. Man kann sich ja nirgendwo mehr sicher fühlen vor diesem Gesindel. Überall lauert dieser Abschaum herum und wartet nur darauf, einem das Hab und Gut zu rauben. Da müsste sich der Rat mal drum kümmern. Ausräuchern muss man die. Aber unsere wohledlen Herren schieben sich ja lieber gegenseitig die Pfründe zu.«

Und dann folgte ein langatmiges Lamento über die üblen Zustände im Rat der Stadt, die Untauglichkeit seiner Mitglieder, den Machenschaften der Gaffeln, die die unfähigsten Gestalten dort hineinwählten.

John gelang es schließlich, deren larmoyanten Wortschwall einigermaßen höflich abzuwürgen, und er verabschiedete sich mit der Begründung, selbst noch einige Geschäfte tätigen zu müssen. Alyss hüllte sich in den Mantel der demütig schweigenden Begleiterin und wurde keines Blickes mehr gewürdigt.

Sie kochte.

Aber sie war klug genug, den Dampf erst entweichen zu lassen, als sie den Alter Markt schon hinter sich gelassen hatten.

»Was für ein Esel.«

»Beleidigt die Esel nicht, Mistress Alyss.«

»Recht habt Ihr. Mit Hafergrütze in seinem Schädel könnte er besser denken als mit dem verwesten Kohlbrei, der durch sein Hirn schwappt.«

»Er ist der Hellste nicht, aber er hat gelogen. Dazu hat es gereicht, Mistress Alyss.«

»Ja, und ich frage mich, warum Ihr es ihm habt durchgehen lassen.«

»Um ihn in Sicherheit zu wiegen. Wir werden an anderer Stelle mehr über ihn erfahren. Wir wissen nicht, ob er mit

Kilians Entführung zu tun hat. Und ob er den Jungen erkannt hat oder ihn wirklich für einen *pickpocket* hielt.«

»Die Hausarmen – er könnte sie beauftragt haben, ihn zu entführen.«

»Könnte. Aber warum?«

»Weil er die Buntwörter nicht mag, weil ich keine Pelze bei ihm gekauft habe, weil er in Fehde mit Aldenhoven liegt, weil Kilian ihm mal einen seiner Streiche gespielt hat …«

»Das sind Ansätze, die wir prüfen müssen. Zu welcher Gaffel gehört er?«

»Zur Eisenmark vermutlich.«

»Schön, von deren Kaufleuten kenne ich einige. Ich werde mich über ihn kundig machen. Ihr solltet Aldenhoven nach einer Feindschaft zwischen ihm und Houwschild fragen – aber tut es nicht alleine, der Mann ist jähzornig.«

»Gebt mir Euer Schwert mit, Master John.«

Er lachte.

»Die Waffen, die die Weiber führen, sind Männern gegenüber viel wirksamer. Ihr habt eine teuflisch scharfe Zunge, wenn es darauf ankommt, Mistress Alyss.«

»Ein böses Erbe meiner Mutter. Doch sie hat die Jungfrau Maria, die ihr manchmal die Zügel anlegt. Ich muss mich selbst bemühen.«

»Lasst ihr ruhig hin und wieder den Lauf, Mistress Alyss. Mich erheitert Ihr damit.«

»Wartet ab, bis sie Euch mal trifft.«

»Ich erwarte es mit köstlichem Erschaudern.«

»›Die Zunge manchen schändet, verstümmelt und verblendet‹, hat der bescheidene Dichter Freigedank gewarnt. Also schlagt Euch jede Köstlichkeit aus dem Kopf.«

»Ungern und nur mit Bedauern. Nehmt Euren Bruder mit zu Aldenhoven. Er wird ihn zähmen können, solltet Ihr versagen.«

»Ja, das werde ich tun. Wir werden ihm sowieso die letzten Streiche seines Sohnes schildern müssen.«

»Warum? Er wird sie selbst herausgefunden haben. Hinter den Spielleuten hat er ja schon die Büttel hergeschickt. Vielleicht solltet Ihr die ganze Angelegenheit überhaupt auf sich beruhen lassen. Aldenhoven kann seinen Sohn selbst suchen.«

»Kann er sehr wohl, Master John. Aber mir ist auch noch eine kostbare Krone abhandengekommen, wie Ihr Euch erinnern werdet. Und wie weit Houwschild und seine Hausarmen darin verwickelt sind, möchte ich doch ganz gern noch wissen. Ihr habt ja bisher keine weiteren Anstrengungen unternommen, ihrer Spur zu folgen.«

John ging mit gesenktem Haupt eine Weile schweigend neben ihr her.

»Ihr habt recht, Frau Alyss. Ich habe es vergessen.«

»Natürlich. Ein gegebenes Wort habt Ihr vergessen. Master John, Ihr seid ein Meister der Lüge und Geheimniskrämerei.«

Er blieb stehen, und unter seinen verhangenen Lidern wirkten seine Augen dunkel vor Schmerz.

»Ich bin alles, was Ihr sagt, Mistress Alyss.«

»Ach, geht Eures Wegs!«, schnaufte sie und wandte sich ab.

26. Kapitel

Dass Alyss an diesem Sonntag zusammen mit Leocadie den Klarissenkonvent Sankt Clara am Römerturm aufsuchte, hatte verschiedene Gründe. Einer davon war die Sorge um ihrer Base Seelenheil. Leocadie hatte gewünscht, die Beichte abzulegen, und zu diesem Zweck hatte Alyss ihren einstigen Mentor, Pater Henricus, gebeten, sich bei den Klarissen einzufinden. Sie selbst hatte bereits an Ostern gebeichtet und sah derzeit keine Notwendigkeit, ihre Sünden zu bekennen. Die kirchliche Ordnung schrieb dies lediglich einmal im Jahr vor, und obwohl allerlei Beschwernisse ihr Gewissen drückten, hatte sie doch nicht vor, ihren gutherzigen Beichtiger damit zu verstören. Leocadies Seelenpein hatte andere Ursachen, und sie hoffte, dass die Unterredung mit dem sanften Franziskaner ihr Trost und Hilfe bringen würde.

Sie selbst allerdings wollte sich ebenfalls mit Henricus unterhalten, aber aus ganz anderen Gründen. Er war nämlich ein erstaunlich guter Kenner der menschlichen Schwächen. Und auch wenn er geneigt war, alles und jedes zu entschuldigen, wusste er doch um vielerlei Kräfte, die das Handeln der Menschen bestimmten.

Sie trafen den Franziskaner in dem kleinen Andachtsraum der Klarissen, und während Leocadie sich ihm anvertraute, unterhielt sich Alyss mit einer der älteren Schwestern, die zu den Freundinnen ihrer Mutter gehörte. Die alte Dame war stocktaub, aber noch immer von hellem Verstand. Geübt, mit der taubstummen Trine zu konferieren, gelang es Alyss einigermaßen leicht, sich mit ihr über allerlei Klatsch auszutauschen. Doch als Leocadie ihr von der Tür her ein Zeichen gab, dass ihre Beichte bei Pater Henricus beendet war, klingelten Alyss die Ohren. Die alte Nonne hatte sich nämlich angewöhnt, überaus laut und schrill zu sprechen. Sie verabschiedete sich mit einer liebevollen Umarmung von ihr und suchte nun ihrerseits ihren Beichtiger auf.

Pater Henricus war ein hagerer, ja asketisch wirkender Mann. Seine Tonsur hatte die Natur geformt, und seine braune Kutte hing wie bei einer Vogelscheuche von ihm herab. An den Ärmeln entdeckte sie wie üblich Schmauchspuren, und ein zarter Duft von Schwefel zeugte von seinen alchemistischen Experimenten, denen er große Aufmerksamkeit widmete.

Er begrüßte sie mit einem warmen Lächeln.

»Nun, mein Kind, willst auch du dein Gewissen erleichtern?«

»Ach, Pater, das, was es belastet, trage ich derzeit noch mühelos alleine. Nein, ich habe lediglich Leocadie begleitet. Ich hoffe, Ihr habt ihr Gemüt besänftigen können.«

»Der Herr spendet Trost allen, die um Hilfe flehen. Doch ich fürchte, die Jungfer trägt an einem Schmerz, der tiefer geht als der Liebeskummer, der sie derzeit plagt.«

»Ja, ich weiß. Sie hat in ihrer Heimat etwas erlebt, dessentwegen ihre Eltern sie zu mir sandten. Was es war, habe ich sie nicht gefragt, ich warte darauf, dass sie es mir selbst erzählt oder es überwindet.«

»Ich fürchte, beides wird so schnell nicht geschehen. Auch mir hat sie sich nicht anvertraut, und ich verrate dir kein Geheimnis, wenn ich sage, dass sie im Augenblick auch nicht das rechte Vertrauen zu ihrer Familie hat.«

»Mein Vater – ich weiß. Sie gibt ihm die Schuld, weil er die Werbung des Ritters abgelehnt hat.«

»Dein Vater ist ein kluger Mann.«

»Aber manchmal zu hart. Und Arbo von Bachem steht ihm an Starrköpfigkeit in nichts nach. Leocadie befindet sich also zwischen zwei Mühlsteinen.«

»So sehe ich es auch, aber ein wenig Erleichterung konnte ich ihr, glaube ich, verschaffen. Und wie steht es bei dir? Ich hörte, dein Mann ist wieder auf Reisen.«

»Auf unbestimmte Zeit.«

»Kind, ich mache mir Sorgen um dich. Du bist nun fünf Jahre verheiratet…«

»Und habe meinem Gatten weder Söhne noch Töchter geschenkt, wollt Ihr andeuten?«

Pater Henricus' bleiche Wangen färbten sich ein wenig rosa.

»Er ist oft außer Haus, meine Tochter, und ich frage mich, ob du daran Schuld trägst. Du führst dein eigenes Geschäft – könnte es sein, dass du sein Hauswesen darüber vernachlässigst?«

»Mein Hauswesen ist in guter Ordnung, Pater Henricus. Wenn Arndt van Doorne in sein Heim zurückkehrt, werden ihm die Speisen gereicht, die er wünscht, seine Kleider werden gewaschen, seine Kammer gefegt. Jeder Gast, den er mitbringt, wird willkommen geheißen.«

»Und doch liegt kein Segen über eurer Ehe.«

»Das ist nicht meine Schuld.«

»Kind?«

»Nein, Pater Henricus, es ist nicht meine Schuld. Ich habe lediglich mein Recht eingefordert, als er meine Mitgift verschwendet hat.«

»Alyss, das ist ein arger Vorwurf. Wie willst du das beweisen? Er ist ein Kaufmann, er wird nach ganz anderen Richtschnüren sein Vermögen verwalten, als du es nur erahnen kannst.«

»Ihr selbst, Pater Henricus, habt mir einst das Rechnen beigebracht.«

»Aber Kind, selbst wenn es da Missverständnisse gab, so seid ihr doch ein Paar, und ihr solltet in Harmonie miteinander leben.«

»Wir leben in Frieden miteinander, soweit es mich betrifft.«

… und Arndt tunlichst weit fort ist, ergänzte Alyss für sich.

»Nun, dann haltet diesen Frieden, und, liebe Tochter, zähle die Erbsen nicht zu genau.«

Alyss zwang sich zu einem Lächeln. Mit Erbsen hatte Henricus ihr und Marian einst das Rechnen beigebracht und sehr streng darauf geachtet, dass sie wirklich genau zählten.

»Ich bemühe mich, Pater Henricus. Aber nun sagt mir einmal: Was kann einen Menschen, der in angenehmem Wohlstand lebt, dazu bewegen, ständig zu jammern und zu klagen?«

»Du sprichst nicht von deiner Base Leocadie?«

»Nein, von einem gestandenen Kaufmann, der mir übel nimmt, dass ich nicht seine Pelze gekauft habe, sondern die eines anderen Händlers.« Und um dem sanftmütigen Pater die Antwort leichter zu machen, fügte sie hinzu: »Was kann ich tun, damit er seinen Groll ablegt?«

Derartige Problemstellungen, das wusste Alyss, reizten ihren alten Lehrer immer, ihnen auf den Grund zu gehen.

»Er klagt nicht nur über dein Handeln, sondern auch allgemein, sagst du?«

»Ja, es scheint, dass jeder, mit dem er zu tun hat, ihm Böses will.«

»Der arme Mensch. Ja, die Einbildungskraft kann uns wie Dämonen hetzen. Auch du kennst es sicher – eine Sorge beginnt klein, doch findet sich kein verständnisvoller Freund, mit dem man sie teilen kann, beginnt sie zu wachsen. Sie nistet sich in den Kissen ein, und in den dunklen Nachtstunden wird sie größer und größer. Schon lauert sie auch bei Tag in allen Ecken, und man sieht die Schönheit der Schöpfung und die Gnade Gottes nicht mehr, sondern nur die Last, die man mit sich herumträgt.«

»Nun, so schlimm ist es mir noch nicht ergangen, Pater Henricus.«

»Nein, liebe Tochter. Du hast deinen Bruder, deine Eltern, deinen Gatten … Aber hat dieser Mann das auch?«

»Soweit ich weiß, ist er nicht verheiratet, ob seine Familie noch lebt, kann ich nicht sagen. Aber bestimmt hat er nicht mehr viele Freunde, denn wer will sich das ständige Klagen und die Vorwürfe anhören?«

»Ein Teufelskreis, fürwahr.«

»Der dazu führt, dass er bei allen anderen die Verantwortung für die Misslichkeiten sucht, die ihm widerfahren. Und doch hat er manche Entwicklungen selbst verursacht – ich denke, er hat keinen guten Blick für die Qualität seiner Ware. Dass man sie ihm nicht abnimmt, weil die Konkurrenten bessere und billigere anbieten, ist nicht deren Schuld.«

»Er braucht einen guten Ratgeber. Oder, Kind, vielleicht hatte er einen und ist nun auf sich selbst gestellt. Ich habe es oft an den Kindern bemerkt, denen ich Lehrer war. Es gibt solche, die in manchen Fähigkeiten alle Begabung missen lassen. Die zum Beispiel einfach nicht schreiben lernen können. Es hilft da keine Drohung und keine Strafe. Man muss dann sehen, ob man andere Talente fördern kann und ihnen beim Schreiben eben immer Hilfestellung geben.«

»Ich sollte wohl seine Lehrer oder Lehrherrn ausfindig machen«, sinnierte Alyss vor sich hin.

»Es war nur ein Exempel, Kind. Es kann auch ganz andere Ursachen haben. Eine schlimme Erfahrung, ein großer Verlust, der ihn unsicher gemacht hat, die wirklich teure Ware zu kaufen, jemand, der ihn schlecht gemacht hat, weil er die falsche erstanden hat. Mag sein, dass er übermäßig empfindsam ist, Alyss. Du sagst, er war dir gram, da du seine Pelze nicht gekauft hast?«

»Richtig.«

»Wärst du einem Kunden gram, der deinen Wein verkostet, dann aber bei einem anderen Händler kauft?«

»Aber nie und nimmer. Und kein Winzer hat es mir je übel genommen, wenn ich den Wein von einem anderen Gut gekauft habe.«

»Er nimmt es als persönliche Beleidigung – oder hast du ihn beleidigt?«

»Zumindest nicht willentlich, Pater Henricus.«

»Ein nicht sehr kluger Handelsmann, der von seiner Ware nicht genug versteht und empfindlich ist, wenn er deshalb keinen Erfolg hat. Ein bedauerlicher Fall, der der Hilfe bedarf, denn er verbittert und verhärtet seine Seele damit.«

»Wäre ein solcher Mensch in der Lage, aus Rache eine unlautere Tat zu begehen?«

Pater Henricus seufzte. Alyss wusste, dass er viel lieber an das Gute im Menschen glaubte, aber doch dann und wann erkannte, dass es Übeltäter gab.

»Der Herr möge es verhindern, aber ja, wenn die Dämonen übermächtig werden, kann auch das geschehen. Ich habe es schon erlebt, und es hat mich dann immer sehr gedauert, dass derjenige sich mir nicht früher anvertraut hat.« Dann aber flog Erleichterung über sein Gesicht. »Kind, du kannst ihm helfen, denke ich. Geh zu ihm und kaufe ihm für einen rechten Betrag Ware ab. Das wird ihn in seinem Glauben an sich selbst wieder stärken. Lobe seine Pelze und bitte auch deine Freunde, bei ihm zu kaufen.«

Alyss verschluckte sich beinahe an ihrer Bemerkung, sie nickte nur besonnen und erhob sich dann.

»Ja, Pater Henricus, das ist ein sehr christlicher und wohltätiger Vorschlag. Ich werde ihn erwägen. Aber nun hat Leocadie lange genug der alten Schwester Cordula ins Ohr geschrien. Es wird Zeit, dass ich sie erlöse.«

»Tu das, Kind. Und denke daran, deinem Gatten weiterhin ein gutes, pflichttreues und sanftmütiges Weib zu sein. Dann wird er auch wieder häufiger zu Hause bleiben. Denn was Gott zusammengefügt hat, das soll der Mensch nicht scheiden.«

Noch einmal würgte Alyss eine Antwort hinunter und brachte nur einen freundlichen Abschiedsgruß zustande.

Leocadie schien tatsächlich getrösteter zu sein, und so nahm sich Alyss den Nachmittag frei von allen weiteren Verpflichtungen. Sie tat das selten genug, doch heute hatte sie über vieles nachzudenken.

27. Kapitel

Der Himmel war trüb, tief hingen die Wolken über dem Strom, aber auch wenn die Luft kühl und feucht wirkte, Regen wollte es wohl nicht geben. Der Boden im Weingarten war ein wenig matschig, darum zog Alyss sich ihre derben Holzpantinen an und, obwohl es Sonntag war, auch ihren groben Arbeitskittel. Eine alte Gugel von Robert wärmte ihre Schultern und ihren Kopf, ein dickes wollenes Umschlagtuch ihren Oberkörper. Sie öffnete den Verschlag, in dem der Falke hauste, und lockte ihn auf ihren Handschuh.

»Komm, Jerkin. Ich weiß nicht, was für eine Jagdbeute du heute erspähst, aber ein Flug in den Himmel wird dir gefallen.«

Der Falke spreizte sein Gefieder, und ein schwarzes Auge sah sie ausdruckslos an. Doch er blieb geduldig auf ihrer Faust sitzen, bis sie den Weingarten erreicht hatte und ihn abwarf.

Trostlos wirkte an diesem grauen Nachmittag die Natur. Die Äste der Apfelbäume waren kahl, die Rosenlaube zeigte ihre dornigen Ranken, nur noch ganz vereinzelt hingen von Nässe braun geränderte Blüten dazwischen. Der Lavendel, grau und struppig, wurde von vergilbten Gräsern umgeben, die die Feuchtigkeit niederdrückte. Auch die Vögel, die sich des Sommers hier ihr Stelldichein gaben, hatten sich zurückgezogen, kein Zwitschern begleitete Alyss' Gang, nur das raue Krächzen der Raben und Elstern, die sich auf einem der benachbarten Felder um die letzten Würmer stritten.

Eine Weile wanderte Alyss in Gedanken versunken an den

Rebreihen entlang. Mochte sie auch rebellischen Gemüts sein, die Worte ihres alten Mentors hingen ihr nach.

Was Gott zusammengefügt hatte … ja, Pater Henricus selbst hatte die Trauung vollzogen und das Sakrament der heiligen Ehe gespendet. Er war Priester und damit Vermittler zwischen Gott und den Menschen. Damals hatte sie bedingungslos geglaubt, dass der Segen Gottes über ihrer Verbindung lag und dass es sein Wille war, ihr Leben mit Arndt van Doorne zu verbringen. Gottes Wille war unergründlich, und ihre jetzige Situation konnte sie sich nur so erklären, dass er ihr eine Prüfung auferlegt hatte.

Aber warum?

Was hatte sie getan? Welcher Sünde hatte sie sich schuldig gemacht?

Sie haderte einige Schritte lang, dann gewann ihr Widerspruchsgeist Oberhand.

Lag dem Allmächtigen wirklich etwas an ihrem persönlichen Schicksal? Schaute er vom Himmel herab auf jeden einzelnen Menschen hernieder und prüfte, ob er sich den Geboten entsprechend benahm? Und wenn er das tat, warum hatte er Arndt ob seiner Unredlichkeit nicht schon längst mit der Krätze geschlagen?

Sie stapfte wütend auf und ab.

Oder war es möglicherweise doch so, wie manch andere heimlich dachten?

Zweifel waren Alyss nicht fremd. Schon seit ihr Sohn mit zwei Jahren wegen der Unaufmerksamkeit der Amme im Rhein ertrunken war, stellte sie sich oft die Frage, ob Gott wirklich gerecht war. An manchen Tagen verneinte sie das.

An anderen hoffte sie doch darauf.

Sie war aufgewachsen in einem Haushalt, der über sehr viel theologisches Wissen verfügte. Ihre Mutter war eine Begine gewesen; ihr Glaube war tief verwurzelt und fest und gab ihr Halt und Stütze in allen Lebenslagen. Indes nicht Gott der Herr oder Jesus, sein Sohn, sondern die Jungfrau Maria wachte über ihr Leben. Ihr Vater, einst Benediktinerpater wider Willen, glaubte auch. Doch sein Gott war fern, ein Schöpfer und Weltenordner, der sich keinen Deut um den Einzelnen scherte. Weshalb Ivo vom Spiegel den kirchlichen Verordnungen und Regeln auch mit Skepsis gegenüberstand und sich einst den gefährlichen Ruf eines Ketzers zugezogen hatte. Über ihren Glauben aber hatten ihre Eltern selten mit ihr und Marian gesprochen. Sie hatten Pater Henricus zu ihrem Lehrer bestimmt, der ihnen auf der einen Seite das vermittelte, was die Kirche als wünschenswertes Verhalten der Gläubigen ansah, und ihnen gleichzeitig auf seine gütige Art die Worte Gottes auslegte. Den regelmäßigen Besuch der Messe, die Gebete und die Beichte hatte sie immer als zu ihrem Leben zugehörig empfunden und oft auch ihre innere Ruhe darin gefunden.

Aber mit ihrem Glauben hatte das nicht sehr viel zu tun, und seit ihrem heutigen Gespräch mit Pater Henricus zweifelte sie auch wieder einmal daran, ob ein geweihter Geistlicher wirklich den Willen Gottes verkünden konnte. Konnte ein Priester durch die Trauformel und die Brautmesse tatsächlich den Segen Gottes über die Verbindung beschwören? Weder ihr Vater noch ihre Mutter hatten ein bedingungsloses Vertrauen in die Geistlichkeit; das hatte sie aus manchen Bemerkungen entnommen. Und die Korruptheit vieler kirchlicher Würdenträger war oft genug angeprangert worden.

John of Lynne hatte ebenfalls kein Vertrauen in den Klerus. Er verehrte jedoch den Geistlichen Wycliffe, der für seine Landsleute die Bibel übersetzt hatte. Etwas, das die Priester gar nicht gerne sahen, weil es ihre Macht des Wissens minderte. Die gelehrte Beginenmeisterin Clara hatte einst ebenfalls Teile der Bibel übersetzt, und die Abschriften hatte ihre Mutter Almut ihr und Marian zu lesen gegeben. Manches davon erschien Alyss klug, manches unverständlich; einige Texte, die das Zusammenleben der Menschen regelten, sah sie ein, andere erschienen ihr mehr als unsinnig.

Was, wenn es wahr wäre, dass die Priester, die Bischöfe, ja selbst der Papst sich einfach nur anmaßten, Gottes Willen zu kennen und auszuführen? Derzeit gab es in Rom einen Papst und einen in Avignon – und dieser Zustand hielt schon geraume Zeit an. Konnte das Gottes Wille sein? Oder verbargen sich schnöde menschliche Machenschaften dahinter?

Alyss hielt in ihrer Wanderung inne und richtete ihren Blick gen Himmel, um nach dem Falken Ausschau zu halten. Er hatte sich weit nach oben geschraubt, ein kleiner Punkt nur unter den Wolken. Doch da war noch eine andere Veränderung eingetreten. In der Ferne sah sie einen spitzen schwarzen Pfeil sich durch das Rheintal nähern.

Die Wildgänse hatten sich aufgemacht, gen Süden zu ziehen.

Boten des Winters, der dunklen Zeit.

Es passte sich ihrer Stimmung an, die ebenfalls dunkel auf ihr lastete. Sie hatte mit Pater Henricus über den Pelzhändler Houwschild gesprochen, einen unfähigen Mann, der seine Fehler nicht einsehen wollte, die Schuld an seinem Versagen anderen gab. Aber genauso gut hätte sie von Arndt sprechen können. Auch er war nicht in der Lage, seine Geschäfte erfolgreich abzuwickeln, weil er keinerlei Verständnis für kaufmännische Zusammenhänge hatte. Doch anders als Houwschild klagte er nicht, sondern versuchte, seine Fehler durch unredliches Handeln zu vertuschen. Er war ein Großmaul, ein Betrüger und ein von Grund auf bösartiger Mensch, dem es Freude bereitete, anderen Schmerzen zuzufügen.

Und diese Erkenntnis führte dazu, dass sich Alyss' Gedanken in neue Bahnen bewegten. Houwschild war ein Esel und ein Jammerlappen, aber warum sollte er Kilian entführen und ihre Brautkrone stehlen lassen? Viel näher lag es, dass Arndt hinter dieser Untat steckte. Er hatte gesagt, dass er abreisen wollte – aber was, wenn er lediglich die Stadt verlassen hatte? Er wusste, dass sie Kilian gerne aufgenommen hatte und dass es für sie ein schmerzhaftes Erlebnis sein würde, wenn der Junge aus ihrer Obhut entführt wurde. Auch er hätte Ebby und Heini beauftragen können, sich Kilians zu bemächtigen und vor allem die Krone zu rauben. Die beiden Einbrüche zuvor mochten entweder nicht von den beiden Hausarmen durchgeführt worden sein oder dienten der Ablenkung. Was für ein teuflischer Plan – und so ganz im Sinne ihres Gatten! Er hatte sich draußen auf dem einsamen Feld am Perlenpfuhl die Krone übergeben lassen; was mit dem Jungen geschah, war ihm gleichgültig. Vermutlich hatte er den Dieben eine ausreichende Summe gezahlt, sodass sie außerhalb von Köln Unterschlupf fänden.

Alyss war nüchtern genug, sich dieses Vorgehen vorzustellen. Und nachdem sie die Ungeheuerlichkeit akzeptiert hatte, wurde ihr seltsamerweise leichter ums Herz.

Flügelrauschen erfüllte inzwischen die Luft, und die hohlen Schreie der Wildgänse hallten unter dem tief hängenden

Himmel. Mehr und mehr versammelten sich über ihr. Die V-förmigen Pfeile lösten sich auf, und wie dunkle Rauchwolken einten sich die Schwärme, kreisten umeinander, mal höher, mal niedriger. Tausende, Abertausende mussten es inzwischen sein, und mehr kamen hinzu. Es war, als hätten sie sich verabredet, just hier in der Bucht von Köln aufeinander zu warten, um dann gemeinsam in die warmen Länder des Südens zu ziehen. Manchmal löste sich ein Pulk aus dem Schwarm, bildete wieder seine spitzige Formation und machte sich auf den Weg. Aber noch größer war die Zahl derer, die weiterkreisten, auf Nachzügler warteten. Vielleicht berieten sie sich, tauschten ihre Erfahrungen über die beste Route aus, über nahrhafte Futterstellen. Vielleicht gaben sie den Jungen Anweisungen und lehrten sie die Richtung. Vielleicht fanden sie auch nur Gefallen daran, eine Weile im Aufwind zu kreisen.

Sie hielt ihren Blick nach oben gerichtet, aber dann merkte sie, dass sich etwas an ihre Beine schmiegte.

»Das ist ein Anblick, was, Benefiz?«, sagte sie zu dem Spitz und kraulte ihn zwischen den Ohren. »Das lässt an gefüllten Gänsebraten denken, findest du nicht auch? Sie kommen gerade rechtzeitig zu Martini, die grauen Vögel.«

Benefiz kläffte zustimmend und schielte ebenfalls nach oben. Eine kleine Gruppe Gänse war weit nach unten gekommen und kreiste über dem Weingarten. Alyss konnte die Luft unter ihren Schwingen rauschen hören. Doch plötzlich schlug der Tod zu. Von weiter oben stürzte wie ein Stein Jerkin auf eine Gans. In einem Federwirbel und begleitet von gellenden Schreien brachte er sie nieder. Benefiz schoss los, um nahe bei der Beute zu sein, und Alyss rief den Falken zurück.

Er zögerte, doch kam er dann gehorsam auf ihre Faust und nahm die Atzung entgegen, die sie ihm zur Belohnung reichte.

»Benefiz!«

Der Hund war etwas weniger gehorsam, aber nach dem dritten Anruf kam auch er, den Vogel im Maul, zu ihr getrottet.

»Das habt ihr beide gut gemacht!«, lobte Alyss die Tiere und beschloss dann, dass es für den heutigen Tag genug der Grübelei und der Jagd war.

Hilda zeigte sich erfreut über die Gans, die noch ein junges Tier war und damit wohl nicht so sehr zäh sein würde. Es war eines der ersten Male, dass sie Jerkin widerwillig Respekt zollte.

In der warmen Küche hatten sich an diesem Nachmittag die Jungfern mit ihrer Stopfwäsche versammelt, Frieder und Tilo schnitzten an irgendwelchen Rührlöffeln herum, und Marian spielte mit John eine Partie Schach.

»Komm an den Herd, Schwesterlieb, es ist kalt draußen.«

Sie legte den Umhang und die Gugel ab und zog die lehmigen Pantinen aus, bevor sie sich auf der Bank neben der Feuerstelle niederließ.

»Die Gänse ziehen«, sagte sie in die Stille.

»Ja, die Gänse ziehen. Und du hast nachgedacht.«

»Ja, Bruderlieb, ich habe nachgedacht.«

Er fragte nicht, worüber, er wusste, dass sie es ihm später anvertrauen würde. Und auch John schwieg.

»Merten war hier«, sagte Tilo. »Er hat Euch ein paar Hasenhäute gebracht.«

Es waren vier graubraune Felle, die noch der Bearbeitung harrten, aber da Arndt nicht zugegen war, der solche Geschenke immer mit gehässigen Unterstellungen verdarb, legte Alyss sie zusammen und reichte sie Frieder.

»Bring sie morgen zum Kürschner und lass dir daraus ein Wams nähen. Tilo hat sein Lammfell, du kriegst die Langohren.«

»Tilo kriegt 'nen Lämmerschwanz und Frieder die Hasenfüße«, kicherte Lauryn.

»Oder beiden heften wir die langen Ohren an ihre Gugeln«, schlug Marian vor.

Das Geplänkel nahm seinen Lauf, und selbst Hilda hatte einige Vorschläge zu machen, wem die Schnäbel von Schnattergänsen überreicht werden könnten. Aber gutmütig stellte sie einen Korb mit Honigkuchen auf den Tisch und Becher und warmen Würzwein dazu.

Man bediente sich eifrig, doch John, der das Schachspiel zusammengeräumt hatte, war die ganze Zeit über wortkarg geblieben und hatte sich ganz gegen seine sonstige leichtherzige Art nicht an den Wortwechseln beteiligt. Jetzt machte er Anstalten, die Gesellschaft zu verlassen, aber Alyss hätte ihn gerne zurückgehalten, um ihn aufzuheitern. Darum reichte sie ihm mit einem ihrer seltenen Lächeln ein Stück von dem süßen braunen Kuchen.

Er sah es an, sah sie an und schüttelte den Kopf. Sehr leise sagte er: »Nicht nötig, Mistress Alyss. Das ist doch schon längst geschehen.«

Damit wandte er sich ab und verließ die Küche. Als die Haustür zugefallen war, hielt Alyss ihre Hand mit dem Kuchen noch immer ausgestreckt.

Marian nahm ihr das Gebäck ab.

»Komm mit, Schwesterlieb.«

Er musste sie fast die Stiege hochschubsen und öffnete für sie die Tür zu ihrer Kammer.

Da die Küchenesse sich an der Wand hochzog, war der Raum einigermaßen gewärmt, aber dennoch zog sich Alyss die Pelzjacke über. Ihr war seltsam kalt geworden.

Marian setzte sich auf die Bank am Fenster, und sie zog den Sessel zu ihm.

»Hast du es nicht gewusst, Schwester?«

»Was?«

»Liebelein! Die Jungfern haben die Jungen zuvor mit Hildas Aberglauben aufgezogen, dass ein verzauberter Kuchen die Liebe bindet.«

»Ja, es gab neulich einen … Zwischenfall. Aber, Marian …?«

»Seit ich John das erste Mal getroffen habe, ist es mir aufgefallen. Warum sind Weiber so blind?«

»Es darf nicht sein!«, flüsterte sie.

»Was sein darf und was ist, sind zwei ganz unterschiedliche Dinge. Warum bedrückt es dich, mein lieb Schwesterlein? Er ist ein redlicher Mann, ein kluger, starker Mann, auch wenn er über vieles schweigt, was er möglicherweise besser einem anderen anvertrauen würde.«

»Er hat ein Weib.«

»Na und? Alyss, wir wissen sehr wenig über ihn, aber ein paar Vermutungen will ich jetzt einmal anstellen. Schau, John of Lynne hat sich als Hafenarbeiter verdingt. Er ist Robert aufgefallen, weil er sich klüger anstellte als das übliche Volk, und er hat ihm eine Möglichkeit geboten, seinen eigenen Handel aufzuziehen. Das hat John in kurzer Zeit erfolgreich getan, und keiner der unsrigen Kaufleute würde je daran zweifeln, dass er aus gutem Hause stammt. Er hat eine höfliche Art, spricht mehrere Sprachen, kann lesen, schreiben und hervorragend rechnen. Er kennt, soweit ich es beurteilen kann, die Werke der griechischen und römischen Philosophen und die seiner Landsleute. Er weiß Falken zu zähmen und mit ihnen zu jagen. Er hat sich mit seiner Familie entzweit. Ich stelle die These auf, Alyss, dass diese Familie von hohem Ansehen ist. Aber Händler scheinen sie nicht zu sein, denn sonst wäre er in den Gilden in London bekannt gewesen. Hätte er sich dort etwas zu Schulden kommen lassen, würden sie ihn jetzt nicht mehr akzeptieren. Also nehme ich an, dass seine Familie von Adel ist.«

Alyss lauschte schweigend, die Hände im Schoß gefaltet. Auch sie hatte sich oft genug die Frage gestellt, welchen Hintergrund John wohl haben könnte.

»Ein Falke für den König«, sagte sie leise.

»Ein Falke für den König. Aber sicher nicht aus seiner Familie. Die entsorgen ihre schwarzen Schafe mit Sicherheit anderweitig. Aber von hohem, angesehenem Adel. Aus dem Osten seines Landes, denn Kings Lynne, so versicherten mir die Englandfahrer, ist eine kleine Hafenstadt in Norwich. Seine Vorfahren mögen von den Nordmännern stammen, die einst die Insel erobert haben.«

»Norwich – ja, er hat sich als John von Norwich bei dem vamme Thurme ausgegeben.«

»Verständlich, er kennt diese Gegend gut. Sie ist bekannt für ihre ausgezeichneten Wolltuche. Dort kauft er auch seine Waren ein.«

»Eine Auseinandersetzung über Glaubensfragen, so hat er unserem Vater gegenüber zu verstehen gegeben.«

»Vielleicht auch noch mehr. Aber eines solltest du bedenken – hier wie auch in seiner Heimat werden die Ehen zwischen Familien aus politischen Gründen gestiftet, im Adel ganz besonders. Man wird ihn mit einer passenden Frau vermählt haben.«

»Und was Gott zusammengefügt …«

»Man könnte entweder an der Sinnhaftigkeit dieser Formel oder an Gott zweifeln. Was ist dir lieber, Schwesterlieb?«

»Just darüber habe ich vorhin im Weingarten nachgesonnen.«

»Das habe ich mir fast gedacht. Und zu welchem Schluss bist du gekommen?«

»Dass Arndt die Hausarmen von Houwschild beauftragt hat, Kilian zu entführen und ihm meine Brautkrone zu bringen.«

»Ein wenig um die Ecke gedacht, aber nicht unwahrscheinlich.« Dass Marian nicht lange brauchte, um diese Schlussfolgerung nachzuvollziehen, sprach für die tiefe Verbundenheit der Zwillinge. »Welche Folgen wird das für dich haben?«

»Ich werde diese Tat unserem Vater schildern.«

»Anschließend wird Arndt weniger als der Auswurf eines Schwindsüchtigen sein, aber los bist du ihn damit noch lange nicht.«

»Warten wir es ab. Zuerst aber brauche ich Beweise. Und zwar sehr belastbare, denn wenn van Doorne eines ist, dann nie verlegen um eine Ausrede. Ich brauche Heini und Ebby.«

»Richtig. Auf sie sollte sich unsere Suche konzentrieren. Den Lausejungen soll sein Vater finden.«

»Wenn ich nur wüsste, wo man anfangen sollte.«

»Die beiden Tröpfe werden sich so geschickt nicht zu verstecken wissen. Ich kann mir nicht vorstellen, dass sie weit gezogen sind. Soll Pitter seine vielen Ohren gespitzt halten. In den Gassen und Tavernen wird man am ehesten von ihnen hören.«

»Und Gislindis?«

»Gislindis?«

Alyss lächelte ihren Bruder an.

»Ein guter Grund, sie wieder einmal aufzusuchen, Bruderlieb, findest du nicht auch?«

Marian bewegte sich nicht, errötete nicht, zeigte eigentlich gar keine Reaktion.

Und darum lachte seine Schwester ihn diesmal sogar an.

»Weißt du, so blind sind wir Weiber eben doch nicht.«

»Was denkst du von mir?!«

»Dass dich der Minne Macht in Fängen hält.«

»Eine kleine Tändelei nur, ohne Ernst, Schwester mein. Und ein gegenseitiges Geben und Nehmen. Und mehr Zurückweisung von ihr als von mir.«

»Natürlich.«

»Sie hätte gerne ein Geschenk von mir für ihre Erkundigungen.«

»Recht und billig.«

»Ein solches Jäckchen ...«

Alyss strich über den samtzarten Pelz und schüttelte den Kopf.

»Es wärmt den Leib, doch nicht die Seele. Sie braucht keinen Putz. Wenn du dich ihr wirklich genehm machen willst, bring ihr das Lesen bei.«

»Habe ich schon getan.«

»Ach.«

»Ja, ja, ja.«

Alyss kicherte.

»Nun, dann bring ihr als Nächstes das Schreiben bei. Ein Wachstäfelchen, ein Griffel …«

»Hat sie schon.«

Alyss' Kichern ging in ein kleines Schnauben über.

»Mach dich nur lustig!«, knurrte Marian. Aber sie wühlte bereits in ihrer Truhe und förderte einen ihrer geliebten Bände hervor, in denen die Lieder der höfischen Sänger aufgezeichnet waren.

»Kauf ihr ein schönes leeres Buch aus Papier. Feder und Tinte dazu. Und schreib ihr auf die erste Seite dieses Gedicht. Sie hat es sich von mir vorlesen lassen, und ich glaube, es hat ihr gut gefallen.« Sie wies auf die erste Zeile, die da lautete: »Mir haben meine Augen gewählt einen jungen Mann.«

»Damit liefere ich mich ihr aus.«

»Nein, Bruderlieb. Im Gegenteil. Damit eroberst du zwar nicht ihren süßen Leib, wohl aber ihr Herz. Aber vielleicht willst du ja nur das eine und nicht das andere?«

Marian nahm die Neckerei nicht an.

»Ich will nichts. Nicht mehr, Alyss.«

»Gut. Dann mach ihr einfach eine Freude damit, dass du sie in die Kunst des Federführens einweist. Ich mag sie sehr. Sie ist eine weise Frau.«

»Ich habe manchmal Angst vor ihr«, bekannte Marian.

»Das ist auch gut so. Und nun wollen wir sehen, welchen Unsinn das Hauswesen wieder ausgebrütet hat.«

Es hatte gebrütet, und ein Aberwitz war geschlüpft.

»Ich werde ins Kloster gehen!«

Leocadies sanfte Stimme löste einen Aufschrei des Entsetzens aus.

»Ruhe!«, befahl Alyss laut, und Stille trat ein. Man saß um den Küchentisch und hatte gerade die letzten Reste des Abendessens verzehrt, als die Jungfer ihnen diese Eröffnung machte.

»Diese Entscheidung, Leocadie, hast du nicht alleine zu treffen.«

»Doch, Frau Alyss. Ich werde mein Leben Gott weihen. Das ist mein frommer Wunsch.«

»Ein solcher wird das zunächst auch bleiben. Denn du kannst nicht einfach an eine Klostertür klopfen und die Schwestern bitten, dich aufzunehmen. Vor allem nicht die Klarissen, sollte dich unser heutiger Besuch auf diesen Gedanken gebracht haben. Jedes Kloster nimmt nur eine beschränkte Anzahl von Novizinnen auf, vornehmlich solche, die eine reiche Mitgift einbringen. Und über die hast nicht du zu befinden.«

»Dann bitte ich den Herrn vom Spiegel darum, für mich zu sprechen.«

Marian, der neben Alyss saß, erlaubte sich ein kleines Prusten, das er aber schnell wieder hinter der Hand erstickte.

»Und du glaubst, dass dein Großvater dem zustimmen wird?«

»Ganz sicher, Frau Alyss. Er hat doch selbst ganz lange Zeit im Kloster verbracht. Und er will nicht, dass der Ritter um mich wirbt.«

»Du hast den Familiengeschichten wohl nie rechte Aufmerksamkeit geschenkt, Leocadie. Unser Vater hat viele Jahre im Kloster verbracht, das ist richtig. Doch er wurde dazu gezwungen.«

»Das glaube ich nicht. Und außerdem, Frau Almut war auch im Konvent.«

»Sie war eine Begine. Wie Frau Catrin. Wenn du dich in

meinem Haus nicht mehr wohlfühlst, Leocadie, dann kann ich sie gern fragen, ob sie dir im Beginenhof für eine Weile Gastrecht gewährt, dann kannst du dort mit den Frauen arbeiten und beten. Das sollte wohl einzurichten sein. Aber ins Kloster gehst du, solange du unter meines Vaters Munt stehst, nicht! Das kann ich dir in die Hand versprechen.«

»Das will ich von dem Herrn vom Spiegel selbst hören, Frau Alyss. Ich glaube nicht, dass er mir meinen Herzenswunsch abschlagen wird.«

»Das forderst du selbst heraus«, stellte Marian nüchtern fest.

»Ich werde fasten und beten.«

»Du darfst beten, gefastet wird hier nur zu Fastenzeiten. Und jetzt zu Bett allesamt! Morgen ist der erste Messetag, und es gibt auch für uns viel zu tun.«

Das Jungvolk war hinausgescheucht, und Alyss begleitete ihren Bruder noch an die Haustür.

»Er wird ihr den Kopf waschen.«

»Hoffentlich nicht so, dass ihr anschließend die Haare büschelweise ausfallen.«

28. Kapitel

Sie haben ihn gefunden!«

Mit diesem Ausruf kam Tilo am Montagmorgen in die Küche gestürzt.

»Kilian?«

Tilo nickte und blieb dann mit leicht verstörtem Blick beim Herd stehen.

»Wo? Nun sprich schon!«, forderte Alyss ihn ungeduldig auf.

»Nnna ja, sie haben ihn aus dem Wasser gezogen, unten an der Rheininsel.«

Der Frühstücksbrei wollte ihr in die Kehle steigen. Mühsam würgte sie und musste sich mit eisigen Fingern am Tisch festhalten, da ihre Beine nachzugeben drohten.

Hilda aber fuhr auf und verpasste Tilo eine derart herzhafte Ohrfeige, dass er an die Wand taumelte. Dann legte sie ihre Arme um Alyss und zog ihre Herrin an ihren üppigen Busen.

»Schhh, Kindchen, schhh. Ganz ruhig, Liebschen, ganz still.«

Alyss' Zähne klapperten vor Entsetzen, aber sie hörte, wie Lauryn Tilo anfauchte: »Du Hornochse von einem Idioten! Frau Alyss' Sohn ertrank einst. Wie kannst du mit so einer Meldung hier reinplatzen?!«

Tilo stammelte etwas Unverständliches, und Alyss machte sich aus der festen Umarmung der Haushälterin los.

»Ich muss zum Ufer. Tilo, begleite mich.«

»Nicht, Frau Alyss. Nicht.«

»Doch, Hilda.«

Sie ließ sich von Lauryn den Umhang geben und rannte mehr als sie ging mit dem jungen Mann an ihrer Seite zum Rhein hinunter.

Die Rheinvorinsel, eine sandige Erhebung, die sich vom Bayenturm aus bis zu Lyskirchen erstreckte, diente den Schiffsbauern als Werft. Hier lagen halbfertige Holzgerippe, Teerfässer, Planken, Hanfrollen und was sonst noch alles benötigt wurde, um die Nachen und Frachtkähne anzufertigen. Die Arbeiter aber hatten sich jetzt an einer flachen Stelle versammelt und bildeten ein Rund um was immer dort angespült worden war. Tilo, der bemüht war, seinen übereifrigen Auftritt wiedergutzumachen, schaffte es, einen Mann mit einem Ruderboot herbeizurufen, der sie zu der Insel übersetzte. Er stützte Alyss, als sie zu den Männern trat, und sie war ihm dankbar dafür. Zu sehr glich die Szene jener vor drei Jahren, als man sie ebenfalls an das Ufer gerufen hatte, um den Leichnam ihres kleinen Terricus zu identifizieren.

»Seid Ihr die Mutter?«, fragte einer der Arbeiter sie mit rauer Stimme, in der so etwas wie Mitleid schwang.

»Nein, aber ein Junge aus meinem Hauswesen wird vermisst. Wir befürchten …«

»Kommt, aber wappnet Euch. Es ist kein schöner Anblick.«

Der Mann half ihr über den sandigen Boden zu der Stelle, wo ein kleines, nasses Bündel Mensch lag.

In Lumpen.

Aufgedunsen.

Kaum mehr erkennbar.

Doch mit dunklen Haaren.

Wie Terricus.

Tilos Arm um ihre Taille drückte fester, hielt sie, während sie krampfhaft schluckte.

»Nicht Kilian!«, stieß sie hervor. »Das ist nicht Kilian.«

»Nein, das ist nicht Kilian.«

»Eine andere Mutter wird weinen.«

Doch die Tränen strömten ihr haltlos über das Gesicht.

Vom Kai her erklangen weitere Rufe, ein nächster Nachen

landete an, und Aldenhoven stürmte auf den Kreis der Arbeiter zu. Er stieß sie grob zur Seite und kniete vor dem ertrunkenen Kind nieder.

»Gehen wir, Frau Alyss. Bitte lasst uns gehen. Ihr ertragt seinen Zorn jetzt nicht.«

»Ja, Tilo. Danke.«

Er führte sie behutsam zum Ruderboot, half ihr hinein und gab dem Besitzer den Befehl, sie wieder zur Stadt zu bringen. Alyss hatte sich inzwischen so weit im Griff, dass sie ihn mit ein paar Münzen entlohnen konnte, aber auf dem ganzen Weg zurück war sie schweigsam. Tilo trottete betroffen neben ihr her.

Das Hauswesen erwartete sie mit großen, ängstlichen Augen.

»Ein anderes Kind. Doch lasst uns für seine Seele und seine Eltern beten.«

Man befolgte ihre Bitte umgehend.

Doch nicht genug dieser frühmorgendlichen Aufregung, kurz vor der Sext kam Frieder aufgeregt keuchend in den Hof gestolpert, und Alyss fing ihn gerade noch auf, als er über Malefiz zu stolpern drohte. Der Katzenschwanz war gerettet, und als der Junge wieder fest auf den Beinen stand, sprudelte er hervor:

»Frau Alyss, Frau Alyss, ich hab ihn gesehen! Diesmal hab ich ihn gesehen, und er ist es wirklich!«

»Wo?«

»Kilian ist in der Taverne im Hafen und dreht den Bratspieß.«

»Es erübrigt sich wohl zu fragen, in welcher Taverne. Vermutlich jene, in der das Harfeliesje seine Künste ausübt.«

»Äh – ja.«

»Und warum hast du ihn dir nicht gegriffen und hergeschleppt?«

»Ihr kennt doch den Teufelsbalg. Den müssen mehr als zwei Leute festhalten.«

»Ja, das stimmt wohl.«

Alyss rieb sich mit der Hand über die Stirn. Nicht nur hatte sie vor einigen Stunden ein außerordentlich aufwühlendes Erlebnis gehabt, sie hatte auch eine höchst unruhige Nacht hinter sich und fühlte sich inzwischen, als hätte sie einige Stunden in einem Butterfass verbracht, an dessen Kurbel ein trunksüchtiger Dämon gedreht hatte. Entsprechend langsam waren ihre Gedanken, und der erste und einzige, der ihr kommen wollte, wickelte sich wieder einmal um den Namen John of Lynne.

Je nun, er war ein Mann für Tavernen.

»Tilo?«

»Ist im Kelterhaus, Frau Alyss«, antwortete ihr Hedwigis, die die Eier gesammelt hatte.

»Hol ihn. Er soll zu seinen Eltern laufen und John bitten, zum Hafen zu kommen. Wie heißt die Schenke, Frieder?«

»Zum Anker. Ist am Fischmarkt unten.«

»Gut. Wir beide gehen schon einmal vor, Tilo soll mit John folgen, so schnell es geht.«

Hedwigis stellte den Korb ab und ging zum Kelterhaus, Alyss wandte sich zur Küche, um Hilda von ihrem Vorhaben zu informieren.

»Besser, Ihr wartet auf Peer, Frau Alyss.«

»Der fährt Ware aus und kommt erst nach der Terz zurück. Das dauert mir zu lange.«

Sie löste den Schleier, der ihre Haare bedeckte, und ordnete ihn so, dass er auch Kinn und Wangen bedeckte. Nicht jeder musste sie gleich erkennen, wenn sie sich in die Niederungen des Hafens begab. Am besten auch Kilian nicht.

Dass sie sehr viel besser daran getan hätte, Nachricht an Aldenhoven zu schicken, fiel ihr, dank des zähen Flusses ihrer Gedanken, erst ein, als sie und Frieder die Taverne schon fast erreicht hatten.

Bis zu sechs Stockwerke ragten die schmalen Häuser am Fischmarkt auf, weit kragte das erste Geschoss über die Eingänge vor. Hier wurden die Fässer mit Salz- und Stockfisch umgeschlagen, einer der einträglichsten Handelszweige Kölns. Packer, Tonnenschürger, Kranenknechte, Zinsmeister, Schiffer, Fischmengersche und Lastenträger belebten das Ufer und die engen Gassen zwischen Groß Sankt Martin und dem Pickelstörchen, dem Zolltor in der Hafenbefestigung, durch das die Ware gebracht werden musste. Es roch durchdringend nach Fisch.

Nicht immer dem frischesten.

Die Schenke war nicht zu übersehen, jetzt um die Mittagszeit zog sie die hart arbeitenden Männer und Frauen an, die seit dem Morgengrauen ihren Aufgaben nachgingen.

Frieder bahnte Alyss den Weg und stieß die Tür für sie auf. Tageslicht drang nur durch zwei kleine Fenster in den Raum, den hinteren Bereich erhellten ein Kaminfeuer und einige rußende Pechfackeln. Auch hier roch es nach Fisch, nach Schweiß, nach fauligem Stroh und verschüttetem Bier. Die Gäste drängten sich um den Kessel, aus dem der Wirt schöpfkellenweise eine dicke Suppe in die zugereichten Näpfe klatschte. Wer einen Platz auf einer der klebrigen

Bänke ergattern konnte, setzte sich, die meisten aber löffelten im Stehen ihr Essen in sich hinein. Von Kilian war keine Spur zu sehen.

»Wo ist der Bengel?«, zischte Alyss Frieder an.

»Hinten, in der Küche, wo sie den großen Bratspieß haben. Wir müssen uns irgendwie hier durchdrängen.«

Doch das erwies sich als weit schwieriger als gedacht. Und gleich darauf verlor Alyss ihren Begleiter aus den Augen, denn ein riesiger Arbeiter hatte sein Mahl beendet und hielt nach Belustigung Ausschau. Sein Arm, mächtig wie ein Schweineschinken, legte sich um Alyss' Mitte, und mit der anderen Hand zupfte er ihr an dem Schleier.

»Was versteckst du dein Lärvchen, Kleine? Nicht so schüchtern! Lass dich anschauen, ob's einen Silberling wert ist!«

Seine Haare waren verfilzt, sein Kittel starrte vor Dreck, aber bedauerlicherweise sah er sehr stark und gesund aus. Alyss versuchte es mit Güte.

»Lass mich los, Freund. Ich bin nicht zu haben.«

Der Druck um ihre Hüfte verstärkte sich.

»Für den Tünn ist hier jede zu haben, Liebschen. Ich mach's dir gut. Versprochen.«

»Das glaub ich dir, aber ich habe etwas anderes zu tun, als mir mit Tändeleien die Zeit zu vertreiben. Also nimm die Hände weg.«

Eine Abweisung verstand der Riese nicht, oder besser, er empfand sie als Herausforderung und machte sich daran, sein Begehr mit größerer Leidenschaft auszudrücken. Mit Worten wie mit Taten.

Alyss sah sich gezwungen, ihre christliche Nächstenliebe über Bord zu werfen, hob den mit einer schweren Holzpantine beschuhten Fuß und stampfte kräftig auf den Spann ihres Verehrers.

Holz knallte auf Holz, und der Mann lachte.

Der letzte Rest tugendhafter Weiblichkeit wich aus Alyss' Seele. Mit nach innen geknickten Zeige- und Mittelfinger griff sie in Tünns Oberlippe und verdrehte sie mit einem Ruck.

Schmerzgepeinigt schrie er auf, lockerte den Griff um ihre Mitte, und sie hatte die Freiheit, mit Wucht das Knie nach oben schnellen zu lassen.

Das Röcheln hörte sich weit gedämpfter an als der erste Schrei.

Sie machte sich los und wäre auch entkommen, hätte sich nicht Frieder just in diesem Augenblick zu ihrem Retter aufgeschwungen. Peinlicherweise traf der tönerne Bierkrug nicht den Kopf des riesenhaften Arbeiters, der inzwischen gekrümmt an einem Kumpel lehnte, sondern den kahlen Schädel des anderen. Was wiederum diesen Mann dazu bewegte, seine Faust zu ballen. Sie traf Frieder unvorbereitet auf dem linken Auge.

Bevor er ein zweites Mal von dem Holzhammerschlag des Lastenträgers getroffen werden konnte, hatte Alyss einen eben frei gewordenen Schemel gepackt und schlug damit auf Frieders Angreifer ein. Das empfanden weitere Umstehende als Aufforderung, sich für die eine oder die andere Seite stark zu machen. Verzweifelt versuchte Alyss, sich dem Knäuel aus sich schlagenden und stoßenden Leibern zu entwinden und möglichst noch Frieder mit hinauszuschleifen. Aber es blieb ihr zunächst nichts anderes übrig, als den Schemel als Schild vor sich zu halten, sich zu ducken und ungezielten Tritten durch eiliges Tänzeln auszuweichen.

»Frau Alyss! Frau Alyss!«

Herrgott noch mal, wer rief denn nun auch noch ihren Namen?

Doch bevor sie tatsächlich zu fluchen begann, zog eine Hand sie am Halsausschnitt ihres Kittels nach hinten, sodass sie fast erwürgt worden wäre. Immerhin gelang es ihrem Retter so, sie aus dem dichtesten Kampfgetümmel zu zerren.

»Tilo!«, keuchte sie und ließ den Schemel fallen.

»Raus hier!«

»Frieder?«

»Macht Master John!«

Sie stolperten durch die Tür auf die Gasse, und Tilo drängte Alyss Richtung Groß Sankt Martin. Hier war es ein klein wenig ruhiger, und erschöpft lehnte sie sich an eine Hauswand.

»Das war dumm von mir«, seufzte Alyss und wickelte sich den unordentlich zerknüllten Schleier von den Haaren, um ihn neu zu binden.

»Wahrscheinlich. Aber Ihr habt das gut gemacht. Ich hab gesehen, wie Ihr mit dem Höckerchen zugelangt habt.«

Tilo grinste sie bewundernd an.

»Zuvor hab ich noch viel schlimmere Dinge getan.«

»Was? Wo habt Ihr Raufen gelernt? Euer Bruder, was? Der Herr Marian ist klein, aber tapfer, nicht?«

»Lass es gut sein, Tilo. Ich hoffe, Frieder kommt in einem Stück aus der Taverne.«

»Dafür wird Master John schon sorgen. Der hatte so ein Glitzern in den Augen, als wir reingingen.«

»Hatte er sein Schwert dabei?«, fragte Alyss in plötzlich aufsteigender Panik. Ein blutiges Gemetzel war das Letzte, dessen Ursache sie sein wollte.

»Nein, aber er hatte einen Knüttel. Ich denke, er kann damit ausreichend für Ruhe sorgen.«

Und danach sah es dann auch aus, denn gerade bog John, Frieder wie einen Sack Mehl über der Schulter, um die Ecke.

»Mistress Alyss, zu Euren Diensten!«

»Ist noch Leben in diesem Gepäckstück da?«

John drehte sich halb, und Frieder, mit bluttropfender Nase und einem zugeschwollenen Auge, grinste sie an und hob eine zerschrammte Hand zum Gruß.

»Hat sich im Eifer den Fußknöchel vertreten.«

»Und Ihr habt auch eine blutige Schramme am Kopf und – Blut am Bein?«

»Oh, jetzt, wo Ihr's sagt. Da war einer mit einem Messer. Gehen wir nach Hause.«

»Ach ja«, ließ sich Frieder vernehmen, »der Teufelsbalg ist weg. Mitsamt dem Huhn auf dem Spieß.«

John humpelte nach wenigen Schritten so heftig, dass Alyss Frieder befahl, sich auf seine eigenen Füße zu stellen und sich auf Tilo zu stützen. Recht gemächlichen Ganges erreichten sie ihr Heim, und Alyss bugsierte die lädierte Mannschaft in die Küche.

»Lauryn!«

»Frau Alyss?«

»Lass den Kohl Kohl sein, heute bekommst du eine Lektion, wozu man ihn bei der Wundbehandlung verwendet. Wir brauchen frische Leinenstreifen, Hedwigis, Leocadie. Tilo, ein Schaff Wasser. Hilda, deine Wundsalbe. Frieder, setz dich auf die Bank. Master John, legt Euer Beinkleid ab.«

»Immer wollt Ihr, dass ich mich vor Euch entblöße«, maulte John.

»Eure Unschuld wird hier nicht angetastet, seid ganz unbesorgt. Runter damit, ich will sehen, wie tief der Schnitt geht.«

»Andere Heiler sind nicht so neugierig auf bloße Männerbeine.«

»Schämt Ihr Euch der Eurigen?«, kicherte Lauryn.

»Vor Euch schon, junge Maid.«

»Och, es sind nicht die ersten nackeligen, die ich sehe.«

»Kümmer du dich um das Auge deines Bruders, Lauryn. Wenn das nicht bald gekühlt wird, gibt es ein übles Veilchen.«

»Das wird es so und so geben, Mistress Alyss. Aber Kühlung lindert den Schmerz. *Aua!*«

»Was seid Ihr für ein Lämmchen, Master John. Ich habe nur das Blut an Eurer Schläfe weggewischt.«

»Und mir die Hälfte der Kopfhaut dabei abgerissen.«

Das mutwillige Gezänk führte jedoch dazu, dass die angeschlagene Truppe recht schnell und ohne große Gegenwehr verarztet werden konnte. Frieders Knöchel wurde von Leocadie geübt bandagiert, seine Schrammen und Prellungen mit feuchten Tüchern gekühlt, gesalbt und verbunden, und Alyss betrachtete den muskulösen Oberschenkel, auf dem sich goldene Härchen sträubten, während sie mit dem nassen Lappen das Blut fortwischte. Die Wunde darunter war weit weniger tief, als sie befürchtet hatte.

»Das Messer hat nicht Mats geschliffen, ein Kratzer nur. Marians Behandlung mit Nadel und Faden bleibt Euch erspart, Master John.«

»Der Herr sei gelobt und all seinen himmlischen Heerscharen ein Lied gesungen!«

»Feigling. Er fertigt recht zierliche Stickereien, wenn man ihn lässt.«

»Nicht in meinem Leib, Mistress Alyss, da bin ich eitel.«

»Ja, Narben von klaffenden Wunden und wildes Fleisch zieren den echten Helden. Kohlblatt, Lauryn!«

»Wollt Ihr einen Krautwickel aus ihm machen, Frau Alyss?«

»So etwas Ähnliches. Kohl verhindert die Entzündung. Aber zuerst von der Salbe. Dann das Kohlblatt, dann der Verband.«

Lauryn half ihr, die Wunde zu bedecken, was sich John nun ohne Widerworte gefallen ließ.

»Drei Tage drauflassen, Master John.«

»Ach, Mistress Alyss, diesen Wickel von Euren sanften Händen, den werde ich nie wieder von meinem Schenkel entfernen.«

»Schön, doch nach vier Tagen werdet ihr stinken wie ein vergammelter Kappes und nach einer Woche wie ein Dunghaufen. In meine Nähe kommt Ihr damit nicht mehr.«

»Ihr habt so eine zartfühlende Art, mit Leidenden umzugehen, my Honourable Lady.«

»Schmuusbüggel!«

Dann wandte sie sich Tilo zu, der ebenfalls einige oberflächliche Schrammen davongetragen hatte und der Salbe, vor allem aber der Aufmerksamkeit, bedurfte.

Und schließlich spendete Hilda mit süßem Wein allen Beteiligten auch noch leiblichen Trost.

»Frieder, ich danke dir, dass du mich so mutig verteidigt hast«, sagte Alyss, als sie ihm den Becher reichte. Der junge Mann schaute mit stiller Verehrung zu ihr auf.

»Ihr habt Euch aber auch nicht schlecht geschlagen, Frau Alyss. Wie fies, dem Mann die Lippe umzudrehen.«

»Und dafür hast du jetzt ein blaues Auge.«

Es war ihre eigene Dummheit, dass sie selbst in die Taverne

gegangen und er dabei verletzt worden war. Ihr Blick glitt über sein junges, eifriges und so zerschlagenes Gesicht. Der erste helle Flaum hatte sich um sein Kinn gebildet, er war auf dem Weg, ein Mann zu werden. Noch waren seine Beine und Arme länger, als sie sein sollten, seine Schultern noch schmal, aber er hatte Alyss beschützen wollen.

Sie beugte sich vor und küsste ihn leicht auf die Wange.

»Oh. Mhm … ähm.«

»Verschütte deinen Wein nicht!«, mahnte seine Schwester Lauryn ihn. Gehorsam nahm Frieder einen tiefen Schluck.

»Das dient der Heilung, Frieder. Lauryn, du könntest Tilo diesen Dienst erweisen.«

»Der kriegt doch nur Schüttelfrost davon. Ich hab keine Heilkräfte.«

»Das muss man üben.«

Lauryn rollte mit den Augen und schmatzte dann Tilo einen nassen Kuss auf die Stirn.

»Igitt!«

»Seht Ihr, Frau Alyss?«

»Ein Herr von Stand und Höflichkeit, Jung Tilo, weiß den Kuss einer schönen Maid immer zu würdigen. Und nun, wohledle *damsels and dames,* wer küsst mich?«

»Hilda?«, schlug Frieder vor.

John machte den Mund auf und schloss ihn wieder.

»Ich küsse keine Männer mit bloßen Beinen«, meinte die Haushälterin pikiert. »Außerdem wird es Zeit, den Übermut zu beenden. Frau Alyss, das war ein sehr leichtsinniges Verhalten von Euch. Nun wischt Euch auch das Blut von Eurer Stirn, und dann wird endlich gegessen.«

So gemaßregelt trat wieder Ordnung in das Hauswesen sein,

und Alyss verließ nach ein paar Happen Bohnensuppe auch wieder die gehobene Stimmung, in die sie die Aufregung versetzt hatte. Die vielen Prellungen begannen sich bemerkbar zu machen, vor allem aber auch die großen Aufregungen des Tages und die Müdigkeit nach der durchwachten Nacht. Schweigsam nahm sie noch ein paar Löffel zu sich, schob dann aber unauffällig die Schüssel von sich. Die Ausgelassenheit nach dem Abenteuer hatte es ihr leicht gemacht, kameradschaftlich mit John umzugehen, aber das änderte nichts daran, dass seine gestrige Bemerkung ihr Verhältnis zu ihm beeinträchtigte. Aus so vielen Gründen, und kaum einer davon war ihr richtig klar. Gegen die körperlichen Leiden mochte ein heißes Bad helfen. Und vielleicht löste der Dampf auch die Knoten in ihrem Hirn.

»Ich werde heute Nachmittag zu Pitter ins Badehaus gehen. Möchte eine von euch Jungfern mitkommen?«

Überraschenderweise fand sich nicht nur Lauryn, sondern auch Hedwigis dazu bereit.

29. Kapitel

Da der erste Tag der Martinimesse angebrochen war und alle Kaufleute und Händler in heftige Geschäfte verwickelt waren, hatten sich in den Nachmittagsstunden nur sehr wenige Gäste in Pitters Badehaus eingefunden. Lediglich ein paar alte Männer hockten in einem Bottich und wärmten ihre gichtigen Knochen im heißen Sud.

»Die Schwitzkammer lohnt es sich heute nicht anzuheizen«, sagte Susi zu Alyss. »Aber ich lasse Euch den großen Zuber richten. Die Jungfern können sich inzwischen gegenseitig die Haare waschen, ich wasche die Euren.«

»Das wäre sehr nett, Susi. Und vielleicht kannst du mir auch etwas den Rücken walken, es gab da vorhin ein kleines Problem.«

Susi, die dralle Schwester des Baders, half oft in der Badestube aus und wusste geschickt, schmerzende Muskeln mit ihren kräftigen Händen zu lockern.

»Hab's schon gehört, Frau Alyss. Ihr habt Euch im Anker unten eine mächtige Keilerei geliefert.«

»Ich habe mich nur gegen Zudringlichkeiten gewehrt.«

»Aber ordentlich. So, und nun legt den Schleier ab, damit ich mich Euren Haaren widmen kann. Den Rest machen wir dann später.«

Nur in einem dünnen Badehemd aus Leinen setzte sich Alyss in die Nähe des großen Kamins, auf dem die Kessel mit heißem Wasser gewärmt wurden, und ließ sich mit geschlossenen Augen ihre hüftlangen schwarzen Haare einschäumen. Susi plapperte dabei munter drauflos.

»Die kleine Lore habt Ihr mit den süßen Käfern mächtig beeindruckt, Frau Alyss. Gott ja, das ist ein armes, hungriges Wurm. Ihr wisst ja, der Pitter füttert die Bande auch mit den Resten durch, die hier übrig bleiben. Aber das ist ja oft nur das Brot, auf dem das Fleisch lag, mit Soße manchmal, und die dünne Brühe, die im Suppenkessel übrig bleibt. Kuchen bleibt kaum mal zurück. Aber sie und Clais sind jetzt sehr aufmerksam und halten die Augen offen. Der Lausejunge ist Euch wieder entwischt, was?«

»Der hat mehr Witz als alle seine Verfolger zusammen«, grummelte Alyss. »Aber ich denke, sein Vater wird seiner bald habhaft werden. Ich möchte eigentlich, dass die Päckelchesträger jetzt viel mehr Ausschau nach Ebby und Heini halten. Das sind Houwschilds Hausarme, die ihn entführt und mir ein kostbares Schmuckstück gestohlen haben.«

»Die kenne ich nicht. Könnt Ihr sie beschreiben?«

»Ich habe sie auch nie gesehen, aber Heini ist ein schmächtiger, zäher Kerl, mit abstehenden Ohren und strohigen Haaren, der ständig hustet. Ebby soll eine vierschrötige Frau sein mit einem Mondgesicht und einer Warze auf der linken Wange. Sie haben Geld bekommen, möglicherweise haben sie sich neue Kleider gekauft. Vermutlich haben sie auch die Stadt verlassen, aber Eure Bande trifft ja auch auf viele Reisende. Mag sein, dass jemand ihnen begegnet ist.«

»Die Jungs kommen auch vor die Stadtmauern. Ich werd ihnen sagen, dass sie auf die beiden achten sollen.«

»Drei Tage Sattessen an meinem Tisch für den, der mir als Erster eine verlässliche Spur liefert.«

»Das wird helfen. So, und nun kämme ich Eure Haare aus. Wollt Ihr Rosenwasser oder etwas anderes?«

Nach Rosen duftete ihre Mutter Almut. Und John.

»Was habt Ihr sonst noch?«

»Lasst mich sehen. Trines Tinktur, sie ist sehr herb, und ein neues duftendes Öl von Minze und Lavendel. Das möchte Euch gefallen.«

Mit dem zarten Öl glättete Susi Alyss' lange Haare und flocht sie dann zu einem festen Zopf, den sie ihr um den Kopf wand und mit dem Tuch wie mit einem maurischen Turban umwickelte.

»Und nun wärmt Eure steifen Glieder im heißen Bad. Nachher behandle ich Eure Prellungen und Beulen.«

Hedwigis und Lauryn saßen schon in dem großen Zuber und schwatzten leise, als Alyss sich zu ihnen gesellte. Susi orderte die Badermagd, noch eine weitere Kanne heißes Wasser nachzugießen, und stellte ihnen einen Krug mit süßem Most auf das Brett über dem Bottich.

Alyss streckte sich aus und fühlte, wie das heiße Wasser ihre Muskeln lockerte. Dampfschwaden stiegen auf, Lavendelduft und der Geruch von Äpfeln umwehte sie, leise plätscherte irgendwo die Unterhaltung einiger anderer Badender vor sich hin, von draußen drang gedämpft der Straßenlärm herein, und das graue Novemberlicht, das durch die kleinen Fenster fiel, mischte sich mit den Flammen der Öllampen, die von der Decke hingen. Sie döste vor sich hin, eine ganze Weile offensichtlich, denn erst als eine weitere Kanne heißes Wasser nachgegossen wurde, bemerkte sie, dass die Wassertemperatur im Bottich gesunken war. Sie hob die Lider und sah, dass die beiden Jungfern sie beobachteten.

»Ihr seid müde gewesen, Frau Alyss«, meinte Lauryn und reichte ihr den Becher.

»Ein wenig. Aber nun habe ich mich erholt.«

»Dann darf ich Euch mal eine Frage stellen? Ich meine, bitte?«

Neugierig wandte Alyss sich Hedwigis zu. Derart sanft und demütig pflegte die Patriziertochter gewöhnlich nicht zu bitten. Es musste wohl etwas für sie sehr Wichtiges sein, dass sie nun sogar verlegen die Finger verknotete.

»Natürlich. Um was geht es denn?«

»Frau Alyss, was habt Ihr gegen Herrn Merten?«

»Nichts, Hedwigis. Ich habe nur etwas dagegen, dass du zu freundlich zu ihm bist. Er ist nicht der richtige Mann für dich. Das habe ich doch schon mal sehr deutlich gesagt.«

»Aber … aber warum nicht? Er ist doch ein gewandter und höflicher Herr. Was spricht denn gegen ihn?«

Ja, was sprach gegen ihn als Gatten für Hedwigis? Wie sollte sie ihr verständlich machen, dass Merten nie ein guter Ehemann werden würde? Das lag nicht in seiner leichtherzigen Natur. Er würde ihr über kurz oder lang weh tun. Aber um eine Erklärung bat sie, und eine Erklärung sollte sie bekommen.

»Hedwigis, dein Vater ist ein guter und erfolgreicher Baumeister. Ich bin sicher, er wünscht sich einen Schwiegersohn, der ihn in seinem Gewerbe unterstützt.«

»Aber das könnte Merten doch auch.«

»Nein, das kann Merten nicht. Sieh mal, der Junge hat sehr früh seinen Vater verloren und wurde von seiner Mutter und Großmutter aufgezogen. Als er sieben war, hat Arndt seine Mutter geheiratet, aber da er damals seinen Weinhandel ausgeweitet hat, hat er sich nicht viel um den Jungen kümmern können. Dann starb auch Mertens Mutter, und er kam unter die Obhut der alten Trude de Lipa. Niemand hat sich je darum gekümmert, dass er in die Lehre gegeben wurde, und als mein Gatte endlich die Zeit dafür fand, war es zu spät für ihn.« Sie verschwieg Hedwigis, dass erst auf ihre und Roberts Anregung hin der verwöhnte Junge in die geschäftlichen Tätigkeiten eingewiesen werden sollte, darin aber sowohl Fähigkeit wie auch Gefallen vermissen ließ.

»Er braucht ja auch nicht zu arbeiten, Frau Alyss. Er hat doch eine reiche Großmutter.«

Was weidlich übertrieben war, soweit Alyss wusste.

»Ich könnte mir aber vorstellen, dass dich Vater lieber mit einem Mann verheiratet sähe, der sein oder wenigstens irgendein Handwerk versteht«, wagte Alyss noch einmal einzuwenden.

»Mein Vater schon, aber Mutter sieht das anders. Weil, Merten kennt doch die ganzen Patrizier und ganz viele von den Adligen.«

Wiltrud, eine geborene Overstoltz, war in Alyss' Augen ein dünkelhaftes Weib und bildete sich ungeheuer viel auf ihre edle Abstammung ein. Ein Makel, den sie leider ihrer Tochter weitergegeben hatte. Gewiss, sie würde an Merten Gefallen finden. Er war jung, gut aussehend, von geschmeidigen Manieren und hatte tatsächlich viele einflussreiche Freunde, von denen sie selbst auch einigen Nutzen hatte.

Alyss seufzte.

»Nun gut, Hedwigis. Hat denn Merten schon erklärt, dass er um dich werben will?«

Jetzt war es an dem Mädchen, verlegen dreinzuschauen.

»Aha. Also nicht. Nun, dann ziert es die Jungfrau, wenn sie sich dem Mann nicht aufdrängt. Wenn er redliche Absichten hat, Hedwigis, wird er ohnehin mit deinen Eltern sprechen. Solange solltest du mit deiner Gunst geizen. Das mag ihn eher zum Handeln verleiten als allzu offene Tändelei.«

»Ja, Frau Alyss. Vielleicht habt Ihr recht.«

»Könnt sein.«

Alyss erhob sich aus dem Zuber und schaute sich nach Susi um. Die Zeit war vorangeschritten, und wenn sie vor Einbruch der Dunkelheit nach Hause kommen wollten, dann musste die Baderin nun ihre letzte Behandlung durchführen.

Die Magd führte sie auf ihre Frage hin wieder zu dem großen Badeofen, und Susi kam händereibend herbei.

»Schön aufgeweicht und locker, Frau Alyss?«

»Und aufgequollen wie ein Griespudding.«

»Dann zieht das Hemd aus und legt Euch hier auf die Bank.«

Mit kundigen Fingern grub sich Susi durch Alyss' Muskeln, sparte die blauen Stellen aus und schwatzte wieder lustig vor sich hin.

»Der englische Kaufmann, der bei Eurer Tante wohnt, ist ein ansehnliches Mannsbild, nicht? Er kommt alle paar Tage her und lässt sich barbieren. Ich hab ihm neulich auch die Muskeln gewalkt. Das war mal ein Vergnügen. Sooo schöne breite Schultern. Das hat man sonst nur bei harten Arbeitern. Die anderen Kaufleute schwingen ja oft nur die Feder oder zählen ihre Münzen. Das ist gar nicht gut für den Rücken. Und dicke Bäuche bekommen die Pfeffersäcke auch alsbald. Aber dieser John hat einen schönen straffen Körper. Und seine Männlichkeit …«

»Ich glaube nicht, dass John of Lynne es zu schätzen wüsste, dass seine körperlichen Vorzüge in öffentlichen Badehäusern gepriesen werden«, zischte Alyss, der viel zu deutlich Johns nacktes Bein vor Augen stand. Und auch sie hatte vor einigen Monaten einmal seinen bloßen Oberkörper verarztet.

Ja, er war ein ansehnliches Mannsbild.

Aber fort damit!

Ein weit weniger ansehnliches ging ihr darauf durch den Sinn.

»Kommt eigentlich Magister Jakob, der Notarius, manchmal zu Euch, Susi?«

Susi begann zu kichern.

»Ja, der besucht uns auch alle Freitage. Das ist ein Kauz! Kennt Ihr ihn?«

»Wir haben geschäftlich miteinander zu tun. Ein Kauz ist er wohl, aber nicht uneben, will mir scheinen.«

»Nein, obwohl – nun, nicht wie jedermann.«

»Das sind Käuze selten.«

»Stimmt. Erst dachten wir ja, er hätte die Krätze oder gar den Aussatz, weil er immer ein ganz langes, dichtgewebtes Badehemd trägt und sich heimlich umzieht. Aber ich hab Pitter drauf angesetzt, dass er ihn vorsichtig fragt, und schon war alles in Ordnung. Er ist bloß sehr verschämt, der Herr Notarius.« Und wieder giggelte Susi, während sie Arnikasalbe vorsichtig auf Alyss' wunde Stellen aufstrich. »Ich meine, ich mag ja Männer, die hübsch Haare auf der Brust haben. Aber der Ärmste ist von oben bis unten behaart wie ein wolliger Affe. Aber sagt's bloß nicht weiter.«

Alyss schwor es bei den Heiligen Cosmas und Damian, den Patronen der Bader, dass nie ein Wort darüber ihre Lippen verlassen würde. Aber sie fürchtete um ihr Seelenheil, wenn sie dem wunderlichen Magister Hermanus das nächste Mal begegnen würde.

Immerhin körperlich und geistig aufgemuntert verließ sie bald darauf mit den Jungfern das Badehaus und kehrte zu ihren Pflichten zurück.

30. Kapitel

Es half, sich bis zum Umfallen mit den allgegenwärtigen Aufgaben zu beschäftigen, fand Alyss, denn die folgende Nacht hatte sie in tiefem, traumlosem Schlummer verbracht, bis der gnadenlose Herold seinen morgendlichen Schlachtruf aus seiner schwarzen Kehle ertönen ließ. Da Messe war, wollte sie mit ihrem Hauswesen zum Alter Markt gehen, um zu prüfen, was die fremden Händler anzubieten hatten. Eine ganze Reihe Anschaffungen für den Haushalt waren nötig, und es bereitete allen natürlich ein besonderes Vergnügen, auch einmal das auswärtige Angebot zu prüfen. Vom Niederrhein brachten einige Händler schön gemalte Gebetbücher, aus dem Osten boten Händlerinnen Silberschmuck an, aber besonders begehrt waren die Waren aus dem Morgenland, die die Venedighändler ausliegen haben sollten. Kostbare Gewürze, farbenprächtige Seiden, zierliche Glaswaren, Parfümöle, zierlichste Goldarbeiten und seltene Süßigkeiten aus Datteln, Feigen, Honig, Mandeln oder gar mit Zucker zubereitete Leckereien.

Doch Alyss kam nicht dazu, sich mit ihrem Trüppchen auf den Weg zu machen, sondern musste es Hildas gestrenger Aufsicht überlassen, denn Marian hatte sie aufgesucht und gebeten, ihn zu begleiten.

»Ich habe mir deine Schlussfolgerung durch den Kopf gehen lassen, Schwester mein. Und je mehr ich darüber nachdenke, desto wahrscheinlicher will mir vorkommen, dass dein unfeiner Gatte hinter diesen Streichen steckt. Es passt zu ihm –

schon dass er den Weingarten verschachert hat, zielte darauf hin, dir Ärger zu bereiten. Er weiß, was dir weh tut, und er wird nicht aufhören damit, dich zu demütigen, denn du hast ihn seiner Würde beraubt.«

»Hatte er eine, Marian?«

»In seinen Augen ja.«

»Das mag natürlich sein. Aber was für einen Vorschlag hast du nun zu machen?«

»Dass du als Erstes aufhören musst, hinter diesem Teufelsbraten herzujagen. Lass uns zu Aldenhoven gehen, ihm unsere letzten Spuren nennen und ihm dann deutlich machen, dass er den Lausejungen nun selbst aufstöbern muss. Und dann versuchen wir es noch mal im Turm, um dort die Wachen auf Heini und Ebby anzusetzen. Meister Hans meint, es gibt auch ein paar eifrigere Männer unter ihnen, denen daran gelegen ist, solches Gesindel aufzuspüren und die Wahrheit aus ihnen zu holen. Wir brauchen jede Hilfe, die wir kriegen können, wenn wir Arndt festnageln wollen.«

»Ist recht. Also, dann zuerst Aldenhoven.«

Der Buntwörter empfing sie in seinem streng nach Leder und Gerbmitteln riechenden Kontor. Er sah übernächtigt aus und hatte rotgeriebene Augen. Doch er begrüßte Alyss und Marian freundlich.

»Mein Weib kann gar nicht mehr aufhören zu weinen«, murmelte er. »Der Schreck gestern hat sie beinahe umgebracht. Kilian ist doch unser Einziger!«

»Ich weiß, Meister Niclas. Aber bedenkt, der Junge lebt und ist gesund und unverletzt. Gestern noch drehte er den Bratspieß in der Taverne ›Zum Anker‹, doch als wir ihn dort aufklauben wollten, ist er uns wieder einmal entwischt.«

»Ja, ich hörte davon. Und auch, dass Ihr Euch selbst in Gefahr begeben habt. Frau Alyss, ich muss Euch Abbitte leisten. Ich war so grob und ungerecht zu Euch.«

»Ihr wart aufgeregt und halb von Sinnen vor Angst.«

»Ja, aber dennoch ist es sonst nicht meine Art. Und – Frau Alyss, ich habe inzwischen auch eingesehen, dass Kilian nicht ganz unschuldig an diesem Abenteuer ist. Herr im Himmel, dieser Bengel *will* ja gar nicht nach Hause zurück! Er weiß ganz genau, wo wir wohnen und dass Lis das Haus hütet.«

»Den Eindruck haben wir auch gewonnen, Meister Niclas. Er versteckt sich vor allen Leuten, die ihn erkennen könnten. Ihr seid doch bestimmt mit dem Pelzhändler Houwschild bekannt?«

Aldenhoven fuhr von seinem Sitz auf und ballte die Fäuste.

»Houwschild?«, fauchte er. »Houwschild hat meinen Jungen entführt?«

»Beruhigt Euch, Meister Niclas«, sagte Marian scharf. »Setzt Euch. Es ist nicht gesund, wenn das Blut sich überhitzt. Wir haben nur gefragt, ob Ihr den Pelzhändler *kennt.*«

Aldenhoven, rot im Gesicht, keuchte noch immer, setzte sich aber wieder.

»Ja, ich kenne diesen Narren. Mehr, als mir lieb ist. Aber nun sagt: Was ist mit ihm?«

»Wir erzählen es Euch, Meister Niclas, wenn Ihr versprecht, ruhig zuzuhören und uns dann zu erklären, warum Euch seine Erwähnung so aufregt.«

»Gut. Ja, ist gut. Verzeiht, es gibt so viel Ärger in der letzten Zeit …«

»Ihr habt ein aufbrausendes Gemüt. Es wäre besser, Ihr

kühltet Euch ein wenig ab; dann könnt Ihr die Angelegenheiten ruhiger beurteilen. Aber nun hört.«

Marian schilderte die angebliche Begegnung Houwschilds mit Kilian im Hafen und ihren Verdacht, dass dessen Hausarme die Entführung bewerkstelligt hatten.

»Aber ob er sie dazu angestiftet hat, wissen wir nicht, Meister Niclas. Es hätte auch jeder andere tun können, der den Halunken ein gebührendes Entgelt dafür bot.«

»Ihr könnt sicher sein, dass Houwschild es war. Ganz sicher. Dieser Kerl ist ein Stänkerer, ein Hintertreiber, ein Händelsucher ohnegleichen.«

»Wie das? Erklärt Euch näher.«

Aldenhoven atmete tief durch und sammelte sich. Marians Mahnung hatte Früchte getragen.

»Ich handle mit den Pelzen, die ich von hiesigen Lieferanten beziehe, er mit den kostbaren Rauwaren aus dem Osten. Von meiner Seite aus gibt es damit keine Probleme. Wir haben unterschiedliche Kunden. Meine wollen Gebrauchsware, die seinen Luxusgüter. Aber der Mann ist ein Narr. Wirklich. Er hat sich von den Pelzern im Osten schäbige Ware andrehen lassen.«

»Richtig, sein Angebot ist eher durchschnittlich«, stimmte Alyss zu. »Aber was hat das mit Euch zu tun?«

»Der Tropf glaubt, dass ich ihm mit meinen Fuchspelzen die Käufer abspenstig mache. Ich kann die hiesigen Pelze natürlich günstiger anbieten, denn ich muss ja nicht den langen Transport dafür bezahlen. Er ist aber zu unserem Aldermann gegangen und hat mich der unziemlichen Konkurrenz angeklagt. Und er hat mich verleumdet, meine Felle von Wilderern zu beziehen.«

»Adlerwirt Simon«, sagte Alyss leise.

»Ja, Frau Alyss, Simon. Aber er bekommt auch die Pelze von den Jägern der Herren vor der Stadt. Auch die wollen ihre Jagdbeute zu Geld machen. Ich kann allerdings nicht beurteilen, ob der eine oder andere Hase darunter ist, der auch einem Wilderer in die Schlinge geraten ist. Aber wissentlich und absichtlich mache ich keine Geschäfte mit Gesetzlosen. Darauf achte ich wohl.«

Daran mochte etwas Wahres sein. Auch Merten kam oft mit Pelzen von den Jagdzügen an, die er mit seinen adeligen Freunden unternommen hatte. Darunter teilweise ausgesprochen edle Felle wie die von Luchsen, Dachsen und Eichhörnchen. Und alle, die Mardern, Wieseln und Iltissen Fallen stellten, damit sie nicht ihre Hühner mordeten, mochten wohl die weichen Bälger für ein paar Münzen an Simon oder die Buntwörter verkaufen.

»Was treibt Houwschild Eurer Meinung nach dazu, solche Anschuldigungen vorzutragen? Habt Ihr Streit aus anderen Gründen mit ihm gehabt, Meister Niclas?«

»Nein, ich habe keinen Streit mit ihm. Er war mir bis zu diesem Zwischenfall völlig gleichgültig. Wir grüßten uns, aber das war auch alles. Er ist nicht besonders umgänglich. Außerdem gehört er der Eisenmark an und ich der Gaffel der Buntwörter.«

»Die Euch zum Ratsherrn wählen will?«

Aldenhoven neigte den Kopf.

»Das sollte niemand wissen.«

»Das weiß man aber. Glaubt mir, Wände haben Ohren«, sagte Marian. »Und es ist eine Ehre für Euch, die Ihr Euch verdient haben werdet.«

»Es bedeutet mir viel, Frau Alyss. Und meinem Weib auch. Seit der Verbundbrief auch uns Handwerkern die Möglichkeit einräumt, an den Geschicken von Handel und Wandel in der Stadt mitzuwirken, möchte ich das tun. Aber diese Klage gegen mich könnte das zunichtemachen.«

»Wann hat er sie denn vorgetragen, Meister Niclas?«

»Nach dem Ursulatag, Frau Alyss.«

Kurz flackerte in Almut die Erinnerung an einen äußerst säuerlichen Blick auf, den Houwschild ihr während der Prozession zugesandt hatte.

»Kann sein, dass ich zu seiner Einschätzung beigetragen habe, Meister Niclas. Ich hatte einige Tage zuvor sein Angebot geprüft und verworfen. Dann aber brachte mir unser englischer Geschäftspartner eine pelzgefütterte Jacke mit, die ich am Ursulatag zur Prozession trug. Und auch die Jungfern meines Haushaltes hatten Pelzverbrämungen an ihren Kleidern. Brouwer hatte uns einige Reste überlassen. Weiße Fellchen, die die Mädchen erfreuten. Und Hedwigis hatte von ihrer Mutter zwei schöne Füchse erhalten. Es muss ihm tatsächlich so vorgekommen sein, als hätten wir überall, nur nicht bei ihm, Rauwaren gekauft. Aber warum er gerade Euch mit seinen Stänkereien belästigt, will mir noch immer nicht einleuchten. Die Gebrüder Brouwer sind eine weit größere Konkurrenz als Ihr.«

Ein kleines, hartes Lächeln spielte um Aldenhovens Lippen.

»Ihr wisst es nicht, vermute ich. Gegen die Brouwers wird er nie offen angehen. Er war der Lehrling und Gehilfe des alten Brouwers. Und der war ein grundgütiger Mann.«

»Brouwer? Ja, aber…« Alyss schüttelte den Kopf. »Wenn er sein Geschäft bei den Brouwers gelernt hat, dann sollte er doch wohl etwas besser seine Einkäufe tätigen und ein weit gründlicheres Verständnis für seine Ware haben. Die beiden kamen mir sehr sachkundig vor, und die Pelze, die ich von ihnen weiterverkauft habe, haben sehr gute Preise erzielt.«

»Ich habe nicht gesagt, dass Houwschild sein Geschäft ordentlich gelernt hat, Frau Alyss, sondern nur, dass er der Gehilfe eines gütigen Mannes war.«

»Der ihm seine Schwächen hat durchgehen lassen und ihm half, wo es an Fähigkeiten mangelte«, ergänzte Marian. »Das kann ebensolchen Schaden anrichten wie sinnlose Prügel und Strafen. Denn der alte Brouwer ist tot. Fabio sagte, vor zwei Jahren sei er gestorben. Und seither hat Houwschild niemanden mehr, der ihn vor Fehlern schützt. Mag erklären, warum er die Schuld für sein Versagen bei anderen sucht, Meister Niclas, aber es erklärt nicht, warum er Euren Sohn hätte entführen lassen sollen.«

Aldenhoven rieb sich die Stirn.

»Nein, eigentlich nicht. Es sei denn, er wäre inzwischen völlig von Witz und Sinnen und nur darauf aus, mir einen Tort anzutun.«

»Wir sind eigentlich zu Euch gekommen, Meister Niclas, weil wir Euch mitteilen wollten, dass wir eine andere Spur verfolgen. Die Hausarmen von Houwschild sind es, die wir suchen. Denn sie haben nicht nur Euren Sohn aus dem Haus meiner Schwester entführt, sondern ihr auch einen äußerst kostbaren Gegenstand gestohlen. Wir wollten Euch bitten, die Suche nach Kilian ohne unsere Hilfe fortzusetzen, weil wir beides gleichzeitig nicht können. Aber sowie wir diesen Heini und sein Weib Ebby gestellt haben, werden wir auch wissen, ob tatsächlich Houwschild oder unser Verdächtiger sie dafür bezahlt hat, ihn zu entführen.«

»Ja, ist recht, Herr Marian. Der Schlingel muss ja irgendwo hier sein. Er hinterlässt breite Spuren. Nur wo er seit seinem Auftritt in der Taverne untergeschlüpft ist, haben wir noch nicht herausgefunden.«

»Irgendwo, wo es warm ist und es genug zu essen gibt. Und Menschen, die auf sein goldlockiges Engelsgesicht hereinfallen. Das tun meist Frauen, Meister Niclas.«

Erstmals seit dieser Unterredung zeigte sich ein fröhliches Lächeln auf Aldenhovens Zügen.

»Gnade Gott den Weibern, wenn er erst zehn Jahre älter ist.«

»Ja, Meister Niclas – aber nehmt Euch eins als Lehrstück: Seid nicht zu gütig mit dem kleinen Satansbraten. Er sollte strenge, fordernde Lehrer haben, denn er ist ein kluges Köpfchen, das, gebührliche Zucht vorausgesetzt, ihm einst großen Nutzen bringen wird.«

»Seid gewiss, Frau Alyss, dass ich mich, sowie ich ihn wiederhabe und einmal ordentlich durchgewalkt habe, darum kümmern werde, auch wenn die Frau über meine Strenge greinen wird.«

Alyss und Marian erhoben sich, und der Buntwörter begleitete sie zur Tür.

»Und nun, Bruderlieb?«

»Sind wir überrascht, nicht wahr?«

»Und erneut unsicher, ja. Umso mehr brauchen wir dieses Pack. Zum Turm.«

»Ja, gehen wir zum Turm. Meister Hans hat mir den Wachtmeister vom Frankenturm empfohlen.«

»Dann wollen wir ihn aufsuchen.«

Aldenhoven wohnte am Heumarkt, und als sie Richtung Norden über den sich anschließenden Alter Markt wanderten, der heute von Ständen, Schaulustigen und Käufern nur so wimmelte, erklang das schrille Gellen des Schleifsteins durch die Rufe der Händler.

»Warst du schon bei Gislindis, Brüderlein?«

»Nein, gestern hatte unser Vater Aufträge für mich und heute – na, du siehst ja. Es kommt eins zum anderen.«

»Dann schlage ich vor, du kaufst ihr dort bei dem Buchbinder ein hübsches Buch, gehst dann alleine zum Turm und lässt diesmal mich mit ihr sprechen. Besuch du sie, wenn wieder Ruhe in die Stadt eingekehrt ist.«

»Du verrätst ihr doch nicht …«

»Bruderlieb, hätte ich dich je verraten?«

»Doch – noch vor wenigen Monaten. Und das Donnerwetter unseres Allmächtigen lässt mein Gebein noch immer erbeben.«

»Du hast es genossen.«

»Ja.«

Er winkte ihr zu und näherte sich dem Stand des Buchbinders. Alyss richtete ihre Schritte nach dem Geräusch des Schleifsteins. Er stand neben der hölzernen Bude eines Schwertfegers, und davor tänzelte wie üblich Gislindis, heute in einem verwaschenen roten Gewand, das sicher einmal einer reichen Frau gehört hatte. Doch Putz und Bänder waren entfernt worden, und einfache Borten nur schmückten den Saum. Ein graues Tuch mit roten Quasten aber schwenkte sie bei ihrem Tanz mutwillig, und eine ansehnliche Runde Schaulustiger hatte sich um sie gebildet, die ihr belustigt oder begehrlich zuschauten.

»EM wie Messer, bringt sie her!
A wie Axt, das ist nicht schwer!
TE wie treu dem Mann das Schwert,
ES wie scharf, wenn er sich wehrt.
M und A und T und S –
Mats der Schlyffer richtet es!«

Alyss trat näher und lenkte mit einer Handbewegung Gislindis' Aufmerksamkeit auf sich, und die kam mit einem Röckewirbel auf sie zugetanzt.

»Wohledle Frau, wie kann ich Euch zu Diensten sein? Sind es kleine Scherchen, die zu schärfen sind, oder Schlachtermesser für die Martinsgänse? Äxte, um das Holz zu spalten für ein warmes Feuerchen im Kamin?«

»Alles das auch, aber auch Euren Rat suche ich. Doch beantwortet mir zuvor die Frage: Lehrt Ihr jetzt Euer Publikum das Buchstabieren?«

»Eine feine Kunst, das Lesen, und ja, man soll mit seinen Künsten nicht geizen.«

»Nein, das soll man nicht, doch auch nur für Gottes Lohn soll man nicht arbeiten.«

Ein Silberpfennig blinkte in Alyss' Hand, und Gislindis nickte.

»Kommt hinter den Stand, ich will sehen, welche Antworten ich für Euch in Euren sauberen, glatten Händchen finde.«

Ein Schemel wartete auf sie, und nachdem Alyss darauf Platz genommen hatte, hockte sich Gislindis vor sie. Unaufgefordert reichte Alyss ihr ihre Linke.

Wie üblich strich die junge Frau zart mit ihren Fingern über die Linien, drückte aber dann unerwartet fest auf das Handgelenk.

»Euer Herz schlägt geschwind, wohledle Frau. Wer macht es klopfen? Der schöne Falkner mit den heißblauen Blicken, die er unter schweren Lidern verbirgt?«

Das war wieder einmal eine völlig unerwartete Antwort, die Alyss eigentlich nicht hören wollte, aber sie konnte es nicht verhindern, dass ihr Herz sogar noch schneller schlug.

»Er treibt sich viel herum, der blonde Händler, und nicht nur, um seine Tuche zu verkaufen. Welch hohe Aufgabe habt Ihr ihm gestellt, dass er mit Gecken und Müßiggängern in Tavernen sitzt?«

»Dazu braucht er keine Aufgabe, Gislindis, saufen und huren tut er zu seinem Vergnügen«, fauchte Alyss.

»O nein, wohledle Frau, Vergnügen hat er nicht daran.«

Die Finger glitten zurück zu ihrer Handfläche. Malten Kuppen und Vertiefungen ab. Verflochten sich dann mit ihren Fingern.

Gislindis sah auf.

»Es ist nicht die Zeit für solche Antworten. Sie werden sich von selbst finden, wenn das Schicksal es wünscht. Nun stellt mir die Frage zu den Pelzhändlern.«

Nein, sagte sich Alyss, sie würde nicht mehr verblüfft sein über das Wissen der Schleiferstochter.

Aber sie war es doch.

»Was wisst Ihr von Houwschild und seinen Hausarmen?«

»Ein armer Mann, weit ärmer als Heini und Ebby. Arm an Freude, arm an Vertrauen, arm an Liebe. Mats schärfte vergangene Woche seine Messer.«

»Und lauschte seinen Klagen.«

»Tat er.« Gislindis lächelte.

Alyss ebenfalls.

»Je nun – die Frau in Riga –, sie hat seine Werbung nicht erhört, weil man ihr Unwahrheiten über ihn erzählt hat. Er habe sich von den Pelzlieferanten übervorteilen lassen, munkelte man. Was der wohledle Herr nicht glauben will.«

»Ja, der Glaube …«

»Er bestimmt das Leben. Und so glaubt er denn auch, der Kapitän habe mit seinem Handelsknecht gemeinsame Sache gemacht, weshalb die Lieferung zu spät eintraf. Der Nachbar hat ein Loch in den Zaun geschlagen, und nun hat er die Ratten im Keller, die seine Pelze annagen. Der Milchhändler hat ihm saure Milch verkauft, dem Fuhrmann musste er den Wachen melden, denn er ist Umwege gefahren und hat einen Teil seiner Ware unterwegs verkauft.«

»Tatsächlich?«

»Er sieht es so.«

»Was ist mit den Hausarmen?«

»Seine Freunde. Sie schmeichelten ihm. Aber nun sind sie fort.« Gislindis schloss die Augen. »Ich werde hören. Aber von Eurer Krone weiß ich nichts.«

Alyss wusste, dass ihre Finger zuckten, und Gislindis' Griff wurde einen Moment lang fester.

»Ich weiß manches von Euch, wohledle Frau, das Ihr selbst nicht wisst. Und das Ihr besser auch nicht erfahrt. Aber«, und hier wurde ihre Stimme noch leiser, »Ihr seid ein freundliches Weib und immer gerecht zu mir gewesen. Ich helfe Euch, wenn Not besteht. Euch und Eurem süßen Bruder.«

Nun verstärkte Alyss ihren Griff, dann löste sie ihre Finger aus denen von Gislindis.

»Er sucht nach einem Geschenk für Euch. Beschämt ihn nicht.«

»Es war ein Scherz, wohledle Frau. Ich brauche keine Geschenke.«

»Doch, solche braucht auch Ihr.«

Gislindis' graue Augen schillerten. Dann sagte sie: »Gebt acht auf ihn. Der Henker verlangt zu viel von ihm.«

»Was?«

»Ich weiß nicht was. Kümmert Ihr Euch darum. Und nun geht, mehr Zeit kann ich Euch für einen Silberling nicht opfern.«

Mehr wusste sie nicht. Das verstand Alyss vollkommen richtig. Sie verabschiedete sich um einige kleine Mosaiksteinchen reicher, die sie in das Bild einfügen musste, um der Wahrheit auf den Grund zu kommen.

Ihren Bruder wollte sie so bald wie möglich ins Gebet nehmen.

Doch damit kam sie zu spät.

31. Kapitel

Es war kurz nach Einbruch der Dunkelheit, als der Bote Marian diesmal zum Frankenturm rief. Während er sein warmes Wams überstreifte, sich die Gugel über Schultern und Kopf legte und seine Tasche ergriff, wurde er eine böse Vorahnung nicht los. Der Frankenturm war nicht eben die Stätte, an der Kranke und Verwundete geheilt wurden. Im Gegenteil, er war der Ort der peinlichen Befragungen.

Trotzdem machte sich Marian auf den Weg und stapfte hinter dem Fackelträger her. Meister Hans hatte ihm bei seinem ersten Gespräch versichert, dass er nie Zeuge seiner scharfrichterlichen Tätigkeit werden würde. Das verboten die Statuten der Gerichtsbarkeit, denn was immer ein Angeklagter gestand, wurde zunächst nur von Greven, Schöffen und Richtern bewertet und drang nicht nach außen.

Dennoch…

Im Turm traf er dann auch den Henker und zwei andere, wohlgewandete Herren an, die sich leise berieten. Meister Hans nickte ihm kurz zu und wies auf die schwere Holztür.

»Versorgt den Delinquenten, Gehilfe!«, lautete seine kurze Anweisung.

Marian nickte und wappnete sich. Doch als er durch die Tür in den von zwei Kienspänen beleuchteten Kerker trat, schlug ihm der Dunst von Schweiß und Erbrochenem entgegen, schlimmer noch, es hallten die Schreie des Gefolterten noch in seinen Ohren, auch wenn das Bündel Mensch nun stumm auf einer Pritsche lag.

Es traf ihn wie mit harten Schlägen. Er war unvorbereitet für die Qualen, die hier einem lebenden Wesen zugefügt worden waren, und so senkte sich der Schmerz wie ein Schleier über ihn. Nur mit Mühe konnte er sich aufrecht halten.

Doch er hatte ein Versprechen gegeben – den Leidenden zu helfen.

In seiner Not griff Marian zu dem ersten und frühesten Hilferuf, den er gelernt hatte.

»Heilige Mutter Maria, erhöre mich«, flüsterte er. Und wie benommen setzte er die Litanei fort: »Du schmerzensreiche Mutter, erhöre mich. Du Vorbild aller Leidenden, erhöre mich. Du Heil der Kranken, steh mir bei. Du Stärke der Kleinmütigen, hilf mir jetzt, meine Pflicht zu tun.«

Und Maria, die das Flehen des Sohnes ihrer Tochter Almut erhörte, gab ihm Kraft und bannte den Schleier, der ihm das Bewusstsein rauben wollte. Marian wusste, dass ihm nur wenig Zeit verblieb, also machte er sich an die Arbeit. Er renkte Glieder wieder ein, wusch, salbte und verband gequetschtes Fleisch und blutende Wunden.

Der Mann, ein großer, breitschultriger Kerl mit einer ordentlichen Wampe, ließ es schweigend, manchmal stöhnend geschehen. Seine Haare waren von Schweiß, Blut und Tränen verfilzt, seine Lippen zerbissen, seine Kleider stanken nach Urin. Doch als Marian sein Gesicht mit einem nassen Lappen abwischte, sahen seine Augen ihn wach an.

»Seid Ihr einer von ihnen?«, fragte er heiser.

»Nein. Ein Heiler.«

Leise seufzte der Gefolterte.

»Ja, Heiler. Ihr habt gute Hände, Herr.«

»Schweig und lass mich meine Arbeit tun.«

»Nein, Herr. Ich muss reden. Und Ihr schweigt.«

Marian, der bemerkte, wie der Nebel zurückzukehren drohte, hatte nicht die Kraft, ihm das Reden zu verbieten.

»Ich hab es getan, Herr. Ich habe die Pelze verkauft. Aber, Herr, das werde ich nie zugeben. Was immer sie mir antun. Aber Ihr sollt es wissen. Es ist kein Verbrechen, es ist nur Gerechtigkeit. Versteht Ihr? Es war die vierte Fuhre, die ich für ihn gemacht habe. Und jedes Mal hat er mich um einen Teil meines Frachtgelds geprellt. Ich habe mir nur geholt, was mir zusteht, Herr.«

Vage verstand Marian, was der Mann ihm da erzählte. Jemand hatte ihn angeklagt … Pelze … veruntreute Ware …

»Warum hast du den Händler nicht beklagt?«, entfuhr es ihm.

»Würde mir keiner glauben, Houwschild ist ein angesehener Mann. Ich bin nur Fuhrmann.«

Marian wickelte Leinen um den geschundenen Daumen des Mannes. Der Name Houwschild leuchtete wie ein Flämmchen im Ruß der Lampen in seinem Kopf auf.

»Wie heißt du?«

»Janis Fuhrer, Herr.«

Marian räumte die Tiegel und Verbände in seinen Beutel. Er konnte sich kaum mehr auf den Beinen halten. Erste Fieberschauer durchzitterten ihn, und auf nachgebenden Knien wankte er aus dem Raum. Meister Hans war fort, die beiden Wachen beachteten ihn kaum, und als er auf der Gasse stand, wollte er beinahe an der Wand des Turms zusammensinken. Doch er musste nach Hause.

Nein, nicht nach Hause. Nur nicht so seinem Vater begegnen, schwach, hilflos.

Mühsam tastete er sich an der Mauer entlang.

Zu Alyss. Nein, den langen Weg zur Witschgasse würde er nicht mehr durchstehen.

Keuchend lehnte er sich wieder an. Ein paar Arbeiter aus dem Hafen gingen an ihm vorbei, einer machte eine zotige Bemerkung über trunkene Herrchen.

Marian sammelte seine letzten Kräfte. Und schlug, schwankend und taumelnd, den Weg zum Eigelstein ein.

Er schaffte es bis an die Pforte des Beginenhofs, klopfte und sackte dann zusammen.

Bevor er das Bewusstsein verlor, hörte er die Pförtnerin nach Catrin rufen.

Er erwachte mit schweren, schmerzenden Gliedern und einer unerträglichen Übelkeit. Noch war es dunkel im Raum, aber eine kühle Hand legte sich auf seine Stirn, als er stöhnte.

»Es ist gut, Marian, Lieber.«

»Catrin?«

Es war nur ein Wispern, das er über die Lippen brachte.

»Ja, du bist bei mir. Kannst du das hier trinken?«

»Versuch's.«

Sie half ihm, sich etwas aufzurichten, und hielt ihm einen Becher mit einer süßen Flüssigkeit an die Lippen.

Mohnsaft.

Erschöpft sank er zurück und ließ sich wieder in die Dunkelheit fallen. Catrin war da. Catrin, die Ziehtochter seiner Mutter und ihm und Alyss mehr als eine treusorgende ältere Schwester.

Das nächste Mal sickerte graues Licht in das kleine Kämmerchen, und Alyss saß an seinem Lager.

»Was hat der Henker von dir gefordert, Bruderlieb?«

»Heilung. Nur Heilung. War dumm, hab's nicht ausgehalten.«

»Nein, nicht dumm, Marian. Es wird dir immer wieder passieren.«

»Muss es endlich überwinden!«

»Nein, mein Herz, das musst du nicht. Nur dich wappnen.«

Sie streichelte ihm sacht über die Wange. Nur sehr wenige Menschen wussten von dem Fluch, mit dem er beladen war. Diese unnatürliche Fähigkeit, die Schmerzen anderer zu spüren. In gleicher Gewalt, in gleicher Heftigkeit. Dieser Fähigkeit wegen wollte er sich zum Heiler ausbilden lassen, denn nur so konnte er den Fluch in eine Gabe wandeln. Doch noch schien es immer wieder über seine Kräfte zu gehen.

»Es ist etwas anderes, Alyss, wenn ich einen Verletzten oder Kranken heile. Da kann ich mich wappnen. Aber Folter…«

Er würgte. Alyss hielt ihm den Kopf, wischte ihm das Gesicht ab und flößte ihm einen warmen Aufguss ein.

Dann senkte sich fiebriger Schlaf wieder über ihn, aus dem er erst lange Zeit später erwachte.

Jetzt war es wieder Catrin, in ihrer grauen Beginentracht, die an seiner Seite wachte.

»Besser, Marian?«

Er fühlte in sich hinein. Die dumpfen Schmerzen in seinen Gliedern waren abgeklungen, die Übelkeit endlich verflogen. Aber er fühlte sich schwach.

»Es geht.«

Mühsam versuchte er sich aufzurichten, und Catrin half ihm dabei.

»Anderthalb Tage hast du jetzt gefaulenzt, mein Lieber. Es wird Zeit, dass du ein wenig Brei zu dir nimmst.«

»Musst du mich so bevormunden?«

»Ja, das muss ich.«

»Na gut. Ich will es probieren.«

Die Schwaden der Benommenheit verflüchtigten sich langsam, und er konnte sich gestatten, sich seinen Erinnerungen an den Abend im Frankenturm zu stellen. Denn trotz der Schmerzens- und Fiebernebel war ein Namen haften geblieben, und was es mit ihm auf sich hatte, versuchte er nun zu ergründen.

Die Glocken läuteten zur Sext, als Catrin mit einer Schüssel Griesbrei mit dicker Sahne und Honig zurückkam, und als er Löffel für Löffel langsam aufgegessen hatte, fühlte sich sein aufgewühlter Magen auch wieder freundlich warm und gefüllt an.

Und er hatte eine Entscheidung gefällt.

»Catrin, kennst du einen Notarius namens Magister Jakob?«

»Nein, Marian. Übertreib nicht, so schlecht geht es dir nicht, dass du schon dein Testament machen musst.«

Es gelang ihm ein kleines Lächeln.

»Nein, so bald will ich den Löffel nicht abgeben. Zumindest nicht meinen eigenen«, sagte er und reichte Catrin Schale und Holzlöffel. »Ich brauch den Rat eines Juristen, und Alyss sprach mit Achtung von dem Mann.«

»Gut, ich frage Frau Clara, und wenn sie ihn nicht kennt, wird deine Schwester weiterhelfen.«

Wie es sich zeigte, kannte die Meisterin den Notar, zumindest dem Namen nach. Ein Bote wurde ausgeschickt, und als eine blasse Nachmittagssonne die Kammer erhellte, trat der hagere Magister Jakob an Marians Lager.

»Ihr habt nach mir rufen lassen, Herr?«

»Ja, Magister Jakob. Ich brauche Eure Unterstützung in einem Rechtsfall.«

»Ich bin befugt, dafür ein Honorar zu erheben.«

»Natürlich, Magister Jakob. Ich bin befugt, es Euch zu zahlen.«

»So sprecht denn.«

Alyss hatte ihn von der seltsamen, völlig gefühllosen Stimme und dem verknöcherten Gebaren des Mannes berichtet, aber es *in natura* zu erleben, verursachte Marian eine unziemliche Heiterkeit. Doch er besann sich auf sein Anliegen und schilderte dem Notarius den Fall des Fuhrmanns Janis Fuhrer, der, von Houwschild geprellt, nicht wagte, den Pelzhändler anzuzeigen, weil er überzeugt war, kein Recht zu bekommen.

»Der Fall würde mich wenig berühren, Magister Jakob, wäre Houwschild nicht in anderem Zusammenhang in unsere Aufmerksamkeit getreten. Wir haben den Verdacht, dass er sich in anderen Fällen der Verleumdung, der üblen Nachrede und möglicherweise sogar der Kindesentführung schuldig gemacht hat.«

»Ihr stellt Anklagen auf. Könnt Ihr sie beweisen?«

»Einige schon, andere nicht. Das soll aber auch nicht Gegenstand Eurer Aufgabe sein. Ich möchte Euch nur bitten, mit Janis Fuhrer zu sprechen und zu prüfen, wie man sein Los erleichtern kann.«

»Was treibt Euch, für einen Dieb zu sprechen? Euer Mitleid mit einem Opfer der peinlichen Befragung?«

Catrin, die bislang schweigend zugehört hatte, warf mit ihrer sanften Stimme ein: »Die Nächstenliebe, Magister Jakob, macht auch vor denen nicht Halt, die Schuld auf sich geladen haben.«

»Ich bin nicht befugt, aus Nächstenliebe zu handeln. Ich bin das Gesetz.«

»Und das steht nicht immer auf der Seite des Rechts. Ja, Magister Jakob, ich habe Mitleid mit dem Gefolterten. Ihr könnt mich gerne einen Weichling schimpfen, aber ich habe seine Wunden behandelt. Ich weiß, welche Torturen er durchgestanden hat.«

»Reg dich nicht auf, Marian. Du bist kein Weichling. Du

bist der tapferste Mann, den ich kenne. Und Ihr, Magister Jakob, solltet nun recht bald entscheiden, ob Ihr Herrn Marians Auftrag annehmen wollt. Er ist krank und sollte besser ruhen, als sich mit Euch zu zanken.«

Magister Jakob zog sein Augenglas aus der Tasche, betrachtete es mit zusammengekniffenen Augen, und seine Lippen formten ein unhörbares: »Dammich.«

»Catrin, putz ihm die Gläser. Meine Schwester pflegt das auch zu tun, denn sein Blick wird dadurch vermutlich klarer werden.«

Ruckartig richtete Magister Jakob sich auf und starrte Marian an. Catrin nahm ihm die Brille aus den Fingern, polierte sie an ihrer Schürze und gab sie ihm zurück. Magister Jakob setzte sie auf die Nase und musterte Marian erneut.

»Dammich!«, sagte er dann laut.

»Zwillinge!«, erklärte Marian.

»Weiß die wohledle Frau Alyss, dass Ihr hier seid?«

»Natürlich. Frau Catrin ist unsere Ziehschwester.«

»Würde sie billigen, was Ihr von mir verlangt?«

»Auf jeden Fall, Magister Jakob.«

»Dann fühle ich mich befugt, in Eurem Sinne zu handeln.«

»Schickt die Rechnung an mich, Magister Jakob, und haltet mich bitte auf dem Laufenden.«

»Wo finde ich Euch? Ich nehme an, der Beginenkonvent ist nicht Euer ständiger Aufenthaltsort.«

»Nein, nur wenn ich vor der Pforte zusammenbreche. Ihr könnt Nachricht bei meiner Schwester hinterlassen oder in meinem Elternhaus am Alter Markt. Das Haus vom Spiegel.«

»Ähm.«

Der Notarius steckte seine Brille wieder in die Tasche.

»Ähm – Euer Vater ist der Herr Ivo vom Spiegel?«

»Er hat es nie geleugnet. Ihr kennt ihn?«

»Nicht persönlich. Doch seinen Ruf durchaus.«

»Ja, es geht ihm einer wie Donnerhall voraus.«

Diese Bemerkung erzeugte ein pergamentdünnes Lächeln auf Magister Jakobs blassen Lippen.

»Wohl wahr. Und nun haltet mich nicht länger auf, Herr Marian vom Spiegel. Ich habe wichtige Angelegenheiten zu regeln. Im Frankenturm. Gehabt Euch wohl.«

Höchst energischen Schrittes verließ der Notar den Raum, und Catrin brach in ein leises Kichern aus.

»Alyss hat wieder ein Herz erobert, was?«

»Ein hartes, verknöchertes, gesetzestreues Herz.«

»Sie hat sich sehr um dich gesorgt, Marian.«

»Ja, ich weiß.«

Er schloss die Augen und sank tiefer in die Kissen.

»Sie hat deinen Eltern ausrichten lassen, du würdest bei Freunden übernachten. Keine echte Lüge, Marian, aber eine Aussage, die der Richtigstellung bedarf.«

»Ja, ich weiß.«

»Dein – ähm – Schwächeanfall könnte deine Mutter in Besorgnis versetzen. Glaubst du wirklich, dass dein jetziger Lehrherr der richtige für dich ist?«

»Er versteht viel von den Knochen und Gelenken.«

»Natürlich, aber er wird dich immer wieder zu seinen … mhm … eigenen Opfern bitten. Sie sind gefälliges Lehrmaterial für ihn, meinst du nicht auch?«

Marian stöhnte leise. An dem, was Catrin sagte, war viel Wahres. Meister Hans wurde zwar oft zu Unfällen gerufen, aber hauptsächlich übte er seine Kunst, die eine wie die andere, an den Angeklagten aus. Es stand zu vermuten, dass er sich dabei gerne seines Gehilfen bedienen würde, jetzt, da er die Grundkenntnisse des Knocheneinrenkens beherrschte. Die Gefolterten mussten immer wieder zusammengeflickt werden, um neue Torturen zu ertragen. Oder um freigesprochen zu werden, und dann sollten sie unter den Folgen der Folter nicht zu leiden haben.

»Du hast es deinem Vater nicht gesagt, nicht wahr?«

»Ich kam noch nicht dazu.«

»Marian, hör mir zu!« Die sanfte Catrin schob ihm den Arm unter die Schultern und hob ihn so weit an, dass er ihr aufrecht in die Augen sehen konnte. »Du kannst kein Heiler sein, wenn du dabei derart krank wirst.«

»Catrin, ich *muss* lernen.«

»Nicht auf diese Weise. Nach dem Anfall gestern wirst du deinen Eltern sagen müssen, was du treibst.«

»Ja, und sie werden es mir verbieten. Es ist schrecklich, Catrin. Ach, lass mich los, ich kann alleine sitzen!« Zornig richtete Marian sich auf und starrte aus dem Fenster. »Ich muss aus ihrem Haus ausziehen. Ich kann nicht jedes Mal, wenn ich etwas unternehme, Rede und Antwort stehen!«

»Und wo willst du wohnen?«

»Bei Alyss zum Beispiel.«

»Und du glaubst, sie würde keine Fragen stellen und sich sorgen, wenn du nächtelang fortbleibst?«

»Doch, ja, sie würde das auch. Dann muss ich eben eine eigene Wohnung nehmen.«

»Dann werden sich deine Nachbarn oder deine Aufwärterin sorgen. Und selbst wenn du ein Weib nimmst, kommst du aus dieser Verantwortung nicht heraus.«

»Ich will aber nicht, dass man sich Sorgen um mich macht!«

»Trotzig wie ein kleines Kind!«, sagte Catrin. »Du wirst es nie verhindern können, Marian.«

»Aber warum nicht?«

»Weil du ein liebenswerter Mann bist und weil die Menschen dich mögen. Und wen man mag, um den sorgt man sich.«

»Mist Maria!«

»Wie deine Mutter sagt. Tja, Marian, das ist das Schicksal der Freundlichen.«

»Dann werde ich wohl böse werden müssen«, erwiderte er mit einem schiefen Lächeln.

»Und wie willst du *das* nun schon wieder anstellen?«

Er gab seine aufrechte Haltung wieder auf und streckte sich im Bett aus. Die Schwäche steckte noch in seinem Leib.

»Lass mich ein wenig nachdenken, Catrin.«

»Über deine Bösartigkeit? Natürlich.«

Doch das war nicht sein Bestreben. Es waren viele andere Gedanken, die er bewegen musste, und das, obwohl sein Hirn noch immer ziemlich langsam arbeitete. In einer Sache musste er wohl nachgeben, zu seinem eigenen Nutzen und Frommen. Für Meister Hans konnte er nicht mehr arbeiten, da hatte Catrin vollkommen recht. Aber auch die Geschichte von Janis Fuhrer ging ihm nicht aus dem Sinn. Houwschilds Handeln erschien ihm immer fragwürdiger, je mehr er von ihm hörte. Einen Frachtführer nicht ordentlich zu entlohnen war, sofern der seine Arbeit anständig erledigte, ein äußerst schäbiges Verhalten. Magister Jakob würde Hintergründe herausfinden, aber angenommen … Marian stellte wieder eine These auf, um die Bahnen seines Denkens in Schranken zu halten: Angenommen, Fuhrer hatte sich nichts zu Schulden kommen lassen, dann war Houwschilds Verhalten unrecht. Warum tat er dieses Unrecht? Weil seine Ware durch den Transport von Riga nach Köln teuer wurde. Und weil er sie hier nicht mit dem erhofften Gewinn verkaufen konnte.

Er musste, sollte er schon zuvor solche Verluste erwirtschaftet haben, allmählich in Schwierigkeiten kommen und Geld benötigen. Wenn er schon Fuhrer um seinen Lohn prellte, dann war der Schritt nicht mehr sehr groß in Richtung anderer unrechter Mittelbeschaffung. Entführung und Erpressung waren dann nur eine nächste Maßnahme. Und Aldenhoven verdiente gut, er hatte ein schönes Haus, ein volles Lager und schien für seine Rauwaren angemessene Preise zu erzielen.

Aber was war mit der Brautkrone seiner Schwester?

Über diesen Umstand grübelte er noch immer nach, als Catrin nach dem Vesperläuten mit einem Korb voll Brot, gesottenem Huhn, warmem Wein und kleinen Gewürzkuchen erschien.

»Frau Clara erlaubt uns beiden, hier unser Nachtmahl einzunehmen.«

»Ich sollte aufstehen und nach Hause gehen.«

»Eine Nacht wirst du noch hier verbringen. Es ist besser, du stehst sicher auf deinen beiden Beinen, wenn Herr Ivo sein Donnerwetter über dich niedergehen lässt.«

»Auch wahr.«

Und als er, nun schon wieder mit etwas mehr Appetit, sein Mahl verzehrt hatte, stellte er Catrin die Frage, die ihn die ganze Zeit bewegte.

»Kannst du dir vorstellen, Catrin, wer Alyss' Brautkrone genommen haben könnte?«

»Ich dachte, ihr ginget davon aus, die Entführer des Kleinen hätten sie mitgenommen. Aber natürlich… Ich bin dumm. Man muss sich ja fragen, woher sie von diesem Schatz in Alyss' Truhen wussten, nicht wahr?«

»Eben. Diese Frage stellen wir uns seit geraumer Zeit. Und meine Gedanken dazu scheinen nur noch im Kreis zu gehen. Hättest du einen besseren Einfall als Alyss und ich?«

»Nun, die Krone ist ein wunderschönes Stück Goldschmiedearbeit. Schönheit schafft Diebe, nicht wahr?«

Marian wischte sich nachdenklich ein paar Krümel von den Lippen.

»Ich dachte immer an ihren Wert. Aber ja, man sollte auch nicht außer Acht lassen, dass es Menschen gibt, die um der Schönheit einer Sache willen zu Dieben werden.«

»Sie hat sie den Jungfern gezeigt.«

»Ja, daran hatten wir schon gedacht. Aber diesen Gedankengang verworfen.«

»Nehmt ihn noch mal auf. Marian, an diesem Familienfest, an dem der Ritter Arbo seine Werbung vorbringen wollte, da hat sich Hedwigis sehr schlecht benommen. Ich habe noch tagelang darüber nachgedacht, was für einen großen Schaden sie angerichtet hat.«

»Nun, zumindest ist uns daraus die Erkenntnis gewachsen, dass Roberts Mörder nun wirklich tot ist.«

»Das ja. Aber sie hat Leocadie damit großes Herzeleid verursacht und Ritter Arbo ganz gewiss auch. Ich habe mich gefragt, woher sie diese Nachricht hatte. Sie ist meines Wissens mit keinem derer vamme Thurme verwandt. Auch über ihre stolze Mutter nicht.«

»Du hast recht, Catrin. Ich hatte mir damals vorgenommen, sie zu fragen, aber das ist irgendwie in Vergessenheit geraten.

Ich wüsste auch nicht, dass Alyss sie dazu ins Gebet genommen hätte. In dem Wirbel, den die ganze Sache ausgelöst hat, ist das untergegangen. Aber ist das wichtig in Bezug auf die Brautkrone?«

»Nicht direkt, Marian. Ich bin nur ein Weib und denke nicht immer so schön gradlinig wie du. Meine Gedanken machen manchmal wunderliche Umwege. Ich meinte damit nur, dass Hedwigis kein sehr aufrichtiges Mädchen ist. Und vielleicht doch etwas mit der Krone zu tun hat. Sie ist eitel, nicht wahr?«

»Ja, sie ist eitel und manchmal auch recht gehässig. Du meinst, sie hat die Krone für sich genommen?«

»Denkbar. Oder sie gönnt sie den anderen nicht und hat sie versteckt.«

Aber Marian kam ein weit scheußlicherer Gedanke in den Sinn.

»Oder sie hat sie jemandem gegeben, der sie darum gebeten hat.«

»Oh! Wie meinst du das?«

»Du hast mich auf den Zusammenhang gebracht, Catrin. Diese Angelegenheit mit dem Ritter, die konnte sie eigentlich nur von einem Mann gehört haben, der oft mit den jungen Adligen und Patriziersöhnen unterwegs ist. Merten geht gerne auf die Jagd, und dabei mag er von dem Mann im Burggraben gehört haben. Er wusste von Yskalt und seinem Verschwinden und hat sich die Sache zusammengereimt. Aber statt sie uns zu vermelden, hat er sie Hedwigis ins Ohr geflüstert. Er ist nicht so freundlich, wie er immer tut, der gute Merten. Er turtelt seit einiger Zeit ein wenig mit Hedwigis, und sie nimmt es für bare Münze. Alyss gefällt das überhaupt nicht.

Ich glaube, Merten hat seine Freude an bösem Schabernack und dachte, wenn er Hedwigis diese Geschichte anvertraut, würde sie sie in ihrer gehässigen Art schon richtig verwenden. Dass es aber einen solchen Aufruhr geben würde, hat er sicher auch nicht erwartet. Mit Arbos verbittertem Stolz konnte wohl keiner rechnen.«

Zufrieden mit seiner *deductio* nahm Marian einen großen Schluck Wein.

»Ja, aber … was hat denn nun Merten mit der Brautkrone zu tun?«

»Hedwigis ist der Schlüssel dazu. Seit Merten angefangen hat, ihr freundlich zu tun, hat sie sich in ihn verguckt. Er hingegen ist ständig in Geldnöten. Was liegt näher, als Hedwigis, die ihm zugeneigt ist, um die Krone zu bitten, die sie anderen nicht gönnen will?«

Catrin lachte leise.

»Manchmal denkst du genauso kreuz und quer wie ich. Aber ja, das wäre wohl möglich. Ach, arme Alyss!«

»Wenn ich wieder strampeln kann, werden wir das Pärchen mal in die Zange nehmen. Aber jetzt, Catrin, fallen mir gleich die Augen zu. Was hast du in den Wein getan?«

»Das könntest du dir als Nächstes vornehmen zu lernen, mein Lieber.«

»Giftmischerei. Ja, das gefällt mir«, murmelte er und schlief ein.

32. Kapitel

In der Küche wurde gerupft, dass die Federn flogen. Fünf fette Gänse mussten ihres Federkleids beraubt werden, und mit kräftigen Händen leisteten Frieder und Tilo ihnen dabei die Zofendienste. Hedwigis und Lauryn sortierten Federn und Daunen in zwei Körbe, Hilda nahm die nackten Vögel mit geübten Griffen aus, und draußen im Backes verloren bereits zwei weitere Schnattertiere ihr Fett im Fegefeuer. Das Fleisch der Gänse, eingelegt in ihr eigenes gesalzenes Schmalz, würde den Winter über die Eintöpfe nahrhaft und würzig machen, Leber, Herzen und Mägen in den nächsten Tagen die Pasteten füllen, die Federn Kissen und Polster stopfen, und natürlich würde es am Sonntag einen knusprigen Gänsebraten geben.

Leocadie suchte mit kundiger Hand die langen, starken Federn heraus, deren Kiele man anspitzen und als Schreibgeräte verwenden konnte, doch wie üblich tat sie es schweigend und beteiligte sich nicht an dem Geplapper der anderen.

Alyss machte sich Sorgen um sie. Sie war blass und mager geworden und verbrachte viel zu viel Zeit im Gebet. Von ihrer Absicht, ins Kloster zu gehen, hatte sie nicht mehr gesprochen, aber dieses Problem war noch nicht ausgestanden. Doch andere Dinge waren wichtiger. Marians Schwäche hatte sie wieder einmal nachdenklich gemacht. War es wirklich eine kluge Entscheidung, dass er ein Heiler werden wollte? Noch im Frühjahr hatte sie seinen Entschluss unterstützt. Damals, als er nach langer Krankheit wieder genesen war und ihren Eltern verkündet hatte, nicht das Erbe des großen Handelshauses anzutreten. Doch nun zweifelte sie mehr und mehr daran. Ob sie ihn jedoch bewegen konnte, seinen Weg zu ändern, bezweifelte sie. Ihr Bruder mochte körperlich kein großer, kräftiger Mann sein, er war von zierlichem, wenn auch wohlgestaltem Knochenbau und hatte seine ganz eigene Zähigkeit entwickelt. Sein Geist und sein Wille aber übertrafen diese Zähigkeit noch bei Weitem. Man konnte ihn guten Gewissens auch für stur halten. Sie hatte Catrin gebeten, auf ihn einzuwirken. Wenn, dann war es ihre sanfte Art, der es gelang, ihn zum Umdenken zu bringen.

Am heutigen Freitag hatte er den Beginenhof verlassen und war in sein Elternhaus zurückgekehrt. Dass ihn dort zwar nicht ein Donnerwetter, wohl aber stille Ermahnung erwartete, wusste er. Alyss vermutete stark, dass er sie im Laufe des Tages aufsuchen würde, um sein Leid darob zu klagen.

John war geschäftig – das Ende der Messewoche war gekommen, und in dem Tuchlager wurden beständig Ballen abgeholt und andere, welch Inhalts auch immer, untergebracht. Frau Mechtild, die gute Beziehungen zu den Frauenzünften pflegte, den Seidenweberinnen und Harnischmacherinnen, hatte John auf deren begehrte Produkte hingewiesen. Kölner Harnische waren in der ganzen bekannten Welt beliebt, und die kostbar bestickten Seiden wurden allerorts vom Klerus begehrt. Er würde gute Gewinne damit erzielen.

Sie konnte John keinen Vorwurf machen, dass er sich nicht weiter um die Suche nach der Brautkrone kümmerte – seinen Handel zu treiben, dazu war er nach Köln gekommen. Dann und wann hatte er auch Tilo schon zu den Kaufleuten mitgenommen, um ihm einen Eindruck von seiner Tätigkeit zu vermitteln. Tilos Eltern hatten inzwischen zugestimmt, dass ihr Sohn die Reise nach England mitmachen durfte, was die Laune des jungen Mannes überaus beschwingte. Seine Miene wurde nicht mehr ganz so schafsgesichtig, wenn er die schöne Leocadie betrachtete.

Um die Mittagszeit war das Federvieh gerupft, und kaum waren die Schüsseln mit fetter Kohlsuppe geleert, da klopfte Stina an die Tür. Die stämmige Sechzehnjährige war die Tochter der Adlerwirtin Franziska, und Alyss empfing sie mit einem freundlichen Gruß. Stina blieb höflich, aber kühl. Sie hatte Alyss noch immer nicht ganz verziehen, dass sie ihre Verbindung zu Yskalt unterbunden hatte. Aber nun hatte sie eine Botschaft ihrer Mutter vorzubringen, und der hörte das Hauswesen mit gebannter Aufmerksamkeit zu.

»Der Kappesbauer hinter der Schmiede, der hat gerade im Februar seinen Sohn verloren. Die Kälte und das Winterfieber haben ihn dahingerafft. Armer Kerl der, war erst fünf Jahre alt und ihr einzig Überlebender.«

Alyss spürte wieder den Stich der Trauer um ihren eigenen Sohn. Doch das Schicksal, das Stina da umständlich schilderte, war kein ungewöhnliches. Die Bauersfrau war monatelang trübsinnig gewesen, doch nun sei sie wieder ganz guter Dinge und scherze und lache von neuem. Weil – und nun merkten alle auf – sie einen kleinen ausgesetzten Jungen aufgenommen hatte.

»Ausgesetzt, aha«, sagte Alyss. »Und dieser Junge hat blonde Locken und das Gesicht eines Engels?«

»Ja, ein hübscher Knabe, sagt sie, und so gewitzt. Nur vor den Hühnern hat er Angst.«

»Wer hat ihn denn ausgesetzt?«

»Seine Sippe, die Fahrenden und Spielleute, die neulich in

der Stadt waren. Sie wollten ihn nicht mehr bei sich haben, weil die Büttel immer hinter ihm her waren, um ihn einzufangen und an die Reichen zu verkaufen.«

»Was für ein Blödsinn. Und das glaubt die Bauersfrau?«

Stina nickte.

»Kann doch sein, Frau Alyss. Mutter sagt, die Büttel sind zu allem fähig und machen immer krumme Geschäfte. Deswegen muss man ihnen aus dem Weg gehen.«

Die Adlerwirte hatten so ihre ganz eigene Vorstellung vom Rechtswesen der Stadt, die vor allem auf Umgehung der Gesetze beruhte. Nicht weil sie selbst unrecht handelten, sondern weil sie immer befürchteten, ungerecht behandelt zu werden. Mochte sein, dass dieses Misstrauen gerechtfertigt war, aber gewiss nicht in dem Maße, wie Jung Kilian es seinen Pflegeeltern darstellte.

»Geht es dem Jungen gut bei den Bauersleuten?«

»Ja, die Frau füttert ihn und kost ihn und lässt ihn in ihrem Bett schlafen.«

»Gut, dann wird er es dort wohl eine Weile aushalten, bis sein eigener Vater sich um ihn kümmert.«

»Ihr wollt ihn ihr wieder wegnehmen?«

»Ich nicht, Stina. Aber möglicherweise könnten seine Eltern ihren Sohn gerne wieder zurückhaben wollen.«

»Die Spielleute?«

»Nein, Stina, nicht die Spielleute. Wenn es der Junge ist, der hier von meinem Hof entführt worden ist, dann sind seine Eltern gut angesehene Buntwörter, denen jemand einen ganz, ganz bösen Streich gespielt hat.«

Stina war nicht besonders helle, sie verstand das alles nicht, und Alyss hatte plötzlich große Befürchtungen, dass sie zu den Kappesbauern gehen und sie warnen könnte, dass ihnen der Junge wieder genommen würde. Darum versuchte sie gar nicht erst, dem Mädchen klarzumachen, dass Aldenhoven vermutlich spornstreichs auf dem Hof auftauchen würde, um seinen Sohn zurückzuholen. Schlimmstenfalls mit einer ganzen Gruppe Bütteln. Stattdessen versicherte sie ihr nur, dass sie glücklich sei, den Jungen gut aufgehoben zu wissen, bestellte Grüße an Frau Franziska und schickte das Mädchen mit einer Handvoll Honigkuchen nach Hause zurück.

»Wer begleitet mich zu Aldenhoven?«, fragte sie, als die Tür hinter Stina zugefallen war.

»Ich, Frau Alyss.«

Tilo war als Erster aufgesprungen.

»Dann komm.«

Doch Aldenhoven war nicht in seinem Haus und auch nicht in seiner Werkstatt. Lis, die Magd, erklärte ihnen, er sei nach Deutz hinübergefahren, warum, das wusste sie nicht, und auch nicht, wann er zurückkommen würde. Alyss hinterließ ihr die Nachricht, er solle sich umgehend bei ihr einfinden. Dass es sich um Kilian handelte, verschwieg sie ihr sicherheitshalber, denn sie wollte vermeiden, dass der Junge oder seine neuen Gastgeber davon erfuhren, dass sie wusste, wo er steckte. Der kleine Kerl war flüchtiger als Luft.

Noch immer war die Stadt voller Menschen, Reisenden, Händler, Höker, Gaukler, wie sie sich zu Messezeiten gerne einfanden, um ihre Belustigungen darzubieten. Auch Quacksalber und Theriakhändler, Zahnbrecher und Wunderheiler boten ihre Dienste laut und vernehmlich an. Der Kax war gut besucht, denn wer gegen die Marktordnung verstieß, fand sich unversehens am Pranger wieder und durfte sich der tätlichen Missbilligung der Kunden ausgesetzt sehen. Manch fauler Kappes traf den Kopf des Missetäters, und recht eindeutige Schmähungen wurden ihm zuteil. Köln war eine Handelsstadt, und die Ehre der Kaufleute galt hier viel. Wer in einem üblen Ruf stand, unredlich maß, wog oder rechnete, schlechte Ware für gute verkaufte, mit falschen Münzen zahlte oder pantschte, konnte gewiss sein, dass er fürderhin gemieden wurde. Die Zünfte und Gaffeln wachten neben den Marktordnern darüber, dass die Geschäfte in rechten Bahnen verliefen.

Heute, zum letzten Messetag, wurde viel hin und her transportiert. Karrenpferde, beladene Esel, Lastenträger und auch die jungen Päckelchesträger gingen unzähligen Aufträgen nach, und so entdeckte Alyss den schmächtigen Rotschopf, der unter einem riesigen Bündel beinahe zusammenbrach.

»Lore«, sagte sie, als sie das schnaufende Mädchen eingeholt hatte.

»Mhm?«

»Frau Alyss, die Frau mit den Käfern«, erklärte Tilo.

»Oh. Hab nix für Euch.«

»Ich schon. Komm vorbei, Futter wartet.«

»Hab aber nix.«

»Nimm es als Vorschuss.«

»Oh, mhm.«

Lore schleppte sich weiter.

»Ihr solltet das gar nicht erst anfangen, Frau Alyss. Nachher habt Ihr noch die halbe Stadt an Eurem Tisch sitzen.«

»Hast du Angst, dass du zu kurz kommst, Tilo?«

»Nö, aber …«

»Wir sollen die Armen und Bedürftigen mit Almosen unterstützen, Tilo. Und ich tue das auf meine Weise. Außerdem scheint mir die Kleine ein gewitztes Persönchen zu sein.«

Doch bevor Lore an die Küchentür klopfte, meldete sich zur Terz an der Vordertür Magister Jakob.

Alyss, die mit den Jungfern im Saal saß und spann, schickte die Mädchen hinaus und gab Leocadie den Auftrag, warmen Wein und Gebäck zu bringen. Sehr rasch und energisch schob sie das heraufdämmernde Bild eines wollhaarigen Affen von sich und grüßte den Notarius herzlich.

»Magister Jakob, was führt Euch zu mir? Wollt Ihr den neuen Wein verkosten? Die Gärung ist abgeschlossen, und wir haben vier Fässchen angenehm süßen Weißen abfüllen können.«

»Beizeiten, beizeiten. Nicht der Trunk treibt mich zu Euch, sondern die Hoffnung, Euren Herrn Bruder hier anzutreffen.«

»Marian?«

»Der Herr Marian vom Spiegel hat mich beauftragt, in einer Rechtsangelegenheit für ihn tätig zu werden. Ich habe die entsprechenden Erkundigungen eingezogen und wollte ihn über die Lage in Kenntnis setzen. Er nannte mir Eure Adresse, wohledle Frau Alyss, und dass ich ihn hier anzutreffen in der Lage wäre.«

»Mein Bruder ist heute Morgen zu seinen Eltern zurückgekehrt, und da er sich hier noch nicht eingefunden hat, mag er sich noch immer ein wenig schwach fühlen. Ich hörte jedoch von Frau Catrin, dass Ihr ihn gestern aufgesucht habt. Seid Ihr befugt, auch mich über Eure Erkenntnisse ins Bild zu setzen?«

Magister Jakob nahm in dem angebotenen Sessel am Kamin Platz, wobei er recht sorgsam Malefiz vom Polster hob und ihn zu seinen Füßen absetzte. Der Kater schien ihm diese

Geste nicht übel zu nehmen, sondern rieb seinen Kopf grüßend an seinem Knie.

»Ich habe eine Kätzin, braun und rot. Er wird sie wittern«, erklärte der Notarius tonlos.

»Er ist ein Schlingel, gebt acht. Und schnell mit der Tatze. Aber nicht bösartig.«

»Das sind sie nie. Man muss sie nur verstehen. Aber kommen wir zu der rechtlichen Angelegenheit zurück. Hat Euch Euer Bruder über seinen Auftrag an mich in Kenntnis gesetzt?«

»Ich hörte nur ganz knapp von Frau Catrin, dass Ihr einen Angeklagten unterstützen sollt. Wenn Ihr es mit Euren Grundsätzen vereinbaren könnt, berichtet mir, ich will es Marian getreulich weitergeben. Seid versichert, dass zwischen mir und meinem Bruder keinerlei Geheimnisse bestehen.«

Leocadie stellte Weinkrug, Pokale und ein Körbchen Gebäck auf den Tisch und verschwand lautlos und ohne ein Anzeichen von Neugier.

»Das will ich wohl glauben, Frau Alyss. Nun, so hört denn, was ich erfuhr.«

Janis Fuhrer war in der Tat ein unbescholtener Frachtführer, der seit Jahren die Strecke Lübeck-Köln befuhr. Er hatte den Ruf, zuverlässig zu sein und sorgsam mit der ihm anvertrauten Ware umzugehen. Er hielt seine Zugpferde in gutem Zustand, und auch seine Karren brachen selten zusammen. Soweit Magister Jakobs Erkundigungen zum Ruf des Mannes. Es war dem Notarius auch ohne Schwierigkeiten gelungen, Zutritt zu dem Gefangenen zu erhalten, um sich mit ihm zu beraten. Zunächst verhielt sich der Mann verstockt und wollte sich nicht helfen lassen, aber wie der Magister sagte, habe er durch beständiges gutes Zureden dann doch Vertrauen gefasst und ihm seine unselige Lage geschildert. Und die stellte sich wie folgt dar: Houwschild hatte in den vergangenen zwei Jahren vier Transporte von Riga beauftragt. Fuhrer hatte, wie fast alle Osthandelsfuhrleute, Weinfässer für den Hinweg geladen, auf dem Rückweg übernahm er gewöhnlich Fässer mit Pelzen von den Koggen aus Riga oder Reval. Houwschild war mit den Schiffen gekommen, hatte mit ihm die Frachtgebühr ausgehandelt, die Verladung überwacht und akribisch alles aufgeschrieben und gegengezeichnet. Dann aber war er vorausgeritten. Verständlich, denn der Transport mit den schwerbeladenen Karren war langsam und umständlich. Allerdings hatte Houwschild seine eigene Reisegeschwindigkeit zugrunde gelegt, und schon bei dem ersten Transport hatte es eine heftige Auseinandersetzung mit dem Frachtführer gegeben, weil Houwschild ihn beschuldigt hatte, Umwege gefahren zu sein. Da während dieser ersten Fuhre wirklich die Achse eines Wagens gebrochen war und dadurch zwei Tage Verzögerung entstanden waren, hatte Fuhrer einer Minderung des Transportgeldes zugestimmt. Bei der zweiten Reise kam es wieder zu Unstimmigkeiten über die Dauer, und die Kürzung des vereinbarten Lohnes wollte Fuhrer nicht hinnehmen, konnte aber das Geld bei Houwschild nicht eintreiben. Ein drittes Mal hatte er die Übernahme der Ladung in Lübeck verweigern wollen, aber da er zur Geburt seines ersten Kindes zu Hause sein wollte und keine andere Ladung anstand, hatte er doch wieder Houwschilds Pelze übernommen. Wieder gab es Probleme, und daher hatte er bei dem vierten Transport ein Fass der Pelze auf eigene Rechnung verkauft und sogar mit den entgangenen Löhnen ordentlich verrechnet. Doch Houwschild hatte sich betrogen gefühlt und Fuhrer der Veruntreuung von Waren, des Betrugs bei den Frachtlöhnen und anderer Vergehen angeklagt.

»Was für ein Idiot. Nicht Fuhrer, sondern Houwschild«, entfuhr es Alyss.

»Das ist auch mein erster Eindruck, Frau Alyss, doch ich bin nicht befugt, daraus ein Urteil abzuleiten. Das können nur die Herren der Gerichtsbarkeit.«

»Natürlich. Und dazu müsste Fuhrer Houwschild anzeigen.«

»So ist es.«

»Und dann müsste man Houwschild zu dem Fall befragen.«

»Auch das ist richtig.«

»Er wird sich im Recht glauben.«

»Gewiss.«

»Er ist es aber nicht.«

»Vermutlich nicht.«

»Weshalb man ihn womöglich ebenfalls peinlich befragt?«

»Nicht auszuschließen.«

»Mhm.«

Während Alyss verschiedene hoch bemerkenswerte Folgen aus dieser neuen Erkenntnis durch den Kopf ratterten, nahm der Notarius einen der Honigkuchen und verspeiste ihn mit zierlichen Bissen.

»Seid Ihr befugt, Meister Houwschild anzuklagen, Magister Jakob?«

»Wenn ich dazu beauftragt werde.«

Alyss lächelte ihn zufrieden an, und die Augen des Notars blitzten plötzlich auf. Gewohnt tonlos fragte er: »Habt Ihr ein Huhn mit Houwschild zu rupfen?«

»O ja, Magister Jakob, o ja. Und da mein Bruder eben die Folgen einer Befragung unter Folter beseitigt hat, wird er nötigenfalls ein schönes Szenario zu entwerfen in der Lage sein.«

»Es wäre mir ein ausgesuchtes Vergnügen, Frau Alyss, Euren *inquisitiones* beizuwohnen. Darf ich fragen, wessen Ihr Houwschild beschuldigt?«

»Kindesentführung und Raub meiner Brautkrone, die, wie ich erwähnen möchte, einen beträchtlichen Wert darstellt und Teil meines Brautschatzes ist.«

»Dammich!«

»Wie Ihr sagt.«

»Weshalb Ihr die Freiung desselben erst in Angriff nehmen möchtet, wenn Ihr wieder im Besitz Eures vollständigen Eigentums seid, nehme ich an, Frau Alyss?«

»So ist es.«

»Schickt mir Nachricht, wenn Ihr meine Hilfe benötigt. Eure Kuchen sind gut. Danke, ich finde alleine hinaus.«

Verdutzt sah Alyss dem hurtigen Abgang des Notarius hinterher. Er hatte, neben seiner betulichen Nüchternheit, hin und wieder etwas ziemlich Sprunghaftes an sich, und langsam fragte sie sich, welches von beidem wohl seine wahre Natur war.

In der Küche zankte Hilda mit Lore.

Alyss sandte der Haushälterin einen mahnenden Blick zu, und die stellte grummelnd ihr Gezeter ein.

»Gib dem Kind eine Schüssel Suppe, wir haben genug davon.«

»Ist aber das gute Schmalz und Gänsefleisch drin.«

»Das wird dem Mädchen nicht schaden.«

Alyss setzte sich zu Lore an den Tisch und sah ihr zu, wie sie geschwind die heiße Suppe hinunterschlang, Als sie fertig war, sah der Rotschopf hoch und fragte: »Vorschuss für was?«

»Alles, was du über Ebby und Heini hörst.«

»Hat Susi schon gefragt. Kenn ich nicht.«

»Alles, was eine kostbare Krone betrifft.«

Jetzt bekam Lore riesengroße Augen.

»Krone?«

»Frau Alyss, seid still!«, fauchte die Haushälterin sie an.

»Ich vertraue Lore, Hilda.«

»Kronen tragen Könige. Mit denen hab ich nix zu tun.«

»Bräute tragen Kronen.«

»Oh, ähm, ja.« Und dann grinste das Mädchen. »Bräute, na ja. Also, so 'ne Art kenn ich. Die haben auch feinen Putz, ja.« Und Lores Grinsen wurde noch breiter. »Von Euren Leuten besucht sie auch einer. Vielleicht hat der ihnen ja eine mitgebracht.«

»Von meinen Leuten?«

»Na, die hier manchmal essen.«

»Erstens gehört Master John nicht zu ›meinen Leuten‹, und zweitens hat er gewiss den Schwälbchen keine Krone mitgebracht.«

»Ich mein nicht den Tuchhändler. Ich mein den Pfaff.«

Alyss blieb buchstäblich der Mund offen stehen.

»Magister Hermanus? Bei den Dirnen?«

»Ja, meint Ihr, die Herren Priester und Mönche würden wirklich keusch leben, wohledle Frau? Da kennt Ihr das Pack aber schlecht.«

»Nein, Lore, so dumm bin ich nicht. Nur … mhm … bei Magister Hermanus kam es mir nie in den Sinn. Er ist ein solcher Moralapostel.«

»Das«, betonte Lore mit dem ganzen Wissen ihrer Jahre auf den Gassen, »sind die, die's am schlimmsten treiben.«

Hilda schien von einem Hustenanfall gebeutelt, und Alyss war heilfroh, dass das Hauswesen nicht Zeuge dieser Unterredung war. Sie gab dem Mädchen noch zwei Käferwecken und bedankte sich für ihre Auskünfte. Die Höflichkeit schien Lore zu irritieren, und ein bisschen stammelnd verabschiedete sie sich.

»Das, Hilda, war der Grund, warum ich mich mit den Gossenkindern gemein mache. Man muss sein Ohr am Maul des Volkes haben.«

»Unser Hauspfaff. Ich glaub es nicht, Frau Alyss.«

»Ich schon.«

Und es ergab sich daraus eine ganz neue Sicht auf verschiedene Dinge.

33. Kapitel

Schon in aller Herrgottsfrühe stand Aldenhoven vor Alyss' Tür, und als er die Botschaft hörte, dass sein Sohn entdeckt worden war, wollte er, genau wie sie es befürchtet hatte, mit einer Truppe gewappneter Mannen über den armen Kappesbauern herfallen. Es gelang ihr mit vielen beschwichtigenden Worten, in ihm ein gewisses Verständnis für die Situation zu wecken, und so zogen dann sie, Tilo, Frieder, Frau Greta und der Buntwörter gen Eigelstein. Das kleine Anwesen des Bauern war schnell gefunden. Inmitten von halb abgeernteten Kohlfeldern stand das Häuschen, ein bisschen windschief das Fachwerk, mit Stroh gedeckt das Dach. Ein Gemüsebeet, ein Hühnerhof, ein mageres Eselchen zeugten davon, dass man sein Leben fristete, doch nicht zu Wohlstand gekommen war. Über dem Kamin stand eine graue Rauchwolke, doch weder auf dem Feld noch im Hof zeigten sich die Besitzer.

Alyss hielt noch einmal Aldenhoven zurück, der am liebsten sofort in das Haus gestürmt wäre.

»Wir müssen zuerst die Schlupflöcher verschließen, Meister Niclas. Euer Sohn soll Euch doch nicht noch einmal entwischen.«

»Aber er wird doch zu seiner Mutter zurückwollen«, schluchzte Greta auf.

Alyss hatte zwar Mitgefühl für die Frau, aber es machte sie ungeduldig, wie wenig sie den kleinen Tunichtgut einzuschätzen wusste.

»Sicher, Frau Greta, dennoch sollten wir vorsichtig sein. Er hat ein eigenwilliges Köpfchen. Tilo, die hinteren Fenster, Frieder, geh ums Haus und schau, ob es noch eine Tür gibt. Ich halte die Vordertür im Blick. Ihr, Meister Niclas, geht mit Eurer Frau hinein. Aber ich warnte Euch schon – man wird Euch nicht glauben, dass Ihr die leiblichen Eltern seid und ein Anrecht auf Kilian habt.«

Und genau wie sie es vorhergesagt hatte, traf es auch ein. Drinnen erhob sich ein gewaltiges Gezeter, von dem sie nur die Hälfte verstand. Es rumorte und schepperte, Männerstimmen erhoben sich zum Gebrüll, Weiberstimmen zum Gekreische. Kilian hatte gute Arbeit geleistet. Sie erwartete jeden

Moment, dass der Bengel wie eine Kanonenkugel durch die Tür geschossen kam, doch es rührte sich nichts.

Plötzlich ein protestierender Schrei, ein durchdringendes Heulen.

Und dann kam Frieder um die Hausecke getrabt, Kilian wie einen jungen Hund im Nacken an der Pelzgugel gefasst.

»Nein, nein, ich will nicht wieder zu Frau Alyss. Nein, das darfst du nicht! Nein, nein, ich will nicht wieder zu dem Höllenhahn. Der pikt mich und will meine Seele fressen.«

»Aha, da hat dir also doch jemand die Furcht Gottes gelehrt«, stellte Alyss fest und nahm den Jungen in einen festen Griff. Er wand sich und drehte sich und wäre ihr fast entschlüpft, wäre ihr Tilo nicht zu Hilfe geeilt.

»Wir werden ihn in Stricke binden müssen, diesen Teufelsbraten!«

Zu zweit bändigten sie den tobenden Jungen, und Frieder, ganz mutig, trat zwischen die Streitenden im Haus.

»Meister Aldenhoven!«, schrie er mit sich fast überschlagender Stimme in das Gezänk hinein. »Wir haben Euren Sohn!«

Der Kappesbauer ging auf Frieder los, aber der Buntwörter versetzte ihm einen Faustschlag in den dürren Leib, sodass der arme Mann einknickte. Dann rannte er auf Alyss zu.

»Kilian!«, donnerte er.

»Papa, ich geh nicht zu der bösen Frau Alyss zurück. Nie wieder.«

»Kilian?«

Meister Niclas kniete vor seinem Sohn nieder und streckte seine Arme aus.

»Nein, mein Kleiner, das brauchst du nicht. Aber zu Mama und mir kommst du wieder zurück.«

Kilian hatte aufgehört zu zappeln und schien diese Bitte zu prüfen. Ob wohlwollend, das konnte bezweifelt werden.

»Hier ist's aber auch schön«, sagte er dann trotzig. »Die Frau Dora lässt mich auf dem Esel reiten. Und es gibt lecker Kraut.«

Jetzt kam auch seine Mutter dazu und kniete ebenfalls auf dem feuchten Lehm vor ihrem Sohn nieder. Alyss ließ ihn los. Was immer nun passierte, war nicht mehr ihre Verantwortung. Sie sah zu den beiden Bauersleuten hin, die nun stumm und still in der Tür standen und die Szene beobachteten. Der Frau liefen die Tränen über das Gesicht.

Sie ging zu ihr hin und sagte mit sanfter Stimme: »Ein Kind zu verlieren tut weh, Dora. Ich weiß das. Aber auch diese Eltern haben wochenlang gelitten.«

»Sie haben ihn schlecht behandelt«, begehrte die Bäuerin auf.

»Nein, im Gegenteil, sie waren zu nachsichtig mit ihm. Es sind sehr ehrenwerte Handwerker, Buntwörter von einigem Wohlstand, und der Junge ist ihr einziges Kind.«

Die Frau schniefte.

»Ich krieg keine Kinder mehr, sagt die Hebamme.«

»Das ist schlimm, Dora. Aber sucht doch die Beginen am Eigelstein auf und fragt nach Frau Catrin. Eure Hebamme könnte sich geirrt haben. Und wenn nicht, an der Findelpforte am Dom werden so oft kleine Kinder ausgesetzt …«

Dora schniefte noch einmal und nickte.

Alyss nestelte aus ihrem Beutel ein paar Geldstücke und reichte sie dem Bauern.

»Für Eure Mühen und ein Kostgeld.«

Er nahm es wortlos.

Aldenhovens hatten ihren Sohn inzwischen offensichtlich davon überzeugen können, wieder in ihre Obhut zurückzukehren, und Alyss schloss sich ihnen an, als sie sich auf den Heimweg machten.

»Ich würde Kilian gerne ein paar Fragen zu dem Tag stellen, als er entführt wurde, Meister Niclas. Noch wissen wir nicht ganz genau, ob es wirklich Ebby und Heini waren. Und vielleicht verhilft er uns zu einer Spur.«

»Dann folgt uns, Frau Alyss.«

In Aldenhovens Heim wurden sie von Lis mit Most und Früchtebrot bewirtet, was auch den Jungen milde stimmte. Seine Mutter hatte zwar noch immer unterdrückte Schluchzer in der Stimme, aber Aldenhoven hatte ihr mit bündigen Worten untersagt, ein Getue zu machen.

Mit vereinten Kräften extrahierten sie die Geschichte der Entführung aus dem Jungen. Ja, er hatte am nämlichen Tag im Hof mit Lauryn Kräuter verlesen und dann ein lustiges Hüpfkästchenspiel getrieben. Dann hatte Lauryn die Eier sammeln wollen, was Kilian dazu brachte, sich aus ihrer Nähe zu entfernen. Den Hühnerstall weigerte er sich zu betreten. Er hatte weiter mit einem Stückchen Schiefer auf dem Pflaster vor der Küche ein Gemälde angefertigt, als Benefiz angeschlagen hatte. Es waren zwei Leute durch die Toreinfahrt getreten, die er nicht kannte, ein Mann und ein Weib – die Beschreibung passte auf die Gesuchten. Benefiz, ganz Wächter des Anwesens, hatte die beiden warnend verbellt, und als sie seiner Aufforderung, sich vom Hof zu machen, nicht folgten, hatte er den Mann in die Wade gebissen. Der habe dem Hund einen mit dem Knüttel übergezogen und ihn dann in die Küche gezerrt. Die Frau habe sich zu Kilian hingekniet und ihn gefragt, ob er Lust habe, zum Rhein zu gehen und Schiffe anzugucken. Er hatte Lust dazu, denn mit Lauryn war es ziemlich langweilig gewesen.

Dann aber war Lauryn aus dem Hühnerstall gekommen und hatte die Fremden gesehen. Sie hatte empört gefragt, was sie hier wollten, und da sei der Mann auf sie zugegangen, habe ihr freundlich die Hand gereicht, und als sie ihn begrüßen wollte, habe er ihr auch eins mit dem Knüttel übergezogen. Das fand Kilian nun wieder nicht sehr nett und hatte versucht, vor der Frau wegzulaufen, aber die hatte ihre Schürze abgenommen und ihm über den Kopf geworfen, sodass er nichts mehr sehen konnte. Er hatte gestrampelt und geschrien, und dann hatte er auch eins auf den Kopf gekriegt.

Greta stöhnte auf.

»Lass es gut sein, Weib, es hat ihm nicht geschadet.«

Alyss nickte und fragte den Jungen weiter aus.

Wie erwartet hatten die Entführer das Fässchen Wein mitgehen lassen, und als Kilian wieder Herr seiner Sinne war, zechten die beiden in einem leeren Stall, was das Zeug hielt. Es war ihm ein Leichtes, ihnen zu entkommen.

»Zu den Stiftsfrauen von Sankt Ursula. Ab da, Kilian kennen wir die Geschichte. Aber nun noch eins – waren die beiden Leute lange im Haus? Kannst du dich daran erinnern?«

»Sie haben Benefiz eingesperrt. Das war aber nur kurz. Und dann war da die Schürze. Was danach war, weiß ich nicht.«

»Ja, richtig, danach hast du nichts mehr mitbekommen. Haben sich die beiden in dem Stall oder irgendwann davor noch mit jemand anderem getroffen? Hast du Gespräche gehört oder Streit?«

»Nö.«

»Kannst du dich erinnern, ob sie noch irgendwas anderes als das Fässchen dabeihatten? Ein größeres Bündel oder einen Sack oder eine Kiste?«

»Nö.«

»Hast du sie danach noch mal irgendwo wiedergesehen?«

»Nö.«

»Gut, fürs Erste habe ich keine weiteren Fragen mehr. Meister Niclas, falls Euch der Junge noch irgendwas erzählt, was mit den Entführern zusammenhängt, schickt mir Botschaft.«

»Das will ich gerne tun.« Aldenhoven ging mit ihr zur Tür und druckste verlegen herum. »Ich muss mich bedanken bei Euch. Ihr wart sehr umsichtig.«

»Schon gut. Ich bin froh, dass wenigstens diese Angelegenheit ein gutes Ende gefunden hat.«

»Ich werde mich erkenntlich zeigen.«

»Nicht nötig.«

Aber sie wusste, dass sie diesen Winter einige schöne Pelze für ihre Kleider bekommen würde.

Wenn man den ganzen Ärger betrachtete, den der durchtriebende kleine Nichtsnutz verursacht hatte, mochte das wohl eine angemessene Entschädigung sein. Doch der Brautkrone war sie noch immer nicht näher gekommen.

Wenngleich sich da eine Möglichkeit aufgetan hatte.

Und der richtige Mann, diese zu verfolgen, wies eben einen Knecht an, zwei Ballen abzuladen und in das Tuchlager zu schaffen.

»Master John!«

»Mistress Alyss. Ihr seht aus wie die Katze, die den Rahm geleckt hat.«

»Jung Kilian ist in die Arme seiner liebenden Eltern zurückgekehrt.«

»Was Ihr nicht sagt! Habt Ihr Schlingen ausgelegt oder Fallen gestellt oder den kleinen *jackanapes* gar mit einem Zauberbann belegt?«

»Ein Aufgebot von fünf gestandenen Menschen war nötig, ihn zu umzingeln. Kommt in mein Kontor, ich will Euch berichten. Und Euch auch eine weitere… mhm… köstliche Aufgabe übertragen.«

John wickelte den Transport ab und kam dann in ihr Kontor, wo sie die von Leocadie ausgesuchten Federkiele begutachtete.

»Habt Ihr von Marian gehört?«

»Nein, Mistress Alyss.«

»Gut, dann das zuerst.«

Sie berichtete dem aufmerksam zuhörenden John von Fuhrer und Magister Jakob, und er nickte anerkennend.

»Ein bemerkenswerter Schachzug, der noch an Wert gewinnt, wenn Ihr nachher meine Erkenntnisse mit in Euren Plan einbezieht.«

»Ah, Ihr habt ebenfalls Neuigkeiten?«

»Die eine oder andere, aber nun zu dem letzten Streich des findigen *rascallion.* Was konnte er Euch über seine Entführer berichten?«

»Nichts, was wir nicht schon gewusst hätten. Auf Ebby und Heini passt die Beschreibung.«

Sie erzählte, wie sie des Jungen habhaft geworden waren, und sie war noch mitten in der bewegten Szene des Zusammentreffens von Kappesbauer und Buntwörter, als Marian ins Kontor trat. Ein kurzer Blick in sein Gesicht sagte Alyss, dass er, wenn auch noch ein wenig erschöpft, doch guter Dinge war.

»Auf der Flucht, Bruder mein?«

»Atemlos. Auf mir ruhte das gramerfüllte Auge des Allmächtigen, und unserer *mater inquisitoris* ist es wieder einmal ohne Daumenschrauben und Streckfolter gelungen, die Wahrheit aus mir herauszuquetschen. Meinem Walten als Henkersgehilfe ist damit ein Ende gesetzt.«

»Das erleichtert mich.«

»In gewisser Weise tut es mich das auch, Schwesterlieb, zumal ich ein neues Lehrverhältnis im Auge habe.«

»Der Abdecker?«, fragte John süffisant. »Ihr wollt bestimmt wissen, was sich unter der Haut des Menschen abspielt.«

»Eine ausgezeichnete Idee, John. Wann darf ich Euch das Fell über die Ohren ziehen?«

»Vorher werde ich Euch das Eure gerben, *laddy*!«

»Möchte noch irgendjemand wissen, welche erstaunlichen Neuigkeiten Lore mir eröffnet hat?«, fragte Alyss in den Raum.

»Sicher, Schwesterlieb. Tilo und Frieder gaben mir Kunde vom morgendlichen Geschehen. Was wusste jene Lore dazu zu sagen?«

»Lore ist Päckelchesträgerin, gezähmt und für die Jagd nach Neuigkeiten abgerichtet, und hat den Auftrag, mir gegen Atzung Neuigkeiten zu bringen. Ich fragte sie nach der Brautkrone. Und wie es aussieht, pflegt ein Mitglied dieses unseres Hauses enge Beziehungen zu gewissen brautähnlichen Geschöpfen, die wertvollen Geschenken gegenüber nicht abgeneigt sind.«

Die beiden Männer sahen sich verblüfft an.

»Nun, die Schwälbchen haben gierige Krällchen, das mag

wohl stimmen«, sinnierte Marian und sandte John einen schiefen Blick. »Und die Harfeliesje streichen auch nicht nur für Gotteslohn über die Saiten. Hast du den Verdacht, dass dein Kleinod den Weg in die Hände der Buhlen gefunden hat?«

»Wir haben so wenige Anhaltspunkte, Marian, dass ich dazu neige, jede noch so vage Fährte zu verfolgen.«

»Und willst du damit unseren wackeren Falkner bezichtigen, den Vögelchen diese Beute überbracht zu haben?«

»Nein, mein Bruder. Ein anderes Mitglied unseres Hauswesens scheint Lore zufolge steter Gast in ihren Nestchen zu sein.«

»Frieder?«

»Der hat sein Harfeliesje.«

»Tilo?«

»Kriegt Schafsaugen bei Leocadies Anblick.«

»Euer Handelsgeselle Peer?«, fragte John schließlich. »Warum nicht? Er ist zwar ein knorriger, aber kein alter Mann.«

»Er hat seine Hilda, die ihm dann und wann die Decken wärmt«, beschied Alyss ihm trocken, was Marian ein ungläubiges »*Was!*« entlockte.

»Sie ist weder alt noch knorrig.«

Er nickte und zog dann die Nase kraus, als habe ihn ein übler Geruch gestreift.

»Merten – ja, Merten könnte so etwas getan haben. Alyss, dazu hat Catrin sich auch schon Gedanken gemacht, die ich dir vortragen wollte.«

»Nun, Merten mag sich mit den Schwälbchen vergnügen, aber es ist unser Hauspfaff, der sie verstohlen aufsucht.«

Nachdem das brüllende Gelächter der beiden Männer verklungen war, fasste John grinsend zusammen: »Und wieder wird es meine anstrengende Aufgabe sein, dort Nachforschungen anzustellen, Mistress Alyss?«

»Ich hatte gehofft, sie Euch aufbürden zu können.«

»Ich werde ausgelaugt wie ein Suppenknochen nach Hause zurückkehren«, murmelte er dumpf. »Aber für Euch nehme ich das natürlich in Kauf.«

»Schwesterlieb, ich kann zwar glauben, dass unser Magister heimlichen Sünden frönt, aber warum sollte er deine Krone entwendet haben und sie ausgerechnet den Bettschätzchen bringen? Das kann viel zu leicht entdeckt werden.«

»Bislang zumindest wurde es das noch nicht. Und er mag mich nicht.«

»Er mag niemanden.«

»Er lag fiebernd danieder… Obwohl, Alyss: Er oder wer auch immer hätte ja die Krone auch schon weit früher entwenden können. Wir haben immer angenommen, dass der Raub mit der Entführung einherging.«

»Ja.« Alyss zerrte an ihrem Schleier und legte ihn ab. Mit den Fingern lockerte sie die zum Zopf geflochtenen Haare, sodass sich einige Strähnen daraus lösten. »Ja, wenn jemand aus diesem Haushalt die Krone genommen hat, dann hätte das jederzeit geschehen sein können. Ich habe sie zuletzt beinahe zwei Wochen vor dem Ursulatag in Händen gehalten.« Und dann wurde sie sehr nachdenklich. »Ich habe Hedwigis schon einmal verdächtigt und befragt. Das war wenige Tage, nachdem Kilian entführt wurde. Damals hat sie gesagt, sie hat die Krone noch einmal angesehen. Was, wenn sie mich angelogen hat?«

Die Erkenntnis schnürte ihr die Kehle zu. Sie würde die Krone nie wieder zurückbekommen. Wenn Arndt sie bereits bei seiner Abreise mitgenommen oder ein anderer sie bereits nach dem Ursulatag gestohlen hatte – und das schien ihr immer wahrscheinlicher –, dann war sie längst verhökert, zu Geld gemacht, das Geld verschwendet.

Marians Hand strich über ihre Haare.

»Wir tappen im Ungewissen, Schwesterherz. Auch wenn wir beide sehr üble Verdächte haben, bewiesen ist nichts. Wir können im Augenblick nichts anderes tun, als die Möglichkeiten ausschließen, die nicht in Frage kommen. Das, was dann übrig bleibt, kann uns vielleicht einen Beweis liefern. Also wird John die Schwälbchen besuchen und wir Hedwigis zur Rede stellen. Und natürlich die beiden Hausarmen aufzustöbern versuchen.«

»Die, Mistress Alyss, wie mir meine Freunde in den Hafentavernen versichern konnten, zwei Tage nach Kilians Entführung auf der Fähre nach Deutz gesehen worden sind.«

»Wo sie hoffentlich still verharren und darauf warten, dass wir sie zusammengeschnürt wie einen Packen Wolle zu uns karren.«

»Ich vermute nicht, dass sie sehr viel weiter gezogen sind, Alyss. Sie werden sich einen Unterschlupf gesucht haben und ein karges Dasein fristen. Ich werde Meister Hans noch mal fragen, ob drüben neue Bettelmarken vergeben worden sind.«

»Ja, tu das.«

»Und ich«, warf John ein, »habe meine Zeit nicht nur in den Schenken am Hafen verbracht, Mistress Alyss, sondern bin auch ehrbarer Zerstreuung nachgegangen.«

»Tatsächlich?«

»Die Gaffel Eisenmark war so freundlich, mich zu ihren Essen einzuladen.«

»Und Ihr habt die ehrenwerten Kaufleute mit Euren Abenteuern ergötzt.«

»Wie das so meine Art ist, Mistress Alyss.«

Sie raufte weiter ihre Haare und murmelte betreten: »Entschuldigt. Ich bin garstig.«

»Ein wenig. Aber hübsch dabei. Nun, in der Eisenmark hat Master Houwschild, wie ich so nebenbei erfuhr, nicht eben den besten Ruf. Ja, man bezeichnete ihn als ›Siverts Gefolgshündchen‹. Sagt Euch das etwas?‹

Marian nickte.

»Sivert Brouwer, der Vater der Gebrüder Brouwer, war Houwschilds Lehrherr. Offensichtlich hat sich Houwschild als sein Speichellecker hervorgetan.«

»Ah ja, ein Jasager ohne eigene Meinung. Das war die andere Aussage, die ich hörte. Bedächtig, unbeweglich im Denken, ständig voller Klagen über die Missstände und Ungerechtigkeiten der Welt. Und dennoch empört bis zum Wutanfall, dass man ihn nicht zum Ratsherrn vorgeschlagen hat.«

»Oh!«, sagte Alyss. »So wird ja ein Paar Stiefel daraus.«

»Stiefel?«

»So schließt sich das Mosaik zu einem schlüssigen Bild, John. Aldenhoven soll von der Gaffel der Buntwörter im Dezember zum Ratsherrn gewählt werden. Houwschild wird diese Ehre verwehrt. Er sieht in Aldenhoven seine böseste Konkurrenz und hat ihn bereits beim Aldermann verleumdet. Eine Entführung des Jungen mit nachfolgender Erpressung wäre sicher nützlich gewesen, um den Buntwörter zu überreden, das Amt nicht anzutreten. Wie dumm, dass Houwschild selbst dieser Streich misslungen ist.«

»Wir werden es Master Niclas mitteilen müssen.«

»Richtig.«

»Immerhin scheinen sich manche verknäuelten Fäden endlich zu entwirren«, meinte Alyss. »Abgesehen von dem großen Brautkronen-Knäuel. Aber da wir schon dabei sind – Master John, habt Ihr zufällig bei Euren zahlreichen Verhandlungen etwas über Ritter Arbo gehört?«

»Nein, Mistress Alyss. Und ich habe mich auch nicht weiter darum bemüht. Hätte ich es tun sollen?«

»Ach, es war nur so ein Gedanke.«

»Dich plagt Leocadies tränenreiche Märtyrerschaft, was, Schwesterlieb?«

»Das Seufzen und Beten nimmt gar kein Ende mehr.«

»Was hältst du davon, die Benasis' zu besuchen?«

Alyss ließ ihren gezauselten Zopf fahren und nickte anerkennend. »Manchmal, Bruder mein, ist in deinem Kopf doch etwas mehr als Erbsenbrei. Vielleicht weiß Gerlis Rat, wie man ihren störrischen Bruder weichklopfen kann.« Sie sah zu John hin. »Oder habt Ihr etwas dagegen?«

»Nein, Mistress Alyss. Warum sollte ich?«

»Oh, ich weiß nicht. Ich weiß nicht …«

John stand auf und grinste zu ihr hinunter.

»Kümmert Ihr Euch um den Ritter, auf mich warten hübsche, fingerfertige Harnischmacherinnen.«

»Ja, das habe ich mir gedacht.«

»Und Seidweberinnen mit weichen Händchen.«

»Selbstredend.«

»Und Schwälbchen mit zarten Flügelchen.«

»Ohne Zweifel.«

Er ging, wie so oft, ohne Abschied, und Alyss starrte auf die zugefallene Tür.

»Manchmal, Bruderlieb, zerrt er an meiner Geduld.«
»Ich sehe es. Deine Haare sind derzeit ziemlich zerzaust.«
»Ja, ich weiß.«
Alyss zauste weiter daran und seufzte.

34. Kapitel

Nach der sonntäglichen Messe hatte sich Alyss ins Kontor zurückgezogen, um eine Weile alleine sein zu können. Nein, sie arbeitete nicht an ihren Büchern, sondern die zurechtgeschnittene Feder malte sorgfältige Buchstaben auf ein Stück geglättetes und gekalktes Pergament.

Ein Brief, so hatte sie befunden, war notwendig geworden. An Leon de Lambrays und sein Weib Aziza, Leocadies Eltern. Vermutlich hatte auch ihre Mutter schon eine Botschaft nach Burgund gesandt, aber die neueste Entwicklung und ihre eigene Einschätzung sollten das Bild abrunden. Die übermäßige Frömmigkeit, der Wunsch der Weltentsagung nur wegen eines jugendlichen Herzeleids, erschienen ihr unangemessen. Entweder hatte Leocadie tatsächlich von Natur aus ein schwermütiges Wesen, oder es steckte noch ein anderer Grund hinter ihrer entsagungsvollen Haltung. Auf jeden Fall aber wollte Alyss verhindern, dass das Mädchen eine Entscheidung traf, die sein ganzes zukünftiges Leben bestimmen würde, ohne dass seine Eltern von dieser Absicht wussten. Zudem war Alyss auch der Meinung, das ganze furchtbare Liebesleid könne sehr wohl durch eine sehr einfache Reaktion des Ritters beendet werden.

John.

Sie hielt im Schreiben inne und legte sehr vorsichtig die Feder nieder, damit keine Tintenspritzer auf das kostbare Pergament gerieten.

Er war gestern zum Abendessen zurückgekommen, und während das Hauswesen sich mit Ratespielen vergnügte, hatte er sie in eine leise Unterhaltung verwickelt.

»Euer Hauspfaff sucht alle paar Wochen die Schwälbchen auf. Er tut es, wie viele Geistliche heimlich, und die Buhlen spötteln über ihn. Wie sie es über all die scheinheiligen Kleriker tun.«

»Die menschliche – oder männliche – Natur kann auch die Vorschriften der Kirche offensichtlich nicht bändigen. Mich stört es nicht, Master John, ich finde die Heuchler nur lächerlich. Was mir aber viel mehr zu denken gibt – die Schwälbchen verlangen ihren Lohn. Und Magister Hermanus ist arm wie eine Kirchenmaus. Er kann sich noch nicht einmal satt essen von dem Geld, dass ihm der Pfarrer zahlt. Wie entlohnt er dann die Buhlen?«

»Nicht mit Eurer Brautkrone, wenn Ihr das befürchtet, Mistress Alyss. Er schreibt Briefe für sie, setzt Dokumente auf, verfasst Testamente und Urkunden und liest ihnen Geschriebenes vor. Einige von den Schwälbchen denken an die Zukunft, einige von den Hurenmüttern führen ein geordnetes Geschäft. Aber lesen und schreiben können sie kaum.«

»Ja, ich verstehe. Leistung auf Gegenseitigkeit.«

»So kann man es wohl betrachten. Nutzt dieses Wissen, wenn der *hypocrit* Euch wieder mal die Leviten liest, Mistress Alyss.«

»Ein ergötzlicher Gedanke.«

Alyss war erfreut, dass John so rasch eine Auskunft zu bieten hatte. Ob er sie auch als Leistung auf Gegenseitigkeit erhalten hatte, wollte sie nicht erfragen.

Aber die Beschäftigung mit Magister Hermanus' Abgleiten vom Pfad der Tugend war auch ein Abgleiten ihrer Gedanken, die sie eigentlich auf die Lösung des anstehenden Problems verwenden wollte. Sie fuhr sich mit dem weichen Ende der Schreibfeder über die Stirn und lenkte ihre Aufmerksamkeit wieder auf Leocadie und Ritter Arbo. Um sich darüber auszutauschen und eine mögliche Unterbringung der Jungfer bei den Beginen am Eigelstein zu bereden, war sie am Vortag bei Catrin gewesen. Ihre Freundin hatte ihr wie üblich aufmerksam zugehört, während sie eine Altardecke bestickte, und dann in ihrer sanften Art Antworten gegeben.

»Natürlich kann Leocadie hier eine Weile wohnen und arbeiten. Unsere Meisterin hat ganz gewiss nichts dagegen. Aber was versprichst du dir davon? Arbeit, die sie ablenkt, hat sie bei dir genug. Und Betschwestern sind wir genauso wenig wie dein Hauswesen.«

»Hier leben und verkehren keine Männer.«

»Das wäre ein Grund. Aber ich glaube nicht, dass es ihr helfen würde. Marians Vorschlag scheint mir hilfreicher. Ich erinnere mich an Ritter Arbos Schwester Gerlis recht gut. Sie ist ja nur knapp zwei Jahre älter als du und eine gute Freundin deiner Eltern.«

Alyss nickte. Auch ihr war die dramatische Geschichte bekannt, die sich vor ihrer Geburt abgespielt hatte. Ihr Vater hatte an einem Heiligabend einen ausgesetzten Säugling im Kloster zu Groß Sankt Martin gefunden und zu den Beginen –

zu ihrer Mutter – gebracht. Es war ein schrecklicher Mord damit verbunden gewesen: Gerlis' Mutter, Bettina von Benasis, war von einem Wahnsinnigen enthauptet worden. Das kleine Mädchen aber war der Bastard von Ritter Gero von Bachem, Arbos legitimem Vater. Für eine Weile hatten Alyss' Großeltern Gerlis in ihre Pflege genommen, dann hatte der Ritter sie anerkannt. Seine Gemahlin war nicht glücklich darüber, weshalb Gerlis oft bei den Benasis' weilte. Aber zu ihren älteren Geschwistern hatte sie immer ein herzliches Verhältnis gehabt. Arbo, der Jüngste, stand ihr besonders nahe.

»Ich will sehen, ob ich ihr über ihre Familie Nachricht zukommen lassen kann. Vielleicht wäre es hilfreich, wenn sie Leocadie kennenlernen würde«, schloss Alyss ihre Erinnerungen ab.

»Ja, Alyss, das könnte Leocadie helfen. Sie braucht jemanden, mit dem sie über ihren Ritter Arbo sprechen kann. Der ihn besser kennt und ihr seine Beweggründe erklärt.«

Catrin fädelte einen neuen Faden ein, und Alyss merkte, dass sie die Angelegenheit auf ihre bedächtige Art noch weiter durchdachte. Sie schätzte das ruhige, manchmal auf wunderlichen gedanklichen Verschlingungen beruhende Urteil ihrer Freundin, die ihr wie eine Schwester nahe stand.

»Bist du eigentlich ganz sicher, dass diese Verbindung wünschenswert für deine Base ist?«

Die Frage überraschte Alyss.

»Doch, ja. Ich fand, sie passten gut zusammen, Catrin. Oder hast du einen Makel an Arbo von Bachem entdeckt, der mir nicht aufgefallen ist?«

»Einen Makel nicht, aber es sticht mich etwas wie ein verlorenes Samenkörnchen im Hemd. Weißt du, Alyss, ich empfinde ein gewisses Verständnis für deinen Vater. Und wenn ich seine Direktheit besäße, hätte ich womöglich ähnlich auf Arbos Weigerung, sich zu rechtfertigen, reagiert.«

»Ja, sein verbiesterter Stolz …«

»Nein, Alyss. Sein Verständnis von Ehre.«

Alyss sah sie verdutzt an.

»Unterstellst du dem Ritter unehrenhaftes Verhalten? Immerhin hat er einem ihm Unbekannten Hilfe geleistet, was mehr ist, als die meisten Menschen zu tun pflegen, allen Predigten zum Trotz.«

»Natürlich hat Ritter Arbo in vorbildlicher christlicher Nächstenliebe gehandelt, zumindest von dem Augenblick an, als er den Sterbenden im Burggraben gefunden hat. Nein, Alyss, ich möchte dein Augenmerk auf etwas anderes lenken. Ehre ist ein hohes Gut, und ein ehrenvolles Leben hat ein Ritter bei seiner Weihe zu führen geschworen.«

So recht wusste Alyss nicht, worauf Catrin hinauswollte, und vom Rittertum hatte sie recht wenig Ahnung. Aber sie erinnerte sich an das Gespräch, das sie mit dem Ritter vor dem Zusammentreffen mit ihren Eltern geführt hatte, und an seine unbedingte Loyalität seinem Lehnsherrn gegenüber. Also sah sie sie nur fragend an und meinte: »Ich habe den Eindruck, dass Arbo seine ritterlichen Tugenden sehr ernst nimmt.«

»Ja, das fiel mir auch auf.«

»Was ist es dann, das dich wie ein piksendes Samenkorn stört?«

»Wir haben hier unter uns das Werk des bemerkenswerten Dichters Hartmann von der Aue gelesen. Es handelt von dem Ritter Iwein, der gewaltige Abenteuer bestehen muss.«

»Ach, solche erbaulichen Geschichten lest ihr?«

»Spöttele nicht. Frau Clara hat es erlaubt. Sie meint, es würde uns recht gut anstehen, auch mal zu hören, wie es in der weiten Welt zugeht, weil wir dann umso mehr zu schätzen wüssten, wie wohl versorgt wir in unserem kleinen Konvent sind.«

»Klug argumentiert. Wie gleicht denn aber nun Ritter Iwein dem Ritter Arbo?«

»Oh, das weiß ich nicht. Nur haben wir viel über die ritterlichen Tugenden erfahren.«

»Die da lauten?«

»Die wichtigsten Tugenden, die ein Ritter bei seiner Weihe schwört, sind Mäßigkeit und Zucht, Ehre und Treue, Demut und Güte, Beständigkeit und Tapferkeit. Manches davon unterliegt dem Willen, anderes erlernt man auf andere Weise. Oder nie.«

Alyss bedachte das und fand Wahrheit darin.

»Ja, Ritter Arbo ist seinem Lehnsherrn sehr ergeben. Aber du hast recht, auch mich pikt ein Samenkörnchen. Zu große Loyalität kann auch … mhm … Schaden anrichten.«

»Das auch, aber mir fiel eher auf, dass es dem Ritter an Demut und Güte gebricht. Diese beiden Tugenden gehen Ritter Arbo noch ab. Und darum hat er seine Ehre über die seiner Angebeteten gestellt. Ich halte das für unverzeihlich.«

Alyss stand auf und sah, Catrins Worte wägend, auf den Hof hinunter, wo eine mäkelige Ziege eben dabei war, die letzten Kräuter im Beet abzufressen.

Ja, Arbo hatte nur an sich gedacht, nur daran, dass man ihn zu Unrecht einer unehrenhaften Haltung beschuldigte, aber keinen Moment an Leocadie. Ihre Ehre hatte er mit seinem trotzigen Schweigen mit Füßen getreten. Sie hatte sich zu

Recht Hoffnung auf seine Werbung, auf eine Ehe mit ihm, machen können. Und er hatte sie seither keines einzigen Blickes, keines Wortes mehr gewürdigt. Wie würde er reagieren, wenn sie tatsächlich ins Kloster eintreten würde? Oder einen anderen ehelichen würde? Empört ob ihrer Treulosigkeit?

Ein kleines, bitteres Grinsen schlich sich auf Alyss' Lippen. »Er ist ein Stoffel.«

»Alyss, du hast eine bewundernswerte Art, einen Sachverhalt zusammenzufassen.«

»Ja, nicht wahr? Aber du hast mir geholfen, mir einen Plan zu machen, was ich seiner Schwester Gerlis nahezubringen habe.«

»Das freut mich. Aber dennoch wäre es wohl ganz wünschenswert, den Ritter zu entlasten. Ihr habt nicht weiter nachgeforscht, wer die Männer waren, die Yskalt aus dem Turm befreit haben?«

»Nein, denn die Spur ist erkaltet. Nur Arbo selbst könnte noch etwas dazu beitragen. Es wäre doch denkbar, dass Yskalt, halb von Sinnen, ihm noch etwas anvertraut hat, das uns weiterhelfen könnte. Oder es gab Spuren in der Umgebung, die einen Hinweis hätten liefern können. Aber, Catrin – Yskalt ist tot. Wir sollten diese Angelegenheit ruhen lassen.«

»Ich kann das nicht, Alyss. Robert ist tot, und auch wenn sein Mörder nun starb, kann seine Seele keinen Frieden finden.«

»Deine Seele ist es, die keinen Frieden findet, Catrin.«

Catrin legte ihre Stickerei zur Seite und breitete die Hände aus.

»Ich fürchte, in meinem Herzen hat sich Rachsucht eingenistet.«

»Dann werden wir uns beizeiten darum kümmern. Aber im Moment drängen mich einige andere Fragen, die gelöst werden müssen. Ein grollender Gatte auf Reisen, eine geraubte Brautkrone und eine heulende Leocadie im Herzeleid, um nur die wichtigsten zu nennen.«

»Ja, Liebes, ich weiß. Ich werde Geduld haben.«

Mit einer liebevollen Umarmung verabschiedete sich Alyss von der Begine, aber leichter war ihr Herz nach dieser Unterredung nicht geworden.

In das Schreiben an ihre Tante Aziza hatte Alyss einiges von Catrins Urteil über Arbo einfließen lassen, aber als sie nun darüber brütete, fand sie keinen rechten Abschluss für ihren Brief.

Und das, bedachte sie, lag daran, dass sie den ersten Schritt vor dem zweiten getan hatte.

Sorgsam wischte sie die Tinte von der Feder und verschloss den halbfertigen Brief in der Truhe. Dann bat sie Tilo, sie zu den Benasis' zu begleiten. Da deren Hof in der Hahnenstraße lag, die hinter dem Neumarkt begann, hatte sie zudem einen guten Vorwand, später noch Trine und Jan zu besuchen. Tilo schickte sie schon mal zu den Apothekern vor, denn ihre Unterredung wollte sie lieber unter vier Augen führen.

Im Haushalt der Benasis' war sie dank ihrer Eltern bekannt, und der Majordomus führte sie auch sogleich zu Frau Luitgard. Diese hieß sie willkommen und bot ihr einen Platz am Kamin an, neben dem sie selbst, in eine Pelzdecke gewickelt, gedöst hatte. Frau Bettinas Mutter, Gerlis' Großmutter, war eine recht betagte Frau von weit über sechzig Jahren. Ihre Hüften waren steif geworden, ihre Augen vom Star trüb, aber sie hörte noch ausgezeichnet und war erfreut über alle Neuigkeiten, die man ihr brachte. Alyss erfüllte ihr den Wunsch nach Klatsch und Tratsch, bevor sie zu ihrem eigentlichen Anliegen kam.

»Ja, die kleine Gerlis – nun, sie ist eine große Gerlis inzwischen, nicht wahr? So alt wie Ihr etwa, Alyss. Ja, also die Gerlis ist zurzeit bei ihrem Vater in Ahrweiler und bereitet sich auf ihre Hochzeit vor.«

»Sie wird heiraten?«

»O ja. Und ich hoffe, ich überlebe diesen Winter noch, dass ich sehen kann, wie mein Liebes in die Ehe geht. Eine nette Verbindung wird das werden. Ein Herr van Auel zu Lohmar hat um sie geworben. Nicht als Einziger, will ich betonen, Alyss. Nicht als Einziger, trotz ihres Mals.«

»Das glaube ich wohl, Frau Luitgard, Gerlis ist eine schöne und sehr geistreiche junge Frau und wird sich ihren Gatten wohl wählen.«

Das rote Feuermal auf Gerlis' Wange vergaß man augenblicklich, wenn man sich mit ihr unterhielt; das war nicht nur Alyss, sondern auch vielen anderen Menschen so gegangen.

»Na, Zeit hat sie sich ja dazu gelassen, nicht wahr?«

»Es wird ihr schon so recht sein.«

»Sie hat einen eigenen Kopf. Ein wenig Sturheit liegt in der Familie.«

»Nicht nur in Eurer«, nahm Alyss willig diesen Hinweis auf und kam zu ihrem Anliegen. Höchst animiert hörte die Witwe zu und hatte auch viele buntscheckige Vorschläge, wie man den Ritter zur besseren Einsicht würde bekehren können. Aber schließlich willigte sie ein, dies seiner Schwester anheim zu geben, und erklärte sich bereit, Alyss' Botschaft an sie sofort überbringen zu lassen. Zur Hochzeit wurden sie und ihr Hauswesen dann auch gleich eingeladen.

Zufrieden mit ihrer Mission schlenderte Alyss anschließend zu den Apothekern am Neumarkt und verbrachte eine genüssliche Stunde damit, mit Trine, Jan und Tilo über die Wirkung von Liebestränken zu disputieren. Ganz nebenbei erfuhr sie dabei auch, dass Marian der nächste Lehrbub der Apotheker werden würde.

Und je eine kandierte Kirsche bekamen sie und Tilo auch noch mit auf den Weg.

35. Kapitel

Marian war ganz gegen seine sonstige ausgeglichene Art ausgesprochen schlecht gelaunt an diesem Montag. Und als er sich dazu gegen Mittag fragte, warum das so war, stellte er missmutig fest, dass er sich erbärmlich nutzlos fühlte.

Nach der Handelswoche der Martinimesse war nun die Zahlwoche angebrochen, in der alle Händler und Kaufleute, aber auch viele Privatleute ihre Rechnungen beglichen oder Zahlungen im Empfang nahmen. Es war die Zeit, in der das Gesinde ausbezahlt und Pachten entrichtet wurden, neue Verträge gemacht, alte verlängert, Wechsel eingelöst und Schuldscheine ausgeglichen wurden. Seine Mutter Almut war in ihrem Kontor verschwunden und klapperte mit dem Rechenbrett, sein Vater war nach Villip gereist, um die Gutsangelegenheiten zu regeln, Fabio, den er zu einer weiteren Exkursion auf dem Gräberfeld hatte überreden wollen, hatte abgewinkt. Er verhandelte mit Kreuzschnitzern und Buchmalern, mit Gold- und Silberschmieden, die seine Reliquienbehälter herstellten, und den Mönchen, die ihm geweihte Pergamente mit Bibelsprüchen beschrieben, die sich als Heilmittel gegen allerlei Gebrechen großer Beliebtheit erfreuten. Als er den Henker aufsuchte, um ihn vom Ende seiner Gehilfentätigkeit zu unterrichten, wurde ihm gesagt, Meister Hans sei in Deutz, um seinen Lohn für diverse Dienste zu kassieren. Ein Besuch am Neuen Markt bei Trine und Jan zeigte ihm nur, dass die beiden ganz tief in komplizierten Abrechnungen mit einem Spezereienhändler versunken waren und keine Zeit für ihn hatten. Als Marian bei Frau Mechtild vorbeischaute, in der Hoffnung, John dort anzutreffen, fand er seine Tante ebenfalls geschäftig Beträge in ihr großes Registerbuch eintragen und ein Grüppchen schwatzender Seidweberinnen auszahlen. John, so beschied sie ihn zwar lächelnd, aber kurz angebunden, sei bei den Tuchhändlern in ähnlicher Angelegenheit.

Gislindis und Mats sah er zwar auf dem Markt, aber auch hier schwieg der Schleifstein, und kein Gesang und Röckewirbeln lockte die Kunden, sondern Münzenklimpern war hier die einzige Musik, die ertönte.

Er kaufte sich an einem Stand eine Pastete, froh, dass er auf diese Weise wenigstens für sein leibliches Wohl sorgen konnte, und dann trabte er, ohne große Hoffnung, zu seiner Schwester. Wie nicht anders zu erwarten saß auch sie im Kontor, Tilo an ihrer Seite, und beide zählten Münzen, klapperten mit dem Abakus, trugen mit spitzen Federn Beträge in die

Bücher ein. Alyss' Petschaft lag griffbereit neben ihr, es roch nach warmem Siegelwachs, mehrere Rollen Pergament stapelten sich bereits auf der Truhe am Fenster, und ihre Kunden gaben sich die Klinke in die Hand. Zwei Tavernenwirtinnen, der Turmwächter, Susi, die Bader Pitters Außenstände beglich, der Gehilfe des Schatzmeister der Gaffel Himmelreich waren nur einige wenige, die er in der kurzen Zeit, die er still in der Ecke ihres Kontors zubrachte, zählte.

Endlich trat eine Weile Ruhe ein, und er konnte die Aufmerksamkeit seiner Schwester auf sich lenken. Nicht die ganze, nur einen Bruchteil.

»Du siehst knurrig aus, Bruderlieb. Schenkt man dir nicht die gebührende Beachtung?«

»Münzen, nichts als klingende Münzen sind heute gefragt, keine Heilkunst, kein Trost, keine Verbände. Und wie es aussieht, scheint sich noch nicht einmal jemand beim Münzenzählen den Daumen zu verrenken.«

»Nein, denn das ist eine äußerst gesunde Tätigkeit.«

»Sie scheint deinem erbsenzählenden Gemüt wohl zu bekommen, Schwesterlieb. Du siehst zufrieden aus.«

»Die Geschäfte laufen auch zufriedenstellend, sogar säumige Zahler haben sich schon eingefunden.«

Marian spielte mit einem Federkiel und versank wieder in Missmut.

»Dir fehlt etwas, Marian.«

»Ach nein. Nein, mir fehlt nichts.«

»Doch, eine Aufgabe. Du langweilst dich. Ich kenne dich doch. Höre, ich hätte eine kleine Arbeit für dich, die dich erheitern wird. Hast du das Buch für Gislindis erstanden?«

»Ja, ein feines Bändchen in safrangelbem Leder.«

»Dann hole dir das Werk der Minnedichter aus meiner Truhe oben und übertrage eines der Gedichte davon hinein.«

Diese Vorstellung endlich erhellte Marians düstere Stimmung, und mit dem Buch unter dem Arm trottete er nach Hause, um dort in sorgfältigen und sehr schön gesetzten Buchstaben ein paar Texte zu kopieren.

Am folgenden Tag hatte er dann auch wieder mehr Glück bei seinen zahlreichen Bekannten. Wenn ihm auch sein erster Gang nicht wirklich behagte. Der Henker hieß ihn willkommen, musterte ihn nachdenklich und nickte.

»Ihr kündigt mir den Dienst auf, Herr Gehilfe.«

»Ja, Meister Hans. Ich bedaure sehr, aber ich kann Euch nicht länger zur Hand gehen. Ich … ich könnte eine Ausrede vorbringen, aber …«

»Ihr ertragt die Pein nicht. Ich verstehe. Betrüblich, denn Ihr habt ein gewisses Talent in der Behandlung von Verletzten. Vielleicht gerade wegen Eurer Empfindlichkeit?«

Glücklich war Marian nicht darüber, als zartbesaiteter Weichling dazustehen, aber er stimmte zu und versuchte dabei, einen Rest Würde zu wahren.

»Macht Euch nichts daraus, Herr Marian. Jeder nach seinen Fähigkeiten. Ihr habt mir unentgeltlich gedient, und dafür sollt Ihr zumindest eine Nachricht von mir erhalten, die Euch nützlich sein könnte. Ich habe gestern in Deutz eine Spur Eurer Flüchtigen entdeckt. Sie schnorren sich bei den Benediktinern der Abtei durch. Es sollte Euch ein Leichtes sein, sie ausfindig zu machen.«

Marian bedankte sich hocherfreut und machte sich darauf noch einmal auf die Suche nach John. Auch diesen fand er zusammen mit Tilo, äußerst geschäftig mit einem Fuhrmann disputierend, bei Frau Mechtild vor.

»Deutz, sagt Ihr? Nun, das deckt sich mit meinen Erkenntnissen. Wartet, bis ich meine Frachtbedingungen ausgehandelt habe, dann begleite ich Euch. Es wird besser sein, wenn wir die Halunken zu zweit aufstöbern. Besorgt schon mal ein paar kräftige Riemen, damit wir sie passend verschnüren können.«

Da auch Marian den Verdacht hegte, dass weder Ebby noch Heini sie nur auf gutes Zureden hin begleiten würden, folgte er diesem vernünftigen Vorschlag, dann aber nutzte er die Wartezeit, um über das weitere Vorgehen nachzudenken. Dazu setzte er sich auf ein weiches Bündel – vermutlich enthielt es Tuche oder Seiden –, während John im Hof mit dem Fuhrmann Listen abhakte und Tilo flink die Packen kennzeichnete.

Ebby und Heini waren sicher nicht aus freien Stücken nach Deutz gezogen. Sie hatten – von wem auch immer – den Auftrag erhalten, Kilian zu entführen. Der Junge war ihnen entwischt. Die These, die Marian dazu aufstellte, lautete, dass sie Angst hatten, der Junge würde zu Alyss zurückkehren und sie zu beschreiben wissen. Ein Grund, schleunigst die Stadt zu verlassen und sich einen Unterschlupf zu suchen. Nicht zu weit entfernt, denn solch schlichten Geschöpfen machte die Ferne Angst. Heini hatte am Rheinufer gearbeitet, der Rhein hatte derer zwei, also war es recht vernünftig von ihm, das andere Ufer als Zuflucht zu wählen. Dass man an Kirchen und Klöstern mit Almosen rechnen konnte, machte die Abtei zu einem naheliegenden Ziel. So weit, so gut. Nun galt es aber, die beiden zu finden und zwecks Anklage und Befragung wieder in den Schoß der Stadt zurückzuführen. Wobei Marian weniger die Entführung interessierte – damit sollte Aldenhoven sich befassen. Er wollte etwas über den Raub und den Verbleib der Brautkrone erfahren. Wie aber nun der Entführer habhaft werden? John schien die brutale Methode zu bevorzugen – finden, draufhauen, fesseln und in den Kerker werfen.

Das Problem stellte sich für Marian bereits an der ersten Position dieses Verfahrens. Sie kannten ihren Aufenthaltsort nicht genau, wussten nur, dass sie bei den Mönchen schnorrten, wie Meister Hans es nannte. Marian vermutete, die beiden würden fliehen, sowie sich jemand nach ihnen erkundigte. Also mussten sie vorsichtig vorgehen. Er kannte zwar den Abt von Deutz, Vater Meynrich, aber der war ein äußerst friedfertiger Mann, der gerne an das Gute im Menschen glaubte. Ihn, so beschloss er, würde er mit seinen Nachforschungen nach den Entführern besser nicht behelligen. Nichtsdestotrotz brauchte das Pärchen eine Schlafstelle und Nahrung. Unterschlupf würden sie nicht im Klostergelände gefunden haben, wohl aber Essen. Die Mönche nahmen ihre Mahlzeit zur sechsten Stunde ein, also wäre die Mittagszeit nicht schlecht geeignet, die Gesuchten dort anzutreffen.

Und dann?

Draufhauen? In Gegenwart der Mönche?

Das war keine besonders empfehlenswerte Maßnahme.

Eine List mochte hilfreicher sein. Es konnte doch nicht so schwer sein, zwei Tölpel zu übertölpeln.

Doch so recht wollte Marian keine Eingebung kommen.

John hatte inzwischen seine Angelegenheit abgewickelt und kam auf ihn zu.

»Wollen wir zur Jagd schreiten?«

»Einen Augenblick noch, John. Mir ist etwas eingefallen.«

Und er berichtete von seinen Überlegungen.

»Ja, sie werden Reißaus nehmen, wenn sie sich bedroht fühlen«, bestätigte John nach kurzem Nachdenken. »Wir dürfen ihnen keine Möglichkeit dazu geben. Aber ich halte nicht viel von zarter Annäherung.«

John trug sein Schwert nicht bei sich, aber seine Fäuste mochten überzeugend genug sein.

»Ja, John. Dennoch könnte eine List uns schneller zum Ziel bringen. Nur mein Kopf scheint heute wie vernagelt zu sein.«

»Ihr seid eben kein hinterlistiger Mensch, Marian«, sagte John und grinste. »Aber vielleicht kann ich Euch da dienlich sein.«

»Weil Ihr hinterlistig seid, ja genau.«

»Weil ich ahne, wie Hinterlist arbeitet. Man muss sich in die Lage des anderen versetzen. Wenn man seine Schwäche kennt, kann man Köder auslegen.«

»Ein Fallensteller!«

»Nützlich, wenn man Beute machen will. Also, Ihr habt schon gute Vorarbeit geleistet, denn Ihr habt begründet, wo und warum Heini und Ebby gerade Deutz gewählt haben. Angst vor der Fremde, sagtet Ihr, Marian. Eine Schwäche. Warum?«

»Weil die Fremde unvertraut ist, Unsicherheit birgt.«

»Die beiden haben ihr Leben lang in einem sehr kleinen Kreis verbracht, am Hafen die Tretmühle bedient, Holz zu den Häusern getragen, Essen hier und da schmarotzt. Heini wollte nicht betteln, hieß es, wenn ich mich recht erinnere.«

»Eine Spur von Stolz.«

»Bei uns im Hafen von London sind die Kranenarbeiter geachtet.« Und John grinste noch einmal. »Die Tretmühle ist mir nicht fremd.«

Marian zuckte zusammen. Ja, er wusste, dass John sich als Hafenarbeiter verdingt hatte, aber so, wie er jetzt auftrat, war es schwer vorstellbar, dass er sich schwitzend und keuchend in den Rädern abgemüht hatte. Was musste vorgefallen sein, dass er dazu gezwungen worden war? Aber das war jetzt nicht die Frage, die er sich zu stellen hatte. Immerhin löste das Bild einen kleinen Gedankenfunken aus.

»Der Kranenmeister hat Heini fortgeschickt, als er krank wurde. Es scheint ihn geschmerzt zu haben. Was, wenn er ihm nun eine Botschaft schickte, dass er ihn wieder in den Treträdern bräuchte?«

»Weil er doch so ein erfahrener und zuverlässiger Mann war. Ja, Honig lockt manche Tierchen. Schmieren wir es ihm ums Maul. Ihr oder ich, Marian?«

»Ihr – ich bin zu spillerig.«

John lachte.

»Na gut. Ich brauche ein abgetragenes Wams.«

»Das wird aufzutreiben sein.«

Es fand sich eines in den Ställen, und mit etwas Dreck wurde auch Johns Kittel darunter angemessen schmuddelig.

Um die Mittagszeit ließen Marian und John sich von einem Fährmann auf die andere Rheinseite rudern. Ein paar Strahlen der matten Herbstsonne ließen die grauen Fluten des Stroms hier und da aufglitzern, und hinter den kahl werdenden Bäumen am Ufer erkannte man die Gebäude der kleinen, alten Stadt, deren herausragendstes Gebäude die Benediktiner-Abtei war.

Der Fährmann legte am gemauerten Kai an und erklärte

sich bereit, auf ihre Rückkehr zu warten. Gegen einen passenden Fährlohn, den Marian ihm versprach.

Groß war das Städtchen nicht, eine breite Straße führte stracks nach Osten, hinter den ersten Häuserreihen am Ufer eine weitere von Norden nach Süden. Mit wenigen Schritten hatten sie die Abtei erreicht und umrundeten sie, bis sie zu der Almosenpforte kamen. Hier lungerte eine Handvoll Krüppel herum, die auf das dunkle Brot der Mönche warteten, und etwas abseits hielten sich auch zwei Personen auf, auf die die Beschreibung von Heini und Ebby passen konnte. Allerdings trug die Frau ein recht neu aussehendes blaues Kleid mit Flitterkram am Ausschnitt, der Mann ein Pelzwams und neue Stiefel.

»Sie scheinen ihre Beute oder ihren Lohn für Kleider ausgegeben zu haben«, murmelte Marian.

»Vor dem Winter keine schlechte Maßnahme. Bleibt Ihr im Hintergrund, ich will mein Glück als Gehilfe des Kranenmeisters versuchen. Wenn sie zu entwischen drohen, müsst ihr hinter ihnen her sein.«

Marian blieb halb verdeckt von einem Baum stehen und sah zu, wie sich John den beiden näherte. Es machte den Anschein, als ob Heini recht aufmerksam zuhörte, Ebby hatte jedoch die Arme vor der Brust gekreuzt und verbreitete die Aura von Misstrauen. John gestikulierte großspurig, Heini nickte begeistert. Ebby löste die Arme und legte ihrem Mann die Hand auf die Schulter, wohl um ihn zu Zurückhaltung anzuhalten. Er argumentierte mit ihr, sie deutete mit dem Zeigefinger auf John.

Marian spannte sich an. Das Unterfangen schien nicht gelingen zu wollen. Und richtig, Ebby zerrte an Heinis Arm, fluchtbereit.

Heini sah John plötzlich ebenfalls trotzig an, drehte sich dann um und wollte davonlaufen.

Er stolperte über Johns ausgestrecktes Bein und fiel in den Staub.

Ebby stürmte davon, just in Marians Richtung. Als sie an ihm vorbeikam, rannte er los. Er bekam sie am Kleid zu fassen, ein Ärmel riss. Wild schlug die dralle Frau um sich, und ihre Faust traf Marians Schläfe. Er hätte sie fast losgelassen, aber mit der ihm eigenen Zähigkeit bekam er denn doch wieder ihren rechten Arm zu fassen – und was er bei Meister Hans und bei Fabio über die Anatomia gelernt hatte, erwies sich als nützlich. Mit einem schnellen, heftigen Ruck hatte er ihr das Schultergelenk verdreht und ihr den Arm auf den Rücken gepresst. Sie keuchte vor Überraschung und Schmerz.

Marian auch, aber es gelang ihm, sich zu wappnen. Grob stieß er sie vor sich her, bis er John erreicht hatte, der sich eben Heini über die Schulter werfen wollte.

»Ist in meine Faust gefallen.«

»Wie ungeschickt.«

»Habt Ihr die Riemen?«

Ebby fing laut an zu zetern, aber Marian drückte nur ein klein wenig das Gelenk in die falsche Richtung, und sie gab Ruhe.

»Ich tu dir nicht gerne weh, Ebby, aber freiwillig wolltet ihr ja nicht mitkommen.« Und zu John gewandt: »Um meine Taille gewickelt, das sind die Riemen.«

John löste die beiden Lederbänder und fesselte Heinis Hände und Füße. Dabei meinte er: »Ich hätte mich nach dem Namen des Kranenmeisters erkundigen sollen. Ich war ein wenig unglaubwürdig in meiner Rolle.« Dann nahm er seinen Gefangenen auf und trug ihn zum Kai.

Die Bettler und Krüppel an der Almosenpforte hatten sich in Luft aufgelöst, und der Mönch, der nun mit dem Korb voll Brot erschien, sah sich ungläubig um und starrte dann Marian und Ebby an.

»Verbrecher, Bruder. Betet für sie!«, beschied Marian ihn und schubste die Frau Richtung Ufer. Sie brauchte nicht gefesselt zu werden, das hatte John schon ganz richtig bedacht. Alleine würde sie nicht fliehen. Und mit ein wenig Achtung bewunderte Marian ihre Treue.

Die Wachen vom Frankenturm hörten sich ihre Anklage an und ließen das Paar in den Kerker bringen.

»Ihr müsst Meister Niclas Aldenhoven zum Einbruch in seinem Haus und zu der Entführung seines Sohnes anhören«, erklärte Marian dem Turmmeister. »Aber zu dem Raub der Brautkrone meiner Schwester wollen wir sie vorab befragen, wenn es Euch recht ist. Erst dann werde ich entscheiden, ob auch meine Schwester und ich Anklage erheben.«

»Wenn Ihr Euch davon etwas versprecht. Dieses Gesindel ist üblicherweise mehr als verstockt. Meist hilft nur die scharfe Befragung, um die Wahrheit aus ihnen herauszubekommen.«

»Versuchen wir es zunächst gütlich und ohne die offiziellen Vertreter. Es könnte sein, dass sie in unserem Fall nicht schuldig sind, aber uns zu dem eigentlichen Übeltäter führen können.«

John und Marian erhielten Zutritt zu der Turmkammer, in der die Gefangenen festgesetzt wurden. Ein kleines Gelass mit einem schmalen unverglasten Fenster, einer Holzbank und nicht eben frischem Stroh auf dem Boden.

Heini war inzwischen wieder zu sich gekommen und hatte seinen schmerzenden Kopf in Ebbys Schoß gebettet.

John schloss die Tür hinter sich und lehnte sich dagegen. Draußen hatten sich zwar zwei Wachen postiert, aber Marian nahm an, dass er kein Risiko eingehen wollte. Auf Johns Wink hin begann Marian die Befragung.

»Wir suchen euch seit geraumer Zeit, Heini und Ebby. Ein siebenjähriger Junge, goldhaarig und mit einer hübschen Pelzgugel bekleidet, nannte euch seine Entführer.«

»Pfff, wir doch nicht.«

»Doch, Ebby, ihr. Kilian sprach nicht freundlich von euch, weil ihr ihm eine raue Schürze über den Kopf geworfen und ihn geschlagen habt, aber wes Geistes Kind ihr seid, fand er schnell heraus, als ihr im alten Ziegenstall das Fässchen Wein leertet, das ihr meiner Schwester gestohlen habt.«

»Was weiß schon ein siebenjähriger Bengel?«

»Ach ja, eine ganze Menge. Und wenn ich so bedenke, Ebby, was wir sonst noch so alles von euch wissen, dann dürfte Meister Hans recht bald die gleichen Fragen an euch stellen. Nur tut er es weit weniger sanft, meine lieben Freunde. Ich habe das Vergnügen, die Früchte seiner Arbeit zusammenzuflicken. Wisst ihr, das ist kein schöner Anblick, dieses zerrissene Fleisch, diese ausgerenkten Glieder, diese bösen Brandmale …«

»Wir haben's nicht für uns gemacht!«, sagte Heini heiser und hustete.

»Ah, die Stimme der Vernunft. Erzähl weiter, Heini. Wer hat euch gebeten, den Jungen zu entführen?«

»Halt den Mund, Heini!«, fuhr sein Weib ihn an.

»Warum?«

Die Befragung verlief zäh. Heini war bereit, seinen Auftraggeber zu verraten, Ebby nicht, und es bedurfte noch einiger drastischer Schilderungen der Henkersarbeit, bis sie schließlich nachgab. Dann redete sie. Ja, es war Houwschild gewesen, der Mann, der sie so gütig aufgenommen hatte. Ein armer Herr, der Pelzhändler. Alle hatten sich gegen ihn verschworen, und oft hatte er ihr, Ebby, sein Leid geklagt. Wie böse der Buntwörter ihn ständig übervorteilte, ihm die besten Kunden wegschnappte. Und was der alles für krumme Dinge anstellte, um von seiner Gaffel zum Ratsherrn gewählt zu werden. Der gute Houwschild wollte doch nur, dass der Mann einsah, dass er ihm nicht immer das Geschäft verderben sollte. Aber weil der nicht mit sich reden ließ, sollten sie eben mal dafür sorgen, dass er dazu bereit war. Sie hätten dem Jungen doch nichts getan, ihn nur zwei Tage versteckt. Mehr wollten sie nicht. Aber dann war dieser Teufelsbalg plötzlich verschwunden gewesen.

»Weil ihr zu trunken wart, um ihn zu bewachen. Wie hat euer guter Houwschild diese Nachricht aufgenommen, Heini?«

Die ganze Zeit hatte Ebby geredet, auch jetzt wollte sie Antwort geben, aber Heini richtete sich auf und spuckte auf den Boden.

»Weggejagt hat er uns. Wie räudige Hunde. Doch, Weib, das stimmt. Mit einem Tritt hinterher.«

»Weil du ihn beschimpft hast«, giftete Ebby nun los. Es brauchte Johns Machtwort, damit das Gezänk ein Ende fand.

»Houwschild wird ebenso befragt wie ihr, und dann wird

die Wahrheit schon an den Tag kommen. Heini, was habt ihr aus dem Haus von van Doorne mitgenommen? Das Fässchen Wein – und was sonst noch?«

»Nichts, Herr.«

»Hat Houwschild euch nicht gesagt, dass er auch mit Mistress Alyss reden wollte?«

»Mist, Rest?«

»Mit Frau Alyss, meiner Schwester, der Hausherrin, unter deren Obhut Kilian stand«, erklärte Marian.

»Aber wir wussten doch gar nicht, dass Kilian dort war. Darum sind wir doch erst bei Aldenhoven …«

»Sei still, Heini. Sei endlich still.«

»… bei Aldenhoven eingebrochen und habt dort einen Beutel Münzen mitgenommen. Wer hat euch gesagt, dass Kilian im Haus von van Doorne wohnt?«

Wieder wurde es ein zähes Ringen um jedes Eingeständnis, aber soweit Marian und John es aus den beiden herausbekamen, wussten sie tatsächlich nichts von der Brautkrone, noch hatte man ihnen den Auftrag gegeben, ein solches Schmuckstück mitzunehmen.

»Belassen wir es dabei, John. Mögen die Schöffen und Meister Hans mehr aus ihnen herausholen«, sagte Marian schließlich etwas erschöpft.

»Ja, lassen wir sie alleine nachdenken.«

Als sie vor dem Turm standen, reckte sich Marian in der kühlen Herbstluft.

»Kein schöner Aufenthaltsort.«

»Nein. Und für Euch schon erst recht nicht. Kaufen wir uns eine Pastete, Marian, Ihr seht blass um die Nase aus.«

John lotste ihn in eine Schenke, was er sich fast willenlos gefallen ließ. Schmerz und Pein hatten ihre Spuren in diesem Turm hinterlassen, der oft genug Stätte der Befragungen war.

Der herbe, aber kräftige Wein half ihm jedoch, sein Gleichgewicht wiederzufinden, und die mit Lachs gefüllte Pastete weckte seine Lebensgeister.

»Was haltet Ihr davon, John?«

»Ich glaube, sie sagen die Wahrheit.«

»Wer hat dann die Krone?«

»Wollt Ihr wirklich Namen hören?«

Marians Kehle entwich ein wütendes Knurren.

»Ja, Marian. Das geht mir ebenso«, pflichtete John ihm bei.

»Wir haben Hedwigis.«

»Je nun.«

»Catrin, die Begine, Ihr erinnert Euch?«

»Natürlich.«

»Sie hat sich darüber Gedanken gemacht und eine nützliche These aufgestellt. Hedwigis hat eine verschlagene Art, die mir nicht gefällt, vor allem zusammen mit Merten, der um sie herumscharwenzelt.«

John nickte bedächtig.

»Versucht es mit ihr, Ihr sucht Beweise. Vielleicht kann sie welche liefern.«

»Morgen. Sie läuft uns nicht weg. Für heute reicht es mir an Befragungen.«

»Und ich muss meine Ladung zusammenstellen. Nächste Woche reise ich ab.«

»Ohne Euer Versprechen eingelöst zu haben?«

»Nicht ohne das, Marian.«

»Gut, dass ich keine weitere Lust zum Fragenstellen habe.«
»Ja, gut so.«

36. Kapitel

Am nächsten Tag nach dem Mittagsmahl warf sich Alyss ihr dickes Wolltuch über Kopf und Schultern und ging trotz des anhaltenden Nieselregens nach draußen, um den Falken fliegen zu lassen. Sie brauchte dringend frische Luft.

Den ganzen Vormittag hatte sie mit Aldenhoven, Magister Jakob und Marian bei Houwschild verbracht, und nun fühlte sie sich ausgelaugt und irgendwie beschmutzt.

Sie hatte die Angelegenheit zwar dem Buntwörter überlassen wollen, aber Meister Niclas hatte sie gebeten, bei der Unterredung dabei zu sein, um seine Anklagen zu unterstützen. Er traute wohl seinem eigenen Jähzorn nicht so recht. Es war, obwohl Aldenhoven sich sehr zurücknahm, ein äußerst unerquickliches Gespräch gewesen. Houwschild wand sich wie ein Aal, erwiderte Vorwurf mit Vorwurf, allesamt Geburten seiner verqueren Phantasie, weigerte sich, das Offensichtliche wahrzunehmen, bestritt jede Verantwortung, greinte und jammerte und klagte. Magister Jakob blieb tonlos, ruhig und legte ihm schließlich die Anklageschrift von Janis Fuhrer vor. Das wiederum löste einen Sturm der Entrüstung bei Houwschild aus, aber die nüchterne Art des Notarius drang endlich zu ihm durch, und dem Pelzhändler wurde wohl schließlich klar, dass er mit seinem haltlosen Argumentieren nicht weiterkam.

Eine öffentliche Anklage führte zur Befragung.

Nicht zwingend peinlich, aber die Schöffen brauchten zur Verurteilung ein Geständnis. Und für die Lohnprellerei an dem Fuhrmann gab es Zeugen.

Da Magister Jakob befugt war, über die Anklage zu verhandeln, nahm die Unterhaltung an diesem Punkt eine andere Richtung. Wenn Houwschild Fuhrer ausbezahlte und die Klage gegen ihn fallen ließ, so erklärte der Notarius, würde auch der auf eine Anklage verzichten. In diesem Sinne aber würde er, Magister Jakob, seinen Freund Janis Fuhrer nur beraten, wenn in den Punkten, die Aldenhoven vorgebracht hatte, endlich Klarheit geschaffen würde.

Es war ein Schauspiel von Kümmerlichkeit, dümmlicher Gekränktheit, Kleinmut und erbärmlicher Unmännlichkeit, die Houwschild geboten hatte. Schuld waren alle und die ganze Welt an seinem Elend, aber schließlich gab er zu, Heini und Ebby gedungen zu haben, Kilian zu entführen. Tatsächlich, um den Buntwörter dazu zu bewegen, nicht das Amt des Ratsherrn anzunehmen.

Aldenhoven war sogar hier noch ruhig geblieben. Und erst als Magister Jakob ihn aufforderte zu sagen, ob er Anklage erheben wolle und in welchen Fällen, fand er sich zu einer längeren Rede bereit.

Er habe die ganze Nacht gebetet und um Einsicht und Verständnis gefleht. Und da er ein christlicher Mann sei, wollte er, eine vernünftige Entschädigung seines Leids vorausgesetzt, darauf verzichten, die Angelegenheit öffentlich zu machen. Aber dem Aldermann der Eisenmark würde er vorschlagen,

Houwschild nahezulegen, die Stadt bis auf Weiteres zu verlassen und sich in Riga anzusiedeln.

Das hatte weiteres Gegreine verursacht, aber hier waren alle Beteiligten hart geblieben. Diese Lösung – oder Anklagen in allen Punkten.

Widerlich.

Alyss schüttelte sich noch immer, als sie an den tränenüberströmten Houwschild dachte, der nichts, aber auch gar nichts von seinem Unrecht hatte einsehen wollen.

»Jammerlappen«, sagte sie laut, und Benefiz an ihrer Seite gab einen zustimmenden kleinen Kläffer von sich.

»Und von der Krone wusste er auch nichts, mein Freund. Jetzt bleiben nicht mehr viele Möglichkeiten offen. Und das macht mich auch nicht gerade glücklich.«

»Klöff!«

Jerkin kam, ohne gerufen zu werden, auf ihre Faust zurück, nahm seine Atzung entgegen und schüttelte das nasse Gefieder aus.

»Gehen wir ins Haus zurück. Die nächste Delinquentin wartet.«

Auch dieser neuerlichen Befragung sah Alyss mit großem Unbehagen entgegen. Sie hatte sich am Vortag noch lange mit ihrem Bruder über Hedwigis unterhalten. Das Mädchen war von ihrer Mutter dreizehn Jahre lang verzogen worden. Im vergangenen Jahr hatte Peter Bertolf, ihr Vater, Alyss gebeten, die Jungfer in ihr Heim aufzunehmen, damit sie lernte, wie ein großes Hauswesen zu führen war. Dieses Vorgehen war üblich, sie selbst und Marian waren mit dreizehn zu ihrer Tante Aziza nach Burgund geschickt worden, um dort eine ähnliche Ausbildung zu erhalten. Zu Wiltrud, Hedwigis' Mutter, hatte Alyss nie ein herzliches Verhältnis aufbauen können, die Patriziertochter hatte eine hochnäsige Art, auf andere herabzuschauen, die sie nicht für ebenbürtig hielt. Warum sie die Familie derer vom Spiegel nicht ihrer Achtung für würdig hielt, hatte Alyss nie ergründen können. Aber wahrscheinlich gab es zwischen den vornehmen Geschlechtern Strömungen aus der Vergangenheit, die auf alter verletzter Ehre und Stolz beruhten. Die Overstoltzens galten – nomen est omen – zudem als besonders berüchtigt. Warum Wiltrud einen, wenn auch hoch angesehenen, Baumeister geehelicht hatte, war Alyss nicht vollkommen klar. Sie vermutete darin eine Tat ihres verstorbenen Großvaters Conrad Bertolf, der zeit seines Lebens immer danach gestrebt hatte, in höhere Kreise aufgenommen zu werden. Die Ehe seines Sohnes hatte er arrangiert, und möglicherweise war Wiltruds Familie recht erleichtert, für ihre nicht eben umgängliche Tochter einen einigermaßen passenden Ehemann zu finden.

So lief das nun mal. Und man tat gut daran, sich mit den Gegebenheiten einzurichten. Was ihrem Onkel Peter auch einigermaßen gelungen war. Immerhin hatte das Paar drei gesunde Kinder, von denen Hedwigis mit ihren nun vierzehn Jahren die Älteste war. Die beiden Jungen waren zwölf und acht und schienen mehr ihrem Vater nachzuschlagen. Beide sah man oft auf den Baustellen.

Verständlich daher sicher auch, dass Wiltrud ihre einzige Tochter bevorzugt hatte, unselig jedoch, dass Hedwigis' dünkelhafte Veranlagung damit ständig neue Nahrung fand. Sie war sich für alles zu fein, was in ihren Augen zu den niederen Arbeiten gehörte, und führte sie immer nur unwillig und mit säuerlicher Miene aus. Doch wer später ein eigenes Hauswesen führen wollte, der musste alle Tätigkeiten kennen und sie beherrschen, auch wenn es dann Gesinde gab, das sie ausführte. Das galt für das Eiersammeln, Brotbacken, Wäschewaschen, Stopfen, Nähen, Spinnen, Weben ebenso wie für das Führen des Haushaltsbuchs, das Silberpolieren und den Tischdienst.

Andererseits wurde von den jungen Leuten keine unbillig harte Arbeit gefordert, und neben den Haushaltspflichten gab es auch immer Spiele, Belustigung, Unterhaltung und Belehrung. So hatte Alyss es erfahren, und so hielt sie es auch mit den ihr Anvertrauten.

Weshalb sie den Jungfern im Oktober ihre Brautkrone gezeigt hatte. Nicht nur, weil es ein erlesen schönes Kleinod aus ihrer Mitgift war, sondern weil es auch ein Versprechen für die Zukunft darstellte. Es war nun mal das höchste Ziel für ein junges Mädchen, eine Ehe einzugehen, ein Haus zu führen und Kinder großzuziehen. Darin lagen Sicherheit und Bestand der Gesellschaft, in der sie lebten. Wenn ein Weib wie sie, Alyss, dazu auch noch Geschäftsverstand hatte und ihrem Mann dabei zur Seite stehen konnte, umso besser. Ja, selbst wenn ein Weib seinem eigenen Gewerbe oder Handel nachging, war das durchaus angesehen.

Doch alles das ging eben nicht ohne Gatten, weshalb die Krone der Braut so erstrebenswert war.

Hedwigis war in dem Alter, in dem ihre Eltern über eine Verbindung nachdachten. Allerdings wusste Alyss nicht, ob sie schon einen oder mehrere Kandidaten ins Auge gefasst hatten. Vermutlich nicht. Peter würde sie bestimmt gerne mit einem Baumeister verheiratet sehen; das allerdings dürfte Wiltrud sehr gegen den Strich gehen. Diese sehr unterschiedlichen Vorstellungen mochten es schwierig machen, für Hedwigis einen passenden Ehemann zu finden. Und das wiederum mochte Hedwigis dazu verleitet haben, eigene Vorstellungen dazu zu entwickeln. Merten, immer freundlich, könnte dabei in ihren Träumen eine bedeutungsvolle Rolle annehmen – wie junge Mädchen schwärmen konnten, o ja, daran erinnerte sich Alyss deutlich genug. Und auch, zu welchen unsäglichen Dummheiten sie sich dabei verleiten ließen.

Die Brautkrone – Sinnbild der Krönung des Jungfern-Lebens – hatte gewiss Begehrlichkeit in Hedwigis geweckt. Hatte sie an jenem Nachmittag, als Alyss ihr den Schlüssel zur Truhe gegeben hatte, um den Band mit den Minneliedern zu holen, womöglich doch nicht widerstanden? Hatte sie die Krone damals aus der Schatulle genommen? An sich genommen oder gar weitergegeben? Hatte sie damit Merten ködern wollen?

Marian unterstellte es ihr, Alyss tat sich schwer damit. Merten war zwar immer auf der Suche nach Geld, um seinen reichen Freunden imponieren zu können, aber für derart unehrlich, dass er eine solche Gabe von Hedwigis angenommen hätte, hielt sie ihn nicht.

Obwohl – die Krone war so viel wert wie Haus und Hof, auf dem sie lebte.

Die Versuchung war sicherlich groß.

Es blieb ihr nichts anderes übrig, sie mussten Hedwigis dazu bringen, die Wahrheit zu sagen.

Seufzend wickelte sich Alyss aus dem feuchten Tuch und hängte es vor das Küchenfeuer.

»Herr Marian und Master John sind schon vor einiger Zeit gekommen, Frau Alyss«, erklärte Hilda ihr in vorwurfsvollem

Ton. »Ich habe sie nach oben in den Saal geschickt und Wein raufgebracht.«

»Danke.«

John und Marian waren in ein Brettspiel vertieft, schoben aber die Spielsteine zusammen, als sie eintrat.

»Ihr habt Jerkin fliegen lassen, Mistress Alyss. Hat der Regen auch Euer Gefieder gewaschen?«

»Ich wünschte, das wäre so einfach. Marian hat Euch von unserer morgendlichen Inquisition berichtet?«

»Tat ich, Schwester mein, und John war augenscheinlich froh, nicht Zeuge gewesen zu sein.«

»Bei solchen Tröpfen wie Houwschild fällt es mir schwer, ihnen nicht die Zähne zu ziehen. Aber nun widmen wir uns der Maid, die eine Heimlichkeit in ihrem jungen Busen trägt. Führt Ihr die Befragung, Mistress Alyss?«

»Das wird wohl meine Aufgabe sein.«

»Von Weib zu Weib. Beginnt, wir helfen Euch.«

»Gut, dann hole ich sie jetzt.«

Hedwigis saß mit den beiden anderen Jungfern oben in ihrer Kammer und säumte Hemden. Nicht unwillig legte sie ihre Handarbeit zusammen und folgte Alyss in den Saal. Die beiden Männer hatten auf der langen Bank am Tisch Platz genommen, John in der Nähe der Tür, Marian neben ihm. Alyss wies Hedwigis den Platz ihm gegenüber an und rückte dann an die Seite ihres Bruders, sodass das Mädchen ganz alleine ihnen dreien gegenübersaß.

Sie bemerkte ein erstes leises Unbehagen in deren Augen.

»Hedwigis, wir haben einige Fragen an dich, und wir hoffen,

dass du uns helfen kannst, indem du sie ehrlich und aufrichtig beantwortest.«

»Wenn ich kann.«

»Ich bin sicher, du kannst. Du erinnerst dich, dass ich euch in der Woche nach Erntedank meine Brautkrone gezeigt habe.«

»Ja… ja, das habt Ihr wohl.«

»Habe ich oder habe ich nicht, Hedwigis?«

Die Jungfer wich Alyss' Blick aus.

»Ja, Ihr habt uns Eure Brautkrone gezeigt, Frau Alyss.«

»Kannst du sie mir noch beschreiben?«

»Ähm… ja, vielleicht.«

»Dann tu es!«

»Warum, Frau Alyss?«

Hedwigis wirkte nun sehr verunsichert.

»Weil ich dich darum bitte«, beschied Alyss sie kurz.

Etwas stockend bot das Mädchen ihnen eine ganz brauchbare Beschreibung des Kleinods.

»Gut. Und nun sag mir aufrichtig, wann du die Krone das letzte Mal gesehen hast.«

»Als Ihr sie uns gezeigt habt. Ihr habt mich das schon mal gefragt, warum glaubt Ihr mir nicht?«

»Weil wir annehmen, dass du sie danach noch einmal angeschaut hast.«

»Das hab ich nicht. Warum unterstellt Ihr mir das?«

»Weil du selbst zugegeben hast, sie dir noch einmal angesehen zu haben, als ich dich das Buch mit den Gedichten zu holen bat. Das war just nach dem Ursulatag.«

Hedwigis' Gesicht wurde rot, dann blass.

»Hedwigis, hast du an diesem Tag die Krone nicht nur angesehen, sondern auch aus der Schatulle herausgenommen?«

»Nein, das habe ich nicht. Nein, nein, nein. Ich habe Eure vermaledeite Krone nicht angefasst!«

»Kind, ich erkenne eine Lüge, wenn ich sie höre. Und jetzt noch einmal: Du hast an jenem Tag, als ich dir den Schlüssel für die Truhe in meiner Kammer gab, auch die Schatulle geöffnet?«

»Nein, das hab ich nicht.«

»Damals hast du das aber zugegeben. Warum leugnest du jetzt?«

»Ihr habt mich bedrängt.«

»Was für ein Unsinn. Ich habe dich nie bedrängt, die Unwahrheit zu sagen. Noch einmal – wann hast du die Krone gesehen?«

Hedwigis hatte nun rote Flecken im Gesicht, und ihre Brust hob sich in heftigen Atemzügen.

»Als Ihr sie uns gezeigt habt!«, kreischte sie beinahe.

»Aber du hättest sie dir gerne danach noch einmal angesehen, nicht wahr, Hedwigis?«, fragte Marian sanft.

»Nein, warum? Es ist eine eitle, protzige Krone. Kann sein, dass Leocadie sie noch mal sehen wollte. Ich nicht. Ich krieg eine schönere, wenn ich mal heirate.«

»Das wirst du mit deinen Eltern ausmachen müssen. Hedwigis, du lebst jetzt seit einem Jahr unter meinem Dach. Ich habe dich recht gut kennengelernt. Du verbirgst etwas vor mir. Und glaube mir, es gibt andere Methoden, die Wahrheit aus einem Menschen herauszubekommen, als gütliche Fragen. Eine Fastenwoche im dunklen Weinkeller könnte dabei hilfreich sein.«

»Das dürft Ihr nicht tun!«

»Ach doch, das darf ich. John, begleite Hedwigis nach unten. Hier, Marian, ist der Schlüssel zum Keller. Den hinteren, ganz dunklen, in dem die Spinnen und die Ratten hausen.«

John stand auf und baute sich drohend neben dem Mädchen auf.

»Hoch mit Euch, Maid Hedwigis!«

»Nein!«

»Es fällt mir nicht schwer, Euch zu tragen. Euch könnte es jedoch schmerzen.«

Hedwigis rückte von ihm weg und protestierte lauthals. John folgte ihr, und als sie an der Wand angekommen war, drehte er sich noch einmal zu Alyss um.

»Hedwigis, wann hast du die Krone das letzte Mal gesehen?«

»Als Ihr sie mir gezeigt habt«, heulte Hedwigis auf.

Alyss sah Marian an und er sie.

»Vielleicht sagt sie die Wahrheit, Schwester mein.«

»Vielleicht.«

»Formuliere die Frage anders.«

Alyss betrachtete das Stillleben am Kamin. Die Jungfer ängstlich an die Wand gedrückt, John, groß, breitschultrig, bedrohlich vor ihr, bereit, sie jederzeit mit Gewalt in den Keller zu schleppen.

»Hedwigis, wann wolltest du dir die Krone ansehen?«

»Gar nicht. Ich will Eure dumme Krone nicht!«

»John!«

Er griff zu und warf sich Hedwigis über die Schulter. Sie strampelte und schlug mit den Fäusten auf seinen Rücken ein.

»Wann, Hedwigis?«

Alyss Stimme war kalt, scharf und schneidend.

»Als Ihr … als Ihr mit der Lese weitergemacht habt.«

»Lasst sie runter, John. Und nun noch mal von vorne, Hedwigis. Als wir mit der Lese weitergemacht haben, bist du in meine Kammer gegangen, um dir die Brautkrone anzusehen.«

»Ja!«, schluchzte das Mädchen.

»Warum hast du mir nicht zu dem Zeitpunkt… Nein, das hast du nicht, weil du heimlich den Schlüssel genommen hast, nicht wahr?«

Sie nickte.

»Und darum hast du auch gelogen, als ich dich das erste Mal befragt habe. Ich verstehe.«

Hedwigis stand vor dem Tisch und schaute Alyss mürrisch an. Dann aber schien auch sie plötzlich die Bedeutung zu verstehen, die ihre Feststellung für das Verschwinden der Krone hatte. Ein hässliches Grinsen machte sich plötzlich auf ihrem fleckigen Gesicht breit.

»Ich habe erst gedacht, Ihr hättet die Krone weggeräumt, nachdem Ihr sie uns gezeigt habt. Aber das habt Ihr gar nicht. Die hat der Herr Arndt mitgenommen.« Und dann lachte sie gehässig auf. »Das geschieht Euch recht, Frau Alyss! Ihr seid eine raffgierige, gemeine Hexe, und das Gold wird Euren Kopf sowieso nicht mehr krönen.«

Alyss stand ganz langsam auf und ging um den Tisch, bis sie vor Hedwigis stand. Die zog eine trotzige Miene, und Marian begann: »Schwest…«

Aber da klatschte schon Alyss' Hand auf Hedwigis' Wange und zeigte, dass ihre Besitzerin nicht nur rohe Eier sammeln konnte.

»Du hinterhältiges, nichtswürdiges Geschöpf wagst es, in meinem Haus auf diese Weise mit mir zu sprechen? Du bist nicht nur eine hässliche Kröte, Hedwigis, auch deine Seele ist nichts als ein schleimiger Misthaufen bösartiger Gedanken und Wünsche. Wenn du dich nicht bald besserst, du hirnlose, heuchlerische Kreatur, wirst du in deinem Leben keinen Mann finden. Und wenn doch, dann wird er alt und buckelig sein und aus seinem Maul voller verfaulter Zähne stinken wie ein vergammelter Hering. Und du wirst unter Schmerzen seine Missgeburten zur Welt bringen. Er wird dich züchtigen und schlagen und dir den Putz nehmen, den du so liebst. Du wirst in muffigen Lumpen gehen und auf verrottetem Stroh schlafen. Deine Haare werden verfilzen und dein Leib von Schwären bedeckt sein, er wird dir deine Ehre und deine Mitgift nehmen und dich die niedrigsten Arbeiten verrichten lassen, die noch nicht einmal die Unehrlichen bereit sind zu tun. Du wirst schimmliges Brot essen und fauliges Wasser trinken, bis deine Gedärme aufquellen, und es wird für dich nie eine Hoffung auf Entkommen geben. Und nun, Hedwigis, verschwinde aus meinen Augen. Ich will dich in meinem Heim nie wiedersehen.« Alyss wandte sich an die beiden Männer und bat: »Marian, John, bringt sie in ihr Elternhaus zurück. Ich werde morgen mit ihrem Vater sprechen.«

»Ja, Mistress Alyss.«

Hedwigis, mit hängenden Schultern, zitterte und warf Marian einen flehentlichen Blick zu. Er aber schüttelte nur den Kopf und meinte kühl: »Du kannst von Glück reden, dass ich den Mund gehalten habe. Los, beweg dich!«

Er gab ihr einen leichten Stoß, und sie schlurfte an John vorbei zur Tür. John aber hielt sie auf, indem er ihr unter das Kinn fasste und ihr in das verquollene Gesicht schaute.

»Ein Weib, das weder schön noch klug ist, Maid Hedwigis,

darf nicht auch noch böse und verschlagen sein. Für das Erste könnt Ihr nichts, das sind Gottes Gaben. Für Euer Benehmen aber seid Ihr selbst verantwortlich.«

Als sich die Tür hinter den dreien geschlossen hatte, sank Alyss auf die Bank nieder, riss sich den Schleier von den Haaren und legte den Kopf zwischen die Arme auf den Tisch. Zum zweiten Mal an diesem Tag fühlte sie sich besudelt.

Niemand störte sie, im Haus war es ruhig. Nicht einmal Hilda schien zu wagen, nach ihr zu sehen. Und so fand Marian sie in immer noch derselben Position zusammengekauert und setzte sich neben sie.

»Mein Schwesterlieb, das war ein entsetzlicher Tag heute.«

Sie seufzte, ohne sich zu bewegen.

»Ich weiß, es ist die Gewissheit, nicht wahr? Die Hoffnung auf eine andere Erkenntnis wollte nicht sterben.«

»Ich bin so dumm gewesen, Marian.«

»Nein, du bist nicht dumm gewesen. Niemand konnte ahnen, dass diese kleine Natter die ganze Zeit wusste, dass die Krone schon gleich nach Arndts Abreise verschwunden war.«

»Das ist das eine, Marian. Ich bin aber so dumm gewesen, dass ich nicht geahnt habe, dass er dazu fähig ist. Meine Geldbeutel und Geschäftsbücher habe ich sicher verwahrt; dass die Krone in meiner Truhe ist, hat er immer gewusst.«

»Wir haben seine Bösartigkeit unterschätzt.«

»Das auch, und ich bin leichtsinnig gewesen. Hier im Haus, Marian, trage ich den Schlüsselring immer an meinem Gürtel. Doch wenn ich es verlasse, hänge ich ihn einfach in der Küche an den Haken. Hilda braucht genau wie Peer und Tilo schon mal den Schlüssel zu den Lagerräumen, dem Kontor, den Weinkellern. Ich habe nie daran gedacht, dass ich meinem Hauswesen misstrauen müsste. Aber sowohl Arndt wie auch Hedwigis haben dieses Vertrauen missbraucht.«

»Ja, das haben sie. Peter Bertolf war überrascht, als wir seine Tochter, schniefend und jammernd, bei ihm ablieferten, aber er ist bereit, sich morgen mit dir zu unterhalten. Es wird wirklich besser sein, sie bleibt zu Hause. Du hast mit dem Tränenkrüglein Leocadie schon genug Tragödie am Hals.«

»Es macht mir eigentlich nichts aus, Marian. Die Nöte der Jungfern sind mir nicht fremd, und vieles wächst sich raus. Aber ob die hinterlistige Natur sich bei Hedwigis je bessert …«

»Auch die von Arndt hat sich nie gebessert. Für eine Weile konnte er sie wohl verbergen, aber nun tritt sie wieder offen zutage.«

»Wir können es ihm noch immer nicht nachweisen. Das ist das Nächste, worüber ich mich so sehr gräme. Wir haben jetzt zwar die Gewissheit, dass er die Krone mitgenommen hat, aber Gott weiß, wo er sie verhökert hat. Er wird leugnen, sie angerührt zu haben.«

»Dann müssen wir herausfinden, an wen er sie verkauft hat.«

»Bruderlieb, hältst du das für möglich?« Aber in seinem Gesicht las Alyss Zweifel. »Ich auch nicht.«

»Dann bleibt uns noch, auf seine Rückkehr zu warten, Alyss, und ihm die Daumenschrauben anzulegen. Du könntest ja Magister Jakob fragen, ob er befugt ist, den ehrenwerten Herrn Arndt von Doorne wegen eines seiner zahlreichen Vergehen anzuklagen.«

»Welche denn?«

»Schmuggelware?«

»Hätten wir damals Reinaldus Pauli mit reinziehen müssen.«

»Es wird nicht das letzte Mal gewesen sein, dass er schmutzige Geschäfte macht.« Und dann grinste Marian sie an. »Du könntest ihn, wenn er zurückkommt, mit einem Fluch belegen.«

»Zu gerne, wenn ich das könnte.«

»Das hast du Hedwigis gegenüber gerade bewiesen. Heilige Mutter Maria, was für ein schauriges Bild der Zukunft hast du ihr gemalt!«

»Ich weiß nicht – es brach so aus mir heraus. War es drastisch?«

»Drastisch, einprägsam und äußerst farbenprächtig. Sie wird nie heiraten.«

»Oh.«

»Oder dabei sehr, sehr vorsichtig sein.«

»Na, dann ist sie ja vielleicht von Merten geheilt.«

»Vielleicht. Und was deinen verfluchten Gatten anbelangt, Schwesterlieb, da habe ich so irgendwie das Gefühl, dass John einem steten Blick auf sein Tun und Treiben hat. Er hört sich an erstaunlich vielen Stellen um, und die Kaufleute sind ihm freundlich gesinnt, denn er hat ein einnehmendes Wesen. Und auch mit den Arbeitern und Schiffern, Fuhrleuten und Wirten kommt er gut zurecht.« Marian strich ihr über die Haare. »Wusstest du, dass er in den Tretmühlen im Londoner Hafen gearbeitet hat?«

»Nein. Heilige Jungfrau, was hat ihn dazu getrieben?«

»Der Hunger, nehme ich an.«

Alyss blieb eine Weile still. Das Bild verdrängte die anderen, schmerzhaften.

»Er ist ein Mann mit vielen Masken.«

»Ja, das ist er wohl. Aber ich mag ihn dennoch. Genau wie du.«

Alyss seufzte.

37. Kapitel

Die nächsten beiden Tage kehrte Ruhe in das Hauswesen ein. Über Hedwigis' Weggang mochte getuschelt werden, laut äußerte sich niemand dazu. Tilo bereitete sich auf seine erste große Fahrt vor und hing wie eine Klette an John. War er im Haus, konnte er es oft nicht lassen, mit seinem neuen Sprachwissen zu protzen, und redete Alyss wie zufällig hin und wieder mit Mistress an oder musste seine *accountancy* machen, wenn er die Einträge in die Registerbände vornahm. Man belächelte ihn gutmütig, oder, wie Frieder, zog ihn gnadenlos mit seiner Wichtigtuerei auf.

Leocadie vertiefte sich weiter in ihr Brevier, so wie sie sich zuvor in die Minnedichtung vertieft hatte, und murmelte beständig leise Bitt- und Bußgebete vor sich hin. Darüber hinaus aber erledigte sie gewissenhaft, was immer man ihr auftrug. Lauryn mochte sich ein wenig verlassen fühlen, behielt aber ihren Gleichmut bei, und darum hatte Alyss sie wieder einmal mit ins Badehaus genommen, wo sie mit einigen anderen jungen Mädchen plaudern konnte.

Die Zahlwoche näherte sich am Freitag dem Ende; die ersten Kaufleute verließen Köln bereits, sodass es auch in der Stadt ruhiger wurde.

An diesem Nachmittag verbrachte Alyss einige Stunden alleine in ihrem Kontor, um ihre Einnahmen und Ausgaben nicht nur zu zählen, sondern auch zu bewerten und Pläne für die Zukunft zu machen. Die Kalkulationen waren eine der Tätigkeiten, die ihr Gemüt beruhigten und ihren Glauben an die Beständigkeit und Sinnhaftigkeit des Handels festigten.

Ihre Einnahmen überstiegen die Ausgaben deutlich. Ihre Mitgift, zumindest das, was davon in Münzen ausgezahlt worden war, war wieder vollständig in ihre Truhe zurückgekehrt. Der Handel mit den nordischen Pelzen hatte Früchte getragen, und sie merkte sich den Betrag für die Fehpelze der Brouwers für die nächste Kauffahrt nach Speyer vor. Dann berechnete sie die Haushaltsausgaben, die in den nächsten Monaten anstanden, was sie für die Bewirtschaftung des Weingartens benötigte und wie viel sie für den Kauf des neuen Weins aufwenden konnte. Alles in allem war die Lage recht gut. Sie hoffte nur, dass Arndt so lange wie möglich fortblieb und dass vor allem nicht wieder irgendwelche Händler oder Fuhrleute vorsprachen, die Schuldscheine oder Wechsel einlösen wollten.

Nachdenklich rieb Alyss sich über die Nasenwurzel.

Brautschatzfreiung. Das Wort klang ihr noch in den Ohren. Was mochte das bedeuten? Dass sie Arndts Schulden nicht von ihrer Mitgift bezahlen musste? Das wäre schon recht nützlich, wenngleich ihr Brautschatz merklich vermindert worden war, dadurch, dass er die Krone an sich genommen hatte.

Wenn man ihm das nur beweisen könnte.

Dammich!

Gut, konnte man aber nicht. Also – vielleicht konnte Magister Jakob auch bewirken, dass die Gewinne aus ihrem Handel nicht zum Begleichen von Arndts Schulden verwendet werden durften. Das wäre wirklich eine zufriedenstellende Maßnahme.

Alyss hatte, wie auch Marian, einige vorsichtige Erkundigungen über Magister Jakob eingezogen. Er galt als höchst ehrenhafter Mann, hatte eine offizielle Stellung in der Stadt als Urkundensiegler und Schreiber. Aber er war auch Jurist, hatte in Bologna studiert und war damit ein Fachmann in allen Rechtsfragen. Er lebte unverheiratet, jedoch zusammen mit einer rotbraunen Katze, in einem kleinen Häuschen hinter dem Alter Markt und wurde häufig von den Ratsherren um Hilfe bei rechtlichen Fragen konsultiert. Ein unauffälliger Mann, der eine heimliche Neigung zur Wohltätigkeit hatte, die man ihm aber nie so recht nachweisen konnte, was die Zwillinge leicht belustigte. Mehr aber hatten sie über ihn nicht herausfinden können – weder, aus welchen Familienverhältnissen er stammte, noch, welche Verbindungen er pflegte. Aber das war in ihrem Fall auch unerheblich. Er verstand sein Metier und würde für jeden Klienten die beste – juristische – Lösung erarbeiten.

Alyss beschloss, in den nächsten Tagen ein längeres Gespräch mit ihm zu führen und die Angelegenheit mit der Brautschatzfreiung voranzutreiben. Sie hoffte, dass sie unter Dach und Fach sein würde, wenn Arndt zurückkam.

Den Kämpfen und Streitereien, die dieser weitere Schritt zu ihrer Unabhängigkeit auslösen würde, sah sie zwar mit Grauen entgegen, aber lieber das, als ihr redlich verdientes Geld dem

Verschwender auszuhändigen. Es war schon Entgegenkommen genug, dass sie die gesamten Kosten des Haushalts alleine bestritt.

Gegen Abend schlug sie die Bücher zu und machte noch eine Runde mit Benefiz und Jerkin durch den Weingarten. Erstmals war es wieder trocken, aber ein schneidender Ostwind versprach die erste frostige Nacht zu bringen.

Beim Abendessen hatte sich diesmal nur eine kleine Runde versammelt. Tilo war mit John bei seinen Eltern zum gemeinsamen Mahl eingeladen, Magister Hermanus speiste mit dem Pfarrer von Lyskirchen und verschonte sie damit glücklicherweise mit seinen Sermonen, Hedwigis fehlte niemandem, aber auch Merten und Marian blieben fort.

Alyss nähte nach dem Essen noch eine neue Borte an Lauryns Kleid, da das Mädchen zwar in allen Handwerken recht geschickt war, aber ihre feineren Näharbeiten immer aussahen, als hätte der schwarze Hahn mit seinem Schnabel dabei mitgewirkt.

Sie ging früh zu Bett und fand Malefiz auf ihrem Kopfkissen zusammengerollt. Der störte sich weder daran, dass sie ihn sacht zur Seite schob, noch, dass Benefiz es sich trotz sanft mahnender Worte am Fußende gemütlich machte. Der Küchenkamin spendete wohltuende Wärme in der Kammer, die sie nicht entweichen lassen wollte, und da die Nacht eisig zu werden versprach, schloss Alyss Fenster und Läden, obwohl sie gewöhnlich das Mond- und Sternenlicht gerne auf ihr Bett fallen ließ. Das Lämpchen vor ihrem kleinen Altartischchen brannte ruhig und tauchte Maria und Joseph in sein goldenes Licht. Ein zweites Nachtlicht in dem von einem stilisierten Blumenmuster durchbrochenen tönernen Becher flackerte leicht und erzeugte tanzende Blüten an den Wänden. Müde zog sich Alyss bis auf das leinene Hemd aus und schlüpfte unter das dicke Federbett, dem die neuen Gänsedaunen wärmende Fülle verliehen. Malefiz' leises Schnurren an ihrem Ohr und Benefiz' sanftes Schnarchen machten sie schläfrig, und schon bald war sie in tiefen Schlummer gesunken.

In ihrem Traum war es Frühling, und die wärmende Sonne hatte die Reben sprießen lassen. Beglückt wanderte sie durch den Weingarten, in dem die Vögel ihre Lieder schmetterten und bunte Falter zwischen den Weinstöcken tänzelten. Jerkin hoch oben kreiste wachsam im Himmelsblau, und Benefiz tollte zwischen den Reihen auf und ab. Der zarte Duft der ersten aufbrechenden Rosenknospen wehte durch die weiche Luft. Nur – warum blieb der Spitz plötzlich am Tor stehen? Kam ein Fremder? Warum bellte der Hund nicht? Warum knurrte er wütend? Was bedeutete der gezischte Fluch?

Alyss wachte auf.

Benefiz knurrte.

Malefiz war fort.

Dafür warf ein Mann seinen Schatten an die Wand.

Kalte Angst packte Alyss.

Der Mann hielt etwas in der Hand. Eine Waffe? Oder raubte er jetzt auch den restlichen Inhalt ihrer Truhen?

Ganz langsam bewegte sie sich, um mehr zu erkennen. Der Spitz stand am Fußende des Bettes und knurrte weiter.

»Fass!«, sagte sie scharf, und Benefiz sprang den Mann an.

»Sitz!«, sagte der, und Benefiz gehorchte winselnd.

Ungläubig richtete Alyss sich gänzlich auf. Der leichte Duft von Rosen war Wirklichkeit, gemischt mit Leder und warmer Wolle.

»John?«, wisperte sie. »John? Ihr?«

»Ja, my Lady. Keine Angst, ich komme nicht, um zu rauben und zu schänden.«

»Das will ich auch sehr hoffen. Aber ich würde jetzt gerne eine sehr gute Erklärung von Euch hören, warum Ihr in der dunklen Nacht in meine Kammer eindringt.«

»Ihr habt ein Recht darauf. Verzeiht, my Lady.«

Er stellte das, was er in der Hand hielt, auf der Truhe ab, trat an ihr Bett und kniete davor nieder.

»Ihr hättet es nicht bemerkt, dass ich hier war. Ihr solltet es nicht bemerken. Doch wusste ich nicht, dass Ihr mit einem ganzen Tierpark zusammen zu Bett liegt. Kluge, wachsame Tiere. Malefiz hat mich gekratzt und Benefiz mir beinahe ein Stück aus der Wade gerissen. Ihr dürft das Werk Eurer Wächter beenden. Nehmt meinen Dolch.«

Er bot ihr ein langes, spitzes Messer mit dem Heft vorweg.

»Lasst den Unsinn und erklärt, was Ihr hier wollt.«

John steckte den Dolch wieder in die Scheide an seinem Gürtel und neigte den Kopf.

»Ich habe Euer Eigentum zurückgebracht.«

»Mein Eigentum, aha. Hattet Ihr mir etwas entwendet?«

Alyss schwang die Füße aus dem Bett, tapste barfuß zur Truhe – und hielt den Atem an.

Ein Bündel, schwarzer Samt, eine goldene Kordel.

Mit zittrigen Fingern nestelte sie den Knoten auf und faltete den Stoff auseinander.

Im flackernden Licht blitzten Gold und Edelsteine auf.

»Ihr?«, keuchte sie. »Ihr habt sie genommen?« Doch sogleich trat wieder Ordnung in ihr verwirrtes Hirn ein, und sie drehte sich langsam zu John um. »Nein, das kann nicht sein. Die Krone verschwand, bevor Ihr in Köln eintraft. Ihr habt Euer Wort gehalten, John of Lynne, und sie mir wieder zurückgebracht. Doch heimlich, damit ich Euch keine Fragen stelle, die Ihr nicht beantworten könnt oder wollt.«

Er hatte sich erhoben und nickte.

»Ihr seid weise, my Lady, und von sehr schnellem Witz.«

»Weiser, als Ihr glaubt.« Alyss holte aus der Kleidertruhe die pelzgefütterte Jacke und zog sie über ihr dünnes Hemd. »Wenn Ihr wirklich gewollt hättet, dass meine Brautkrone unbemerkt zu mir zurückgelangte, dann hättet Ihr eine Möglichkeit gefunden, sie mir nach Eurer Abreise bringen zu lassen. Warum kamt Ihr heute Nacht, John of Lynne?«

Sie setzte sich auf die Bettkante und wies mit einer Handbewegung auf die Bank am Fenster.

»Ja, Ihr seid überaus klug, my Lady, und ich bin ein Simpel, dass ich das vergaß.«

»Ihr seid sehr viel, John of Lynne. Ein Falkner und ein Tretmühlenarbeiter, ein ehrbarer Kaufmann und ein lautloser Einbrecher, ein Abenteurer und ein selbstloser Freund. Vieles seid Ihr, doch ein Simpel nicht.«

»Dabei gebe ich mir große Mühe, als ein solcher zu erscheinen.«

»Vor Tröpfen und Narren mag Euch das gelingen. Mich wollt Ihr sicher nicht beleidigen.«

»Nein, das wagte ich nicht.« Und dann gab er, ohne aufgefordert zu sein, Antwort auf ihre unausgesprochenen Fragen. »Ihr wollt wissen, wo ich sie gefunden habe, wie ich sie wiederbeschafft habe und woher ich von ihrem Verbleib wusste.

Ich könnte Euch alles das verraten, doch bedenkt, my Lady, dass es Euch im Augenblick nicht weiterhelfen kann.«

Arndt war irgendwo unterwegs, vermutlich in Burgund. Sie konnte ihn nicht zur Rede stellen. Damit hatte John recht.

»Dazu kommt, my Lady, dass ich Geheimnisse anderer zu hüten habe, deren Leben von meinem Schweigen abhängt. Ich bitte Euch, das zu verstehen.«

»Ja, John of Lynne, das tue ich.«

»Wenn gewisse Gefahren gebannt sind, werde ich Euch freimütig berichten und Zeugnis geben, wo immer es notwendig ist. Doch bis dahin, my Lady, erflehe ich Euer Vertrauen.«

»Ihr habt es, John of Lynne.«

Das flackernde Licht huschte über sein gleichmütiges Gesicht. Hell schimmerte die eine oder andere Strähne seines Haares auf, und die schweren Lider beschatteten seinen Blick.

Nein, sie konnte ihn nicht danach fragen, wo er die Krone gefunden hatte und wie sie in seinen Besitz gelangt war. Marian nahm an, dass er Arndts Geschäfte beobachtete. Vielleicht. Und vielleicht war es besser, sie wusste nicht, was auf den weit verzweigten Handelswegen geschah.

Sie war ihm dankbar, mehr als Worte ausdrücken konnten, dass er ihr die Krone zurückgebracht hatte. Aber dennoch schuldete er ihr Antworten.

Nicht zu Raub und Rückkehr. Andere.

»Tilo wird am Montag mit Euch aufbrechen. Ihr nehmt ihn auf eine weite Reise mit, und er wird viel Neues kennenlernen. Eure Heimat, John of Lynne, Eure Leute.«

»Ja, er wird viel hören und sehen, my Lady.«

»Und er wird viel berichten, wenn er heimgekehrt ist.«

»Das wird er.« Und dann lächelte John sie an. »Ihr habt die Kunst der Befragung gründlich gelernt, my Lady.«

»Ich hatte eine vortreffliche Lehrmeisterin. Meine Mutter wird von uns nicht umsonst *mater inquisitoris* genannt.«

Er nickte.

»Ja, auch sie entzückte mich mit ihrer Art des Ausforschens. Und Tilo wird Euch ein leichtes Opfer sein.«

Alyss schwieg. Schweigen war eine der subtilsten Arten des Fragenstellens. Es entfaltete auch jetzt seine Wirkung.

»Ja, my Lady. Ich werde Jung Tilo mit in mein Heim nehmen, und ich hoffe, dass er die Kälte dort erträgt.«

»In einem kühlen Teil Eures Landes?«

»Nein, my Lady. Im östlichen Teil, dort, wo das Nordvolk lebt. Ich baute in Kings Lynne ein Haus für mein Weib und mich vor neun Jahren. Doch ich betrete es selten, denn Margeret hat daraus ein karges Kloster gemacht. Sie ist zwar die Ehe mit mir eingegangen, doch sie gehört mit Leib und Seele ihren Herrn Jesus Christus. Fromm ist sie, eine genügsame, stille und bescheidene Jungfrau. Sie wäre mir gerne ein gutes Weib und fleht die Heiligen seit unserer Hochzeit an, ihr ein Kind zu schenken.«

»Nun, da Ihr selten Euer Heim betretet …«

Sie ahnte – mehr als sie es sah – den Hauch von Bitterkeit in seinen Zügen.

»Der Herr begnadet die Frauen mit Kindern.«

Alyss schluckte. Nun ja, sie hatte schon davon gehört, dass Jungfern, die sehr streng abgeschlossen in klösterlicher Umgebung aufgewachsen waren, von dem üblichen Verfahren nichts wussten. Allerdings half die Natur irgendwann doch nach, und wer mit einem Mann wie John … mhm … das Lager teilte… Also, da musste man nun wohl wirklich schon sehr fromm und sehr kühlen Mutes sein.

»Man hat Eure Ehe vereinbart, nehme ich an.«

»Meine Mutter suchte die Braut aus.«

»Unter Umständen keine ganz glückliche Wahl.«

»In ihren Augen doch.«

»Und Euer Vater?«

»Fand sie akzeptabel.«

»So war nicht das der Anlass, dass Ihr Euch mit ihm entzweitet?«

»Nein, my Lady.«

Gut, an der Stelle war die Zugbrücke wieder hochgezogen worden. Aber sie hatte nun die Bestätigung dessen, was Marian vermutet hatte. Nur dass die Umstände dieser Ehe noch weit unglücklicher waren als gedacht. Kein Wunder, dass John sich bei den Schwälbchen vergnügte. Und es erklärte auch seine Abneigung gegen Klöster und mönchisches Leben.

»Nun, Tilo wird auch andere Gegenden Eures Landes kennenlernen und Eure Tuchmacher und Kaufleute«, schloss sie also begütigend. »Wie lange gedenkt Ihr zu bleiben?«

»Den Winter über, my Lady, ist es beschwerlich, über das Wasser zu reisen. Wir werden im Stalhof zu London bleiben, dort habe ich meine Geschäfte mit den hiesigen Waren abzuwickeln. Im Februar werden wir aufbrechen, um die Tuchmacher zu besuchen, und ich denke, das Osterfest wird Jung Tilo wieder im Kreise seiner Familie verbringen.«

Er war ein Meister des Verschweigens, und sie hasste ihn dafür, dass er sie zwang, nach seiner eigenen Rückkehr zu fragen. In seinem Gesicht bemerkte sie Genugtuung darüber.

Sie fragte nicht.

Sie gab sich hoheitsvoll.

»Ich danke Euch, John of Lynne, dass Ihr Euer Wort gehalten und mir meine Krone zurückgebracht habt.«

»Natürlich, my Lady. Ein gegebenes Wort bindet.«

»Ihr pflegt heute Nacht wieder die Anrede, die mir nicht zusteht, John of Lynne.«

Er schwieg lange und saß dabei vollkommen regungslos auf der Bank. Nur die unstete Nachtlampe hauchte seinen stillen Zügen Leben ein. Auch Alyss schwieg. Er war aus einem ganz bestimmten Grund gekommen, doch herrschte eine wortlose Übereinkunft zwischen ihnen, nicht über das Offensichtliche zu sprechen. Und dennoch verlangte es nach einem Ausdruck. Sie hätte ihm gerne über das Haar gestreichelt, eine kleine Geste der Zärtlichkeit. In weniger als drei Tagen würde er abreisen, bald ein halbes Jahr fortbleiben. Würde das Flämmchen weiterbrennen oder erstickt werden von der Kälte in seinem Haus oder dem Frost in dem ihren? Wäre es nicht sogar besser, es würde erlöschen, denn die Möglichkeit, dass es je zu einem Herdfeuer werden konnte, an dem sie beide Wärme finden konnten, war so gering. Fesseln banden sie, und selbst, wenn sie sich heute Nacht für eine kurze Weile von ihnen befreit dünkten, sie würden umso fester ins Fleisch schneiden, wenn der Tag anbrach.

Eine leise Bewegung schreckte sie aus ihren Gedanken.

John war aufgestanden und zu ihr getreten. In ehrerbietiger Höflichkeit streckte er seine Hand aus. Sie nahm sie und stand auf. Sie musste zu ihm aufsehen, und als sie es tat, fand sie großen Ernst in seinem Blick. Dann aber griff er mit beiden Händen nach dem unordentlichen Zopf, der über ihre Jacke fiel, und löste das Lederbändchen an seinem Ende. Nur wenige Bewegungen brauchte er, dann ergossen sich ihre Haare wie eine schwarze Flut über ihre Schultern. Er breitete sie aus und hob die Krone aus ihrem Bett aus Samt. Mit einer sanften Geste setzte er sie auf ihr Haupt, beugte die Knie vor ihr und blickte zu ihr auf.

»My highest Lady!«, sagte er leise. Dann ergriff er ihre Rechte und drückte das Handgelenk leicht an seine Stirn.

Es war eine seltsame Geste, pathetisch vielleicht, doch zutiefst bewegt spürte Alyss, dass sie der Ausdruck seines Verlangens nach ihr war.

Die Krone lag schwer auf ihrer Stirn, leicht war das Gold nicht. Und leicht war auch nicht das Versprechen, das er ihr damit gab. Aber es durchflutete sie wie ein Glutstrom, und als er ihre Hand losließ, merkte sie, dass sie den Atem angehalten hatte.

»John of Lynne, Ihr seid wahnsinnig.«

»Ja, my Lady.«

Er richtete sich auf, stand wieder vor ihr und blickte ihr in die Augen.

»Was immer zwischen uns geschehen ist – Eure Ehre muss unbefleckt bleiben. Ich weile schon viel zu lange hier in Eurer Kammer, denn auch wenn das Haus schläft, gibt es doch überall Augen und Ohren. Ich verlasse Euch jetzt, denn sonst vergesse ich meine Ehre und die Eure dazu.«

Alyss löste ihren Blick von seinem Gesicht und hob vorsichtig die Krone von ihrem Kopf.

»Ehre. Ihr Männer und eure verdammte Ehre!«, fauchte sie, stellte sich auf die Zehenspitzen, umfasste Johns Nacken und zog ihn zu sich hinunter. Als ihre Lippen die seinen trafen, spürte sie, wie seine Ehre wie alter Mörtel zu bröckeln begann.

Sanft waren sie nicht, verlangend wohl. Während er sie küsste, zog sein Arm sie fest an seine Brust, und seine Rechte wühlte sich in ihre Haare. Eine kleine Ewigkeit verloren sie sich in ihrer Nähe, doch dann machte Alyss sich nachdrücklich von ihm frei.

»Nun seid Ihr entlassen, John of Lynne«, sagte sie heiser. Doch er blieb wie benommen stehen.

Alyss lächelte ihn wehmütig an, dann wandte sie sich noch einmal zu ihrer Truhe und holte den Band mit den Minneliedern heraus. Mit einer schnellen Handbewegung wickelte sie ihn in den schwarzen Samt und verknotete die Kordel darum.

»Die Winternächte werden lang, John of Lynne. Denkt an mich, wenn Ihr darin lest.«

»Ja, my Mistress, das verspreche ich Euch.« Er nahm das Geschenk an und strich ihr über die Wange. »Habt Dank.«

Und auf lautlosen Sohlen verschwand er durch die Tür.

Alyss öffnete den Fensterladen und trotzte dem eisigen Hauch der Nacht, um ihm nachzusehen, wie er die Gassen hinunterging und mit den Schatten verschmolz.

»Buhuhuuu!«, rief es durch die Stille, und vom First des Nachbarhauses erhob sich mit mächtigem Flügelschlag der Uhu.

»Buhuhuuuu!«, hallte sein Ruf durch die Stille.

»Schicksalskünder!«, murmelte Alyss, als der Vogel mit leisem Flügelrauschen über die Dächer davonglitt.

Dann schloss sie das Fenster wieder und kroch unter die Decken. Das pelzgefütterte Jäckchen behielt sie an, doch auch seiner tröstlichen Wärme gelang es nicht, den Ansturm der Gefühle in ihr zu bändigen. Viel zu viele waren es, und sie liefen kreuz und quer durcheinander wie eine aufgeregte Schar Hühner, wenn der Fuchs unter sie fuhr.

Ein Fuchs in der Gestalt eines gefährlichen Mannes, der viele Masken trug. Eine davon hatte er in dieser Nacht gelüftet. Sie hatte ihn für einen guten Freund, aber auch für einen unverbesserlichen Leichtfuß gehalten. Und nun erschütterte sie die Erkenntnis, welche Wünsche und Leidenschaften sich dahinter verbargen.

Schlaf kam nicht zu ihr, und immer wieder fingen ihre Augen das Funkeln von Gold und Edelsteinen auf, das das unstete Flämmchen des Nachtlichts auf der Brautkrone entstehen ließ.

38. Kapitel

Marians unbehagliche Stimmung hatte sich nach den sich überschlagenen Ereignissen vollkommen verflüchtigt. Fabio hatte wieder Zeit gefunden, mit ihm die Lektionen in Schrift und Sprache der Mauren aufzunehmen, er hatte ihm auch eine komplette Knochenhand mitgebracht, in einem Beutelchen, völlig unsortiert, und ihn aufgefordert, sie richtig zusammenzusetzen. Das war eine Herausforderung, der er nicht widerstehen konnte. Und so verbrachte er einige zufriedene Stunden in der Abgeschiedenheit des Studierzimmers damit, die siebenundzwanzig Teile in die richtige Anordnung zu bringen.

Bis seine Mutter ihre Arbeiten im Kontor beendet hatte.

Es konnte nicht ausbleiben, dass ihr die Vorfälle in Alyss' Haus zu Ohren gekommen waren. Hedwigis' Rauswurf hatte schnell die Runde in der Familie gemacht. Zwar hatte seine Schwester ihrem Onkel Peter Bertolf ziemlich deutlich zu verstehen gegeben, dass über das Verschwinden der Brautkrone kein einziges Wort verloren werden sollte und schon erst recht nichts über den mutmaßlichen Täter, aber Marian war sich sicher, dass auf die Jungfer in der Hinsicht kein Verlass war. Sie würde sich ihrer Mutter Wiltrud anvertrauen, und deren Schadenfreude würde sich gar mächtig daran entzünden.

Und so war es denn auch.

Frau Almut trat in das Studierzimmer, eine schöne, würdevolle Erscheinung in einer schlichten, rostroten Houppelande, an deren tiefem Ausschnitt und den weiten Ärmeln schmale Streifen von schwarzem Pelz angesetzt waren. Es begleitete sie eine ebenso schwarze Katze, die sogleich auf den Tisch sprang und mit den sorgsam zusammengestellten Knöchelchen zu spielen begann.

»Ich werde einen weiteren Pelzbesatz aus dir machen, Beelzebub, wenn du deine Pfoten nicht davon lässt«, drohte Marian, und seine Mutter lachte.

»Dein Spielzeug ist sein Spielzeug.«

»Das ist kein Spielzeug, sondern anatomisches Übungsmaterial. Dies hier ist das letzte Glied eines kleinen Fingers.«

»Igitt!«

»Ganz trocken und schon viele Jahrhunderte alt.«

»Schon gut, schon gut, aber musst du das hier in der Stube aufbewahren? Ach ja, das musst du wohl. Immer noch besser als deine Besuche in den Folterkammern. Aber darüber wollen wir schweigen. Erzähle mir lieber, wie ihr diesen kindischen Houwschild vertrieben habt. Ich hörte, er hat die Stadt recht überstürzt verlassen.«

»Er hatte jeden Grund dazu.«

Frau Almut setzte sich gemütlich in dem breiten Scherensessel zurecht und zog einen Zipfel der Pelzdecke über ihre Füße. Beelzebub ließ sich darauf nieder und schnurrte.

Marian fasste zusammen, was geschehen war, von Ebby und Heinis Ergreifung bis zur Befragung des Händlers und Aldenhovens großmütiges Angebot, auf die Anklage zu verzichten.

»Daran hat er wohlgetan. Ein solch missgünstiger Mensch bessert sich nicht dadurch, dass er bestraft wird und eine Buße auferlegt bekommt. Man schafft ihn sich am besten aus den Augen. Nur…«

Natürlich war es seiner Mutter nicht entgangen, dass er eine wesentliche Frage nicht beantwortet hatte. Eine törichte Hoffnung.

»Ja, Frau Mutter?«

»Die Brautkrone deiner Schwester hat er nicht geraubt. Und soweit ich die unsägliche Klatschbase Wiltrud verstanden habe, soll Arndt van Doorne sie mitgenommen haben, als er im Oktober abreiste. Warum erfahre ich das von der überstolzen Schnattergans und nicht von euch, Marian?«

»Weil wir es selbst erst wissen, seit Hedwigis zugegeben hat, dass sie heimlich die Krone betrachten wollte, kurz nach van Doornes Abreise.«

»Und was, bitte, fängt meine Tochter jetzt mit diesem Wissen an?«

Marian schwieg einen Moment, bevor er antwortete. Die Loyalität zwischen den Zwillingen war unverbrüchlich, und er wollte nichts über Alyss verraten, das diese nicht auch selbst zugegeben hätte. Er entschloss sich zu einer zurückhaltenden Antwort: »Sie ärgert sich darüber, dass sie nachlässig mit ihren Schlüsseln war.«

»Pfff!«

»Mehr weiß ich nicht, Frau Mutter.«

»Mehr sagst du nicht. Aber ich kenne deine Schwester, mein Sohn. Und wenn mich nicht alles täuscht, wird sie sich an der Vorstellung weiden, diesen elenden Mehlwurm zu Schrot zu verarbeiten und den Hühnern als Futter vorzuwerfen.«

»Könnte sein, dass ihre Gedanken in ähnliche Richtung gehen, aber was hilft es?«

»Nichts.«

Frau Almut strich nachdenklich über das weiche Fell an ihren Ärmeln. Ihre grünen Augen, dieselben, die sie ihrem Sohn vermacht hatte, funkelten dabei, und Marian vermutete, dass sie bereits dabei war, der Jungfrau Maria den Sachverhalt darzustellen und um deren Rat zu bitten. Und wie alle in der Familie wussten, neigte ihr die Gottesmutter oft höchst freundlich ihr Ohr. Ihr Gatte tat das auch.

Allerdings hatte Ivo vom Spiegel bisher noch immer eine gute Meinung von dem Weinhändler, der ihrer Familie in den schwierigen Tagen des Verbundbrief-Streites einige Hilfe geleistet hatte. Doch seit Roberts Tod und dem leisen Gemunkel über Schwarzgeschäfte, in die auch Familienangehörige verwickelt waren, mochte er zumindest hellhörig geworden sein. Außerdem war sein Weib ihrem Schwiegersohn nicht wohlgesinnt, was er auch nicht übersehen konnte.

»Euer Vater …«, hub Frau Almut an.

»Unser Vater würde sich sehr aufregen. Und außer, dass er aus dem Mehlwurm eine Schliere Hühnerkacke machen würde, auch nichts mehr erreichen als nur das. Wir haben keinen Beweis für seine Tat. Arndt kann alles abstreiten.«

»Dein Vater hat Einfluss.«

»So viel, dass er die Ehe annullieren lassen kann?«

Seine Mutter zuckte zusammen.

»Ist es das, was sie will?«

»Ich glaube nicht, dass sie so weit gedacht hat. Aber ich tue es, Frau Mutter. Meine Schwester ist eine stolze Frau und darf von einem nichtswürdigen Lumpen wie Arndt nicht gedemütigt, geschlagen und in den Schmutz getreten werden.«

Marian hatte sich in Wut geredet und alle Vorsicht fahren lassen. Doch bevor er diesen Vertrauensbruch bereuen konnte, war Almut aufgefahren.

»Geschlagen?«

»In Trunkenheit.«

»Das ist keine Entschuldigung, das ist eine Verschärfung der Tat.«

Maria würden noch heute die Ohren klingeln, befürchtete Marian. Und seinem Vater ebenfalls, wenn er vom Gut zurückkam.

»Alyss tut, was sie kann, Frau Mutter. Und ich halte die Augen offen. Mehr aber, denke ich, wird John of Lynne für sie tun können. Er kennt sich aus im Kreise der Händler und ist durch eine harte Schule gegangen. Er kennt tatsächlich wenig Gnade.«

»John of Lynne. Er reist ab.«

»Und benutzt ähnliche Wege wie van Doorne. Vielleicht

kann er uns irgendwann Beweise bringen. Frau Mutter, die Kerker sind grauenvoll und die Arbeit des Henkers entsetzlich. Und dennoch würde es mir äußerste Genugtuung bereiten, Arndt van Doorne in seinen Händen zu wissen.«

»Mir auch. Aber nun berichte mir, was dein nächstes Forschungsgebiet sein wird. Trine hat Andeutungen gemacht.«

Lächelnd gestikulierte seine Mutter mit den Fingern, und Marian musste schmunzeln. Ja, so mochte Trine sich ausgedrückt haben. Die Wunder der Alchemia wollte er ergründen.

»Ich werde bunte Knallkörper herzustellen lernen – ah, ich darf nicht vergessen, dann auch Frieder in diese Wissenschaft einzuweihen.«

»Die Hühner werden farbenprächtige Eier legen, wenn er diesen Zauber in Alyss' Hof praktiziert.«

»Und Kirschen zu kandieren.«

»Die schlechteste Kunst nicht.«

»Und heilende Salben, berauschende Tränke, Pillen, die die Manneskraft stärken oder den Husten lindern. Oder beides.«

»Es gibt auch dort Fallstricke, Marian. Nimm dich in Acht.«

»Ich weiß, Frau Mutter, das Gift und das Heilmittel liegen eng beieinander.«

Frau Almut stand auf und trat zu ihrem Sohn an den Tisch mit seinen Folianten, Knochen, Wachstäfelchen und Griffeln, um ihm über die glänzenden Locken zu streichen, auf die er heimlich stolz war. Dann aber griff sie zu dem neuen Buch in seinem mattgelben Ledereinband und schlug es auf.

»›Mir haben meine Augen …‹«, las sie laut und sah ihn durchdringend an.

Marian wand sich unter ihrem Blick.

»Ein Geschenk.«

»Sehr einfühlsam, mein Sohn. Ich hoffe, sie ist es wert.«

»Sicher mehr als ein Buch und ein Gedicht.«

»Und weniger als ein Name für mich?«

»Noch nicht, Frau Mutter.«

»Mhm.«

Mist Maria. Oder besser, arme Maria.

Das Buch, in das er zwei der Gedichte aus Alyss' Band mit Minneliedern abgeschrieben hatte, sowie eine Kassette mit Tintenfass, Löschsand, Feder und Federmesser rollte Marian am Samstagnachmittag in ein Stück weißes Leinen und machte sich dann auf den Weg zur Burgmauer. Noch immer verließen Händler und Fuhrleute die Stadt. Zum Eigelsteintor jene, die Richtung Norden wollten, zum Severinstor die, deren Ziel im Süden lag, und zur Hahnenpforte solche, die nach Westen wollten. Auf seinem Weg zur Burgmauer machte er am Dom Halt. Die Arbeiten an der Kathedrale hatten während der Messezeit geruht, die Baustelle wirkte aufgeräumt. Die großen Steinquader harrten der Arbeit der Steinmetze, die sie nach den Vorgaben des Dombaumeisters formen würden. Die Mörtelwannen waren leer, die Öfen, auf denen das Blei geschmolzen wurde, kalt, der quietschende Kran schwieg, und stumm warteten drei Apostel darauf, in ihre Nischen gehoben zu werden. Aber alles in allem strahlte der halbfertige Bau mit seinen filigranen Strebpfeilern und dem kunstvollen Maßwerk der hohen Fenster schon das Versprechen kommender Größe und Vollkommenheit aus. Wie so oft blieb Marian hier stehen und fühlte sich klein und vergänglich gegenüber diesem gewaltigen Vorhaben, das über Generationen und Generationen erst fertiggestellt werden würde. Die Vision der

Baumeister – in solchen Augenblicken konnte er seine Mutter sehr gut verstehen. Auch sie spürte die Macht der Steine und der Geometrie, die vollendete Harmonie der Statik.

Nachdem er sich sattgesehen hatte, schlenderte Marian weiter, ein wenig aufgeregt, doch auch mit einem klaren Ziel vor Augen.

Er brauchte Antworten. Und wenn ihn Gislindis manchmal verspottete, neckte und sicher nie ganz ernst nahm – was immer Alyss helfen würde, so hatte er den Eindruck, würde sie, sofern sie es wusste, preisgeben.

Diesmal hatte er seinen Besuch angekündigt, und so empfing ihn die Schleiferstochter wieder in ihrem adretten Gewand und hatte auch eine Kanne Most und kleine Kuchen bereitgestellt.

»Ihr habt doch Euren Lausejungen wieder, Herr Marian. Was wollt Ihr denn jetzt noch in meinem armseligen Häuschen?«

»Geschenke bringen, meine Liebliche. Und darauf hoffen, Ihr fändet so viel Gefallen daran, dass Ihr mich vom Born Eures Wissens kosten lasst.«

»Ei, große Wünsche für einen kleinen Mann. Doch tretet ein, zumindest von dem Most aus süßen Äpfeln dürft Ihr schlürfen.«

Nach Äpfeln duftete auch der Raum, in dem ein Kaminfeuer fröhlich knisterte, denn in Körben und Schalen lagen rotbackige Früchte. Marian setzte sich an den hell geschrubbten Tisch und ließ sich einen Becher Most einschenken. Das eingewickelte Päckchen legte er neben sich.

»Sind Eure Geschäfte gut gelaufen, fleißige Gislindis? Ich sah Euch am Montag eifrig Münzen zählen.«

»Wir werden über den Winter kommen. Mats hat das Holz bestellt, und die Speisekammer ist gefüllt. Und für ein paar warme Stiefel reicht es auch noch.«

Marian hätte ihr gerne angeboten, auch noch einen dicken Umhang beizusteuern, aber er wollte es nicht wie ein Almosen aussehen lassen. Wenn Gislindis etwas von ihm brauchte, so würde sie es ihm schon sagen. Oder er musste eine List anwenden, damit sie ihn darum bat.

»Und Eure Geschäfte, Herr Marian, wie ist es um die bestellt? Der Knochenbrecher bedarf Eurer Dienste nicht mehr, hörte ich.«

»Der Lehrvertrag ist ausgelaufen.«

»So könnt Ihr es sicher nennen. Und nun lernt Ihr das Mischen zauberischer Kräuter.«

»Ihr versteckt so sorgsam Eure Ohren unter diesem hübschen Schleiertuch, meine Liebliche, aber ich vermute doch sehr, dass sie die Größe von Taufbecken haben.«

Gislindis kicherte.

»Man braucht gar keine großen Ohren, Herr Marian, man sieht und riecht und fühlt und schmeckt, was in der Luft liegt. Wollte Ihr mir Eure Hand reichen, damit ich weitere Botschaften darin erkenne?«

»Was ist der Preis dafür, meine Holde?«

»Mhm – das sage ich Euch, wenn ich gelesen habe.«

»Ein gefährliches Geschäft. Ich weiß nicht, ob ich das eingehen sollte.«

»Habt Ihr Angst?«

»Vielleicht.«

»Vor meinen Worten oder meinem Wünschen?«

Marian verspürte tatsächlich eine gewisse Bänglichkeit.

Aber dann schalt er sich Feigling und streckte seine Linke aus.

Gislindis nahm sie in ihre Hände und strich über die Linien. Versunken saß sie da und ließ ihre Finger spielen, als ob sie wirklich einen schwierigen Text zu entziffern versuchte. Marians Glaube an zauberische Kräfte war nicht besonders tief, Geister und Guhle schreckten ihn nicht, Sprüchen und Formeln, ob heilig oder einem Aberglauben entsprungen, maß er keinen Wert zu, den Reliquien schon gar nicht und auch nicht den Quacksalbern mit ihren Wundertränken. Aber er kannte seine eigene verfluchte Gabe, er wusste um Trines heilende Hände und Alyss' tiefes Verständnis für die Tiere. Er war durchaus bereit anzunehmen, dass auch Gislindis für manche Dinge feinere Sinne hatte als gewöhnliche Menschen.

Und darum hatte er ein wenig Angst vor ihr.

»Aber, aber, Herr Marian. Ich will Euch nichts Übles.«

Eben, weil sie seine Gedanken zu lesen in der Lage war.

Aber er ließ ihr die Hand, und sie versank wieder in ihre Betrachtungen. Schließlich seufzte sie leise.

»Manchmal muss man wohl Umwege gehen, um zum Ziel zu kommen. Aber das wollt Ihr nicht hören. Hören wollt Ihr vermutlich, dass der struppige Handelsgehilfe des Falkners zurückgekehrt ist.«

»Ich höre es, aber ich sehe die Bedeutung nicht.«

»Dann fragt Eure Schwester danach.«

»Das werde ich tun, und, Gislindis, gibt es etwas, womit ich ihr helfen kann?«

»Das, Zwillingsbruder, wisst Ihr selbst am besten.« Und dann grinste sie ihn an. »Oder bringt mir Arndt van Doorne, damit ich seine Hand lesen kann.«

»Besser nicht, meine Schöne. Einen derartigen Dreck sollt Ihr nicht berühren.«

»Dann bringt mir den Falkner.«

»Den werdet Ihr schon selbst überreden können. Doch lange weilt er nicht mehr in Köln, und es wird geraume Zeit dauern, bis er wieder herkommt.«

Gislindis schaute in die Ferne, nun wieder ernst.

»Länger, als Ihr glaubt. Die Reise über das Wasser birgt Gefahren.« Ihre Augen schillerten wie das graue Meer. »Und eine Lösung. Ihr habt nicht umsonst die Heilkunst gelernt, Herr Marian.« Dann ließ sie seine Hand los. »Mehr weiß ich nicht.«

»Das ist genug, um einen stärkeren Mann als mich das Fürchten zu lehren, Gislindis.«

»Was sein wird, wird sein, was kommt, das kommt. Gut ist es, gewappnet zu sein, Herr Marian.« Dann lachte Gislindis wieder und meinte: »Ich höre mich an wie eine Zaubersche, die böse Omen heraufbeschwört. Aber das ist es nicht. Die Zukunft ist voller Wunder.«

»Wie wahr. Und was ist nun Euer Lohn für diese Nachrichten?«

»Was seid Ihr bereit, dafür zu geben?«

Sie schaffte es immer wieder, ihn völlig zu verunsichern. Geld, seinen Liebesdienst, Putz, Wissen …?

»Einen keuschen Kuss?«

»Können Küsse keusch sein?«

»Ich kann es versuchen.«

»Dann probiert es, Herr Marian.«

Ihre Augen funkelten vor Mutwillen, als er sich erhob und zu ihr trat. Dann beugte er sich zu ihr hinunter und berührte sanft ihre lächelnden Lippen. Sie schmeckten nach Äpfeln und Mandeln. Süß und warm. Er riss sich los.

»Ja, das war ein hübscher Lohn, Herr Marian. Die Währung gefällt mir.«

»Wünscht Ihr eine Draufgabe?«

»Wünscht Ihr?«

»Ja.«

»Nicht alle Wünsche gehen in Erfüllung. Was ist in diesem Päckchen verborgen?«

»Nun, Ihr habt mir letzthin etwas versprochen, schöne Gislindis.«

»Ich habe Euch Versprechungen gemacht?«

»O ja, Ihr wolltet mir das Geheimnis verraten, auf welche Weise Ihr in den Linien der Hand zu lesen versteht, wenn ich Euch das richtige Geschenk bringe.«

»Und dies hier soll es sein?«

»Dies, und mein Versprechen, Euch zu lehren, wie man damit umzugehen hat.«

»Mh!?« Es war ein kleiner spitzer Laut, der Marian belustigte. Dann aber schaute er mit bebender Neugier zu, wie sie das Band aufknüpfte und das Tuch auseinanderfaltete.

»Oh.«

Flink klappte sie den Deckel der Kassette auf und starrte Tintenfass, Federn, Löschsand und Messerchen an. Dann schob sie das Schreibkästchen neben sich und betrachtete das Buch. Ehrfürchtig strichen ihre Finger über die verschlungenen gepunzten Linien, die Blüten und Blätter darstellten.

»Ihr könntet es aufschlagen.«

»Ja. Ja, könnte ich.« Aber noch bewunderte sie den Einband.

Dann fasste sie offensichtlich Mut und klappte den Buchdeckel auf.

Auf die erste Seite hatte Marian ihren Namen geschrieben, und den konnte sie sofort lesen.

Sie strahlte ihn ob dieser Leistung an.

»Zeigt mir Eure Kunst an dem Text auf der nächsten Seite, kluge Gislindis.«

Sie blätterte um und betrachtete die in Schönschrift niedergelegten Zeilen. Mit dem Zeigefinger berührte sie das erste Wort.

»M i r… Mir h a b e n… Mir haben mei… ne… Oh, das kenne ich. ›Mir haben meine Augen gewählt einen jungen Mann.‹ Das Gedicht hat mir Frau Alyss vorgelesen. Und Ihr habt es mir geschenkt. Geschrieben, in Buchstaben. Oh, wie schön.«

Gislindis sprang auf, tanzte mit wehenden Röcken im Raum herum und kam dann zu Marian zurück, schlang ihren Arm um seinen Hals und legte sanft ihre Lippen an die seinen.

Dann ließ sie ihn los und lächelte: »Seht, manche Wünsche gehen doch in Erfüllung.«

»Ist es das rechte Geschenk?«

»Ja, Herr Marian.«

»Dann nehmt Ihr auch die zusätzliche Gabe an – dass ich Euch den Umgang mit Tinte und Feder lehre?«

»Das wollt Ihr für mich tun?«

»Ja, meine Schönste. Jeden Samstag eine Stunde. Und in der Woche schreibt Ihr den Text ab, den ich Euch gebe. Nächste Woche fangen wir an. Heute müsst Ihr Euren Handel erfüllen und mich lesen lehren.«

»Einverstanden. Dann setzt Euch, Herr Marian.«

Er nahm neben ihr Platz, was sie ihm nicht verwehrte, und zeigte auf ihre eigene Hand.

»Die Linien haben jede ihre eigene Bedeutung. Ich kenne sie, doch für mich ist zunächst die ganze Hand ein Bild. Ist sie rau oder weich, feucht oder trocken, sauber oder schmutzig, narbig oder glatt? Wie sehen die Nägel aus, wie verlaufen die Adern, wie schlägt der Puls am Handgelenk?«

Marian hörte zu, wie sie von den Linien sprach, die über das Leben, die Liebe, den Verstand, die Geschäfte und vieles andere mehr Auskunft gaben.

»Aber alles das lest Ihr nicht, wenn Ihr Antworten auf die Fragen gebt, die Euer Gegenüber noch gar nicht gestellt hat.«

»Seht Ihr, Herr Marian, das ist ein anderes Geheimnis. Und das tausche ich nur gegen eines von Euch ein.«

»Ich habe keine Geheimnisse zum Tauschen.«

»O doch. Ein anderes Mal. Jetzt will ich Buchstaben lesen. Ja, ich will lesen.«

»Dann sollte ich Euch nun alleine lassen.«

»Wenn Ihr so nett wäret.«

Gislindis stand auf und begleitete ihn zur Tür. Dort aber drückte sie ihm noch einen glänzend polierten, leuchtend roten Apfel in die Hand.

Verwirrter, als er zugeben mochte, wandte Marian seine Schritte zum Haus seiner Schwester.

Und hier nahm er mit noch größerem Erstaunen die Kunde wahr, dass die Brautkrone sich wieder in ihrem Besitz befand.

»Johns struppiger Diener sei zurückgekehrt, sagte Gislindis«, murmelte er.

»Er wird ihn ausgeschickt haben, die Krone zu holen. Gott

weiß, woher«, antwortete Alyss. »Aber jetzt habe ich das vollständige Verzeichnis meines Brautschatzes angelegt, und am Montag werde ich sie Magister Jakob übergeben.«

»Gut so!«

»Morgen nach der Messe möchte ich die Familie zum Essen bei mir haben. Ich hörte, Vater unser ist vorhin zurückgekehrt.«

»Ich werde es ausrichten.«

39. Kapitel

Hilda und Lauryn hatten in der Küche gewerkelt und ein wahres Festmahl zubereitet. Auf dem Spieß steckten drei Hühner, im Kessel köchelte eine cremige Fischsuppe, die nach Kräutern duftete, in zwei weiteren Töpfen simmerten eine Safransoße und eine Zwiebelsoße, Brotfladen aus weißem Mehl kühlten in Körben ab, und das Aroma von Backäpfeln, Zimt und Nelken empfing die Gäste.

Frieder und Tilo versahen den Tischdienst, und höchst zuvorkommend wurden Almut und Ivo vom Spiegel die besten Stücke vorgelegt. Mit leiser Belustigung bemerkte Alyss, dass Magister Hermanus, der zu einem Tischgebet ansetzen wollte, mit einem kurzen, strengen Blick aus den Augen des Allmächtigen zum Schweigen verdonnert wurde. Ihr Vater selbst sprach den Tischsegen, dann widmete man sich dem Schmaus. Neben ihren Eltern waren Marian, Merten, John und Catrin anwesend, und die Unterhaltung floss freundlich zwischen den Gängen um den Tisch. Frieder erkundigte sich nach den Angelegenheiten des Gutes, Lauryn bekam Auskunft, dass es ihren Eltern, den Pächtern von Villip, wohl erging und ihre jüngeren Geschwister gesund seien, Merten fragte nach der Herbstjagd, der etliche Wildschweine zum Opfer gefallen waren, John erkundigte sich bei Frau Almut nach der Qualität der diesjährigen burgundischen Weine, Tilo sprach mit kaum unterdrückter Aufregung von seinen Reisevorbereitungen, Catrin berichtete über ein neues Werk höfischer Dichtung, das Frau Clara für den Konvent erworben hatte, Leocadie saß mit traurigen Augen da und Hermanus mampfte stumm.

Alles in allem verlief das Mahl in großer Harmonie. Die Speisen waren samt und sonders gelungen, und die Haushälterin erhielt das ihr gebührende Lob.

Erst als die letzten Bratäpfel mit Mandelsoße vertilgt waren und nur noch die Kannen mit warmem Wein auf dem Tisch standen, widmete man sich den ernsteren Angelegenheiten.

»Herr Vater, als wir vor drei Wochen bei Euch zu Gast waren, habt Ihr Ritter Arbos Werbung abgelehnt«, betrat Alyss mutig das schwierige Gebiet.

»Ich habe sie nicht abgelehnt, er hat sie gar nicht erst ausgesprochen, Tochter.«

»Das ist allerdings richtig, Schwester mein«, sagte Marian leise.

»Gut, nun will ich es anders sagen, Herr Vater. Auf Grund einer nicht bewiesenen Anschuldigung habt Ihr Ritter Arbos Werbung nicht angehört, sondern ihn des Hauses verwiesen.«

»So ist es. Aber nicht wegen der Anschuldigung, meine Tochter, wie du sehr wohl weißt. Aber du möchtest auf etwas anderes hinaus, nehme ich an.«

»Ja, Herr Vater. Leocadie wurde mir von ihren Eltern anvertraut, und ich fühle mich für ihr Wohlergehen verantwortlich. Ritter Arbo von Bachem hat ihr mit meiner Erlaubnis den Hof gemacht und in uns allen die Vorstellung geweckt, dass seine Neigung zu ihr sehr ernsthafter Natur war. Er hat bei mir vorgesprochen und nachgefragt, ob seine Werbung bei Euch günstig aufgenommen werden könnte.«

»Hat er das? Und du hast ihn ermutigt, Tochter?«

»Ich sah einen ehrenhaften Mann vor mir.«

»Als der er sich nicht erwiesen hat.«

Leocadie schluchzte leise auf.

»An jenem Tag nicht, Herr Vater. Aber das ist nicht mein Anliegen. Mir geht das Herzeleid nahe, das euer beider Verhalten ausgelöst hat.«

»Das Kind wird daran nicht sterben.«

»Nein, wahrscheinlich nicht. Herzen sind heilbar, auch wenn Narben bleiben. Aber Herzschmerzen, Herr Vater, verlangen nach Linderung. Und Leocadie sieht diese Linderung darin, dass sie ihr Leben Gott weihen und im Kloster leben möchte. Die Klarissen wären ihre Wahl.«

In der nachfolgenden Stille wisperte Marian Alyss zu: »Du hast ein Talent für dramatische Aussagen.«

Ivo vom Spiegel zeigte zunächst keine Regung, dann aber wandte er sich an die verstört aufblickende Leocadie und sagte in sehr ruhigem Tonfall: »Du musst von Witz und Sinnen sein, Kind. Es kommt überhaupt nicht in Frage, dass du in ein Kloster eintrittst.«

»Aber Ihr selbst…«

»Leocadie, ich rate dir, nicht weiterzusprechen«, mahnte Frau Almut. »Der Herr vom Spiegel hat gesagt, was gesagt werden muss. Halte dich daran.«

Und Marian ergänzte pathetisch: »›Denn wenn er spricht, so geschieht's; wenn er gebietet, so steht's da‹, wie es in den Psalmen heißt.«

Alyss wandte sich an Leocadie, die mit bebender Unterlippe von dem einen zum anderen schaute.

»Ich habe dir bereits gesagt, Leocadie, dass das die Antwort sein wird. Aber nun höre, was ich an anderer Stelle in die Wege geleitet habe. Und ich bitte Euch, Herr Vater, mir ebenfalls wohlwollend Euer Ohr zu neigen.«

»Tue ich das nicht immer, Tochter?«

»Wenn es Euch gefällt, Herr Vater.«

Ivo vom Spiegel brummte.

»Ich habe Frau Gerlis, die Schwester von Ritter Arbo, um Hilfe gebeten. Sie hat mir Antwort gesandt, und vielleicht kann sie für Linderung sorgen. Sie wird in der Adventszeit wieder hier in Köln bei ihren Verwandten weilen. Du bist herzlich eingeladen, Leocadie, sie zu besuchen. Sie ist eine sehr freundliche, sehr belesene und überaus geistreiche Frau.«

Alyss sah ihren Vater an, und der nickte zustimmend. Leocadie schnupfte und trocknete ihre Tränen.

»Zudem hat sie mir mitgeteilt, dass Ritter Arbo von Bachem an den Hof unseres Königs Rupert bestellt worden ist. Er leistet seinen Dienst derzeit in Heidelberg. Aber wie es aussieht, hat ihn der König beauftragt, den Gesandten an den englischen Hof zu begleiten, um die leidige Mitgiftfrage zu lösen. Eine hohe

Ehre, will mir scheinen. Und auch ein Grund, warum der Ritter sich zu den Vorwürfen derzeit nicht melden kann.«

»Nach England!« Leocadies Stimme zitterte. »Aber das ist ja endlos weit fort!«

Tilo schnaufte zutiefst gekränkt auf.

»Leocadie, das ist kein Barbarenland. Ich breche morgen ebenfalls nach England auf. Und Master John macht mehrmals im Jahr diese Reise!«

»Damit hat er recht, Maid Leocadie. Es ist eine weite, aber keine wirklich beschwerliche Reise, und für die Gesandten des Königs vermutlich sogar bequemer als für uns Kaufleute«, erklärte auch John gutmütig.

»Aber die Piraten und die Stürme und die Wegelagerer, von denen Ihr berichtet habt…«

»Leocadie, Arbo von Bachem ist ein Ritter. Er hat in Schlachten gekämpft und weiß sein Schwert zu führen. Reiß dich zusammen, Mädchen. Er soll nichts anderes tun, als am Hofe eines anderen Königs zu verhandeln.«

Auch Alyss wurde ungeduldig mit der jammernden Jungfer.

Leocadie sackte wieder in sich zusammen.

»Ich glaube, Kind, die Zeit wird auch für dich alles einrenken«, ließ sich Frau Almut vernehmen. »Bete für seine sichere Heimkehr, unterhalte dich mit seiner Schwester und überlass es dem Ritter, den rechten Weg zu dir zu finden. Aber lass diesen dummen Gedanken an das Kloster fahren. Sonst sehen wir uns gezwungen, dich nach Burgund zurückzuschicken. Deine Eltern werden schon einen passenden Gatten für dich finden.«

Weit entfernt, Trost in diesen Worten zu finden, heulte Leocadie laut auf und stürmte aus dem Saal.

»Meine Güte, was für eine Heulsuse!«, stöhnte Frau Almut.

»›Es ist kein Leiden so groß wie Herzeleid‹, sagt schon Jesus Sirach«, murmelte Alyss mit mehr Verständnis, als sie zugeben wollte.

»Belassen wir es dabei.« Ivo vom Spiegel wirkte milde verärgert. »Falkner, Ihr habt ein Wort gegeben. Morgen reist Ihr ab. Habt Ihr es gehalten?«

»Ja, my Lord.«

Der Herr sah Alyss an, und sie nickte.

»Und?«

Da John keine Antwort geben wollte und sie nicht konnte, übte Alyss sich in Diplomatie und gab dem Thema eine neue Richtung.

»Ich habe eine Liste mit den Bestandteilen meiner Mitgift aufgestellt, Herr Vater. Morgen werde ich Magister Jakob konsultieren. Er hat mir geraten, die Brautschatzfreiung vor dem Rat zu beantragen.«

»Wozu das, Kind?«

»Ich möchte Geschäft und Haushalt getrennt wissen.«

Die noch immer schwarzen Brauen des Herrn vom Spiegel zogen sich auf seiner Stirn zusammen, und unter ihnen traf ein scharfer, grauer Blick ihr Gesicht, das sie möglichst ausdruckslos zu halten versuchte.

»Gibt es einen Anlass dazu, Tochter?«

»Ich habe es ihr geraten, Herr Vater«, sprang Marian in die Bresche. »Man macht es in Venedig so, und ich fand es nützlich.«

Der durchdringende Blick traf nun auch Marian.

»Nützlich – oder notwendig?«

»Nützlich, Herr Vater, weil ich auch mein eigenes Geschäft führe«, erklärte Alyss.

»Was hat das mit der Brautkrone zu tun, Tochter?«

Verflixt, ihr Vater hatte Zähne wie ein Bullbeißer, wenn er hinter einer Sache her war.

»Sie gehört zu meiner Mitgift dazu, und jetzt, da ich sie wiederhabe, scheint mir der Zeitpunkt richtig.«

»Jetzt ist der Zeitpunkt, an dem dein Gatte nicht hier ist und dementsprechend keine Kenntnis von deinem Vorhaben hat.«

Und er traf auch immer genau den wunden Punkt. Alyss bemühte sich weiter um Gelassenheit.

»Er hat in der Angelegenheit, soweit ich es verstanden habe, kein Mitspracherecht.«

Das Gewitter zog sich über ihrem Kopf in schwarzen Wolken zusammen. Eine Weile braute sich die Finsternis dumpf schweigend zusammen, dann fuhr der Blitz auf sie hernieder.

»Wer«, donnerte der Allmächtige, »hat die Krone geraubt?«

Alles hielt den Atem an.

Und plötzlich griff sich Ivo vom Spiegel an die Brust. Seine Lippen wurden blau, sein Atem ging röchelnd. Er sackte auf seinem Sessel zusammen. Frau Almut sprang auf, hielt ihn an den Schultern. Marian war an seiner Seite, unterstützte sie. Alyss fauchte die Anwesenden an: »Raus, alles raus hier! Frieder, zu Trine. Die Herztropfen. Schnell!«

Und dann half sie ihrer Mutter und Marian, ihren Vater zwischen zwei zusammengeschobene Sessel zu betten, holte Pelzdecken und Polster herbei, löste seine Gürtel. Marian hielt ihn aufrecht, Frau Almut öffnete seinen Talar am Hals.

»Atmet weiter, auch wenn es schmerzt, Herr Vater. Weiter atmen«, flehte Marian und kniete neben ihm nieder. Seine Hände suchten das Herz unter dem Stoff und drückten sich fest auf seine Brust. Alyss beobachtete, wie sich in ihres Bruders Gesicht die Qual ihres Vaters widerspiegelte. Aber nicht nur die der Schmerzen, die er spürte, sondern auch die seiner Hilflosigkeit.

»Ich Idiot habe Geburtshilfe und Knochenrenken gelernt. Warum weiß ich jetzt nicht, was zu tun ist?«, keuchte er.

»Weil du nicht alles auf einmal kannst.«

Alyss legte den Arm um ihre Mutter, die blass und leicht schwankend neben ihr stand.

»Sein Vater – er hatte auch einen Herzanfall, als ich ihn kennenlernte. Er … er wurde wieder gesund.«

»Auch wieder …«, keuchte Ivo vom Spiegel.

»Psst, Herr Vater. Natürlich. Ihr seid noch immer voller Kraft. Die Schmerzen werden vergehen.«

»Wird mir büßen …«

»Das wird er mit Gewissheit. Aber nun schweigt und atmet.«

Alyss führte ihre Mutter zu der Bank am Fenster und drückte sich selbst die eine Hand auf den Magen, der sich in ihrem Leib vor Angst zu drehen begonnen hatte. Eine Weile lauschten sie den schweren Atemzügen und achteten auf die blauen Lippen des Herrn vom Spiegel. Erleichterung durchflutete Alyss, als sie sehr bald darauf das Trampeln auf der Treppe hörte. Frieder stürmte herein, gefolgt von Trine. Sie schlitterte über den Boden, fiel vor dem Kranken auf die Knie, schob Marians Hand beiseite und legte ihre Hände auf das widerspenstige Herz. Mit geschlossenen Augen lauschte die Taubstumme auf das, was nur sie wahrnehmen konnte, dann hob sie ihre Hände, lächelte Frau Almut an und machte ein paar kleine Gesten. Alyss sah, wie sich die Spannung in den Zügen ihrer Mutter löste.

»Ja, Trine, er hat ein gutes Herz. Das hast du schon immer gesagt.«

Frieder hatte inzwischen einen Becher mit den Tropfen aus der Phiole gefüllt, und mit sanfter Hand halfen Marian und Trine dem Herrn vom Spiegel, die Arznei zu trinken. Sie zeitigte schnelle Wirkung. Das Blau der Lippen schwand, sein Atem ging leichter.

Eine Stunde später hatten Sesselträger ihn vorsichtig nach Hause gebracht, von Marian, Trine und Frau Almut begleitet, und Alyss, obwohl sie aufgewühlt und erschüttert war, versuchte ihr Hauswesen zu beruhigen.

Am nächsten Morgen kam Marian schon vor der Terz vorbei und brachte ihr die Nachricht, dass ihr Vater sie zu sprechen wünschte.

»Es geht ihm erstaunlich gut, Schwesterlieb. Er knurrt schon wieder herum, unsere Mutter würde ihn verzärteln. Dabei zitiert sie nur Jesus Sirach – von den Leuten, die den Ärzten in die Hände fallen sollen.«

»Ei wei! Und was will er von mir?«

Sie hängte bereits die Schürze an den Wandhaken und warf sich das dicke Wolltuch über.

»Über die Brautschatzfreiung reden. Ich glaube, er ist damit einverstanden.«

»Es tut mir so entsetzlich leid, Marian, dass er sich so sehr aufregen musste.«

»Wir hätten es nicht vermeiden können, Alyss, er ist ein so verdammt kluger Kopf.«

»Ja, er zieht entsetzlich schnell seine Schlüsse.«

Sie verließen das Haus und gingen eiligen Schrittes Richtung Alter Markt.

Ivo vom Spiegel empfing sie in seinem Turmzimmer, doch war er wie üblich in seinen Talar gekleidet und saß aufrecht in seinem Sessel am Fenster, einen Folianten auf seinen Knien.

»Ich verstehe nicht, Herr Vater, dass Ihr nicht gleich heute wieder im Kontor arbeitet«, begrüßte Alyss ihn.

»Hätte ich getan, würde deine Mutter nicht solches Getue um mich machen.«

»Ja, es ist schrecklich, umsorgt zu werden. Ich kenne das. Grässlich, wenn man beispielsweise Fieber hat und ständig jemand an seinem Bett sitzt und einen mit kalten Umschlägen traktiert.«

»Hätte das je einer bei dir getan, Tochter?«

»Ja, Herr Vater. Ihr.«

»Mhm.«

Alyss zwang sich zu lächeln und zog sich einen Schemel an seine Seite.

»Ihr wolltet mich sprechen, Herr Vater.«

»Ja, Kind, das wollte ich. Ich hatte etwas Zeit heute Nacht, um über das eine oder andere nachzudenken.«

»Ihr hättet besser geschlafen.«

»Meinte deine Mutter auch. Indes, der lange Schlaf kommt noch früh genug, und es gibt Angelegenheiten zu regeln. Dieser Magister Jakob scheint ein fähiger Jurist zu sein.«

»So sagt sein Ruf.«

»Er wird die Brautschatzfreiung ordentlich vorbereiten.«

»Das nehme ich an. Ich vertraue ihm.«

»Vorsicht muss man immer walten lassen. Aber gehen wir

davon aus, dass er weiß, was er tut, Kind, so muss doch noch immer der Rat dem Antrag zustimmen.«

»Ja, das ist die Voraussetzung. So hat er es mir erklärt.«

»Im Rat sitzen einige ... unbewegliche Geister.«

»Der Herr hat die Gaben nach seinem Wunsch verteilt.«

»Richtig. Sollten sie Schwierigkeiten haben, dem Antrag zuzustimmen, wünsche ich, dass du mir Bescheid gibst.«

»Nein, Herr Vater. Das ist eine Angelegenheit, die ich selbst regeln möchte.«

»Sei nicht stur, Tochter.«

»Ich bin nicht stur, Herr Vater. Nur kann ich mich nicht immer hinter Eurem Rücken verkriechen.«

Ivo vom Spiegel nahm überraschenderweise ihre Hand. Sie hatte erwartet, dass er ob ihrer Widerworte grollen würde, doch stattdessen sagte er: »Alyss, ich habe den großen Fehler gemacht, dich gegen Almuts Willen diesen verdammten van Doorne heiraten zu lassen. Mein Herz hat mich gewarnt, spät erst, aber noch nicht zu spät, diesen Fehler wiedergutzumachen. Gestatte es mir, mein Kind.«

Alyss spürte die Tränen aufsteigen. So lange hatte sie alleine ihre Last getragen, geschwiegen gegenüber den zwei Menschen, die sie auf der Welt am meisten liebte. Ja, ihres Vaters Herz hatte ihnen allen eine Warnung ausgesprochen.

Sie ergriff die Hand, die die ihre bedeckte, und küsste sie.

»Danke, Herr Vater.«

»Gib dem Notarius deine Aufzeichnungen und schicke ihn dann zu mir. Ich will ihm den einen oder anderen Rat erteilen. Und nun, Kind, muss ich auf Befehl deiner Mutter ruhen.«

»Dann gehorcht ihr, sonst zitiert sie wieder die Heilige Schrift.«

»Eine Plage, dieses Weib.«

»›Lass deiner Frau keine Gewalt über dich, damit sie nicht über dich Herr wird‹, so mahnt uns schon der weise Sirach.«

»Geh mir aus den Augen!«, grollte der Herr, und Alyss befolgte seinen Befehl mit einem kleinen Kichern.

Es hatten sich nämlich wieder kleine Fältchen um die Augen ihres Vaters gebildet.

40. Kapitel

John of Lynne betrachtete seinen struppigen Diener mit einem Grinsen.

»Dir scheint es großes Vergnügen zu machen, meinen Aufträgen nachzukommen.«

»Diesem, Master, diesem. Die Gänsehirtin hat mir zugesagt, dass die vier Exemplare von ausgesuchter Qualität sind, jedoch das männliche ein wenig … grillenhaft.«

»Grillenhaft? Nun, wir werden sehen. Und die anderen Aufträge …?«

»Erledigt, Master. Ich treffe in Kleve auf Euch, wenn die Ladung vom Schiff auf die Karren verladen wird. Hoffen wir, dass Euer Begleiter genug mit den neuen Eindrücken beschäftigt ist und einem ungehobelten Handelsknecht keine Aufmerksamkeit schenkt.«

»Er wird mit seinen neuen Sprachkenntnissen angeben und sich freuen, dich damit zu beeindrucken.«

»Gut denn. Ich begleite Euch bis Deventer und danach …«

»Bleibst du dort und wickelst meine Geschäfte ab. Den Jungen nehme ich mit nach London und führe ihn im Gildehaus ein. Damit vermeiden wir weitere Komplikationen. Und nun sag mir, wo ich den grillenhaften Vogel und seine Kebsen finde.«

John machte sich, nachdem er eine genaue Beschreibung erhalten hatte, beinahe unangemessen vergnügt auf den Weg, sein Abschiedsgeschenk für Mistress Alyss zu erwerben. Es drückten ihn zwar noch eine ganze Reihe von Sorgen, denn so viele Fäden, die er in der Hand hielt, wiesen noch lose Enden auf, aber da er sich angewöhnt hatte, sich auf das Naheliegende zu konzentrieren und den Herausforderungen der Zukunft dann zu begegnen, wenn sie greifbar wurden, konnte er seinen Seelenfrieden an diesem kalten, sonnigen Montagmorgen genießen.

Die Verhandlung mit der Gänsehirtin verlief dann auch in heiterer Atmosphäre, und das kecke Mädchen erhielt neben einem Beutel Münzen auch einen herzhaften Kuss als Dreingabe. Herzhaft, nicht süß oder gar feurig. Der Gänserich hingegen verhielt sich weit weniger entgegenkommend als die Maid. Er war ein Prachtvogel, mit breiter weißer Brust und einem infernalischen Fauchen, kämpferisch und eigensinnig. Die Gänsehirtin hatte ihm ein breites Lederband um den langen Hals gewickelt und mit einem weiteren seine drei Damen an ihn gebunden. Widerwillig, doch dem Zwang gehorchend, folgte die kleine schnatternde Schar ihrem neuen Besitzer vom Perlengraben durch die Straßen der Stadt Richtung Witschgasse, wo sie ihr neues Zuhause finden sollten.

Es machte John wenig aus, dass er dabei zum Gespött der Wäscherinnen und Gassenjungen wurde, die nicht mit guten Ratschlägen und derben Witzen geizten. Er zahlte es ihnen in gleicher Münze heim, sodass er sich bald auch von einem kleinen Gefolge umgeben sah. Ein Geschöpfchen erkannte er unter den Lumpenkindern. Mistress Alyss hatte sie ihm vor kurzem gezeigt – die rothaarige Lore, die kichernd weghüpfte, wann immer der Gänserich mit seinem harten Schnabel nach ihr haschte.

»Maid Lore«, sprach er sie an, als sie kurz vor dem Haus von van Doorne angekommen waren.

»Ihr kennt mich, wohledler Herr Gänsehirt?«

»Du kennst mich doch auch, oder nicht?«

Lore schniefte und wischte sich die Nase am Ärmel ab.

»Ihr seid dä Frau Alyss ihrn Schmuusbüggel!«

John hatte noch immer einige Schwierigkeiten mit gewissen Vokabeln, aber er ahnte, dass die Maid hier eine unbillige Feststellung gemacht hatte, und versuchte, sie zu korrigieren.

»Ich bin ein ehrbarer Kaufmann, Maid Lore, und tätige Geschäfte mit Mistress Alyss.«

»Sacht Ihr.«

Das Grinsen in ihrem schmuddeligen Gesicht war mehr als zweideutig, und John erwiderte es mit Herzlichkeit. Die Kleine gefiel ihm, und er beschloss, sie für seine Zwecke zu zähmen.

»Kannst du mit Gänsen umgehen?«

»Wenn sie gebraten sind.«

Der Gänserich wagte wieder einen zischenden Ausfall in ihre Richtung, und sie hieb ihm mit Schwung auf den Schnabel. Er zog sich beleidigt zurück.

»Sieht aus, als kämst du auch im rohen Zustand mit ihnen klar.«

»Man muss ihnen nur zeigen, wer der Herr ist, Herr.«

»Ganz richtig. Ich habe eine Aufgabe für dich, Maid Lore.«

»Hab Aufgaben genug.«

»Diese hier würde aber gut entlohnt.«

Misstrauisch schaute das Mädchen von unten zu ihm hoch. Sie war klein und spillerig und reichte ihm kaum bis zur Brust.

»Jeden Montag und jeden Donnerstag ein warmes Essen bei Mistress Alyss, wenn du dich um die Gänse kümmerst.«

»Kann die wohledle Frau das nicht selbst?«

»Könnte sie bestimmt, aber sie hat viel zu tun.«

»Mhm.«

Lore schien zu überlegen, ob sie diese Tätigkeit in ihrem Zeitplan unterbringen konnte. Es schien wohl so.

»Aber ich will auch Käferwecken.«

»Was immer das ist, wirst du mit Mistress Alyss aushandeln müssen.«

»Na gut. Dann gebt her, ich treib die Vögel rein.«

»Das machen wir zusammen. Ich will mich von Mistress Alyss verabschieden.«

»Ihr geht weg?«

»Nach England zurück.«

Lore legte den Kopf schief und nickte dann.

»Ich soll nicht die Gänse hüten, sondern die wohledle Frau, was?«

»Wenn du ein Auge auf sie hättest …«

Ein paar Silbermünzen schimmerten in Johns Hand auf, und die Kleine nickte.

»Wenn was is mit ihr?«

»Sagst du es Bader Pitter oder Susi.«

»Ah, klar.«

John ruckte wieder an dem Lederband, und der Gänserich hackte nach ihm. Aber dann gab er dem Drängen nach und stolzierte, seine drei Gevatterinnen schnatternd hinter ihm, durch die Toreinfahrt.

Sie wurden lautstark begrüßt. Benefiz kläffte, Herold krähte protestierend, Jerkin gab einen heiseren Schrei von sich, Malefiz schoss davon, und Magister Jakob fiel die Brille von der Nase. John gab sich lässig, und als die Hausherrin ihr Staunen aus dem Gesicht verbannt hatte, erklärte er vergnügt: »Euer Geschenk, Mistress Alyss, wie Ihr gewünscht habt.«

»Ich? Ich hätte mir Gänse von Euch gewünscht?«

»Aber ja, Mistress Alyss. Sie wären Euch genehmer als ein Pelzjäckchen, behauptetet Ihr. Vor allem solche, die goldene Eier zu legen in der Lage seien.«

Es zuckte um ihre Mundwinkel, und zufrieden stellte er fest, dass sie Mühe hatte, ihr Lachen zu unterdrücken.

»Legen sie goldene Eier?«

»Man versicherte es mir. Bringt sie zurück, sollten sie es nicht tun.«

Magister Jakob machte einen ungewöhnlich behänden Satz zur Seite, als der Gänserich ihn angiftete, und bestätigte: »Wenn eine Ware nicht der gebotenen Qualität entspricht, seid Ihr befugt, das Geld oder Tauschgut zurückzuverlangen, das dafür gegeben wurde.«

»Na, das beruhigt mich aber.«

»Wendet Euch an mich, Frau Alyss, sollte das Ergebnis des

Eierlegens nicht Euren Wünschen entsprechen. Und nun gehabt Euch wohl, ich habe Aufgaben zu verfolgen.«

John sah dem Notarius nach. Der Mann gefiel ihm. Er übergab Lore das Band, mit dem die Gänse aneinandergefesselt waren, und erklärte Mistress Alyss die Vereinbarung, die er getroffen hatte. Sie schien einverstanden zu sein, und auch das freute ihn für die kleine Maid.

Manche Fäden konnte er also doch noch verknüpfen.

»Ihr habt den Magister mit Aufgaben betraut, Mistress Alyss?«, fragte er dann. »Er wirkte erfreut darüber.«

»Das wird sich weisen. Er hat eine Aufstellung der Werte meiner Mitgift erhalten und wird nun im Rat um Brautschatzfreiung für mich ansuchen.«

»Klug, doch auch gefährlich.«

»Ja, wenn Arndt van Doorne zurückkehrt, wird er… nicht erfreut sein.«

Die kalte Wut, die John immer zu ergreifen drohte, wenn der Name des Weinhändlers fiel, wallte auch jetzt in ihm auf. Er unterdrückte sie und gab sich den Anschein heiterer Unbekümmertheit.

»Ihr habt einen strammen Gänserich an Eurer Seite. Und nun, Mistress Alyss, verabschiede auch ich mich.«

»Dann reist mit Gott, Master John. Und kommt gut… heim.«

»Ja, my Mistress. Das will ich tun. Lebt wohl.«

Er verbeugte sich, und sie neigte ebenfalls ihr Haupt. Aber sie begleitete ihn nicht in die dunkle Toreinfahrt. Und auch wenn er es bedauerte, so konnte er es doch verstehen. Augen und Ohren sahen und hörten viel zu viel. Und was immer er gerne getan hätte, es würde ihre Lage nur noch schwieriger machen.

Dann stand er wieder auf der Gasse, aber er konnte sich nicht entschließen, sofort zum Hafen hinunterzueilen. Einen kleinen Moment verweilte er beim Anblick des Hauses. Bis zum ersten Stock war es in Stein gebaut, darüber erhob sich weiß getünchtes Fachwerk und ein hohes, von grauen Schieferleyen gedecktes Dach. Die runden Butzenscheiben der Fenster glitzerten im Sonnenlicht, eine Rauchfahne schwebte über dem Schornstein. Es war kein großartiges Haus. Das seine, vollständig aus grauem, kostbarem Granit gemauert, die Fenster hoch und mit Maßwerk verziert, mit zwei Türmen und Erkern versehen, würde der Baumeisterin in Lady Almut gefallen. Seine Kühle sie aber sicher auch abstoßen. Doch dieses Haus hier strahlte das Leben aus, das dem seinen so erbärmlich fehlte. Hier waren Lachen und Weinen, Fröhlichkeit und Herzeleid, Übermut und Mütterlichkeit zu Hause, hier schliefen Hund und Katze bei ihrer Herrin im Bett, hier roch es nach frischem Brot und süßen Kräutern, es erklangen Lieder, kleine Verse, wilde Geschichten. Hier wurden Geschäfte gemacht und Wein angebaut, Zankereien ausgefochten und sich wieder versöhnt, Wunden versorgt und Trost gespendet, Garstigkeiten bestraft und Freundlichkeit belohnt.

Ja, in dieses Haus würde er gerne heimkehren.

41. Kapitel

John war mit Tilo seit einer Woche fort, die letzten Händler, die die Messe besucht hatten, abgereist, und das Leben ging seinen gemächlichen Gang. Das Hauswesen war ebenfalls ruhig geworden, sah man von den kriegerischen Ausfällen zwischen Herold, dem schwarzen Hahn, und dem Gänserich ab. Alyss vermisste den ruhigen Tilo ein wenig; er hatte sich in seiner stillen, gründlichen Art im Kontor sehr nützlich gemacht. Hedwigis vermisste sie nicht so sehr. Leocadie hatte inzwischen ein wenig Haltung zurückgewonnen, und das Gebetbuch wurde nicht mehr ganz so häufig mit Tränen benetzt.

Ihrem Vater ging es wieder recht gut, aber der Schrecken über seinen Herzanfall steckte ihr und Marian noch in den Gliedern. Immerhin hatte sein Einfluss dazu geführt, dass Magister Jakob mit der Brautschatzfreiung Fortschritte gemacht hatte. Es gab wohl noch einige Stimmen im Rat, die über die Dreistigkeit von Weibern murrten, die es wagten, gegen die gottgewollte Munt der Männer über sie aufzubegehren. Aber die mochten auf die eine oder andere Weise noch bekehrt werden.

An diesem Nachmittag wollte Frau Greta vorbeikommen, und sie traf dann auch mit ihrem Sohn an der Hand ein und legte Alyss einen Packen sehr schöner Pelze auf den Tisch. Sie hatte sich inzwischen auch wieder beruhigt und, wie sie berichtete, bereit erklärt, Kilian nach Weihnachten der Obhut eines gestrengen Lehrers zu überlassen.

Frieder und Lauryn erklärten sich bereit, auf den Jungen aufzupassen, während Alyss und Frau Greta im Saal einen Schwatz hielten.

Als die Glocken die Non kündeten, fand Alyss jedoch, dass der Höflichkeit Genüge getan war, und ihre Besucherin begann, sich umständlich zu verabschieden.

Als sie und Kilian endlich gegangen waren, hüllte sie sich in ihren Umhang, um sich im Weingarten das Geplapper aus den Ohren pusten zu lassen. Doch als sie zu dem Verschlag trat, den der Falke bewohnte, stellte sie zu ihrem Entsetzen fest, dass Klein Kilian seinen letzten Streich ausgeführt hatte. Selbst Lauryn und Frieder hatten nicht bemerkt, dass er die Tür geöffnet und dem Vogel die Fußfesseln gelöst hatte.

Jerkin war fort.

Alyss griff nach Federspiel und Pfeife, um ihn wieder einzufangen. Sie vermeinte ihn hoch oben unter den grauen Wolken kreisen zu sehen. Doch soviel sie auch den gefiederten Balg an seiner Leine kreisen ließ, soviel sie seinen Namen rief und das Pfeifchen ertönen ließ, der Vogel kam nicht zurück.

»Schwesterlieb, was machst du für ein Getöse?«, fragte Marian, der durch die abgedeckten Rebreihen auf sie zukam.

»Kilians Werk! Er hat dem Falken die Freiheit geschenkt.«

»Und nun kehrt er nicht mehr zurück?«

Alyss sah zum Himmel hoch. Der ferne Punkt, den sie für Jerkin gehalten hatte, war verschwunden. Langsam wickelte sie die Schnur des Federspiels auf.

Marian legte ihr den Arm um die Schultern und rezitierte

leise den Herrn Dietmar von Eist, dessen Lied er in dem Buch der Minnedichter gefunden hatte:

»›Es stund eine Frau alleine
Und schaute über die Heide.
Und schaut nach ihrem Liebsten
So sah einen Falken sie fliegen
›Wie wohl, du Falke, es dir ist,
Du fliegst wohin es dir beliebt.‹«

»Ja, das tut er wohl, mein Falke«, sagte Alyss.

Und seufzte.

Von Andrea Schacht sind bei Blanvalet bereits erschienen:

Die Beginen-Romane:
Der dunkle Spiegel (36774)
Das Werk der Teufelin (36466)
Die Sünde aber gebiert den Tod (36628)
Die elfte Jungfrau (36780)
Das brennende Gewand (37029)

Der erste Band der Alyss-Serie:
Gebiete sanfte Herrin mir (37123)

Die Ring-Trilogie:
Der Siegelring (35990)
Der Bernsteinring (36033)
Der Lilienring (36034)

Kreuzblume (37145)
Göttertrank (37218)
Goldbrokat (geb. Ausgabe, 0297)
Die Lauscherin im Beichtstuhl. Eine Klosterkatze ermittelt (36263)
MacTiger – Ein Highlander auf Samtpfoten (36810)
Pantoufle – Ein Kater zur See (37054)
Rheines Gold (36262)